四季の万葉集

高岡市万葉歴史館論集

12

高岡市万葉歴史館［編］

笠間書院

四季の万葉集【目次】

四季の万葉集

万葉集の季節歌

小野　寛

一　万葉集の季節歌巻―巻八と巻十

万葉集には、春夏秋冬の四季に分類し、その標題を掲げた巻がある。巻八と巻十である。それは万葉集の編者が収集し、分類、配列したもので、個々の歌はその分類によって作られたものではなかった。

巻八は作者名を記載し、巻十は作者名の記されていない歌ばかりである。巻八は秋雑歌の部にある舒明天皇御製歌と伝える鹿鳴の歌が最も古く、続いて額田王の近江天皇（天智天皇）を思って作ったという恋の歌が「秋の風」を歌うところから秋相聞の部にある。これを額田王の作とすれば天智朝の歌である。その次が春雑歌の部の「呼子鳥」を詠む鏡王女の歌であろう。あるいは夏雑歌の部の天武天皇夫人、藤原大原大刀自の「ほととぎす」の歌か。いずれもその季節の景物が詠まれているので、この巻に取り上げ、その季節の歌として分類したのである。

巻十は作者未詳歌巻であるが、柿本人麻呂歌集所出の歌を最も古い季節歌として収集・配列している。
歌を春夏秋冬の四季に分類して歌巻を作ることは、早く中国に先例があり、日本に渡来して愛読された『玉台新詠』巻十所載の「近代呉歌九首」に「春歌・夏歌・秋歌・冬歌」があり、同じく『芸文類聚』には歳時を春夏秋冬に分かち、それぞれに詩歌を分類して載せている。こういったものが影響を与えたのだろう。

二　万葉第一期の季節歌

巻八所載の最古の季節歌である舒明天皇御製歌は、秋雑歌の部の巻頭歌としてある。

夕されば　小倉《をぐら》の山に　鳴く鹿《しか》は　今夜《こよひ》は鳴かず　寝《い》ねにけらしも　（巻八・一五一一）

この歌は巻九の巻頭にその少異歌が、一世紀以上前の雄略天皇御製歌としてある。それは次の通りである。

夕されば　小倉の山に　臥《ふ》す鹿は　今夜《こよひ》は鳴かず　寝《い》ねにけらしも　（巻九・一六六四）

この歌の左注に、作者はどちらが正しいのか分らないので重ねて載せるとある。「どちらが古いかを問題にするよりも、少異の二歌の一方は雄略、一方は舒明に、伝誦中に結びつけられたと考えるのがよいと思われる」と、稲岡耕二『和歌文学大系万葉集二』（明治書院、平成14・3）にある。「小倉の山に臥す鹿」はこの鹿の習慣的事実を述べていて季節感はないが、「小倉の山に鳴く鹿」は鹿の鳴く秋の情景を歌っている。鹿が妻を求めて鳴き声を山野に響かせるのは秋である。秋の季節でなければ歌えない歌である。

続く天智朝の額田王の「秋の相聞」の歌は次の通りである。

君待つと　わが恋ひ居れば　わが屋戸《やど》の　簾《すだれ》動かし　秋の風吹く
（巻八・一六〇六）

君待つその時は秋だった。秋の風が吹いてわが家の戸口の簾が揺れたのに心を動かされたという。この歌は「君に恋ふ」歌であるから巻四の相聞歌巻に収載されているが、「秋の風」が歌われているので、秋相聞の部の巻頭歌として巻八に収載した。秋雑歌の部の巻頭歌が舒明天皇御製であるのに合わせて、額田王のこの歌は秋相聞の部の巻頭にどうしてもほしかったのだろう。しかしこの歌を巻四から削ることはできず、巻四の代表歌として残さねばならなかったので、重出する結果になったのであろう。伊藤『釈注』に「巻八では秋風の恋歌として、重出を承知の上で載せた」とある。

額田王の「秋の風」について周知の如く、『古義』が巻八の藤原宇合卿の歌に「我が背子をいつそ今かと待つなへに面やは見えむ秋の風吹く」（一五三五歌）とあるのを上げて、待つ人の見える前兆に「秋の風吹く」と詠まれたのだと言ったが、この歌は『略解』に「七夕の歌なるべし」と言っているのが当っていると思われる。七夕歌の「秋風」の詞句は巻十の人麻呂歌集所出歌にも、

天の川　水陰草の　秋風に　なびかふ見れば　時は来にけり　（巻十・二〇一三）
ま日長《け》く　恋ふる心ゆ　秋風に　妹が音聞こゆ　紐解き行かな　（同・二〇一六）

とあり、巻十に続く出典不明・作者未詳歌にも、

秋風の　吹き漂《ただよ》はす　白雲は　織女《たなばたつめ》の　天つ領巾《ひれ》かも　（同・二〇四一）
秋風に　川波立ちぬ　しましくは　八十《やそ》の舟津に　み舟留めよ　（同・二〇四六）

などがあり、巻八の山上憶良の七夕歌にも、

秋風の　吹きにし日より　いつしかと　我が待ち恋ひし　君そ来ませる　（巻八・一五二三）

がある。この憶良歌は左注に「天平二年七月八日の夜に、帥《そち》の家に集会《つど》ひて」とあり、宇合卿の「秋の

風吹く」の歌はこれをまねた歌かと思われる。秋の風が吹くと、待ちかねている織姫の前に姿を現わすのは彦星である。

額田王の「秋の風」は何か。先に「その時は秋だった」と書いた。それは中国の文芸世界によるものではないか。土居光知氏が早くに『文選』などの詩を学んだのではないかと指摘し、張茂先の「情詩」の一節、

清風帷簾を動かし、晨月幽房を燭《て》らす。
佳人遐遠に処《を》り、蘭室に容光なし。

などから暗示を受けたのではないかと言い（「比較文学と万葉集」『万葉集大成7』平凡社、昭和29・10。『古代伝説と文学』に再録）、小島憲之氏は『上代日本文学と中国文学 中』（塙書房、昭和39・3）の第五章「万葉集と中国文学との交流―その概観―」に、右の詩の他に、

秋風窓裡に入る、羅帳起りて飄颺《へうやう》す。
頭《かうべ》を仰がしめて明月を看《み》、情を寄す千里の光に。
（『玉台新詠』「近代呉歌九首」其三「秋歌」）

などをあげて、「佳人秋風裡の幽艶な歌風の姿は、六朝詩よりまなんだものとみるべきではなからうか」

と言い、「そこに近江朝廷を中心とする文学的雰囲気がみられる」と述べ、「やはり当時の歌の一部には日本的なもの以外に、詩の影響を受けて表現されたものもあつたと云へよう」と結ぶ。

「秋の風吹く」は漢詩の世界からまなんだ表現だったのではないか。小尾郊一氏『中国文学に現われた自然と自然観』（岩波書店、昭和37・11）に、「この時代（魏・晋から六朝時代—小野注）の人々は、あるいは時の推移、あるいは別離の哀愁を、秋景から感じとっているのであるが、その根底にあるものは、秋に対する悲哀感である」と言い、「哀傷の描写には、秋の描写は欠くことが出来ないものと考えている」とある。待つ恋の思いをつのらせるものは「秋の風」でなければならなかったのである。このことからもこの歌（四八八番歌）は漢詩の表現をふまえた後代の仮託の作であった可能性が高いと思われる。伊藤『釈注』は、後の聖武天皇の周辺にいた「風流侍従」と呼ばれる十数人の、漢詩文も倭歌《やまとうた》にも秀でた人々などをその作者に考えている。

万葉集巻一と巻二のいわゆる古歌巻や巻三・四の冒頭部などから、「春・夏・秋・冬」の語の歌われている歌で万葉第一期、天智朝までに属する歌を拾い出してみると、額田王の七番歌と十六番歌と、鏡王女の巻二・九二番歌しかない（巻一・五番歌に「春日」があるが、この歌は第一期の作とは認められない）。

秋の野の　み草刈り葺《ふ》き　宿れりし　宇治のみやこの　仮廬《かりいほ》し思ほゆ　（巻一・七）

秋山の　木の下隠り　行く水の　我こそ増さめ　思ほすよりは　（巻二・九二）

七番歌は額田王の万葉集初出歌である。大化改新後間もない大化四年（六四八）のころの作と伝えられ、歌われているのは皇極天皇代の思い出であると考えられる。それは西暦六四二年から六四四年のことであった。万葉集で最も古い歌中の「秋」の語の例ということになる。それはただその思い出が秋であったということである。

九二歌はその題詞およびその歌の配列から天智天皇代であるが、確かな作歌年代は分からない。「秋山」は「我こそ増さめ」の序詞として歌われていて、思いの増すのをいう比喩として「秋」の山の木の下に隠れて流れ下る水が歌われた。「秋」の景を生かしたのである。

冬こもり　春さり来れば　鳴かざりし　鳥も来鳴きぬ　咲かざりし　花も咲けれど　山を茂み　入りても取らず　草深み　取りても見ず　秋山の　木の葉を見ては　黄葉《もみち》をば　取りてそしのふ　青きをば　置きてそ嘆く　そこし恨めし　秋山そ我は

（巻一・一六）

天智天皇の近江大津宮の宮廷で、文人高官たちに「春山の万花の艶」と「秋山の千葉の彩」とどちらに深い趣きがあるかを競わせたとある。恐らくそれは漢詩によったのだろうと思われる。それは最後に額田王に倭歌《やまとうた》によって判定させたとあるからである。その判定歌がこれである。「春」と「秋」の季節の美とその趣きを競う倭歌の嚆矢であるが、これはあくまで漢詩の世界でのことであった。たまたま天智天皇のその場の思いつきで傍らに居た額田王に歌わせたのであった。しかし額田王のこの季節の違いとその特徴を意識した歴史的な長歌が存在することも事実である。

二　万葉第二期の季節歌

万葉集季節分類歌巻、巻十は、各季とも（夏は除く）柿本人麻呂歌集所出の歌をもって始まる。人麻呂作歌が持統天皇代に始まることから、人麻呂歌集所出歌は主としてそれ以前、すなわち天武天皇代の作と考えられている。万葉第二期の出発期であるが、天武天皇代の歌は巻一雑歌に、吹芡刀自《ふふきのとじ》の十市皇女に献上した歌（二二）から、天武天皇御製（二七）まで六首と、巻二相聞の部に二首（一〇三、一〇四）、巻四相聞に吹芡刀自の歌二首（四九〇、四九一）と、巻八に鏡王女（一四一九）と藤原夫人（一四六五）と大津皇子（一五一二）の一首ずつ三首が数えられるのみである。合せて十三首である。

従って柿本人麻呂歌集所出歌全三六五首（数え方によって増減がある）が天武天皇代の作歌の傾向を知る貴重な記録である。巻十にはその柿本人麻呂歌集所出の歌が六十八首ある。「春雑歌」の部の巻頭七首の中から、

ひさかたの　天の香具山　この夕《ゆふへ》　霞たなびく　春立つらしも　（巻十・一八一二）
古《いにしへ》の　人の植ゑけむ　杉が枝《え》に　霞たなびく　春は来ぬらし　（同・一八一四）
児《こ》らが手を　巻向山に　春されば　木の葉凌《しの》ぎて　霞たなびく　（同・一八一五）

などがある。霞がたなびくのを見て、「春立つらし」「春は来ぬらし」と推定する。また春になると山いっぱいに霞がたなびくのを確認する。「春」という季節の到来を「霞たなびく」ので知るのだった。その他もすべて「霞たなびく」歌である。続いて「鶯」「柳」「梅」「桜」「春雨」「野遊」など「春の雑歌」をつらねるのにくらべて、人麻呂歌集の「春」は物足りない。

次に「春相聞」の部の冒頭七首には、

冬こもり　春咲く花を　手折り持ち　千度《ちたび》の限り　恋ひ渡るかも　（同・一八九一）

春山の　霧にまとへる　うぐひすも　我にまさりて　物思はめやも　（同・一八九二）

霞立つ　春の長日を　恋ひ暮らし　夜も更けゆくに　妹に逢はぬかも　（同・一八九四）

春されば　まづ三枝《さきくさ》の　幸《さき》くあらば　後《のち》にも逢はむ　な恋ひそ吾妹《わぎも》　（同・一八九五）

春されば　しだり柳の　とををにも　妹《いも》は心に　乗りにけるかも　（同・一八九六）

などとある。冬が引きこもって春を迎え、草木が一斉に若芽を伸ばし花を咲かせる。その花から恋しい人を思うのだろう。その美しい花を手折ってわがものとし、恋する人に重ねて「千たびの限り」思い続けるのである。それこそ春を迎えた心の動きだろう。春山の霧の中で鳴くうぐいすに自分の恋の嘆きを重ねて歌い、春の草花にかけて、「咲き草（三枝）」の「幸《さき》く」と歌い、春になると芽を出す柳の若葉をつけた新しい枝がたわわにしなう。それを「とををに」と歌う。いずれも春の景物にかりて恋の思いを歌うものである。中でも「三枝」の花はめずらしい。

続いて出典不明・作者未詳歌群は、花は「梅」「桜」の他「藤」「あしび」「白つつじ」「山吹」など季節いっぱいに歌い、「霞」六首のほか「春雨」も恋の歌になる。

対して「秋雑歌」の部は冒頭に柿本人麻呂歌集所出歌は三十八首、すべて「七夕歌」である。「七夕歌」だけを選んでここに置いたのか。「秋」という季節は「七夕」で象徴されるという認識なのだろうか。続いて出典不明歌群は人麻呂歌集と同じ「七夕」歌六十首を置いたあと、「花を詠む」「雁を詠む」「鹿鳴を詠む」など十七種の詠題を並べる。その中に人麻呂歌集所出歌も「花を詠む」二首、「黄葉を詠む」二首、「雨を詠む」一首を配する。花は萩の花である。人麻呂歌集に巻十に採られた「七夕歌」以外に、季節の個々の景物を題にして叙景し抒情する歌がやはりあったのである。

次に「秋相聞」の部の冒頭には人麻呂歌集所出歌が五首ある。その中から、

秋山の　したひが下に　鳴く鳥の　声だに聞かば　何か嘆かむ　(巻十・二二三九)
秋の夜の　霧立ち渡り　おほほしく　夢《いめ》にそ見つる　妹《いも》が姿を　(同・二二四一)
秋の野の　尾花が末《うれ》の　生《お》ひなびき　心は妹に　寄りにけるかも　(同・二二四二)

などを挙げてみよう。秋の山のまっ赤に色づいたもみじの下で鳴いている鳥の声が聞こえる。その鳥の声のようにあの人の声を聞くことができたら何を嘆こうかという。また秋の夜霧が一面に立ちこめたよ

うにぼんやりと夢に妹《いも》の姿を見たと歌い、秋の野のすすきの穂先が伸びてなびくように自分の心が妹《いも》に傾いてしまったと歌う。続く出典不明歌群には、秋の「水田」に寄せ、「露」「秋風」「しぐれ」のほか「かはづ」「雁」「鹿」「鶴」や「尾花が下の思ひ草」にその「すすき」、そして「萩」「黄葉」などなど、思いを寄せる秋の景物は多い。

「冬雑歌」の部の人麻呂歌集所出歌は四首で、最後の一首は「或本に云はく、三方沙弥《みかたのさみ》の作」とある。

我が袖に　霰《あられ》た走《ばし》る　巻き隠し　消《け》たずてあらむ　妹《いも》が見むため　（巻十・二三一二）
あしひきの　山かも高き　巻向《まきむく》の　崖《きし》の小松に　み雪降り来る　（同・二三一三）
巻向の　檜原《ひばら》もいまだ　雲居ねば　小松が末《うれ》ゆ　沫雪《あわゆき》流る　（同・二三一四）

がある。あられが着物の袖に飛び込んで飛びはねるところを歌い、巻向山には早々と雪が降るさまを見つけて歌う。人麻呂歌集の冬は「霰」と「雪」である。続いての出典不明歌群は「雪」九首のほか、「梅花」も五首ある。

「冬相聞」の部に人麻呂歌集所出歌は「雪」に託すもの二首で、出典不明歌も「雪」に寄せる歌が十二首で、他に一首ずつ「露」「霜」「梅」に寄せ、最後の巻尾歌は「夜に寄する」と題して、

あしひきの　山のあらしは　吹かねども　君なき夕《よひ》は　かねて寒しも　（巻十・二三五〇）

とある。夫の訪ねて来ない夜の寒々とした思いを歌った歌をもって、冬の相聞の結びとした。

四　万葉後期大伴家持の「秋の歌」

万葉集季節分類歌巻、巻八は作者名明記の巻で、その多くが奈良時代、万葉後期の作歌である。既に取り上げた舒明天皇や額田王、鏡王女、藤原夫人ら、明らかに万葉前期の人の歌は除いて、万葉後期の季節歌として題詞にその主題である季節の景物が記されているものをまとめてみよう（作歌の時代の判明しない人の歌もあるが、おおよそ万葉第三期としていいだろう）。

春雑歌　「柳」1、「桜花」1、「梅」2、「鶯」1、「春鴙《きぎし》」1

夏雑歌　「霍公鳥《ほととぎす》」9、「橘」4（「惜二橘花一」を含む）、「晩蟬《ひぐらし》」1、「唐棣花《はねず》」1、「石竹花」1

秋雑歌　「秋葉」1、「七夕」3、「秋野花」1、「晩芽子《おくてのはぎ》」1、「鳴鹿（鹿鳴）」2、「蟋蟀《こほろぎ》」1、「鴈《かり》」1、「秋」2（大伴家持）、「白露」1

冬雑歌　「雪」8（「見レ雪憶レ京」を含む）、「雪梅」2、「梅」5（「依レ梅発レ思」を含む）

これらは題詞に明記されているものである。多くは題詞には作者名のみで、「山部宿禰赤人歌」のようにあって、「すみれ」を歌い、「山桜花」を歌い、「梅花」を歌っている。それが万葉集の季節歌のありようである。
右の中で大伴家持の「秋」とのみ題する二回が異例である。「秋歌」とは他に類を見ない題詞である。「春歌」「夏歌」「冬歌」と題する例もない。尾崎暢殃氏は早くにそれ故にこの題詞は「異常に見える」と指摘し、「しかし、右の四首（一五六六―一五六九）が季節の推移と自然の変化との関係にもとづいて歌っていることは確かである」と言っている（「秋の歌四首」『大伴家持論攷』笠間書院、昭和50・9）。

家持は例えば「霍公鳥歌」でも「恨二霍公鳥晩喧一歌」「懽二霍公鳥一歌」「雨日聞二霍公鳥喧一歌」などとあり、この「秋歌」という題詞が何の考えもなく記されたとは考えられない。

この題詞について芳賀紀雄氏は、漢詩では晋代以降「詠レ秋」とか「秋詩」といった作が現われてきていて、もとより家持はそれを承知していたはずで、「秋歌」の題は詩題にならったことは確かだろうという（「歌人の出発―家持の初期詠物歌―」『日本古代論集』笠間書院、昭和55・9）。そして芳賀氏は、清の兪琰が『歴代詠物詩選』の凡例で「歳時非レ物也」と言っていることを挙げて、「詠レ春」（北周庾信）、「詠レ秋」「詠レ冬」（晋曹毗・宋謝恵連）といった作は、厳密には詠物詩とは規定しがたいところがあるという。つまりそれらは単に「詠物」ではなく、「歳時」を主題にしたものだというのだろう。そして芳賀氏は「家持にしても、歳時を詠んだのではないが、秋の節物を取りあげたがゆえに、詩題にまなんで『秋歌』となした程度であろう」と記す。家持は「歳時」と「物」とをことごとく区別していたわけでもないように思われると、芳賀氏はいうのだが、私はそこに家持の季節に対する意識を見たいと思う。

大伴家持の秋の四首

ひさかたの　雨間《あまま》も置かず　雲隠《くもがく》り　鳴きそ行くなる　早稲田《わさだ》雁がね　（巻八・一五六六）

雲隠り　鳴くなる雁の　行きて居《ゐ》む　秋田の穂立《ほたち》　繁くし思ほゆ　（同・一五六七）

雨隠《あまご》もり　心いぶせみ　出で見れば　春日《かすが》の山は　色付きにけり　（同・一五六八）

雨晴れて　清く照りたる　この月夜《つくよ》　また更にして　雲なたなびき　（同・一五六九）

右の四首、天平八年丙子《ひのえね》の秋九月に作れり。

この歌は、天平八年（七三六）、丙子の年、晩秋九月に作ったという。家持の作歌年時を明記した最初の作品である。家持には天平五年（七三三）作という有名な「初月《みかづき》の歌」（巻六・九九四）があるが、それは天平五年の歌群二十首の中に配列されているというだけで、実際にいつ、どこで、どうして作られたか分からない。この「秋の歌」の作歌年時は左注に明確に記されている。そのことは、この歌が家持にとって何らかの意味のある作品であったのか、記録すべき作品であったのかと思わせる。家持十九歳であった。まだ無位だが、すでに内舎人として出身して、聖武天皇の側近にあったようである。作歌年時の分かるその次の歌は、それから二年後、天平十年（七三八）十月十七日、右大臣橘諸兄の長子橘奈良麻呂の邸で、仲間たちで「黄葉《もみち》」を歌う宴を開いた時の結びの歌一首（巻八・一五九一）を記録している。肩書として「内舎人」とある。これはかなり大きな宴会だったから、記録に残ったのである。その時点で、それ以外に作歌年時の記された歌は見られない。天平八年九月の「秋の歌」はいよいよ重要な記録になって来る。それはどんな歌だろうか。

五 雨間も置かず鳴き行く雁

ひさかたの　雨間《あまま》も置かず　雲隠《くもがく》り　鳴きそ行くなる　早稲田《わさだ》雁がね

（巻八・一五六六）

第一首（一五六六）は、雨間も置かず雲に隠れて鳴きながら飛んで行く雁の声を聞いていることを歌っている。空飛ぶ雁の鳴き声が聞こえるのが「秋」である。

「ひさかたの」は「天《あめ》」の枕詞である。古事記・日本書紀の歌謡でも「ひさかたの天《あめ》の香具山《かぐやま》」と歌っている。万葉集には「ひさかたの」が五十例あり、

「天《あめ》」に冠する例　33
「雨」に冠する例　11
「月」に冠する例　5
「王都《みやこ》」に冠する例　1

である。例えば柿本人麻呂は七回使っているが、七例とも「天《あめ》」にかけて使い、家持は六回使っていて、「天《あめ》」にかけるものが一例、「雨」が五例もある。

「雨」にかける例は家持以外に、家持の友人大原今城（今城王）の母大伴女郎の歌一首と、巻七・十

一・十二・十六に各一例で、いずれも万葉後期（奈良時代）であって、家持には先行する例である。「天《あめ》」にかける枕詞を、同音であるところから「天《あめ》」から降って来る「雨《あめ》」に流用したものである。「雨」の枕詞は他に見られない。

家持の「ひさかたの雨」と歌った五首の、当該歌以外の四首は次の通りである。

1久堅之　雨の降る日を　ただ一人　山辺に居れば　いぶせかりけり　（巻四・七六九）
2久堅乃　雨は降りしけ　思ふ児が　やどに今夜《こよひ》は　明かして行かむ　（巻六・一〇四〇）
3夏儲《ま》けて　咲きたるはねず　久方乃　雨うち降らば　移ろひなむか　（巻八・一四八五、夏雑歌）
4比佐可多能　雨は降りしく　なでしこが　いや初花に　恋しきわが背　（巻二十・四四四三）

「ひさかたの雨は降りしく」が二例あり、一人山辺に居て「ひさかたの雨」に降られて「いぶせく」思い、またハネズが「ひさかたの雨」に降られて「移ろふ」とは、ただの雨でなく、大空いっぱいに曇らせて降り続く雨を連想させる。雨への強い感情が表わされている。家持はその五例中四例に「ひさかたの雨」と歌い出す。「ひさかたの」でまず天空が大きく広がって見える。効果的である。

そして当該歌は「雨間も置かず」雲に隠れて雁がねが鳴き行くのである。天空から降る雨は「ひさかたの雨」で、大空を飛び行く雁も「ひさかたの雁」である。「ひさかたの」はそこまでイメージを響かせている。

「雨間も置かず」は他に二例、「雨間」が一例ある。

神無月　雨間も置かず　降りにせば　いづれの里の　宿か借らまし　（巻十二・三二一四、作者未詳）

卯の花の　過ぎば惜しみか　ほととぎす　雨間も置かず　此ゆ鳴き渡る　（巻八・一四九一、家持）

雨間開《あ》けて　国見もせむを　故郷《ふるさと》の　花橘は　散りにけむかも　（巻十・一九七一、作者未詳）

三二一四歌と一九七一歌は家持の当該歌に先行し、一四九一歌は作歌年時は記されていないが、巻八夏雑歌の部の配列からは当該歌より後の作と思われる。一九七一歌に「雨間開けて」と言うように、「雨間」とは雨と雨との間、雨のすき間、雨の晴れ間である。一九七一歌は、雨の晴れ間をこしらえて国見をしたいと思うのだが、故郷の橘の花はもう散ってしまっただろうかという。この「国見」は故郷の山や岡に登って故郷の土地を眺望することである。この「間《ま》」は、

妹があたり　我が袖振らむ　木の間より　出で来る月に　雲なたなびき　（巻七・一〇八五）

春されば　卯の花ぐたし　我が越えし　妹が垣間は　荒れにけるかも　（巻十・一八九九）

雲間より　さ渡る月の　おほほしく　相見し児らを　見むよしもがも　（巻十一・二四五〇）

人間守《ひとまも》り　蘆垣越しに　吾妹子《わぎもこ》を　相見しからに　言そさだ多き　（同・二五七六）

など、いずれもその物と物との間、その物のない間、すき間で、「垣間」は垣根のすき間で、そこを通って男は通ったのであり、「人間《ひとま》」も人の居る所ではなく、人のいないすき間をいう。

「雨間も置かず」は、三二一四歌では、十月のしぐれの雨が晴れ間も置かずに降り続いたら、どこの里の宿を借りたらいいのだろうかという。「雨間も置かず降る」とは、雨が休みなく降り続くことである。家持の一四九一歌は、題詞に「雨の日に霍公鳥《ほととぎす》の喧《な》くを聞く歌」とあり、卯の花の散ってしまうのを惜しいと思ってか、ほととぎすが雨の晴れ間も置かずにここを鳴きながら飛んで行くという。家持の「雨間も置かず」は、雁がねが雲に隠れて鳴きながら飛んで行き、今またほととぎすが卯の花の散るのを惜しんで雨の降る日にも鳴きながら飛んで行くという、独自の使い方である。

雨の晴れ間を置くのは雨がすることであるから、三二一四歌の「雨間も置かずに降る」というのが分かり易いが、家持の二例は、ほととぎすや雁が「雨間を置かず」に鳴きながら飛んで行くというので分かりにくい。

折口『口訳』以来、『全註釈』、佐佐木『評釈』、窪田『評釈』まで、「雨の降っている間も休まずに」という解釈が通っていた。それは「雨間には雨の降つてゐる間と雨の晴間との二様の用例がある」(『全釈』)、「雨間　雨の晴間と、雨の降つてゐる間との両義ある」(佐佐木『評釈』)という判断が通っていたのである。これを岩波古典大系本が、雨間は「雨の降りやんでいる時」と明記し、始めて「雨のやむ間も待たずに」と解釈した。「雨間を置く」とは雨のやむ間を作ること。ほととぎすや雁が雨のやむ時まで待って、雨の降っている間は休んでいることだろう。それが「雨間を置く」ことになる。それをせずにとは雨間を待つことをせずにである。これは既存の「雨間を置く」という雨の表現の、新しい使い方であった。

「鳴きそ行くなる早稲田雁がね」は、家持は雁の鳴き声だけしか聞いていない。その姿は雲に隠れて見えないのである。「行くなる」の「なる」は、その声が聞えることをいい、聞こえるその声なり音なりからそれが何であるか判断する意味を表わす。のちに伝聞推定の助動詞と言われる「なり」である。家持自身、雨に降りこめられて外に出られないでいることをも表わしている。働いているのは聴覚だけである。

雨に限らず「雲隠り鳴き行く鳥」は、集中次のように歌われている。

慰むる　心はなしに　雲隠り　鳴き行く鳥の　音《ね》のみし泣かゆ
（巻五・八九八、山上憶良、天平五年六月三日作）

聞きつやと　妹《いも》が問はせる　雁がねは　まことも遠く　雲隠るなり
（巻八・一五六三、家持、秋雑歌）

雲隠り　雁鳴く時は　秋山の　黄葉《もみち》片待つ　時は過ぐれど
（巻九・一七〇三、柿本人麻呂歌集略体歌）

秋風に　大和へ越ゆる　雁がねは　いや遠ざかる　雲隠りつつ
（巻十・二一二八、秋雑歌）

秋風に　山飛び越ゆる　雁がねの　声遠ざかる　雲隠るらし
（同・二一三六）

鶴《たづ》がねの　今朝鳴くなへに　雁がねは　いづく指してか　雲隠るらむ
（同・二一三八）

燕来る　時になりぬと　雁がねは　国偲ひつつ　雲隠り鳴く

（巻十九・四二二四、家持、天平勝宝二年三月二日作）

右の第一首、巻五の山上憶良の「老身に病を重ね年を経て辛苦《たしな》み、また児等を思ふ歌」の反歌第一首（八九八）のみ何鳥か言わないが、あと六首は、人麻呂歌集略体歌（巻九）以下、巻十の三首と家持の二首、すべて雁を歌っている。「雲隠り」鳴き行く鳥は雁であった。家持に先行する歌はすべて秋の歌であった。「雲隠り鳴き行く雁」に家持は秋の到来を知り、「秋」を感じたのである。

結句の「早稲田雁がね」は、早稲の田を「刈り」と掛けたもので、

秋の田の　穂田を雁《かり》がね　暗けくに　夜《よ》のほどろにも　鳴き渡るかも

（巻八・一五三九、聖武天皇）

の例がある。「秋の田の穂田を」が「雁」の序になっている。

「早稲田《わさだ》」（早田）は、家持の歌の他に、

石上《いそのかみ》　布留の早田《わさだ》を　秀《ひ》でずとも　縄だに延《は》へよ　守《も》りつつ居らむ

（巻七・一三五三）

我が業《なり》なる　早田《わさだ》の穂立　作りたる　縵《かづら》ぞ見つつ　偲はせ我が背

（巻八・一六二四、坂上大嬢の家持に贈る歌）

石上　布留の早田《わさだ》の　穂には出でず　心の中《うち》に　恋ふるこのころ

（巻九・一七六八、抜気大首）

さ雄鹿の　妻呼ぶ山の　岡辺なる　早田《わさだ》は刈らじ　霜は降るとも　（巻十・二二二〇）

の四例があり、「早稲《わせ》」は、

娘子《をとめ》らに　行きあひの速稲《わせ》を　刈る時に　なりにけらしも　萩の花咲く　（巻十・二一一七）

橘を　守部《もりへ》の里の　門田早稲《わせ》　刈る時過ぎぬ　来じとすらしも　（同・二二五一）

にほ鳥の　可豆思加和世《かづしかわせ》を　贄《にへ》すとも　そのかなしきを　外《と》に立てめやも
（巻十四・三三八六、東歌、下総国歌）

の三例がある。ワセは東歌に「可豆思加和世」とあり、『和名抄』に「稲　徒皓反、以禰《イネ》、早稲和世《ワセ》、晩稲比禰《ヒネ》」とある。このワセが複合語を作る時、「早飯《わさいひ》」「早稲穂《わさほ》」「早稲田《わさだ》」のようにワサと訓む。早稲は早く成熟する稲の品種だとする説と、早く植えて早く収穫する稲をいうとする説とがある。東歌に見るように、これを最初に神に捧げるものとすれば、そのために早く稔らせるのではないだろうか。

「早稲田雁がね」は秋の景物として、まとまりのいい言葉、調子のいい一句である。集中家持のこの一例しかない。

『私注』は「ワサダカリガネは、カリを言ひ掛けた作者の造語であらう」といい、岩波古典大系本にも「これは家持の造語か」とあり、山本健吉『大伴家持』（筑摩書房、昭和46・9）も「第一首目の結句に、『早田《ワサダ》鴈之哭《カリガネ》』と造語している」といい、「稲田の雁というイメージに、若い家持が特殊な感興を寄せていることが想像できる」と、若い家持の句作りのうまさを感じ取っている。

「早稲田」はただ「刈り」にかけて「雁《かり》」を言うために置いただけか。いやそれだけではない。折口『口訳』には「早稲の田を刈る時分に、田を刈るといふ名のかりが」とあった。『全註釈』には、

ワサダは、早稲の田で、早稲田に居る雁がねの意であると共に、早田を刈るといふ意に、雁がねの序になつてゐる。雁との縁が深いので、単なる序詞と見てはわるいし、また情趣も逸することになる。（改造社版による。増訂版も同意）

とあるのが当っていよう。しかし講談社文庫本（中西進）は「早稲田にすむ雁」と解し、「早稲田刈り―雁の修辞とする説はとらない」といい、『全注』（巻八、井手至）も「早稲の実る田に来る雁の意」とし、「ここは一五三九のように『雁』に『刈り』の意をかけたとは認め難い」とある。

多田一臣氏はその著『大伴家持』（至文堂、平成6・3）に、

否定する向きもあるが、「早稲田刈り――雁」という掛詞的な連接は、積極的に認められるべきだろう。

と言いながら、

しかし、「早稲田」は「雁がね」を導くための序であるわけではない。

と、掛詞による序詞であることは否定し、

「早稲田」は、二首目では「秋田」と言い換えられている。そこでは「雲隠り鳴くなる雁の去きて

居む」とも表現されているから、「早稲田」はまさしく雁の行方を、その降り立つ先を意味していることになる。

と述べている。和歌文学大系本（稲岡耕二）も「ここは早稲田をねぐらとして住む雁」という。

家持は、降りしきる雨の中、晴れ間を待たず、恐らくびっしょり濡れながら飛んでいるだろう雁の声を聞いて、おのずからその行く先に思いを遣ってこの歌が出来た。秋のしぐれと鳴き行く雁と、そこから想像した早稲の田。天も地も秋、それをつなぐものは秋の象徴である雁の声。すべて秋である。

六 秋田の穂立繁くし思ほゆ

雲隠り　鳴くなる雁の　行きて居《ゐ》む　秋田の穂立《ほたち》　繁くし思ほゆ　（巻八・一五六七）

第二首（一五六七）は、第一首をほとんど尻取式に受け継いで、「雲隠り鳴くなる雁の行きて居む秋田の穂立」と歌う。「行きて居む秋田の穂立」は、井上『新考』に既に類歌として引用されている、

山の際《ま》に　渡るあきさの　行きて居む　その川の瀬に　波立つなゆめ　（巻七・一一二二）

によっている。「あきさ」はあいさがもの古名である。日本にはウミアイサ・カワアイサ・ミコアイサ

の三種類が渡来していると知られている。歌に川に行くとあることから、その中のカワアイサか。山を越えて渡って来るあいさがもが飛んで行って降り立つであろう、その川の瀬に波よ立つなという。この歌の「あきさ」を思ういたわりの心を、家持は雁に重ねて歌ったのだった。

雁が飛んで行って降り立つであろう「秋田」は秋のみのりの時期の田。その秋の田の稲穂は十分に伸びて立ち上がっている。それが「穂立」である。「穂立」の例は前掲の「早田の穂立」(巻八・一六二四)がある。これは立ち上がった稲穂そのものをいう。

その結句「繁くし思ほゆ」は、家持は何が繁く思われたのか。ことば通り解釈すれば、その「秋田の穂立」がしきり思われるということになる。しかし『拾穂抄』に、

　第四句までは序哥也。しけくも人を思ふといはんとて也

と述べ、『古義』にも、

　歌ノ意は、繁く透間もなく一トすぢに人の恋しくおもはるゝ、となり、第四ノ句までは全ラ序なり、

と記されてより、第四句までを序詞として、その「秋田の穂立」がびっしり伸びて並んでいるように、しきりに恋する人のことが思われるという解釈が、佐佐木『評釈』まで続いて来た。ところが『全註釈』に、

　秋田の穂立までを序詞と見る解もあるが、秋の雑歌の部に収めてあり、やはり秋の田のもやうを想像して詠んだものとすべきである。

とある。これが「秋田の穂立」を思うという解釈の第一号だった。これ以来この解釈が現在まで通説になった。例えば講談社文庫本に中西進氏は「心にしげく雁が思われるよ」と解しているが、その中西氏の『大伴家持1』（角川書店、平成6・8）では「秋田の穂立が豊かに実っているだろうことが、しきりに思われるという意味である」と言っている。

「繁くし思ほゆ」は集中他に見えない句であるが、「繁き思ひ」とか「繁き我が恋」とか「恋の繁きに」「恋の繁けく」などがある。橋本達雄氏は「秋の歌四首の創造」（『大伴家持作品論攷』塙書房、昭和60・11）に「物思いや恋情を『繁し』と歌うのはきわめて一般的で」「ほとんど慣用化している」と指摘する。多田一臣氏はそれを受けて、「繁く」と表現されるものを恋の心だといい、結論として『拾穂抄』の説に従うべしという。さはさりながら、私はその雁の行く「秋田の穂立」まで四句をそのままで「繁く」の序と受け取ることが出来ない。「秋田の穂立」は「繁く」あることを期待、待望されはするが、「繁き」ことが必然ではないだろう。また秋の稲穂が「繁く」あるという表現は見られないのである。「繁く」あるのは人言か人目か、恋の思いか、木立か夏草だろう。例のない「秋田の穂立」を家持が「繁く」の序詞に歌うとは考えられない。

山の際に　渡るあきさの　行きて居む　その川の瀬に　波立つなゆめ　（巻七・一一二二）

を意識して歌った歌であり、家持がいま案じているのは、雨にぬれて鳴き行く雁の行き先の「秋田の穂立」の状態だろう。古典全集本は「相聞的内容の歌だ」というが、相聞歌の雰囲気はここにはない。これは雑歌、季節歌である。この第一首と第二首は連続一体「秋の歌」である。

◆七　春日の山は色付きにけり

雨隠《あまごも》り　心いぶせみ　出で見れば　春日《かすが》の山は　色付きにけり　（巻八・一五六八）

次に第三首（一五六八）は「雨隠り」で始まる。「雨」は第一首にあった。それが「雲隠《がく》り」によって第二首に続き、第三首まで雨が続いて来た。「雨隠り」は集中他に次の二首がある。

雨隠り　三笠の山を　高みかも　月の出《い》で来《こ》ぬ　夜は更《ふ》けにつつ　（巻六・九八〇、安倍虫麻呂）

雨隠り　物思《ものも》ふ時に　ほととぎす　我が住む里に　来鳴きとよもす　（巻十五・三七八二、中臣宅守）

九八〇歌は天平五年の歌群中の安倍虫麻呂の「月の歌」で、「雨隠り」は「三笠の山」の枕詞として使われている。三七八二歌は越前に流罪になった中臣宅守の歌で、これは天平十年か十一年頃の事件であったから、家持の当該歌より後の歌である、「雨隠り」は家持の前に一例しかなく、それも「笠」の枕詞として使われているに過ぎない。実質的な、雨に降りこめられているのを歌った例は家持が初めてということになる。

多田一臣氏が「雨隠り」を物忌みだと、次のように述べている。

長雨の月といえば五月と九月だが、そのどちらも稲作にとっては大切な時期にあたる。とくに九月は稲の成熟の時期とされ、神の来臨を迎える聖なる月とされた。ために男女は、物忌みのため家に隠り、たがいに逢わないのを原則とした。それを、古来、「霖雨忌《ながめ》み」とか「雨隠《あまご》り」と称した。三首目に「雨隠り」とあることは、この月が男女関係を慎む物忌みの時期であったことをよくあらわしている。

そしてこの「秋歌四首」を「九月の物忌みの欝屈した思いをうたった歌」だというが、それは根拠のないことである。

中臣宅守の三七八二歌は流謫によって夫婦が引き裂かれたのであり、ほととぎすの来鳴く夏の歌で、これは夏の雨である。「雨隠り」の例はこの他にはなく、これが多田氏のいう物忌みとは簡単には結びつかない。

「心いぶせみ」は原文「情欝悒」で、雨に降りこめられて、文字通り心がいかにも欝陶しい、憂欝な心でいるのである。この「情欝悒」は、類聚古集に「こゝろいぶかり」と訓み、広瀬本・紀州本・西本願寺本・神宮文庫本以下寛永版本までコ、ロユカシミと訓んでいる。それを『代匠記』(精撰本)に「欝悒ハ、イフセミトモ読ヘシ」と述べ、『童蒙抄』に「こゝろいぶせく」、『考』にコ、ロイブセミと訓み、『略解』『古義』がそれに従い、以来これが定訓となった。万葉集の歌中に「欝悒」は九例、古くは巻二に三例ある。

夢にだに　見ざりしものを　欝悒　宮出もするか　さ檜隅《ひのくま》廻《み》を　（巻二・一七五、日並皇子宮の舎人）

朝日照る　島の御門に　欝悒　人音《ひとおと》もせねば　まうら悲しも　（巻二・一八九、同右）

…玉桙《たまほこ》の　道だに知らず　欝悒久　待ちか恋ふらむ　愛《は》しき妻らは　（巻二・二二〇、柿本人麻呂）

これらはいずれもオホホシクと訓む。次に巻十一と十二に、合わせて三例ある。

水鳥の　鴨の住む池の　下樋《したび》無み　欝悒君を　今日見つるかも　（巻十一・二七二〇）

うたて異《け》に　心欝悒　事計《ことはか》り　よくせわが背子　逢へる時だに　（巻十二・二九四九）

在《あり》千《ち》潟《がた》　ありなぐさめて　行かめども　家なる妹い　将ニ欝悒一　（同・三一六一）

二七二〇、二九四九歌はイブセキ、イブセシと訓むが、三一六一歌はオホホシミセムとイフカシミセムの両訓がある。一首の解釈にかかわるのだが、私はオホホシミセムと訓む。次に家持の歌に三例ある。

今更に　妹に逢はめやと　思へかも　ここだ我が胸　欝悒将レ有　（巻四・六一一）

隠《こも》りのみ　居れば欝悒　なぐさむと　出《い》で立ち聞けば　来鳴くひぐらし　（巻八・一四七九）

と当該歌（一五六八）である。六一一歌は旧訓イフカシカラムで、『代匠記』（精撰本）に「イフセクトモ」とあり、『玉の小琴』はオホホシカラムと訓み、『攷証』イフセカルラムと訓んだ。現在、岩波古典大系本に至るまでオホホシカラムと訓み、次に澤瀉『注釈』がイブセカルラムと訓んで、その後イブセクアルラムが定訓となっている。一四七九歌は旧訓にオホオホシ、オホホシ、イフセシがあるが、『代匠記』（精撰本）にイフセミと訓み、これが定訓となった。「欝悒」は五例が「いぶせし」で訓んでおり、家持の歌は三例とも「いぶせし」と訓んでよいようである。家持の「いぶせし」はもう一例ある。

ひさかたの　雨の降る日を　ただ一人　山辺に居れば　欝有来　（巻四・七六九）

これはイブセクアリケリと訓む。

家持が愛用する「いぶせし」の家持以前に確かな例は、

たらちねの　母が養《か》ふ蚕《こ》の　繭隠《まよごも》り　馬声蜂音石花蜘蛧荒鹿　妹に逢はずして　（巻十二・二九九一）

しかない。第四句はイブセクモアルカと訓める。もう一例、

九月《ながつき》の　しぐれの雨の　山霧の　烟寸吾が胸　誰を見ば息《や》まむ　（巻十・二二六三）

の「烟寸」はイブセキと訓んでいいだろう。家持はのちに天平感宝元年（七四九）閏五月二十六日、

…あらたまの　年の五年《いつとせ》　しきたへの　手枕まかず　紐解かず　丸寝《まろね》をすれば　移夫勢美等《いぶせみと》　心なぐさに　なでしこを　やどに蒔き生《お》ほし　夏の野の　さ百合引き植ゑて…　（巻十八・四一一三）

と詠んでいる。「庭中の花」の歌である。「いぶせし」という形容詞の存在は間違いない。

家持は心のふさぎや心の複雑な屈折を意識した人で、その欝積した心を明確に表わすことばとして「いぶせし」を好んだようである。山本健吉氏がこれに注目して、その『大伴家持』に、「いぶせし」という語は、家持のひどく当代的な心理を、その微妙なニュアンスをも含めて、的確に表現しえていたのである。あえて彼が「おぼほし」の語を拒否して、「いぶせし」の語を選択したことが、新しい心理の発見を意味したのだ。

と書いている。その通りだろう。そして橋本達雄氏は、家持のその「いぶせき」心情は何に由来しているのかと問い、集中の「いぶせし」の歌の内容から忖度して、いずれも恋愛感情による恋ゆえのいぶせき心であることを指摘し、家持の巻八の二首（一四七九と一五六八当該歌）はそれと直接指摘はできないが、これも背後に恋愛上の「いぶせさ」をこめて歌っていることは十分に考えられると述べている。

「心いぶせみ出で見れば」、その心いぶせき故に、家持は隠《こも》り居た室内から戸外へ出たのである。そこに今までと全く違った光景が見えた。それが「春日の山は色付きにけり」である。春日山は大伴氏の本邸のあった佐保の地から目の前である。春日山がもみじして美しく色付いていた。「色付きにけり」は色付いたことを今発見した感動の表現である。それは類歌があった。

物思ふと　隠《こも》らひ居りて　今日見れば　春日の山は　色付きにけり　（巻十・二一九九）

巻十秋雑歌の部の「黄葉を詠む」歌である。この作者は物思いに沈んで家にこもっていた。家持は雨に降られて家にこもっていた。家持も「心いぶせく」なるほどに物思いに耽っていたに違いない。何日も重ねていただろう。「今日見れば」の句には、その数日間がこめられている。その暗い心が「明」にはじけるのが「春日の山は色付きにけり」である。巻十の秋雑歌の部の「黄葉を詠む」歌の中に「色付きにけり」は全部で十三首ある。その中に木の葉や草が色付くのが八首で、「山」が色付くのが五首である。前掲の二一九九歌のほかに次の通りである。

九月《ながつき》の　しぐれの雨に　濡れ通り　春日の山は　色付きにけり　（巻十・二一八〇）
いちしろく　しぐれの雨は　降らなくに　大城の山は　色付きにけり　（同・二一九七）
雁がねの　寒く鳴きしゆ　春日なる　三笠の山は　色付きにけり　（同・二二一二）

夕されば　雁の越え行く　龍田山　しぐれに競《きほ》ひ　色付きにけり　（同・二二一四）

家持がこれらの歌の「表現の型を学びとっていることは明らかである」（橋本達雄氏）。「色付きにけり」は春日山を筆頭に秋の美を歌う一つの型として、季節感を表わす象徴だった。

家持は第一、二句の暗い状況から第三句の「出で見れば」で脱出して、第四、五句は完全に明るい。「出で見れば」を舞台回しの役に置いて、上下をまことに対照的に歌い上げ、「色付きにけり」がひときわ高く響いている。そして「春日の山は色付きにけり」は雨がもう上がっていたのだった。

八　雨晴れて清く照る秋の月

雨晴れて　清く照りたる　この月夜《つくよ》　また更にして　雲なたなびき　（巻八・一五六九）

第四首（一五六九）は第三首の春日山の明るい景を受けて、「雨晴れて」と歌い出す。「清く照りたるこの月夜」は秋の情景である。雨の後のまだ濡れたような夕月が一層清らかに見える。

第三句「また更にして」は、「また」と言って「更に」と言うのが余計なことに思われ、問題がある。原文は「又更而」で、紀州本が「更」の字を落しているほか、類聚古集以下寛永版本まで異同はない。訓みは広瀬本と紀州本がマタサラカヘリであるが、恐らく仙覚が改訓したのだろう、西本願寺本・神宮

きがは便郵

料金受取人払郵便

神田支店
承認

790

差出有効期間
平成23年3月
15日まで

101-8791

504

東京都千代田区猿楽町2-2-3

笠間書院 行

■ 注 文 書 ■

◎お近くに書店がない場合はこのハガキをご利用下さい。送料380円にてお送りいたします。

書名　　　　　　冊数

書名　　　　　　冊数

書名　　　　　　冊数

お名前

ご住所 〒

お電話

ご愛読ありがとうございます

これからのより良い本作りのために役立たせていただきたいと思います。
ご感想・ご希望などお聞かせ下さい。

この本の書名＿＿＿＿＿＿＿＿＿＿＿＿＿＿＿＿＿＿＿＿

本読者はがきでいただいたご感想は、お名前をのぞき新聞広告や帯などで
ご紹介させていただくことがあります。何卒ご了承ください。

■本書を何でお知りになりましたか（複数回答可）

1. 書店で見て　2. 広告を見て（媒体名　　　　　　　　）
3. 雑誌で見て（媒体名　　　　　　　　）
4. インターネットで見て（サイト名　　　　　　　　）
5. 小社目録等で見て　6. 知人から聞いて　7. その他（　　　　　　　　）

■小社 PR 誌『リポート笠間』（年1回刊・無料）をお送りしますか。

はい　・　いいえ

◎はいとお答えいただいた方のみご記入下さい。

お名前

ご住所　〒

お電話

ご提供いただいた情報は、個人情報を含まない統計的な資料を作成するためにのみ利用させていただきます。また『リポート笠間』ご希望の場合は、個人情報はその目的（その他の新刊案内も含む）以外では利用いたしません。

文庫本、以下諸本はマタサラニシテと訓む。これに対して荷田春満『童蒙抄』は、

またさらにしてと読ませたれど、如レ此いふ事歌詞にあらず。又更にしてと云詞いかにとも無き詞也。更にといふて上に又といふ義無き事也。夜又と書たれば、夜と云字をゆりたる意にて、又といふ字も上の夜と云字と見る義と見ゆる也。よりて又更而の三字を夜はふくるともよむ也。而といふ字然れどもと読む故、ともと読む事例ある事也。かく読みてよく歌の意は聞ゆる也。

と説く。「又」を直上の「夜」のおどり字と見たのは卓見だった。

しかし『代匠記』『考』『略解』『古義』、折口『口訳』、いずれも旧訓のマタサラニシテと訓む。『古義』は「歌ノ意かくれたるところなし」といい、

雨晴のきて清く照たる月に、又再び雨雲の覆ひ来むことを、恐れていへるなり、

とある。

井上『新考』が「又」のあとに「夜」を落したのだろうとして「夜」を補い、「又《また》夜《よ》更而《くだちて》」と訓んだ。「夜ぐたち」は、

夜具多知尓《よぐたちに》　寝覚めて居れば　川瀬尋《と》め　心もしのに　鳴く千鳥かも　（巻十九・四一四六）

夜降而《よくたちて》　鳴く川千鳥　うべしこそ　昔の人も　しのひ来にけれ　（同・四一四七）

とある。家持の「夜の裏《うち》に千鳥の喧《な》くを聞く歌二首」としてまとめて歌ったものである。第二首の「夜

降而」を第一首によってヨクタチテと訓んでいいだろう。「降」をクタツと訓む例は「暁降《あかときぐたち》」（巻十・二二六九）、「望降《もちぐたち》」（巻八・一五〇八）があるが、「更」一字で夜の「くたつ」のをいう例は他にない。また、

佐保川に　さをどる千鳥　夜三更而《よくたちて》《さよふけて》　汝《な》が声聞けば　寝《い》ねかてなくに　（巻七・一一二四）

の例がある。「三更」の「更」は日没から日の出までの時間を五等分して呼ぶ時刻の名で、「一更・二更・三更・四更・五更」とする。その「三更」は真夜中をさす。それで、夜がふけたことから「よくたちて」と訓んだ。桜楓本『万葉集』がサヨフケテと訓んだが、試案の段階を出ない。

『定本万葉集』（岩波書店、巻八、昭和17・4）は脱字説をとらずに「又更而」でヨクダチニシテと訓んだ。その巻末の「別記」に、

> 又更而　古くマタサラニシテの訓があり、諸説多くこれに依つてゐる。唯、童蒙抄にヨハフクルトモの訓が出てゐるのは、又を上の夜のをどり字としたものであらう。上の字を繰り返す時に又を用ゐることは、播磨国風土記に田又利君鼻留《たたりのきみひる》の例がある。サラニは副詞としては用ゐるが、サラニシテの如き用例は無い。依つて今、ヨクダチニシテの訓を採ることとする。更一字でクダツと読むことも例が無いが、姑くこの訓に依ることとする。（ルビは小野が付けた）

とある。これによっているのは武田祐吉『全註釈』と佐佐木信綱『評釈』のみ。あとの諸注釈はマタサラニシテと訓む。澤瀉『注釈』には、「にして」という言葉は集中多く用いられており、「旅にして」

(巻一・六七)、「ここにして」(巻二・二八七)、「朝夕にして」(巻三・四五六)、「友無しにして」(巻四・五五三)など、「に」というだけでもよいところに「して」を添えた例が多いので、ここも「又更に」に「して」を加えて感じを強めたと見るべきだろうという。

雨が上がって、清く照っているこの月夜に、深夜になってから雲よたなびくなというのか。ここは「また再び雲よたなびくな」というのが自然ではないか。「また」と言って「更に」と同じ内容をくり返すのはおかしいと、中西氏『大伴家持』などもいうが、「又更に」は集中四例ある。

朝鳥の　音《ね》のみや泣かむ　吾妹子に　今亦更　逢ふよしを無み　(巻三・四八三、高橋某の挽歌)

心ゆも　我は思はずき　又更　我が故郷《ふるさと》に　帰り来《こ》むとは　(巻四・六〇九、笠女郎の家持に贈る歌)

…事終り　帰らむ日には　又更　大御神たち　船舳《ふなのへ》に　御手うち掛けて…　(巻五・八九四、山上憶良の好去好来歌)

百隈《ももくま》の　道は来にしを　麻多佐良尓　八十島《やそしま》過ぎて　別れか行かむ　(巻二十・四三四九、上総国の防人)

「また」と言って更に「更に」と重ねるのは決して異常なことではなかった。

長く降り続いた雨が上がった。久しぶりの明るい澄んだきれいな月を見た。この月に「雲なたなびき」と言った。「雲なたなびき」は家持の他に五例ある。

妹があたり　我が袖振らむ　木の間より　出で来る月に　雲なたなびき　（巻七・一〇八五）

遠き妹が　振《ふ》り放《さ》け見つつ　偲ふらむ　この月の面《おも》に　雲なたなびき　（巻十一・二四六〇、柿本人麻呂歌集）

わが背子が　振《ふ》り放《さ》け見つつ　嘆くらむ　清き月夜に　雲なたなびき　（同・二六六九）

とあり、

娘子《をとめ》らが　放《はな》りの髪を　木綿《ゆふ》の山　雲なたなびき　家のあたり見む　（巻七・一二四四）

君があたり　見つつも居らむ　生駒山　雲なたなびき　雨は降るとも　（巻十二・三〇三二）

とある。五首は人麻呂歌集略体歌一首に始まりすべて作者未詳歌で、いずれも恋する相手との関わりで「雲なたなびき（そ）」と歌うもので、発想の型が類似していて、一つの型として定着していたのだろうと言われる。橋本達雄氏は「家持の歌はこれらと類を異にし、純粋に月夜の景を惜しむという新しい美意識のもとにこれを鋳直し、類句の発想を拡大している」という。

家持はひたすら秋の、それも雨上がりの洗い上げたようなきれいな夜空に「清く照る」月に見入っている。いつまでもこうあってほしい。これが家持の「秋の歌」の結びになった。

家持のこの四首は、

1休みなく降り続く秋の雨に濡れて、雨雲の中を行く雁の鳴き声を聞き、雁《かり》から「刈り」の時が近づいた早稲の田を思い、
2雲の中を鳴き行く雁の行き先はその秋の稔りの早稲田で、その稲穂のびっしりと延び立つさまを思い、
3その雨に降りこめられている自分の胸の内に思いを転じ、心を晴らそうと外に出てみたら、向こうの春日山が見事に色付いて見えた。
4雨は上がっていた。夕暮れて月が上った。秋の月が清らかに夜空を照らしていた。この美しい月の空に、雲よまた再びたなびかないでおくれと願う。

と、秋の風情が見事に描き上げられている。第一首、第二首と同じ景を続け、第三首は思いを転じ景を転じ、そして第四首で結ぶ。まさに、漢詩の「起・承・転・結」を踏まえた四首の連作であった。これを一つの「秋」だと家持は意識した。そして思い切って「秋の歌」と題したのである。それは万葉集に初めてのことであった。

うぐいす歌への視点

菊川恵三

一　イメージと実態

梅が枝に　鳴きて移ろふ　うぐひすの　羽白《はね》たへに　沫雪《あわ》そ降る　（巻十・一八四〇）

万葉集巻十の春雑歌に収められた一首をあげた。早春、梅が枝に鳴くうぐいす、その羽根に真っ白の雪が降るというこの歌は、まるで一枚の絵を和歌にしたかのように美しい。「うつろふ（「移る」＋「ふ」）」はここでは「飛び移り続ける」の意だが、同じ巻十に「うぐひすの木伝《こづた》ひ散らす梅の花見む」（一八七三）とあることを思えば、羽根に散る淡雪はうぐいすが散らした梅の白い花びらに重なっていく。とすると、この風景は幻想性さえ帯びてくる。

このような微細で典型的な美の形が、平安朝の古今和歌集をさかのぼる百年以上前に成り立っていることに驚く。そして、こうして和歌に繰り返しうたわれることで、「梅にうぐいす」「うぐいすと雪」は早春の景として定着し、やがては掛け軸・花札の意匠から和菓子の名前にまで広がって現代に残る。

しかし、ふと立ち止まって考えれば、これはあくまでイメージの世界のものであり、うぐいすの実態ではないことは容易に想像できる。同じ春の花であっても、和歌の世界では桜や山吹にうぐいすが鳴くことはない。まさか、実際のうぐいすが花の選り好みをするはずはなかろう。「春告げ鳥」としてのイメージが、他の花に先駆けて咲く梅と結びつき、春本番の桜とは相反するのだと予想される。

ところで、このイメージと実態のずれは、古代の人々にどのように意識されていたのだろう。それについて清少納言は『枕草子』（「鳥は」三八段）に興味深い記述をとどめている。冒頭、彼女はうぐいすの声・形のすばらしさを認めつつ、宮中に鳴かず、逆に卑賤な家に鳴くことに大いなる不満を漏らす。それに続いて、春が過ぎたのにいつまでも鳴くことに不満の矛先を向けるのが次である。

夏、秋の末まで、老い声に鳴きて、虫食ひなど、ようもあらぬ者は名をつけかへて言ふぞ、くちをしくくすしきここちする。それも、ただ雀などのやうに常にある鳥ならば、さもおぼゆまじ。春鳴くゆゑこそはあらめ。「年たちかへる」など、をかしきことに、歌にも詩にも作るなるは。なほ春のうち鳴かましかば、いかにをかしからまし。…

　祭の帰さ見るとて、雲林院、知足院などの前に車を立てたれば、郭公も忍ばぬにやあらむ、鳴くに、いとようまねび似せて、木高き木どもの中に、諸声《もろごえ》に鳴きたるこそ、さすがにをかしけれ。

前半ではうぐいすの声は春だけであって欲しいのに、現実は夏、はては秋までも鳴いて「虫食い」などなさけないあだ名をつけられてと非難する。それもこれも、和歌や詩文に新春の鳥として描かれるからである。「スズメごときとはちがうのですよ」ときつい言葉が聞こえてきそうだ。うぐいすにとっては、「いわれなき非難」であろうが、彼女はおさまらない。これに続いて、後半の葵祭の経験が語られる。

葵祭は陰暦四月の中の酉《とり》（現在は五月十五日）。雲林院の前に牛車を止めていたところ、ホトトギスに似せてうぐいすも鳴いたというのである。まさか、うぐいすがわざとホトトギスに似せたわけでもないだろう。同じ記事を記した「見物《みもの》は」（二〇八段）に「老いたる声して」とあるように、どうやら、私たちのイメージにあるホーホケキョではなかったようなのだ[1]。

さて、ここでもう一つ、季節外れのうぐいすを紹介しよう。それは万葉歌人、大伴家持の次の歌である。

即《すなわ》ち鶯の哢《な》くを聞きて作る歌一首

うぐひすの　声は過ぎぬと　思へども　しみにし心　なほ恋ひにけり

（巻二十・四四四五）

この歌だけでは、単に遅く鳴いたうぐいすへの愛着をうたっただけだが、実はこの歌、「五月九日に兵部少輔《ひょうぶしょうゆう》大伴宿祢家持が宅《いえ》にして集飲する歌四首」と題された宴の歌である。この年（天平勝宝七年・

七五五）の五月九日は現在（太陽暦）の六月二十六日にあたり、先にあげた葵祭と同じく、春はとっくに過ぎ去っているのだ。

さらに、歌群冒頭のなでしこをめぐる家持と大原今城《いまき》の贈答（「日並べて雨は降れども」（四四四二）、「ひさかたの雨は降りしく」（四四四三））によると、どうやら梅雨の最中だったようだ。(2)「梅雨に鳴くうぐいす」とは、なんとも奇妙な取り合わせだが、それを歌にしたのは、直前によまれた次の今城の歌に応じるためだったと思われる。

我が背子が　やどなる萩の　花咲かむ　秋の夕《ゆうべ》は　我を偲《しの》はせ　（巻二十・四四四四）

梅雨の季節にあって、まだ二カ月以上先の秋萩をうたう今城。実は彼、この時、上総国の朝集使(3)として奈良に一時帰国中であり、まもなく任地にもどらねばならない身であった。萩に寄せて私を偲んで欲しいというのは、今なでしこに寄せて思うように、「秋になれば萩に寄せて」の意図だろう。題詞の「即ち」が示すように、ちょうどその時、うぐいすが鳴いた。家持の歌はここで披露されたのである。「うぐひすの声は過ぎぬ」という季節はずれのうぐいすの声を、「しみにし心なほ恋ひにけり」と家持がいうのは、今城の歌の夏→秋に対して春→夏を持ち出すことで彼をなぐさめようとしたのだろう。こうして季節はずれのうぐいすは、家持によって当日の宴席一コマにおさまってしまう。ここには清少納言が抱いた違和感は感じられない。

「夏のうぐいす」を取り上げた二人を比べると、イメージと実態のズレを正面から取り上げ、怒ったり笑ったりの清少納言は、なるほど散文精神の旺盛な「作家」である。それに対して、ズレを承知しながら宴席の歌として機能させる家持は、まさに当意即妙の技に長けた「歌人」であるといえよう。

それでは、冒頭にあげた梅・白雪と重なるうぐいすのイメージ、我々に親しい春告げ鳥としてのイメージはどのように形成されたのだろうか。また、そのイメージと実態との齟齬《そご》をどのように意識していたのだろうか。そういう点に注意しながら考えてみたい。

二 万葉・古今のうぐいす歌

うぐいす歌は万葉集に五十一例を数え、ほととぎす、雁につぐ三番目の多さを誇る。その全体的な見通しについては、橋本達雄氏(4)に要を得た解説がある。今それを整理すると次のようになる。

・最も古い例は万葉二期(天武朝〜奈良朝以前)の柿本人麻呂歌集の二首。しかしそこでは美的把握とは言いがたい。

・万葉三期(奈良時代)になると、山部赤人歌では可憐な鳴き声と春告げ鳥の観念が定着し始めた。大宰府大伴旅人邸で催された「梅花の宴」では、梅との取り合わせで七首も現れたが、これは漢詩を受容した新しい発想だった。この時期の歌が王朝和歌に続く。

・さらに万葉末期（四期）の家持になると、うぐいすの鳴き声が自己の憂愁の表象としてうたわれる。
・この他、万葉のうぐいす歌はすでに雪・柳・竹・卯の花など多様な景物と共にうたわれ、後世に継承されるが、古今集だけは特殊で、梅・花との取り合わせが三分の二を越えている。これは自然物を擬人化し、自己の耽美心を投入する態度と関係する。

虫麻呂歌（巻九・一七五五）に見られる託卵習性など触れられていない事項もあるが、うぐいす歌の基本的な流れとして了解できる。ことに、万葉三期以降急速に登場するのは、夏のホトトギスや秋の雁など花鳥歌の誕生とかかわって興味深い。井手至氏「花鳥歌の源流」「花鳥歌の展開」(5)が万葉集だけでなく、上代文献を幅広く見渡して奈良朝における花鳥歌の成立と展開を明らかにしたとおりである。

一方、次代の王朝和歌に触れて、古今集の特殊性を指摘するのに注目したい。かなり以前になるが、私自身「晩春の鶯」(6)と題して論じたことがある。

声たえず　鳴けやうぐひす　ひととせに　ふたたびとだに　来べき春かは　（古今・春下・藤原興風《おきかぜ》）

この興風の歌にあるように、「晩春、行く春を惜しんで鳴くうぐいす（＝晩春の鶯）」の歌が、万葉をはじめ他の勅撰集でほとんどみられないのに、古今集のみに存在することの理由を考えたのが拙論である。これが白氏文集に見られ、「三月尽《じん》」のテーマとなっていたことは小島憲之氏をはじめとする先行研究(7)に指摘があった。どうも意外なことに、古今集では春告げ鳥としてのうぐいすとは異なったイメージが付与されていたようなのである。

実は古今集には、詞書や歌からはどの花とも特定できない「花」の歌群が存在する。次の時代の後撰集や拾遺集には梅や桜の歌群にまぎれてしまうのだが、古今集は抽象的な「花」を集め、「咲く花」と「散る花」に分類して「桜」の後に置く。このような編纂意識が「晩春の鶯」を生むと同時に、反対に編者たちの前にあった「晩春の鶯」の歌がこの編纂方法を生み出したのだろう。

どうやら編纂とは、単に集めた作品の配列を考えるということではないらしい。古今集は編纂という作業を通して、新しい季節への認識を生成していったようだ。それでは万葉集の編纂は何を生み出したのだろう。それがうぐいすのイメージ形成にどのように与ったのだろう。

三　人麻呂歌集と漢詩文

万葉集中でもっとも古いうぐいす歌は、巻十春相聞に収められた次の人麻呂歌集歌である。人麻呂歌集については略体・非略体と人麻呂作歌の前後をめぐって論は揺れるが、万葉第二期、天武・持統朝であることは諸説の一致するところだ。そして後述するように、このうぐいす歌からもそれはうかがえる。

① 春山の　友うぐひすの　鳴き別れ　帰ります間も　思ほせ我を　（巻十・一八九〇）

② 春山の　霧に迷《まと》へる　うぐひすも　我にまさりて　物思ふらめや　（巻十・一八九二）

ここに「友うぐひす」「霧に迷へるうぐひす」がうたわれるが、これが漢詩文の影響を受けた表現であることが指摘されている。②の「霧に迷へるうぐひす」からいえば、これまで漢籍を下敷きにした巻五「梅花の宴」序文との関係が指摘されてきた。

曙嶺移雲　松掛羅而傾盖　曙《あけ》の嶺に雲移り、松は羅《うすもの》を掛けて蓋《きぬがさ》を傾《かたぶ》け、
夕岫結霧　鳥封縠而迷林　夕の岫《くき》に霧結び、鳥は縠《うすもの》に封《と》ぢられて林に迷《まと》ふ。

ここでは曙と夕が対照されながら、峰にかかる雲・霧のベールによって「松は天蓋を掛け」「鳥は林で迷う」と対句で描かれる。この文脈からはこの鳥を特定することはできないが、この序文に続く和歌では鳥はうぐいすとしてうたわれる。人麻呂歌集歌の「霧に迷へるうぐひす」はどうやらここに通じているようだ。

一方、①の「友うぐひす」については、六朝・初唐期における『詩経（毛詩）』「伐木篇」の解釈が深く関わっていることを、近年の諸論(8)は明らかにしている。

出自幽谷　遷于喬木　幽谷より出で、喬木《きょうぼく》に遷《うつ》る。
嚶其鳴矣　求其友声　嚶として其の鳴くや、其の友を求むるの声。

ここで「深い谷から出て、高い木に移り、友を求めつつ鳴く鳥」がうたわれる。具体名が明らかでないこの鳥が、後代（六朝・初唐）の詩文に引用されるに際し、嚶→鸎（鶯）からうぐいすだと理解されるようになったという。そしてこの理解は遣唐使たちによって我が国にももたらされ、最先端の表現として日本漢詩・和歌に導入された。それがちょうどこの時期（万葉二期から三期）だったのである。こうして「春の鳥＝うぐいす」が中国で誕生し、時を同じくして我が国でも受け入れられたようだ。

もっともここで留意しておきたいのは、人麻呂歌集のうぐいす歌は、「友を求めるうぐいすが鳴き別れても」「霧に迷ううぐいすでさえも」と、あくまで相聞歌の一部として比喩的に用いられていることである。後述するように、次代のうぐいす歌は、相聞歌ではなく雑歌の中で、花鳥歌の枠組みでうたわれることが圧倒的であり、それが王朝和歌に続く。しかし、人麻呂に関しては歌集にも作歌にもそのようなうぐいすは歌われることがなかった。

もっとも、人麻呂と同時代の日本漢詩ではそうではない。次の懐風藻に収められた釈智蔵「翫花鶯」の一節をみてみよう。懐風藻の伝によれば、釈智蔵は天智朝に唐に留学、持統朝に帰朝し僧正に任じられており、人麻呂と同時代の人物である。

以此芳春節　忽値竹林風
求友鶯嫣樹　含香花笑叢

此の芳春の節を以ちて、忽《たちま》ちに竹林の風に値《あ》ふ。
友を求めて鶯は樹に嫣《わら》ひ、香を含みて花は叢《くさむら》に笑《え》まふ。

ここには僧侶である彼が、友をたずねて戸外に出て歩くさまが描かれる。そこで描かれた春の佳き風景が「竹林に風が吹き通り、友を求めてうぐいすが木に囀り、香りを含んで花が草むらに咲いている」なのである。ここでは「友鶯」をうたっても、人麻呂歌集歌のように相聞の情へと流れない。うぐいすは花と対比的に描かれており、題名の「花鶯を翫《はや》す」にもその意識ははっきりしている。そして、この花鳥への指向こそが奈良朝に始まる後期万葉の中心となるのであり、その幕開けを華やかに告げるのが、「梅花の宴」なのである。

四　梅花の宴と巻十春雑歌

天平二年（七三〇）、大陸への玄関口九州大宰府では、舶来の花である梅を前に官人たちによる宴が開かれ、三十二首もの和歌が披露された。無論、梅の歌がここで始めて詠まれたというのではあるまい。しかし、官人が集う公的な肆宴《しえん》において梅花が和歌によってこれほど盛大にうたわれた例はめずらしかったのだろう。確かに、大宰帥《だざいのそち》大伴旅人という個人によるところは大きい。しかし、それは時代の風を受けたものでもあった。

懐風藻を開くと、長屋王とそこに集う人々の詩が多くを占めることに気付く。春・秋の宴を始め新羅の客を招いての詩宴も多く収められている。どうやら、この長屋王時代[9]は漢詩において一つのピークを形成するようだ。そして旅人もまたこの時代を共有し、漢詩で応詔詩を作り、和歌で吉野讃歌を残している。

梅花の宴はこのような時代背景のもとに、漢詩を取り込んだ和歌の宴として万葉集に記しとどめられたのである。そんな先進的な試みの中に梅と取り合わされたうぐいす歌が七首残る。ここではそのうちのいくつかを紹介しよう。

③　梅の花　散らまく惜しみ　我が園の　竹の林に　うぐひす鳴くも　（巻五・八二四）

④　春の野に　鳴くやうぐひす　なつけむと　我が家の園に　梅が花咲く　（巻五・八三七）

⑤　我がやどの　梅の下枝に　遊びつつ　うぐひす鳴くも　散らまく惜しみ　（巻五・八四二）

⑥　うぐひすの　待ちかてにせし　梅が花　散らずありこそ　思ふ児《こ》がため　（巻五・八四五）

ここではいずれも「梅に鳴くうぐいす」がうたわれ、③では「竹の林」が持ち出される。いかにも新進の中国趣味を背景とした花鳥歌となっていることが理解できよう。また、他のうぐいす歌では野山や岡辺のうぐいすが多いのに、ここでは「我が園」（③④）や「我がやど」（⑤）が取り上げられるのは、宴席の場が政庁の庭だったことにかかわるのだろう。

さらに傍線を施したように、うぐいすが梅を「散らまく惜しみ」(③⑤)、「待ちかてに」(⑥)し、逆に梅がうぐいすを「なつけ」(④)ようと咲く。いかにも技巧的な擬人表現だが、芳賀紀雄氏[10]はこれもまた中国の詠物詩を通じて学んだものであったことを明らかにしながら、このような歌表現がこの時期に一斉に定着したことを指摘する。

このように、梅花の宴は前代にはなかった花鳥歌の成立を明らかにしている。その中で、我々が馴染んでいる「梅＝うぐいす」のイメージが定着するのである。

巻十、春雑歌に収められた十五首ものうぐいす歌も、この時代の花鳥歌のありようを具体的に示してくれる。次にそのうちのいくつかを示しながら、梅花の宴と比較してみよう。

⑦　梅の花　咲ける岡辺に　家居れば　乏《とも》しくもあらず　うぐひすの声　(巻十・一八二〇)

⑧　いつしかも　この夜の明けむ　うぐひすの　木伝ひ散らす　梅の花見む　(巻十・一八七三)

⑨　うちなびく　春立ちぬらし　我が門の　柳の末《うれ》に　うぐひす鳴きつ　(巻十・一八一九)

⑩　春霞　流るるなへに　青柳の　枝くひ持ちて　うぐひす鳴くも　(巻十・一八二一)

⑦⑧には梅＝うぐいすの歌をあげた。⑧のうぐいすが「木伝ひ散らす」梅花の風景は、梅花の宴でも見かけたものだ。また、本稿の冒頭に上げた「うぐひすの羽白たへに沫雪そ降る」も巻十の歌である。

もっとも、巻十春雑歌のうぐいす歌(十五首)に梅＝うぐいすの歌は三首のみであり、意外にも梅に集中しているわけではない。

梅以外の花としては、⑨⑩の柳の歌が目に付く（合計三首）。梅と柳が入れ替わったかのようだが、実はこの柳＝うぐいすも漢詩に例が多い。

新鶯隠葉囀　新燕向窓飛　新鶯は葉に隠れて囀《さえず》り、新燕は窓に向かひて飛ぶ。
柳絮時依酒　梅花乍入衣　柳絮《りゅうじょ》は時に酒に依り、梅花は乍《たちま》ち衣に入る。

『玉台新詠』『初学記』にも収められた梁孝元帝「春日詩」に右の例がある他、これに習った家持の文章に「翠柳《すいりゅう》依々《いい》、嬌鶯《きょうおう》は葉に隠りて歌ふ」（三九六八）とある。どうやらこれは、万葉歌人たちに親しい取り合わせであったようだ。

実は右の「春日詩」にもあったように、梅＝柳も漢詩にしばしば現れる表現である。それを受けて、梅花の宴に「青柳　梅との花を折りかざし」（八二一）とある他、「梅柳」（九四九）などセットにしてよまれる。つまり、梅＝うぐいす＝柳は漢籍に学びつつ、歌ことばのネットワークを作り上げているのである。

さらに、それは詩文や書物の世界だけでなかったことは、⑩が描く「柳の枝をくわえて鳴く（飛ぶ）」姿が「正倉院宝物に残る花喰鳥の模様」に通じる（『新全集』一八二一の頭注）との指摘から想像できる。おそらく現存するもの以外に、同様の

紺牙撥鏤棊子（正倉院蔵）

デザインが刺繍や工芸品に施されていた可能性が高い。このように詩文や歌の表現は「鳥毛立女屏風」同様、貴族達の日常生活を彩っていたと思われる。

もっとも、巻十には漢詩によらないうぐいす歌もみられる。

⑪　紫草《むらさき》の　根延ふ横野の　春野には　君をかけつつ　うぐひす鳴くも　（巻十・一八二五）

⑫　うちなびく　春さり来れば　篠《しの》の末《うれ》に　尾羽打ち触れて　うぐひす鳴くも　（巻十・一八三〇）

⑬　冬ごもり　春さり来れば　あしひきの　山にも野にも　うぐひす鳴くも　（巻十・一八二四）

⑭　うぐひすの　春になるらし　春日山　霞たなびく　夜目に見れども　（巻十・一八四五）

⑪が取り上げる紫草は春野の風景として描かれており花鳥歌といいがたいが、⑫の「篠」は花鳥歌の枠組みをとる。篠は群がって生える細い竹のことで、あるいは「竹林」から来たのかもしれないが、もはや漢詩から遠ざかっている。この時期、花鳥歌の枠組みで四季歌が形成される。その際、ホトトギス＝橘・卯の花のように、漢詩文に拠らない組合せも多数登場する。紫草や篠もその一つであって、これらは万葉人たちの生活の風景に基づくのかもしれない。そういえば、梅花の宴では「宿」「園」が多かったが、巻十では⑪「春野」、⑦「岡辺」、⑬「山にも野にも」など、郊外が多くうたわれる。どうやら、梅花の宴と巻十春雑歌は重なりながらずれている。

この他、巻十春雑歌・相聞で気になるのは、春の到来と関わったうぐいす歌が極めて多いことだ。⑫

⑬のように「春さり来れば」はその代表だが、⑨「春立ちぬらし」の他、「春霞・春山」など、春と関わる表現はうぐいす歌十八首例中十三首を数える。その上、⑭のように「うぐひすの春」なる造語まで現れ、さながら「春の到来とうぐいす」のバリエーションを競っているかのようである。梅花の宴にも春の到来を取り上げた歌は少なくないが、これほど多くはなかった。梅花の宴は梅の花のすばらしさが主題であるように、巻十春雑歌はまさに春の到来がその主題であったことをうかがわせる。

五 万葉集四季分類と古今集四季分類

⑮ うぐひすの　通ふ垣根の　卯の花の　憂きことあれや　君が来まさぬ　（巻十・一九八八・夏相聞）

⑯ ほととぎす　来鳴きとよもす　卯の花の　共にや来しと　問はましものを　（巻八・一四七二・夏雑歌）

⑰ 春されば　卯の花腐《ぐた》し　我が越えし　妹が垣間は　荒れにけるかも　（巻十・一八九九・春相聞）

さてここでは、巻十「夏相聞」に収められた風変わりなうぐいす歌⑮について考えてみよう。この歌では、何より卯の花との取り合わせが注目される。四月の異名である卯月の語源と成ったように、白く咲く卯の花は初夏のものとされる。その意味では、この歌が「夏」にあるのは当然なのである。しかしながら、卯の花と取り合わされるのがホトトギスであることは、古今集を待つまでもない。⑯に「共にや来し」というように、ホトトギスと卯の花の共時性は明らかである。逆に、集中約二十五例の卯の花の用例中、うぐいすとの取り合わせはこの一首のみである。

前述したように、春雑歌であれほど「うぐいす＝春の到来」にこだわった巻十なのに、なぜ夏相聞にこの歌を収めるのか明確ではない。もっとも、こういう疑問の抱き方そのものが、この時代に定着し、古今集の四季歌で規範となった季節の花鳥歌の発想に依りかかったものなのだろう。

⑰は卯の花をうたうが、「春されば」とあることから「春相聞」に収められる。「春の卯の花」はこれが唯一のものなのだが、これもまた巻十なのである。先にあげた「卯の花＝うぐいす」も相聞歌だったことを考えると、季節に直接関わらない恋情表現への指向がこのような取り合わせを許容したのかも知れない。(11)

どうやら古今集に比べ万葉巻十の規制は「ゆるい」ものだったと想像される。おそらく、それらは季節と景物が和歌に定着する時、さまざまにありえた表現の一つだったのだろう。ただ、その「ゆるさ」は、単に未分化だったからというわけではない。むしろ、編纂という作業を通じてある側面にスポットが当てられ、その結果として立ち現れてきたものである。それを具体的にみてみよう。

万葉集二十巻の内、四季分類が施された巻は八と十の二つの巻である。この二つは内部を季節の雑歌・相聞に分類するという点で共通しながら、作者判別か否かで大きく異なる。この作者の有無がそれぞれ内部の配列に関わってくる。すなわち、巻八は春雑歌を作者年代順に配列するが、作者名のない巻十にはその配列は採用できない。そこで巻十が採用したのは——古を尊重して人麻呂歌集を先頭に置いた後——、雑歌は「詠鳥、詠霞…」と詠物で示し、相聞歌は「寄鳥、寄花…」と寄物で示す方法である。それを整理すると次のようになる。

○巻八…作者判別、四季分類
・春（雑歌＋相聞）、夏（雑歌＋相聞）、秋（雑歌＋相聞）、冬（雑歌＋相聞）
・春雑歌…作者順、春相聞…作者順
○巻十…作者不明、四季分類
・春（雑歌＋相聞）、夏（雑歌＋相聞）、秋（雑歌＋相聞）、冬（雑歌＋相聞）
・春雑歌…人麻呂歌集＋詠鳥…詠○　春相聞…人麻呂歌集＋寄鳥…寄○

大切なことは、この分類がこの巻だけのものではなく、万葉集全体の分類と一致していることである。つまり、雑歌・相聞の分類は挽歌をくわえた三分類として万葉集の基本的な分類であり、作者判別歌の有無は、巻一～六、八の判別歌巻に対し、巻七、巻十～十三の不明歌巻としてまとめる方式と同じである。さらに、巻七作者不明歌巻は、雑歌と譬喩歌（相聞）に分けたあと「詠○」「寄○」として、素材で分類するという共通の方式をとっている。

ここで問題になるのが、雑歌と相聞の区別であり、「詠○」で区切られた雑歌の内部分類である。季節の歌を雑歌と相聞で分類しようとすると、混乱する歌は少なくない。雑歌内部の分類も基本的には天象・物象などで分類されるが、それに収まりきらないものも多い。巻十雑歌に「野遊」「歎旧」という内容による分類から、「旋頭歌」など歌体によるものまであることは、分類の困難さを現している。

このようにいくつもの問題を抱えながら、ともかく歌を四季に分類すること、雑歌と相聞に分けることが万葉集において初めてなされたのである。それは単に整理方法の一つというのではなく、「四季歌の誕生」を主張することであった。

一方、古今集はどうだろう。古今集全二十巻は前半の四季歌（一～六の前半六巻）と後半の恋歌（十一～十五巻の後半五巻）を中心に構成される。万葉集に比べると、四季歌巻が拡大（二巻→六巻）しているだけでなく、恋歌（相聞歌）と切り離されて特化している。そのなかで、作者の判明・不明を問題にしない新たな分類がなされる。それが季節内部の変化を景物ごとに、配列することである。今、春歌を例に挙げれば、次のようになっている。

立春・雪・うぐいす・若菜…梅（咲く・散る）・桜（咲く・散る）・花（咲く・散る）・山吹・三月尽

まさに景物による季節のカタログであり、ぱらぱらめくれば美しい景の変化を通して「時の経過」が浮かび上がるしくみになっている。そうである以上、季節の逆戻りはむつかしい。うぐいすは夏に鳴くことはないし、卯の花は春に咲くことはない。

この「時の経過」はもう一つの大部立、「恋」にも応用される。恋部を一～五に分類する際に用いられたのが、万葉集の寄物でなく、恋の始めから終わりまでの経過である。出会う前、思うだけの恋から、出会い、別れまでを分類する。男女の別も、作歌事情も捨てた、つまり恋にとってもっとも大切な具体性を捨象した分類方法といってよいだろう。古今集の編纂を通じて生み出した「時の経過」とは、古今集の本質とかかわったものだったのである。万葉集巻八・十とは違うといわなければならない。もっとも、うぐいすについては事情が異なる。冒頭の春の到来で雪と合わせ、梅はもちろん、最初に述べたように花とも合わせられる。そして、最後の三月尽で春を惜しんでなく。まさにうぐいすが春を向かえ、春を送るのである。ここに古今集の特徴がある。しかし、次の時代には花は桜に集約され、うぐいすは春の到来に固定される。清少納言、そして私たちの常識はこの上に立っている。

六　天平の贈答書簡、宴歌

最後に家持とその周辺のうぐいす歌をみておこう。そこには巻十のように、歌だけが独立してあるのではない、具体的な場が示されている。たとえば、次にあげた家持と池主の贈答書簡は、家持が国守として赴任した越中で病に伏した際のものである。

忽《たちま》ちに枉疾《おうしつ》に沈み、累旬《るいじゅん》痛み苦しむ。…方今《いまし》、春朝に春花は、馥《にお》ひを春苑に流し、春暮に春鶯は、声を春林に囀《さえず》る。…

⑱　うぐひすの　鳴き散らすらむ　春の花　いつしか君と　手折りかざさむ　（巻十七・三九六六）

忽《たちま》ちに芳音を辱《かたじけな》みし、翰苑《かんえん》雲を凌《しの》ぐ。…春は楽しぶべく、暮春の風景最も怜《あわ》れぶべし。紅桃灼々《しゃくしゃく》、戯蝶は花を廻《めぐ》りて儛《ま》ひ、翠柳《すいりゅう》依々、嬌鶯《きょうおう》は葉に隠りて歌ふ。…

⑲　山峡《やまがい》に　咲ける桜を　ただ一目　君に見せてば　何をか思はむ　（巻十七・三九六七）

⑳　うぐひすの　来鳴く山吹　うたがたも　君が手触れず　花散らめやも　（巻十七・三九六八）

⑱は病のため思うようにならない身を嘆きつつ、過ぎ行く春の景を思いやる。この漢文書簡にある「春」を重ねる方法は、六朝詩に多用された技巧である。和歌は書簡の文章を受け継いで、うぐいすが散らす春の花を君と手折らんとうたう。ここで具体名称を示さない「春の花」を持ち出すのは文章中の「春花」に拠る表現だろう。これを受けて、池主は⑲⑳の和歌と文章を返す。

⑲では山桜を君に見せたいと、⑳ではうぐいす来鳴く山吹は君の手に触れないままで散りはしないとうたう。桜、山吹は春の景物とはいえ、いずれも早春というよりはむしろ仲春、もしくは晩春の景である（古今集では山吹は春の最後）。実はこれは二人の書簡にある「春暮」「暮春」と応じる。実際、家持歌の作歌年次である天平十九年（七四七）二月二十九日は、太陽暦の四月十七日にあたり、北国越中も春の盛りであったと推測できる。

このように、仲春・晩春の景としてうぐいすがうたわれることは、漢詩文の活用と言う点からは十分ありうることなのである。「花」の多用とかかわって古今集の「晩春の鶯」が漢詩文に由来するのも不思議ではない。

二十五日、新嘗会《にいなめのまつり》の肆宴《しえん》にして詔《みことのり》に応《こた》ふる歌六首

㉑　**袖垂れて　いざ我が苑に　うぐひすの　木伝ひ散らす　梅の花見に**　（巻十九・四二七七・藤原永手）

十二月十八日に、大監物三形王《みかたのおおきみ》の宅にして宴する歌三首

㉒　**み雪降る　冬は今日のみ　うぐひすの　鳴かむ春へは　明日にしあるらし**　（巻二十・四四八八）

㉑は題詞にあるように、当時大和国守だった藤原永手が新嘗祭《にいなめさい》後の肆宴で披露した歌である。この春の佳き日に梅の花を散らすうぐいすを見に行こうと勧誘するのだが、歌が披露された二十五日は十一月（太陽暦で翌年の一月七日）なのである。新嘗祭が十一月下の卯の日のものであることを考えれば、むしろ当然で、梅にもうぐいすにも早すぎる。同じ肆宴で歌われた歌に「島山に照れる橘うずに刺し」（四二七六）とあり、この橘は造花で飾り物の箱庭かとされる。つまり、ここの梅・うぐいすも実物ではなく、橘同様、新嘗祭にふさわしい縁起物だと思われる。この歌に応じて家持がさらに「梅をしのはむ」（四二七八）とうたうのも、永手の寿《ことほ》ぎに賛同したものだろう。

㉒は題詞によれば三形王邸での主人の歌。「冬は今日のみ…春へは明日」と特別な一日をうたうのには訳がある。実はこの天平宝字元年（七五七）の十二月十八日は太陽暦の二月四日にあたり、翌十二月十九日が立春だったのである。立春がテーマだからこそ「うぐひすの鳴かむ春へ」と意識される。これも現実の風景などではない。うぐいすは春の象徴だからうたわれるのであって、そのことが主人から客人への寿ぎになる。このあとの客人の歌がこの歌に応じていくのはいうまでもない。

このように、肆宴の場が公的なものであればあるほど、寿ぎとしての性格は強くなる。そこでうたわ

れる景は、「あらまほしき景」「理念としての景」であって、季節と景物の齟齬《そご》は問題にならない。同じことが、三章で取り上げた大宰府での「梅花の宴」にもいえる。

しかし、空想の風景であることは和歌として劣っていることを意味しない。むしろ、現実の景を離れることで想像力は飛躍する。

㉓ み苑生《そのう》の　竹の林に　うぐひすは　しき鳴きにしを　雪は降りつつ（巻十九・四二八六）

㉔ 春の野に　霞たなびき　うら悲し　この夕影に　うぐひす鳴くも（巻十九・四二九〇）

家持の歌を二つあげた。㉓は題詞に拠ると天平勝宝五年（七五三）正月十一日、大雪の日の感慨だという。竹林に鳴くうぐいすは現実のものではないだろう。しかし、雪が降る中、竹を震わせて鳴くうぐいすの姿は実に美しい。このような作歌活動の果てに、「春愁三首」といわれる㉔の歌も可能になるのだろう。

七　まとめ

冒頭に夏のうぐいすを取りあげ、イメージと実態の齟齬をどのようにとらえているかを考えようとした。しかしどうやら、それは失敗だったらしい。清少納言のように、うぐいすは春のものとの確信に立って、夏に鳴くことを糾弾するというのは万葉には見つけられなかった。万葉集では、漢詩文から受け入れた花鳥歌を生かし、四季歌を成り立たせることが求められたのである。その背景には、新しい儀式や宴席における和歌の役割がかかわっているようだ。

おそらく、「春告げ鳥」とされるうぐいすが、夏にも鳴くことは、奈良・平安朝の貴族たちも経験的に知っていただろう——現代の我々が経験するところでもある——。しかしながら、和歌世界、ことに勅撰集的世界でそれを正面から取り上げることはほとんどない。その意味では、まさに和歌世界に特殊な問題だというべきだろう。他にも、平安朝には詩文の受容を通して、季節を過ぎたうぐいすの声を表す「老鶯」「老声」などの言葉が生まれる。しかし、それを和歌に求めても見出すのは困難である。[12]「うぐいす歌」を考える時、万葉・古今という歌集の編纂を含め、歌世界の独自な展開をどのように見定めるかが大切なのである。

注1　『枕草子』「見物は」（二〇八段）には、待ち望んだ郭公の後に、うぐいすが続けて鳴いたことを次のように記している。

いみじういかで聞かむと目をさまし起きゐて待たるる郭公の、あまたさへあるにやと鳴きひびかすは、いみじうめでたしと思ふに、鶯の老いたる声して、かれに似せむとををしううち添へたるこそ、にくけれど、またをかしけれ。

2　このうぐいすについて、『新編全集』は頭注で次のように記している。

うぐいすは夏になると奥山に姿を隠すというが、山麓の木立などでは六月頃でも鳴く声が聞かれる。ここは梅雨寒（つゆさむ）にさまよい出て、佐保（さほ）山南麓にあったと思われる家持邸の庭の繁みに渡って来たのであろう。

3 朝集使は任国における官人の勤務評定書をはじめ、各種の公文書を中央に持参する使いであった。

4 稲岡耕二・橋本達雄編『万葉の歌ことば辞典』（有斐閣、一九八二）と、稲岡耕二編『万葉集事典』（学燈社、一九九三）の「うぐひす」の項。

5 「花鳥歌の源流」（『万葉集研究』第二集、一九七三）、「花鳥歌の展開」（『万葉集研究』第一二集、一九八四）いずれものち『遊文録　萬葉篇一』（和泉書院、一九九三）所収。

6 「晩春の鶯―『古今集』を中心とした鶯歌の変遷と漢詩―」（『国語国文』一九八九・五）

7 平岡武「三月尽―白氏歳時記―」（『日本大学人文科学研究所研究紀要』18号、一九七六・三）や小島憲之「四季語を通して―「尽日」の誕生―」（『国語国文』一九七七・一）など参照。

8 芳賀紀雄「毛詩と萬葉集―毛詩の受容をめぐって―」（『国語通信』269号　筑摩書房、一九八四・一〇のち『萬葉集における中國文學の受容』所収）、渡瀬昌忠「人麻呂歌集略体歌の新世界―「友鸎」と漢文学―」（『萬葉歌人論―その問題点をさぐる―』明治書院、一九八七）、渡辺秀夫「谷の鶯・歌と詩と―〈典拠〉をめぐって」（『中古文学』21号、一九七八・四のち『平安朝文学と漢文世界』勉誠社、一九九一また別に『詩歌の森』大修館書店、一九九五）

9 藤原不比等の没後、長屋王が右大臣に任ぜられる養老五年（七二一）から長屋王が謀反の罪で自殺に追い込まれる天平元年（七二九）。

10 芳賀紀雄「萬葉集における花鳥の擬人化―詠物詩との関連をめぐって―」（『記紀萬葉論叢』塙書房、一九

九二のち『萬葉集における中國文學の受容』所収)

11 ⑮(一九八八)は第三句までが序になって、「卯の花→憂きこと」と同音反復で四・五句につながる。相聞歌の場合、ポイントはこの序と本旨の微妙な距離であって、春の到来そのものを主題にするわけではない。平群女郎が大伴家持に贈った歌「うぐひすの　鳴くくら谷に　うちはめて　焼けは死ぬとも　君をし待たむ」(巻十七・三九四一)も、春の到来とは無関係なうぐいす歌である。

12 北山円正「老鶯と鶯の老い声」(『神女大国文』19号、二〇〇八・三)

＊本文については、万葉集は『新編日本古典文学全集　万葉集』(小学館、一九九六)、枕草子は石田穣二『新版　枕草子』(角川文庫、一九八〇)によった。

＊本稿ではルビについては読み易さを考え、全て現代かなづかいを用いた。

万葉びとと桜
――その心象世界――

田中夏陽子

一　はじめに

現在の歌謡曲に「桜ソング」というカテゴリーがある。売り上げの順位で示せば、次のごとくである。

1	桜坂	福山雅治	2000/04/26	229.9万枚
2	さくら（独唱）	森山直太朗	2003/03/05	105.2万枚
3	さくら	ケツメイシ	2005/02/16	95.2万枚
4	SAKURAドロップス	宇多田ヒカル	2002/05/09	68.7万枚
5	チェリーブラッサム	松田聖子	1981/01/21	67.5万枚
6	桜	河口恭吾	2003/04/30	44.9万枚
7	桜	コブクロ	2005/11/02	36.3万枚
8	桜	川本真琴	1998/04/01	31.4万枚
9	桜援歌（Oh!ENKA）	関ジャニ∞	2005/09/14	24.8万枚

10	サクラ咲ケ	嵐	2005/03/23	17.3万枚

（二〇〇六年三月二十日付　http://www.oricon.co.jp/music/special/060322_01.html）

桜ソング――桜の歌は、古今問わず、現代の日本の若者にも人気がある。いにしえの万葉の時代より日本人がこよなく愛して歌にした桜を、現代の若者も、やはり歌という形に組み替え、愛でている。

売り上げでは右のような順位になるが、「桜といえばこの曲！ランキング」というアンケート結果も公表されている。注目されるのは、八位に、明治二十一年刊行の『箏曲集』の第二曲目に収録されている「桜」が入っていることである。

1	さくら（独唱）	森山直太朗	2003/03/05
2	さくら	ケツメイシ	2005/02/16
3	桜	コブクロ	2005/11/02
4	桜坂	福山雅治	2000/04/26
5	桜	河口恭吾	2003/04/30
6	桜色舞うころ	中島美嘉	2005/02/02
7	桜の時	aiko	2000/02/17
8	さくら	童謡	／
9	サクラ咲ケ	嵐	2005/03/23
10	ソメイヨシノ	ENDLICHERI☆ENDLICHERI	2006/02/01

（二〇〇六年三月二十日付　http://www.oricon.co.jp/music/special/060322_01.html）

周知のように、「桜」の歌詞は、

桜さくら　やよいの空は　見渡すかぎり　霞か雲か　にほひぞいづる　いざやいざや　見にゆかむ

と、山桜を遠方から見渡し、桜が霞・雲に見まごう状況をうたっているのだが、恐らく右に掲げた十曲のうちこの歌だけが山桜で、他の曲はおそらくソメイヨシノを念頭において作られているのだろう。今日、桜といえばソメイヨシノがその代表格であり、毎年気象庁が発表する桜の開花予想「桜前線」も、各地のソメイヨシノの開花時期によっている。

ソメイヨシノは、江戸時代末から明治初期に生まれた園芸種である。花が大きく、葉より花が先に開花するため華やかである。また、ヤマザクラなどに比べると成長が早いことから、他の品種に比べ短期間で立派になる。そのため、明治時代以降好まれ、爆発的な勢いで全国に植樹された。

接木により植樹されて増えるソメイヨシノには、実はほとんど個体差がない。クローンなのである。したがって、同じ地域の同じ気象条件下にあれば、ほぼ同時に花開く。桜前線は、桜並木のように群れて植樹されている桜がいっせいに開花するからこそ有効な予報なのであって、ソメイヨシノだからこそ成り立っているのである。(1)

それに対して、古代の桜は、エドヒガンザクラ・ヤマザクラ・カスミザクラといった野生種である。(2)日本全国ソメイヨシノ一色の今日とは異なり、昔は各地で違った品種の桜が咲いていた。しかも桜並木

ヤマザクラ（高岡市万葉歴史館屋上庭園・筆者撮影）

エドヒガンザクラ（富山県氷見市粟原の駒つなぎ桜・筆者撮影）

のように群れて植わっていない。

谷本丈夫《たにもとたけお》氏の「万葉人がみた桜」（『桜のたのしむ』林業科学技術興信所・平成三年初版・平成十六年改訂）によれば、桜は日当たりのよい明るい場所でないと生育しないため、桜山と呼べるような形で多くの桜が混在することはないという。つまり、周囲から一本だけ浮き出た「一本桜」という形態でみられる場合が多いのである。

また、ソメイヨシノの花見期間が十日ぐらいなのに対し、こうした野生種は、個体差がある上に、生育している場所も一本ずつ異なるため、花見期間がずれていっせいには咲かない(3)。

寿命も、ソメイヨシノの寿命が六十年といわれているのに対し、野生種は長寿である。日本三大桜の一つで、日本武尊が東征の折りにこの地に留まり植えたという伝説の残る日本最古の桜、山梨県北杜《ほくと》市実相寺の山高神代桜《やまたかじんだいざくら》は、樹齢二千年ともいわれるエドヒガンである。国指定天然記念物の桜二十七本のうち、十本がエドヒガン、四本がヤマザクラだという(4)。

現在我々は、桜といえば知らず知らずのうちにソメイヨシノを規範モデルとてイメージしてしまうが、古典の中に登場する桜は、山桜が基本なのである。

二 万葉の桜

桜の語がよみこまれている歌は『万葉集』に四十数首ある。

万葉の桜は、次の歌のように山野に自生している桜をうたっている場合が圧倒的に多い。

暇《いとま》あらば　なづさひ渡り　向《むか》つ峰《を》の　桜の花も　折らましものを　（巻九・一七五〇）

見渡せば　春日《かすが》の野辺《のへ》に　霞立ち　咲きにほへるは　桜花かも　（巻十・一八七二）

物《もの》思はず　道行く行くも　青山を　振り放《さ》け見れば　つつじ花　にほえ娘子《をとめ》　桜花　栄え娘子《をとめ》…　（巻十三・三三〇五）

今日のためと　思ひて標《し》めし　あしひきの　峰《を》の上《へ》の桜　かく咲きにけり　（巻二十・四一五一）

「向つ峰の桜」「見渡せば」「振り放け見れば」「峰の上の桜」という語からわかるように、遠方から見渡すように眺める状態で「遠山の桜」(5)がうたわれている。

このような『万葉集』の桜歌の特徴からすると、次の歌なども遠山の桜を念頭においてうたわれたものと考えられる。

尾張連《をはりのむらじ》の歌二首　名欠けたり

春山の　咲きのををりに　春菜《わかな》摘む　妹《いも》が白紐《しらひも》　見らくし良しも　（巻八・一四二一）

うちなびく　春来《きた》るらし　山の際《ま》の　遠き木末《こぬれ》の　咲き行く見れば　（巻八・一四二二）

舎人皇子《とねりのみこ》に献る歌二首

妹《いも》が手を　取りて引き攀《よ》ぢ　ふさ手折《たお》り　我がかざすべく　花咲けるかも　（巻九・一六八三）
春山は　散り過ぎぬとも　三輪山は　いまだ含《ふふ》めり　君待ちかてに　（巻九・一六八四）
館《やかた》の門《かど》に在《あ》りて江南《かうなん》の美しき女を見て作る歌一首
見渡せば　向《むか》つ峰《を》の上《へ》の　花にほひ　照りて立てるは　愛《は》しき誰《た》が妻　（巻二十・四三九七）

まず、一四二二番の歌の場合についてだが、「山の際の遠き木末の咲き行く見れば」という表現が、日当たりのよい山際の枝から花が咲き出す遠くの山の桜の様子をよく言い当てている。したがって、前歌一四二一番の「春山の咲きのををりに」という部分についても、連作なので春山の桜をよんでいるということになる。(6)

「舎人皇子に献る歌二首」については、「春山は散り過ぎぬとも三輪山はいまだ含めり」というように、花が咲く様子を山の景としてとらえようとしており、また前歌の「引き攀ぢふさ手折り我かざすべく花咲けるかも」という部分も、枝もたわわに咲いてそれを插頭《かざし》にするという歌意が、桜歌にふさわしい。(7)

花を江南の美女に見立てた歌（四三九七番）は、尾崎暢殃《のぶお》氏(8)が詳しく論じられているように、序詞がどこまでかかるかはっきりしないため、実景をうたっているかどうか定かでない。

この歌は左注に、「右の三首、（天平勝宝七年・七五五年）二月十七日（太陽暦四月六日）に、兵部少輔大伴家持作る」とあり、次のような二首の歌の後に配置されている。

独り龍田山の桜花を惜しむ歌一首

龍田山　見つつ越え来《こ》し　桜花　散りか過ぎなむ　我が帰るとに　（巻二十・四三九五）

独り江《え》の水に浮かび漂ふこつみを見、貝玉《ばいぎょく》の寄らぬを怨恨《うら》みて作る歌一首

堀江より　朝潮満ちに　寄るこつみ　貝にありせば　つとにせましを　（四三九六）

館《やかた》の門《かど》に在《あ》りて江南《かうなん》の美しき女を見て作る歌一首

見渡せば　向《むか》つ峰《を》の上《へ》の　花にほひ　照りて立てるは　愛《は》しき誰《は》が妻　（四三九七）

右の三首、二月十七日に兵部少輔《ひょうぶのせうふ》大伴家持作る。

この三首は次のように、

桜を見ながら独り龍田山を越える歌（四三九五）
←
難波《なにわ》の堀江で土産に貝を拾うことを欲する歌（四三九六）
←
館における美女の歌（四三九七）

と、龍田山を越えて、難波の堀江に至り、館に到着するまでの旅路をよんでおり、愛する女性への思慕

の念を一貫して歌い込んだ連作構成となっている。そのため、連作第一首目の「龍田山の桜」を、三首目の江南の美女の歌の「花」は背負っている。しかも、「見渡せば向つ峰の上の桜にほひ照り立てるは」という部分は、遠山の桜を眺めている表現である。したがって、江南の美女の歌は、実景をよんだかどうかは定かでないにしても、山の桜が咲く光景を念頭におきながらよんだ歌ということになる。

その他にも、有名な小野老の、

大宰少弐《だざいのせうに》小野老朝臣《おののおゆのあそみ》の歌一首

あをによし　奈良の都は　咲く花の　にほふがごとく　今盛りなり　（巻三・三二八）

のように、歌中の「花」をめぐる解釈が、桜・藤・牡丹・花全般と、研究者によって異なる歌もある。「桜」が語句として欠落しているが桜をよんだ歌がいくつもあるのは、桜を見ながら即興的によまれる場合が少なからずあったからであろう。

さらに、実際には桜を眼前にした歌だとしても、宮廷讃歌のように花の種類を表現せず、「春花」や「花」といった抽象化した表現に集約してしまう場合もあったと思われる。

たとえば、額田王《ぬかたのおほきみ》の有名な春秋判別歌。

天皇、内大臣《うちのおほまへつきみ》藤原朝臣に詔《みことのり》して、春山の万花《ばんくわ》の艶《にほひ》と秋山の千葉《せんえふ》の彩《いろどり》とを競ひ憐れびしめ

たまふ時に、額田王、歌を以《もち》て判《ことわ》る歌

冬ごもり　春さり来《く》れば　鳴かざりし　鳥も来鳴《きな》きぬ　咲かざりし　花も咲けれど　山を茂《し》み　入りても取らず　草深み　取りても見ず　秋山の　木《こ》の葉を見ては　黄葉《もみち》をば　取りてそしのふ　青きをば　置きてそ嘆く　そこし恨《うら》めし　秋山そ我は

（巻一・一六・額田王）

額田王は、「春山の花」と「秋山の紅葉」のどちらの方が趣があるかという問いに対し、「秋山そ我は」と、秋山を私は選ぶと答えている。

その理由は、春山は「山を茂み　入りても取らず　草深み　取りても見ず」と、春山は植物が繁茂していて入って行って花を手に取れないからだというのである。なんとも現実的な理由である。草花を髪や冠に挿頭《かざ》したりして身につけると、その植物の生命力が吸収できると信じられていた当時なので、手に取れるということは重要だったのだろう。けれども実生活の中では、春山の万花の代表である桜を手に取って愛でるより、遠くから眺める機会の方が多かった。そうした当時の桜に対する実情が額田王歌の背景にはあるのである。

三　山の桜をめぐる神話的世界観

山野に自生する桜が多かった万葉の時代、万葉の桜歌の約六割に「山」がよみ込まれている。桜に山を冠して「山桜花」(巻八・一四二五・山部赤人、巻十七・三九七・大伴家持)と言うことがしめすように、桜を山の樹木として歌をよむことが一つのパターン化された発想だった。時代が下り、王朝和歌を代表する八代集に、庭や家にある桜を「庭桜」(『拾遺和歌集』六一・よみ人しらず、『後拾遺和歌集』一二三・藤原通朝、一四八・和泉式部)、「家桜」(『新古今和歌集』一四五一・円融院)と、山野に自生するものと区別していう言葉が存在することも、本来、桜を山の花として意識していたことをうかがわせる。

上代文学中で「桜」と「山」との組み合わせが最も早く見られるのは、左記の『古事記』による神々の系譜のように、日本神話に登場する木花之佐久夜毘売《このはなのさくやびめ》・木花知流比売《このはなちるひめ》姉妹と大山津見神《おおやまつみのかみ》の親子の関係であろう。

この姉妹は桜が神格化したものだと考えられており、木花之佐久夜毘売は、天照大御神《あまてらすおおみかみ》の孫の天津《あまつ》日子番能邇邇芸命《ひこほのににぎのみこと》が降臨した時に、父大山津見神《おおやまつみのかみ》が姉石長比売《いわながひめ》と共に差し出して天孫《てんそん》の妻になった姫神である。木花知流比売《このはなちひひめ》は、須佐之男命《すさのおのみこと》と櫛名田比売《くしなだひめ》との間に生まれた子の八島士奴美神《やしまじぬみのかみ》の妻として神話の系譜上にのみ名を連ねている姫神である。

二人の姫神の夫となった男神だが、番能邇邇芸命は、稲の穂がにぎにぎしく稔る名を持ち、天照大御神が稲穂を授けて降臨させた神、八島士奴美神は、稲田宮主須賀之八耳神《いなだのみやぬしすがのやつみみのかみ》と言う別名を持つ足名椎《あしなづち》の娘の櫛名田比売(奇《く》し稲田の姫の意)と須佐之男命の末裔である。両者とも穀物神の血筋を引く神である。

彼らの妻となることは、桜が穀物神の依代であることを意味しているといえよう。

また、木花知流比売が出雲系の神と婚姻することの意味は、尾崎暢殃氏が述べられるように、古代人

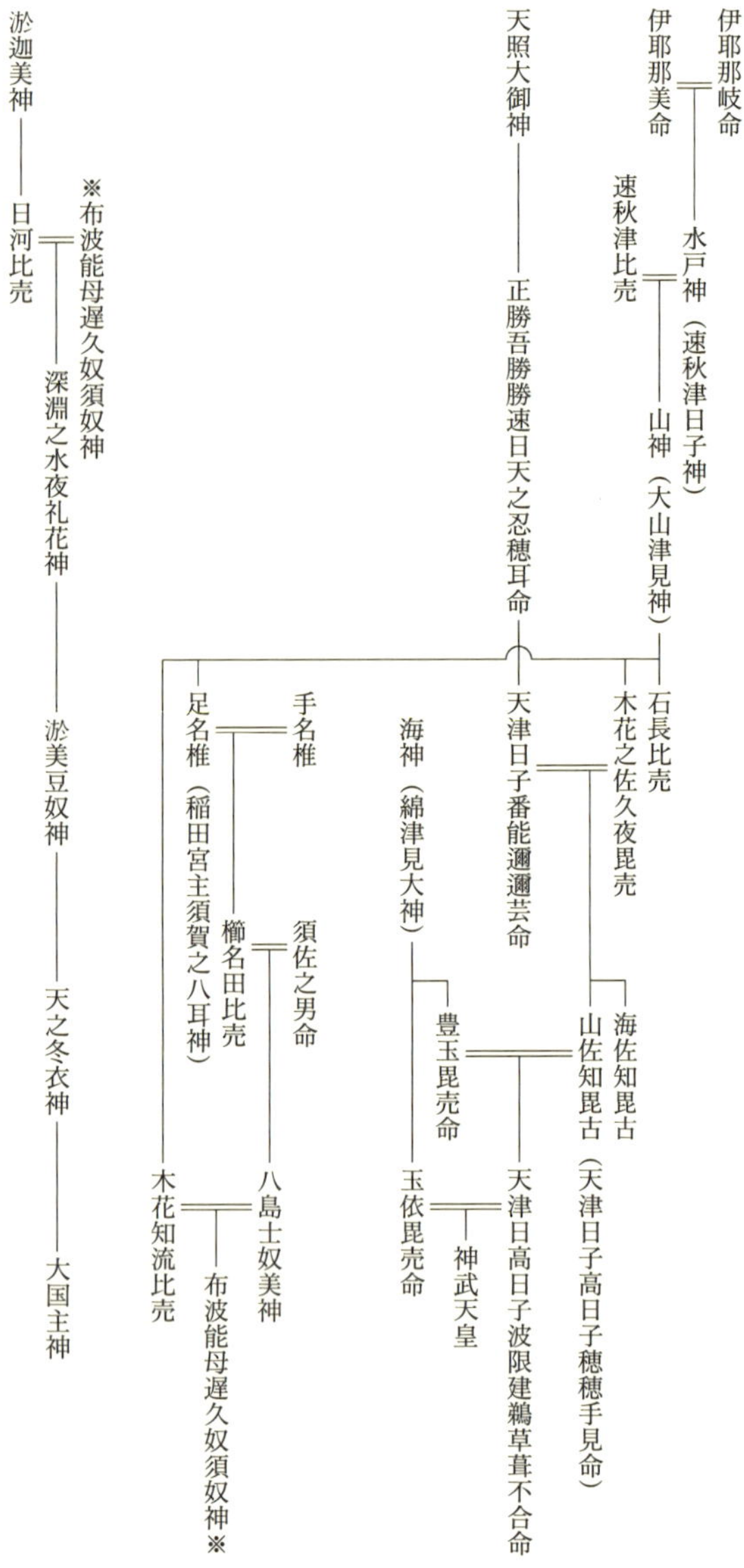

の「花」と「水」に繋がりを見る農作業の観念を象徴していると思われる。(9)

右の系譜の淤迦美神《おかみのかみ》（竜神）、日河比売《ひかわひめ》（霊的な河に奉仕する巫女が神格化した神名）、深淵《ふかふち》之《の》水夜《みずや》礼花神《れはなのかみ》（深い淵の水が花に注がれる意で、水の運行と花の繋がりを神格化した神名(10)）、淤美豆奴神《おみずぬのかみ》（大水の主の神の意）と、木花知流比売以下の出雲系の神の名には、そのような思想がよく現れている。
また『古事記』上巻の後半部分は、天皇家の血筋「天津日子《あまつひこ》」が天下り、婚姻を通して「山」「海」の語に象徴される葦原中国《あしはらのなかつくに》の支配権を獲得したことを物語り、天皇家の国土支配の正当性を保証する役割を持っているが[11]、その中で大山津見神が木花之佐久夜毘売を邇邇芸命に差し出したことは服従を誓ったことを意味し、「山」という形で象徴化した国土の支配権が天皇の血筋によって獲得されたことになるのである。さらに、その婚姻の結果、木花之佐久夜毘売は戸無《とな》き八尋殿《やひろどの》に火を放ち火中で出産。海佐知毘古《うみさちびこ》と神武《じんむ》天皇の祖父にあたる山佐知毘古《やまさちびこ》が生まれる。そして、山佐知毘古は兄の海佐知毘古から借りてなくした釣針を探しに海の国へ訪問。海神の娘豊玉毘売《とよたまびめ》を娶ることにより「海」の支配権を得るのである。

このような貴人の国占めのモチーフは、持統天皇の吉野行幸の際によまれた、左の柿本人麻呂の吉野讃歌の第二長歌のように、山川の神がこぞって奉仕する表現となって万葉歌にもあらわれてくる。

やすみしし　我が大君　神ながら　神さびせすと　吉野川　激《たぎ》つ河内に　高殿を　高知りまして
登り立ち　国見をせせば　たたなはる　青垣山　山神《やまつみ》の　奉る御調《みつき》と　春へには　花かざし持ち
秋立てば　黄葉《もみち》かざせり〈一に云ふ「もみち葉かざし」〉　行き沿ふ　川の神も　大御食《おほみけ》に　仕へ奉ると
上つ瀬に　鵜川《うかは》を立ち　下つ瀬に　小網《さで》さし渡す　山川も　依《よ》りて仕ふる　神の御代かも
（巻一・三八・柿本人麻呂）

歌による神話世界の反復によって始源に立ち返ること、すなわち山の神が貢として春の花を差し出したと語ることは、森朝男氏が指摘されるように、木花之佐久夜毘売の服属入嫁の話がこの吉野讃歌の背景にはあるにだろう(12)。

この歌にみられる天子の行幸の際に山川の神が奉仕すると言う表現は、稲岡耕二氏が述べられるように（『王朝の歌人1柿本人麻呂』集英社・昭和六十年）、『文選』の顔延年《がんえんねん》の「山祇蹕嶠路（山祇《さんぎ》は嶠路《けうろ》を蹕《ひつ》し）、水若警滄流（水若《すいじゃく》は滄流《さうりう》を警《いまし》む）」と、山の神が山の路で先払いの役をつとめ、水の神は川の流れを警戒するという漢詩の影響下にある。この歌では漢詩の表現と融合しながら、国土を象徴する神格的な「山」と「川（記紀神話では海）」が揃って天皇に仕える「神の御世」の再来を歌うことが、天皇讃美の方法となっているのである。

四　予兆の花——桜歌の基層にあるもの

そもそも、桜の花と稲の稔りに関連を見出す学説は、折口信夫《おりくちしのぶ》が昭和三年六月の国学院大学郷土研究会例会講演で、次のように述べたことが契機となって、民俗学の方面から受け継がれている。

三月の木の花は桜が代表して居る。屋敷内に桜を植ゑて、其を家桜と言つた。屋敷内に植ゑる木は、特別な意味があるのである。桜の木も元は、屋敷内に入れなかつた。其は、山人の所有物だからと言ふ意味である。だから、昔の桜は、山の桜のみであつた。遠くから桜の花を眺めて、その花で稲の実りを占つた。花が早く散つたら大変である。

考へて見ると、奈良朝の歌は、桜の花を賞めて居ない。鑑賞用ではなく、寧、実用的のもの、即、占ひの為に植ゑたのであつた。万葉集を見ると、はいから連衆は梅の花を賞めてゐるが、桜の花は賞めて居ない。昔は、花は鑑賞用のものではなく、占ひの為のものであつたのだ。奈良朝時代に、花を鑑賞する態度は、支那の詩文から教へられたのである。


（「花の話」『折口信夫全集』二巻・中央公論社・昭和四十七年）


ここで折口はほとんど例証をあげていないが[13]、次の『宇治拾遺物集』第十三段の「田舎の児《ちご》、桜の散るを見て泣く事」という説話が、事例としてわかりやすい。

比叡山に勤めている田舎出身の稚児《ちご》が、風に散る桜を見て泣いているので、その姿を見た僧は花を惜しむ稚児の雅な心をいとおしく思い慰めようとしたが、実は両親のいる故郷の麦の稔りが悪くなることを悲しんで泣いていたのだとわかって、興ざめたというものである。

この話では、稲ではなく麦の稔りではあるのだが、稚児の様子から、落花と穀物の稔りとの関係が意識されていることがわかる。田舎の稚児の、穀物が不作になるという実生活に直結した素直とも素朴ともいえる悲しみ対し、落花に「もののあはれ」や「無常」を見出す都会的で風雅な僧の意識を正当なものとしている点が、王朝の知識階級の嗜好を反映している。

兼好法師の『徒然草』「花はさかりに、月はくまなきをのみ、見るものかは」から始まる一三七段でも、枝を折ったりしながら集団で「色濃く」（しっこく）狂い騒ぐ花見の様子を見苦しいとし、「興ずるさまも等閑《なほざり》なり」と静かにあっさりと味わうことを良しとしている。

このように、古典文学においては、桜に風情を見出すことを第一の目的としている。

民俗学の立場から福島千賀子氏が詳しく述べているように、(14)今日でも東北地方にはコブシの花を、「タネマキザクラ」「タウエザクラ」と呼ぶ風習が残るなど、桜を「穀物の予兆の花」とする意識が、日本人の農耕民族の血として潜在しているのである。

こうした桜を穀物の兆《ホ》とする観念は、以下のような『日本書紀』における木花開耶姫《このはなさくやひめ》の嘗《にいなえ》の話に見出すことが可能である。

時に神吾田鹿葦津姫《かむあたかしつひめ》、卜定田《うらへた》を以《も》ちて、号けて狭名田《さなだ》と曰ふ。其の田の稲を以ちて、天甜酒《あまのたむさけ》を醸《か》みて嘗《にひなへ》す。又《また》渟浪田《ぬなた》の稲を用《も》ちて、飯《いひ》に為《かし》きて嘗《にひなへ》す。

（『日本書紀』第九段一書第三）

右の記述には、天津彦火瓊瓊杵尊《あまつひこほのににぎのみこと》の妻となった木花開耶姫（神吾田鹿葦津姫）が、占卜によって嘗に使う稲を育てる田の場所を定め、そこから収穫された稲でもって酒造し、飯を炊き、嘗をすることが書かれている。この記述の木花開耶姫の田の占卜は、桜が「稲の兆《ホ》」をつかさどる性格を暗示しているといってよい。

そうした意識は、万葉歌の表現にも潜在している。

a うちなびく　春来《きた》るらし　山のまの　遠き木末《こぬれ》の　咲き行く見れば　（巻八・一四二二・尾張連）
b あしひきの　山桜花　日並《けなら》べて　かくし咲けらば　はだ恋ひめやも　（〃・一四二五・山部赤人）
c 春雨の　しくしく降るに　高円《たかまど》の　山の桜は　いかにかあるらむ　（〃・一四四〇・河辺東人）
d 桜花　時は過ぎねど　見る人の　恋の盛りと　今し散るらむ　（巻十・一八五五・花を詠む）
e あしひきの　山のま照らす　桜花　この春雨に　散り行かむかも　（〃・一八六四・〃）
f 雉鳴《きぎし》く　高円の辺《へ》に　桜花　散りて流らふ　見む人もがも　（〃・一八六六・〃）
g 阿保《あほ》山の　桜の花は　今日もかも　散りまがふらむ　見る人なしに　（〃・一八六七・〃）
h 春雨は　いたくな降りそ　桜花　いまだ見なくに　散らまく惜しも　（〃・一八七〇・〃）
i 見渡せば　春日の野辺に　霞立ち　咲きにほへるは　桜花かも　（〃・一八七二・〃）

aのように桜の咲く様子を見て春の到来を知ることを始めとして、dfghiのように桜花を「見る」行為に執着して歌がよまれるのは、花の咲き具合を兆として「見る（観察）」ことが、農作業を判断したり、収穫の是非を知るための手段として、農耕生活の営みの中で非常に重要だったことに由来するのであろう。

そして、bのように花の咲き続けることを望む気持ち、またcdefghのように春雨などによって散ることを惜しむ気持ちを歌にする基層には、『宇治拾遺物語』の稚児のように、花に穀物の稔りを見出す意識によって生み出された感情が、地下水脈のように横たわっているのである。

しかし、農耕生活に直接従事しない貴族層の花見は、農耕のための「見る（観察）」という実用性が失われ、雅の行為としての要素が強くなる。右記の万葉歌は、すでにそうした風雅の意識を核にして歌がよまれる段階にある。

そして、平安時代になると、以下の『古今和歌集』の歌のように、歌人は風雅を愛する資格であるかのごとくに、落花を惜しむ歌をよむようになる。

世中《よのなか》に　たえてさくらの　なかりせば　春の心は　のどけからまし　（『古今和歌集』五三・在原業平）
待てといふに　散らでし止《と》まる　物ならば　なにを桜に　思《おもひ》まさまし　（七〇・読人しらず）
ことならば　さかずやはあらぬ　さくら花　見る我さへに　しづ心なし　（八二・紀貫之）
久方の　ひかりのどけき　春の日に　しづ心なく　花のちるらむ　（八四・紀友則）

桜花に対する王朝人の一通りでない興味と、「しづ心なく」とその落花に気持ちが乱される心象には、日本古代の農耕生活を営む民族的心象が、風雅嗜好の奥に陰を落としているからなのであろう。

五　権威化する桜――天皇制と桜、後世への影響

さて、日本神話の中にみられる天照大御神の孫であり天皇家の祖先にあたる番能邇邇芸命と木花佐久夜毘売の婚姻は、桜を日本の思想史の上から見渡した場合に重要な意味を持つ。

木花之佐久夜毘売が記紀神話の天皇の血筋に直結する神の系譜の中に連なるということは、桜が天皇家の穀物信仰を主軸とする体系化・思想化された宗教の中に組み込まれたことを意味するのである。桜は単なる村落レベルの稲作のための呪術的な花から、天皇制を彩る権威象徴の花へ組み込まれたといってよい。

天皇の、穀物の稔りをつかさどる王としての性格は、天孫降臨の際、瓊瓊杵尊に高天の原所産の稲穂が授けられたこと（『書紀』神代下・第九段一書第二）のように直接的な表現をしているものから、倭建命《やまとたけるのみこと》が死して白鳥（白鳥は穀物霊の化身）となることなど暗示的なものまで様々である。

中世、藤原定家が選定した『小倉百人一首』の冒頭を飾る天智天皇の御製歌《ぎょせいか》が、

秋の田の　かりほの庵《いほ》の　苫《とま》をあらみ　わが衣手は　露に濡れつつ

（『小倉百人一首』天智天皇）

であることにも、そうした意識があらわれている。

この歌は、『万葉集』に類歌（巻十・二一七四）はあるが、天智天皇の御製歌としては見当たらない。にも

かかわらず、『後撰和歌集歌』（巻六・三〇二）で天智天皇御製とされたのは、国の王である天皇が自らも田の番人となり、農民の苦労を思いやるという、聖君の歌として勅撰の歌集を権威づける役割を担っているからである。

そして桜は、天皇の稲の王としての性格と結びつくことによって、稲の兆の花として農民に親しまれる花から権威的な花へと飛躍を遂げていくのである。

木花開耶姫の神話以外に『日本書紀』には桜が登場する場面として、履中《りちゅう》紀三年冬十一月の条の磐余稚桜宮縁起譚や、允恭《いんぎょう》紀八年春二月の天皇が衣通郎姫《そとおしのいらつめ》のことを想いながらうたったとある歌謡「花ぐはし　桜《さくら》の愛《め》で　こと愛《め》でば　早《はや》くは愛でず　我《わ》が愛づる子ら」（日本書紀歌謡六七）があげられる。

磐余稚桜宮縁起譚は、履中天皇が磐余の池で船遊びをしている時、桜の頃ではないのに花が杯に落ちたので、その桜花の在りかを尋ねさせたところ、掖上室山《わきのかみのむろやま》（奈良県御所市室付近の山）に咲いていたので献上されたというのが話の概略である。

この説話は、尾崎暢殃氏が随所で論じられているように、[15] 新嘗《にいなえ》の時期である旧暦十一月の時ならぬ落花は、霊魂の再生儀礼としての意味がある「船遊び」の水の信仰と共に、年穀豊作の前兆を暗示している。そして、それが再生した穀物霊たる天皇の居住する宮殿を祝福する表現となっているのである。

『日本書紀』以後「磐余稚桜《いわれのわかざくら》」という呼称は、『古語拾遺』で都を初めて磐余に作った神功皇后の世を「磐余稚桜朝」、履中天皇の世を「後磐余稚桜朝」とする他、『延喜式』（九七二年成立）の「諸陵式」でも「磐余稚桜宮御宇神功皇后」「磐余稚桜宮御宇履中天皇」と記されているように、[16] 宮の名前を示すにとどまらず、特定の時代や個人を示す言葉へと意味の範囲を拡張していく。
豊かな桜の男——聖武天皇の和風諡号《しごう》「天璽国押開豊桜彦天皇《あめしるしくにおしはらきとよさくらひこのすめらみこと》」(『続日本紀』)は、東大寺の桜会と称される法華会の創始者であることに由来すると考えられているが、(17)こうした天皇の名前を飾る花となった桜は、後に国花たらんとする桜の基盤を上代において獲得したといってよい。

そして、時代が下り平安朝になると、紫宸殿に「左近の桜」として植えられ、この「南殿の桜」の花見が天皇主催でたびたび行われるなど、天皇制という絶対的な権威との結び付きを深めてゆく。

さらに、戦国時代には秀吉によって主催された「醍醐の花見」といった具合に、天皇制の外にいる時の権力者が、自己の権威を語る存在として桜を好むようになった。

文学の分野では、『拾遺和歌集』あたりから「花」が「桜」と同義になったといわれる。(18)物語の分野でも、『伊勢物語』第八十二段「交野の狩」で、水無瀬の渚の院で桜を愛でる業平たちの姿は、文雅を指向する王朝人の理想的な姿として後世まで規範とされた。『源氏物語』(野分)では、嵐の見舞いに訪れて紫の上を垣間見た夕霧が、「春の曙の霞の間より、おもしろき樺桜《かばさくら》の咲き乱れたるを見るここちす」と、桜は光源氏に最愛された女性、即ち最も優れた女性として描かれた紫の上を比喩する地位を与えられた。このように古典文学の中の桜は、権力と絡み合いつつも、そこから離脱し、風雅な素材として尊重されていった。

国学者本居宣長《もとおりのりなが》は、桜の熱愛家としても知られている。死後門人たちによって「秋津彦美豆桜根大《あきつひこみづさくらねのう》人《し》」と諡されて、その塚に桜が植えられた話は有名である。宣長が還暦に自ら肖像画に書き加えた、

しきしまの　大和心《やまとごころ》を　人とはば　朝日に匂ふ　山桜花

という有名な歌は、朝日に照り輝く山桜の花を、『古事記』などに見える日本古代の清明な心としてたとえたものである。

しかし、この歌の意味は、山田孝雄が『櫻史』で述べているように[19]、武士道にすり替えられてしまう。この宣長の歌自体は、朝日に照り輝き咲く桜をよんだ歌で、落花の桜をよんだわけではないのだが、「桜は散りぎわ、人は死にぎわ」といった具合に、明治時代以降の国粋主義に利用され、太平洋戦争では神風特攻隊の部隊名に「敷島隊」「大和隊」「朝日隊」「山桜隊」と名付けられるなど「軍国の花」の歌として定着してしまった。

日清戦争下の軍事小説で、若山牧水が最初に読んだ小説として知られる新聞小説の題名も『朝日櫻』（村井弦斎《むらいげんさい》『報知新聞』明治二八年一月二日〜五月五日）という[20]。すでに桜が軍国主義に色彩りを添える素材となっている。だが、牧水の晩年の歌集『山櫻の歌』に所収されている、

うすべにに葉はいちはやく萌えいでて咲かむとすなり山桜花　（若山牧水『山櫻の歌』）

うらうらと照れる光にけぶりあひて咲きしづもれる山ざくら花　（〃）

を代表とする、二十三首にわたる山桜の歌からは、中西進氏も「そもそも古代の桜は遠山の桜であり、

その伝統の中に桜をよんだのは、大正期の歌人若山牧水である」[21]と述べているように、国粋主義的な色は微塵も感じられない。

この山桜の歌は、大正十一年(一九二二)牧水三十六歳の時、三月末から四月にかけて伊豆天城山の湯ヶ島温泉に遊びに行った折、山桜がはなはだ多いのでよんだとあり、この歌群から感じられるのは、宣長や王朝人のように自然を慈しむ歌人の心である。

このように桜が、古代の神話に始まり近代の国粋主義に至るまで、権威を象徴する存在であり続けたのは、その圧倒的な美しさを、権威・権力を誇負する装置へと、時々の権威者・権力者が転化していったためなのである。

六 むすび

以上、万葉集の桜歌の表現の心象的基層には、穀物信仰を基盤とする「山」と「桜」の関係があることを述べてきた。

桜は日本神話における木花之佐久夜毘売・番能邇邇芸命・大山津見神という血縁関係の説明を通じて、穀物信仰を主軸とする天皇制に体系的に溶け込んでいった。そして、国家的な権威を有する雅びやかな文化的装置として徐々に変容を遂げ、花鳥風月を代表する最も重要な風物となったのである。

「秘すれば花」という名言があるが、美しさだけではこうした地位を桜は築けなかったであろう。穀物信仰を軸とした天皇制という伝統を意識下に秘めることによって可能だったのである。

注1 佐藤俊樹『桜が創った「日本」――ソメイヨシノ起源への旅――』（岩波書店・平成十七年）十七頁

2 富山県中央植物園主任大原隆明氏より御教示。

3 注1・十九頁

4 石戸忠五郎「巨木の桜」（『桜のたのしむ』林業科学技術興信所・平成三年初版・平成十六年改訂）五十頁

5 中西進氏は『花のかたち――日本人と桜――（古典）』（角川書店・平成七年）十三頁で、「そもそも古代の桜は遠山の桜であり、その伝統の中に桜をよんだのは、大正期の歌人若山牧水である」と述べている。

6 『萬葉集（二）』（講談社文庫）脚注には、「サクラは花名を略することが多い」とある。多田一臣「神話の桜・万葉の桜」（『國文學桜――桜花のエクリチュール』四六巻五号・平成十三年四月）も「桜の花に春の到来を実感している」とする。新編日本古典文学全集『萬葉集』（小学館）一四二二番歌頭注は、「巻第十に作者不明の異伝歌（一八六五）がある。その前後に、『桜花』の語があり、この歌も特に何の花とも限定していないが、桜の花とみてよかろう」とする。また、二首について、阿蘇瑞枝『萬葉集全歌講義』（笠間書院・平成二十年）は、「桜が咲き満ちている春の山の裾野で、娘子たちが春菜を摘んでいる。（中略）すべてが絵のような風景の中にあるひとときの心地よさを詠んだのが第一首である。第二首は、何の花とも記さないが、山あいの木々の花といえば山桜であろう」と評している。

7 『萬葉集（二）』（講談社文庫）脚注には、「桜の花か」とある。

8 尾崎暢殃「江南の花」（昭和女子大学紀要『学苑』四八三号・昭和五十五年三月、所収『萬葉歌の形成』明治書院・昭和五十六年）

9 尾崎暢殃「花散らふ」（『上代文学』二三号・昭和四十三年十一月、所収『柿本人麿の研究』北沢図書出版・昭和四十四年）

10 「花」を「端」の借訓とする説もある。（尾畑喜一郎編『古事記事典』桜楓社・昭和六十三年）

11 矢島泉「海幸・山幸神話」（『國文學――いま、古事記は』三六巻八号・平成三年七月）

12 森朝男「春べは花かざし持ち」（『相模国文』七号・昭和五十五年三月、『古代文学と時間』新典社・平成元年所収）。なお、多田一臣氏は、この吉野讃歌の花について、「単に『花』とあるだけだが、あきらかに桜をうたっている」とする（「神話の桜・万葉の桜」『國文學桜――桜花のエクリチュール』四十六巻五号・平成十三年四月）。

13 小松和彦氏は、折口信夫の「桜の花＝稲の花の象徴＝穀霊の依代説」を仮説とし、「桜は信仰的行為や表現のための道具になることがある。しかし『桜』という植物に、「サクラ」という語に、普遍的に信仰的要素が付着しているわけではない。時と場合において、そうした意味が生み出されるにすぎないのだ。そして、そうした信仰的な意味は一様ではないようである」という立場をとられた（「信仰としての桜」（『國文學桜――桜花のエクリチュール』四六巻五号・平成十三年四月）。

14 福島千賀子「コノハナノサクヤビメの一考察――農耕文化との関連において――」（『学校法人佐藤栄学園埼玉短期大学研究紀要』四号・平成七年三月）。福島氏はこの論文で、コノハナノサクヤビメの女神としての性質について、「若き穀霊ホノニニギノミコトを迎え取り、聖婚を経て、更に次なる新しい穀霊の母となる」と持つと述べられており、さらに「隼人が大和朝廷に服属するようになってコノハナノサクヤビメの神話もその神話体系に組み込まれて行った」と論じられている。

15 尾崎暢殃「春山は散り過ぎぬかもの歌」（初出「桜見考」『上代文学』十六号・昭和三十九年六月、所収『柿本人麿の研究』昭和四十四年・北沢図書出版）、「譬喩歌の根柢――万葉二八三八番歌の場合――」（昭和女子大学紀要『学苑』四八一号・昭和五十五年一月、所収『萬葉歌の形成』明治書院・昭和五十六年）、「江南の花」（昭和女子大学紀要『学苑』四八三号・昭和五十五年三月、所収『萬葉歌の形成』明治書院・昭和五十六年）、「花蘰考」（昭和女子大学紀要『学苑』六四七号・平成五年十一月、所収『萬葉歌小見』武蔵野書院・平成六年）など。

16 日本古典文学大系『日本書紀（上）』補注9・二四（岩波書店・昭和四十二年）

17 中西進「豊桜彦」（『花のかたち――日本人と桜――（古典）』角川書店・平成七年）

18 上野理「万葉集歌ことば辞典――桜――」（『万葉集事典』別冊國文學四六・學燈社・平成五年八月）

19 山田孝雄「日本精神と本居宣長」（『櫻史』講談社学術文庫・平成二年、初版は桜書房より昭和十六年刊行）四五二頁

20 岡保生「文学みをつくし――村井弦斎の『朝日桜』」（昭和女子大学紀要『学苑』六二三号・平成三年九月）

21 注5

【参考文献】

・小川和佑『桜の文学史』（文春新書・平成十六年）
・井筒清次『桜の雑学事典』（日本実業出版・平成十九年）
・佐田公子『古今集の桜と紅葉』（笠間書院・平成二十年）

※使用したテキストは下記のとおりであるが、適宜表記を改めたところもある。
CD-ROM版塙本『萬葉集』、新編日本古典文学全集『古事記』(小学館)
新編日本古典文学全集『日本書紀』(小学館)、新日本古典文学大系『古今和歌集』(岩波書店)

越中のほととぎすは家持に何と鳴いたか

奥村和美

一　懐古の鳥

『萬葉集』の中でほととぎすが懐古を催す鳥とされていることは、今日広く認められているようだが、それは、次の贈答の印象によるところが大きい。

吉野宮に幸《いでま》す時に、弓削皇子、額田王に贈り与ふる歌一首
古に恋ふる鳥かもゆづるはの御井《みゐ》の上より鳴き渡り行く　（巻二・一一一）
額田王の和《こた》へ奉《まつ》る歌一首　倭の京より進《たてまつ》り入る
古に恋ふらむ鳥はほととぎすけだしや鳴きし我《あ》が思へるごと　（巻二・一一二）

吉野から大和の方へと、清泉の上を鳴きながら飛んでいく鳥がある。それを「古に恋ふる鳥」だろう

かと問いかけた弓削皇子に対して、額田王は、大和飛鳥に居ながらその鳥をほととときすと解して、鳴くほととぎすに自らの思慕を重ねる。ここには、望帝杜宇《とう》の故事が踏まえられていると解するのが通説である。晉の常璩《じょうきょ》撰『華陽国志』(巻三蜀志)によれば、杜宇は、蜀の国の王となり望帝と称したが、治水に功のあった宰相開明に位を譲り、西山に隠退した。時に子鵑鳥の鳴く頃だったので、以後、蜀の人々は子鵑鳥の鳴き声を悲しんだ、というもの(1)。ほととぎすの鳴き声に先帝を思うのであれば、額田王歌の「古《いにしへ》」は具体的に今は亡き天武天皇を指す。「古《いにしへ》」への思いは、吉井巖氏(2)、身﨑壽氏(3)が述べられたように、額田王個人の生活に即した追懐であって、一時代への漠然とした懐古とは少し異なる。天武の遺児弓削皇子との間の親しげな雰囲気の中で吐露された、亡夫天武への恋情溢れる哀慕である。

弓削皇子には、

ほととぎすなかる国にも行きてしかその鳴く声を聞けば苦しも　(巻八・一四六七　夏雑歌)

という一首もあって、これにも望帝杜宇の故事が踏まえられた可能性を考える説がある(集成、井手『全注　巻八』)。が、ほととぎすの声を「苦し」と否定的な心情でもって受け止めるのは、雁の声を、

今朝の朝明《あさけ》雁が音聞きつ春日山もみちにけらし我が心痛し　(巻八・一五一三　穂積皇子　秋雑歌)

と詠むのと同様、季節の風物に対する時の、感傷の哀切さを好む一つの傾向と見るべきであって、そこに懐古の情を捉えるには及ばないであろう。

この額田王歌以降も、ほととぎすが懐古的な主題と関わる場合、特定の個人への哀慕を表すことが主流である。

ほととぎす来鳴きとよもす卯の花の共にや来しと問はましものを　（巻八・一四七二　石上堅魚《いそのかみのかつを》　夏雑歌）

橘の花散る里のほととぎす片恋しつつ鳴く日しそ多き　（巻八・一四七三　大伴旅人　夏雑歌）

これらは、左注によれば、神亀五年（七二八）、大伴旅人が大宰府で妻大伴郎女を亡くした時、弔問のために訪れた勅使石上堅魚と旅人の間で交わされた歌である。堅魚歌がほととぎすを冥界からの使者として亡き人の連れにみなすのに対して、旅人歌はその擬人化の趣向を理解した上で、ほととぎすを亡き人への恋慕に泣く自分自身に見立てる。旅人歌には、まだ回想というほどの時間の経過への認識はなく「片恋」というようにただひたすら亡き人を偲ぶ。回想は、巻三の郎女への挽歌を見る限り、さらに後、天平二年（七三〇）に旅人が京に向かおうとした時にはじめて形をなしたもののようである。

その旅人歌との先後は定かでないが、次のような一首もある。

大和には鳴きてか来らむほととぎす汝が鳴くごとになき人思ほゆ　（巻十・一九五六　「鳥を詠む」夏雑歌）

第二句、ほととぎすの鳴くことを「啼」と表記して、人の死に際して声をあげてなく意をこめる。[4] これもほととぎすの鳴き声に触発された、特定の個人への追懐である。また元正天皇作と伝誦される、

ほととぎすなほも鳴かなむ本つ人かけつつもとな我を音し泣くも　（巻二十・四四三七）

も、「本つ人」という旧知への思慕ゆえに人が泣くことを、ほととぎすの鳴くことに重ねる。ほととぎす自体、「本つ人」（巻十・一九六二）とも称されるように、毎年渡りをし、一定の時に鳴く習性から、往事を知る鳥或いは往事を恋う鳥と考えられ、それがこのような挽歌的発想に比較的なじみやすかったのだろう。なお、

ますらをの　出で立ち向かふ　故郷の　神奈備山に　明け来れば　柘《つみ》の小枝《さえだ》に　夕されば　小松が末《うれ》に　里人の　聞き恋ふるまで　山彦の　相とよむまで　ほととぎす　つま恋すらし　さ夜中に鳴く　（巻十・一九三七　古歌集「鳥を詠む」夏雑歌）

について、阿蘇『全注　巻十』は「ほととぎすの声に懐旧の情をそそられるのと同時に旅愁を感じている」とする。「故郷《ふるさと》」飛鳥古京の神奈備山に鳴くという点に留意されたのだろう。ただし、ここで「つま恋」するほととぎすに、旅にある詠み手の姿が投影されているように、主たる心情は残してきた妻へ

の恋慕にある。懐古の情は、歌の表現からは読み取りにくく、かなりさしひいて考えねばなるまい。
　このように第三期頃までは、ほととぎすを懐古の鳥として詠む場合、特定の個人への追懐の念をかきたてる鳥として捉える傾向にあった。その流れを踏まえて第四期の大伴家持のほととぎす詠を見たとき、注意されるのが次の越中守時代の歌である。

　　二上山の賦一首　この山は射水郡《いみづのこほり》に有り

射水川《いみづがは》　い行き巡れる　玉くしげ　二上山は　春花の　咲ける盛りに　秋の葉の　にほへる時に　出で立ちて　振り放《さ》け見れば　神からや　そこば貴き　山からや　見が欲《ほ》しからむ　皇神《すめかみ》の　裾回《すそみ》の山の　渋谿《しぶたに》の　崎の荒磯《ありそ》に　朝なぎに　寄する白波　夕なぎに　満ち来る潮の　いや増しに　絶ゆることなく　古ゆ　今の現《をつつ》に　かくしこそ　見る人ごとに　かけて偲はめ　（巻十七・三九八五）

渋谿の崎の荒磯に寄する波いやしくしくに古思ほゆ　（巻十七・三九八六）

玉くしげ二上山に鳴く鳥の声の恋しき時は来にけり　（巻十七・三九八七）

　　右、三月三十日に興に依りて作る。大伴宿祢家持

　反歌第二首の「二上山に鳴く鳥」がほととぎすであることは、前後の歌から見て間違いない。三月三十日すなわち暦月上の夏である四月をひかえてその初声が期待されたゆえにここでほととぎすが詠まれた、とひとまず理解しうる。[5] その上でなお、長歌や反歌第一首との関連、特にそれらに詠まれた「古《いにしへ》」

二上山（写真提供：高岡市万葉歴史館）

との関連については、どう解すればよいだろうか。

二首の反歌は、第一首が「渋谿の崎」を詠み第二首が「二上山」を詠んで、長歌には後ろから遡行するように対応する。長歌の山と海の組合わせを反歌も海と山の順で繰り返し、全体には、主題である山から始まり途中海をはさんでまた山で終わるという流れをもつ。反歌は、海と山で一組をなすだけでなく、第一首の「古思ほゆ」のおそらく神代に及ぶ懐古と、第二首の「時は来にけり」の到来する新しい時節への期待とが対比的に組み合わされている。つまり、第一首では、長歌の「古ゆ　今の現に」をうけて現在の時点から「古《いにしへ》」へと思いを馳せ、第二首では、その現在の時点に立ちつつさらに未来へと時間をつないで歌いおさめるのである。

長歌で春秋を対にしてその永遠の反復を詠むのに対し、反歌で現時点の季節に即してほととぎすを詠むことは、田辺福麻呂歌集歌の「久邇新京を讃むる歌」

（巻六・一〇五三〜一〇五八）に見える。しかし、懐古という点から見れば、「古《いにしへ》」への思いを述べ来たった後、到来する新しい時節への期待を詠むことで予祝して歌いおさめることは、知られるように柿本人麻呂作歌の阿騎野遊猟歌に見え、方法的にはそちらに近い。

安騎の野に宿る旅人うちなびき眠《い》も寝《ぬ》らめやも古思ふに　（巻一・四六）
ま草刈る荒野にはあれどもみち葉の過ぎにし君の形見とぞ来し　（巻一・四七）
東の野にかぎろひの立つ見えてかへり見すれば月傾きぬ　（巻一・四八）
日並《ひなみし》の皇子《みこ》の尊《みこと》の馬並《な》めてみ狩立たしし時は来向かふ　（巻一・四九）

「短歌」と称される反歌四首のみを掲げた。起承転結の構成をもつとされる四首の、第四首「時は来向かふ」は、夜明け、かつて日並皇子が阿騎野で狩りを催したその時刻の到来をいうが、それはまた日並皇子の遺児軽皇子がいままさに行おうとする狩りの開始の時刻でもある。長歌末尾の「古思ひて」（巻一・四五）を引き継いで、反歌第一首で「古思ふに」、第二首で「形見とぞ来し」と日並皇子のありし日を偲び、第三首で深夜から払暁へと転じて、第四首では、到来する新しい時節、すなわち軽皇子が日並皇子の血を継いで大君たるべきことを予祝して歌いおさめる。新しく始まるものの中に過去の再現をありありと見ようとするその幻視には、大君の遊猟における、復活と再生にかかわる祭式的な質が認められる。

同様の歌いおさめ方は、次の家持の歌にも指摘できる。

かきつはた衣《きぬ》に摺《す》り付けますらをの着襲《きそ》ひ狩する月は来にけり　（巻十七・三九二一）

天平十六年（七四四）四月五日、すでに天平十二年（七四〇）の遷都によって旧都となった平城京の「故宅《もとついへ》」で作られた六首中の最後の一首である。六首は連作的構成をもち、(6)第一首から第五首（三九一六～三九二〇）は、旧都となった平城の「故宅」の、庭園を主たる舞台として花鳥の景を歌う。後述するが、ここで、ほととぎすは、旧都における家持の懐古をかきたてる鳥として詠まれている。その五首に対して最後の第六首は、「時は来にけり」と薬狩りの時節の到来を歌う。懐古は、年中行事として反復されてきたもの、その伝統を思うことへと引き継がれている。その懐古的な主題のもと、新京の周辺で催されるであろう華やかな薬狩りの間近に迫ったことを詠んで未来を予祝する。平城が旧都となりさびれていくことと交替に、新京を中心に生まれ来るべき新時代への予祝をこめるのである。しかし、新時代は、まだ安定的な都をもたず、ここで家持ひとりの想像の中にある。橋本達雄氏の指摘される「公人としての自覚」(7)は、確固とした現実に基づかない不安の上に立てられている。

このように、懐古的な主題のもと、到来する新しい時節を詠んで全体を歌いおさめるという構成方法が認められるのであれば、翻って「二上山の賦」におけるほととぎすのもつ意味が見えてこよう。つまり、二上山に鳴く鳥の声は、それまでの懐古的主題と密接な結びつきをもつ。鳥の声は、新しい時節の到来を告げ知らせるとともに、二上山に毎年繰り返されてきた自然の悠久の営み―春は花に秋は黄葉に代表されるそれを思わせるだろう。それは、とりもなおさず「皇神」である二上山の神性の発現でもあろう。二上山に鳴く鳥は、二上山の神性に支えられた悠久な歴史性を象徴すると同時に、それをいまに賦活するものでなければならない。そこに、懐古の鳥として「古《いにしへ》」を知り「古《いにしへ》」となじみ深いほととぎすが、ここで詠まれねばならない理由があったと思われる。

天平十九年（七四七）、家持は越中ではじめての春そして夏を迎える。ほととぎすの声は越中でおそらくまだ一度も耳にしていない。かつて山上憶良が筑前国にあって鎮懐石伝承を歌に詠んだとき「今の現《をつつ》」（巻五・八一三）に対する「往者《いにしへ》」（前文）として神功皇后西征を思うのだが、その句作りに倣う家持の長歌の「古ゆ　今の現《をつつ》に」の「古《いにしへ》」は、漠然と神代とは言えても、憶良歌ほどのはっきりとした輪郭をもたない。また、長奥麻呂の「古思ほゆ」（巻二・一四）の「古《いにしへ》」が有間皇子の事件当時を指し、人麻呂の「古思ほゆ」（巻三・二六六）の「古《いにしへ》」が明瞭に過ぎし近江朝を指すのに対して、それらを踏襲する家持の反歌第一首の「古思ほゆ」の「古《いにしへ》」は、長歌と同様、実質は曖昧でいつの代とも知れない。一方、越中での生活のまだ浅い家持に、二上山をめぐって個人的な追懐があったとは考えにくい。特定の個人への追懐というのではなく或る遠い時代への懐古に向かいながら、それが確かな歴史性をもち得ないところにこの懐古の一種の観念性が見て取れる。

これが、越中における懐古の鳥としてのほととぎすの出発であった。では、越中の家持に、ほととぎすは、どのような「古《いにしへ》」をもたらす鳥として思われるようになるのだろうか。

二　越中のほととぎす

家持のほととぎすの詠の中で、越中期がどのように位置づけられるのか、おおまかに見ておきたい。『萬葉集』においてほととぎすを詠む歌は、一五四首。(8)そのうち大伴家持の作が六十五首あり、(9)全体の四割強を占める。家持のほととぎすに対する偏愛は、しかしながら恒常的に見られるものではない。家持の歌を作歌年次によってたどりうる巻十七以降のあらわれ方を見てみよう。参考のために家持以外の作者の場合も数を挙げる。

年次＼作者	家持	家持以外
天　平　十三年	3	2（1）※イ
十四年	0	0
十五年	0	0
十六年	4	0
十七年	0	0
十八年	0	1
十九年	8	3
二十年	5	5
天平勝宝　元年	9 ※ロ	0
二年	22	3
三年	1	0
四年	0	0
五年	0	0
六年	1	0
七年	0	（2）※ハ
八年	2	0
天平宝字　元年	0	0
二年	0	0
三年	0	0

※イ　（ ）は年次未詳の 3914
※ロ　4084 を含む
※ハ　（ ）は年次未詳の 4437・4438

知られるように、巻十七以降のいわゆる家持歌日誌には長短何度かの空白期間があり、けっして各年次均等に歌が残されているわけではない。しかし、右表を一目して、家持のほととぎす詠が、天平十九年、二十年、天平勝宝元年、二年の四年間に集中していることは明らかである。この四年間に家持以外の人々のほととぎす詠が微増するのも、宴席や贈答での家持との関わりのゆえである。家持にとって越中期にすっぽり納まる四年間を、家持のほととぎす詠の集中期として特立することは支障ないだろう。それ以降すなわち天平勝宝三年以降天平勝宝八歳までは、数量的に激減するだけでなく、長歌形式をとるほととぎす詠が全く無くなり、表現上も格別の進展は見られなくなる。そして天平宝字の三年間は、家持にも周辺の人々にもほととぎすの歌は全く残されない。

とすれば、家持のほととぎす詠は、実質的には天平勝宝二年（七五〇）で終わったことになる。それは、

ほととぎすかけつつ君が松陰に紐解き放《さ》くる月近付きぬ　（巻二十・四四六四）

のように、越中での宴（巻十七・三九四三〜三九五五）を想起する詠み振りから考えて、天平勝宝八歳（七五六）の三月か四月には、家持自身の認識ともなっていたであろうと推測される。

『萬葉集』においてほととぎすは都雅の象徴であった。大久保正氏が指摘されたように、ほととぎすを歌に詠むことは「飛鳥朝前後の宮廷風雅の中に根ざし、都市化した天平前後の貴族の風流の遊びの中で類型的完成をとげた」と見られる。[10] ほととぎすの歌が巻十四・三三五二の一首を除いて東歌・防人歌

になく、農耕とのかかわりが極めて薄いこともその証左とされる。(11) 加えて、地方に赴いた都人がそこでほととぎすを素材とする場合、越前国に配流された中臣宅守の「花鳥に寄せて思ひを陳べて作る歌」（巻十五・三七七九〜三七八五）では、恋慕と憂悶を募らせる鳥として詠まれており、その主情的感傷性への強い傾倒は後期萬葉の貴族的風雅以外の何物でもない。(12)

家持にとっても、越中期、ほととぎすは都への思いと深く結びついていた。(13) 例えば、次のような一首。

霍公鳥の喧くを聞きて作る歌一首
古よしのひにければほととぎす鳴く声聞きて恋しきものを （巻十八・四一一九）

天平勝宝元年（七四九）閏五月二十七日から二十八日の間に詠まれた歌と見られる。題詞のとおり、ほととぎすの声が聞かれたとしても、時期的に遅いことは否めない。にもかかわらず、このように詠むのは、伊藤博氏に従えば、久米広縄の越中帰任に伴って都への意識が働いたことによる（『全注　巻十八』『釈注』）。都の生活或いはそれを体現する都人への強い思慕が、都人に愛好されたほととぎすをここで家持に歌わせた大きな因由であったのだろう。とすると、「古よしのひにければ」の「古《いにしへ》」は、越中にありながら、むしろ越中にあるからこそいっそう強く、藤原夫人や額田王といった、過去雅びたほととぎすの歌を残した都の貴人達を、具体的に想起するのではなかったか。

或いは、家持が都にいる坂上大嬢を思いやって、……嘆くらむ　心なぐさに　ほととぎす　来鳴く五月の　あやめ草　花橘に　貫《ぬ》き交へ　縵《かづら》にせよと　包みて遣《や》らむ　（巻十八・四一〇一）

と詠み、また都にいる坂上郎女を讃えるべく、

ほととぎす　来鳴く五月に　咲きにほふ　花橘の　かぐはしき　親の御言《みこと》……　（巻十九・四一六九）

と詠むとき、すでに固定化した取り合わせを単に利用したというのではないだろう。前者には、明らかに、

……ほととぎす　鳴く五月には　あやめ草　花橘を　玉に貫き〈一に云ふ「貫き交へ」〉　縵にせむと　九月の　しぐれの時は　もみち葉を　折りかざさむと……　（巻三・四二三　山前王　石田王挽歌）

を踏まえて、季節季節の風物を賞翫する都人の風流な生活が思われている。後者には、かつて家持自身が、

橘のにほへる香かもほととぎす鳴く夜の雨にうつろひぬらむ　（巻十七・三九一六）

と詠んだように、ほととぎすと取り合わされる橘を、その香りにおいて捉えることによって大陸的な雰囲気を醸し出している。「天ざかる鄙《ひな》」にいるという意識から生まれる、都への憧憬をどちらの歌にも積極的に読み取ってよい。

したがって、家持のほととぎすの詠が越中の四年間に集中し、帰京後極端に数が減少することには、ある程度納得される。しかし、都雅の象徴であれば、家持が帰京して後、渇望し続けたその風流を存分に味わう歌がいくつも詠まれておかしくないのだが、そうはならなかった。

家持の帰京後、最初に見えるほととぎすの歌は、天平勝宝六年（七五四）四月作の次のようなものである。

霍公鳥を詠む歌一首

木の暗《くれ》の繁《しげ》き峰《を》の上をほととぎす鳴きて越ゆなり今し来《く》らしも

（巻二十・四三〇五）

これは、明らかに、天平勝宝三年（七五一）四月十六日作の、越中期のほととぎす詠の最後の歌、

霍公鳥を詠む歌一首

二上の峰の上の繁《しげ》に隠《こも》りにしそのほととぎす待てど来鳴かず

（巻十九・四二三九）

を意識する。どちらも平易であるだけに、来ないほととぎすと、やって来るほととぎすとの対照が際立つ。後者の越中での歌は、例年のごとく、四月になってもほととぎすが二上山にこもって初声を聞かせないことへの不満を詠む。一方、前者帰京後の歌は、それを裏返すようにして、今ほととぎすが山から出てきて初声を聞かせる喜びを詠む。「峰《を》の上」は佐保山の一部かといわれる（新編全集）。しかし、そのほととぎすは、越中であれほど待ちわびられたほととぎすであったか。越中で鳴く前から家持の想像を掻き立てたあのほととぎすであったか。

二首の対照は、越中の家持にとって有するほととぎすの意味と、都の家持にとって有するそれとの差を浮き彫りにする。そのことは家持にも否応なく気づかれていたであろう。帰京後、ほととぎすの歌が激減するのは、都では、都雅の象徴たるほととぎすを詠むことに越中の時ほど意味を見出せなくなったということもあろう。しかし、より積極的な理由として、越中での生活を通して家持個人にとってのほととぎすの意味が決定的に変わったということが考えられないか。そして、帰京後の家持にとって、ほととぎすは、越中の数々の記憶とともに自らの中に封印されるべきものとなったのではないか。

三　想念の中のほととぎす

越中期のほととぎすの詠において、天平勝宝二年（七五〇）は特徴的な一年である。というのも、この年の暮春から初夏にかけて、想像裏に多くのほととぎすの歌が詠まれているからである。天平勝宝二年四月二十二日の日付をもつ歌（巻十九・四二〇七〜四二〇八）によれば、この年、ほととぎすの初声は四月下旬になってもまだ聞かれていなかった。想像裏に詠まれたほととぎすの歌は、家持にとってほととぎすの有する意味をより純粋に現し出しているだろう。次の歌はその中の一つである。

霍公鳥を感《め》づる情に飽かずして、懐《おもひ》を述べて作る歌一首并せて短歌

春過ぎて　夏来向《きむ》かへば　あしひきの　山呼びとよめ　さ夜中に　鳴くほととぎす　初声を　聞けばなつかし　あやめ草　花橘を　貫《ぬ》き交《ま》へ　かづらくまでに　里とよめ　鳴き渡れども　なほし偲はゆ　（巻十九・四一八〇）

反歌三首

さ夜ふけて暁月《あかときづき》に影見えて鳴くほととぎす聞けばなつかし　（巻十九・四一八一）

ほととぎす聞けども飽かず網取りに取りてなつけな離《か》れず鳴くがね　（巻十九・四一八二）

ほととぎす飼ひ通せらば今年経て来向《きむ》かふ夏はまづ鳴きなむを　（巻十九・四一八三）

天平勝宝二年四月三日の日付をもつ歌（巻十九・四一七七〜四一七九）と五日の日付を持つ歌（巻十九・四一八四）に挟まれた歌で[14]、想像裏に詠まれた可能性がすこぶる高いものである。

当該の一連を読む上で、参照すべき家持の先行歌がある。巻十七のいわゆる十五巻本萬葉集拾遺部の中に見える、先に触れた天平十六年（七四四）の六首中の一首である（便宜、ａからｆの記号を付す）。

十六年四月五日に独り平城の故宅に居りて作る歌六首

a橘のにほへる香かもほととぎす鳴く夜の雨にうつろひぬらむ　（巻十七・三九一六）

bほととぎす夜声《よごゑ》なつかし網ささば花は過ぐとも離《か》れずか鳴かむ　（巻十七・三九一七）

c橘のにほへる園にほととぎす鳴くと人告ぐ網ささましを　（巻十七・三九一八）

dあをによし奈良の都は古りぬれどもとほととぎす鳴かずあらなくに　（巻十七・三九一九）

e鶉鳴く古しと人は思へれど花橘のにほふこのやど　（巻十七・三九二〇）

fかきつはた衣《きぬ》に摺《す》り付けますらをの着襲《きそ》ひ狩する月は来にけり　（巻十七・三九二一）

右の六首の歌、天平十六年四月五日に独り平城故郷の旧宅に居りて大伴宿祢家持作る。

ほととぎすを網で捕らえて鳴き声を聞き続けることを空想するb歌が、当該反歌第二首、鳴き声を聞き続けられるようほととぎすを網で捕ろうと意志する歌と類想の関係にあること、『古義』等に指摘されてきたとおりである。ただし、ここは、以下述べるように、b歌が反歌第二首のみではなく長反歌四首全体に踏まえられていると思われる。

長歌は二段に分かれる。前段は、冒頭「春過ぎて」から「聞けばなつかし」までの八句。後段は、「あやめ草」から「なほし偲はゆ」までの七句。前段が「山呼び等余米《とよめ》」て鳴く初声に焦点を絞るのに対し、後段は初声ののち端午の節句の頃まで「里響《とよめ》」て鳴き続ける声を詠む。井上『新考』の指摘するとおり、二つの「とよめ」は単なる重複ではなく、初めから盛りへの時の経過に対応する。「山」と

「里」、初夏の一時点とその後の約一ヶ月余りの期間というように、前段と後段は、空間的にも時間的にも連続しつつ対照的に組み合わされる。ナクに対して、前段では「鳴」、後段では「喧」と文字が使い分けられていることも同様の意識による。[15] その前段、ほととぎすの夜鳴く声を「奈都可之《なつかし》」というのは、明らかにb歌の上句「ほととぎす夜声奈都可思《なつかし》」を踏まえる。ほととぎすの声についてナツカシというのは、「呼子鳥声奈都炊《なつかしき》時にはなりぬ」（巻八・一四四七）などの応用で、家持にのみ限られ（橋本『全注巻十七』）、その集中での初出が天平十六年のb歌である。

反歌第一首、「さ夜ふけて—ほととぎす聞けばなつかし」が、長歌前段に対応し、また同じくb歌の上句「ほととぎす夜声なつかし」を踏まえることは、いたって見易い。長歌の「さ夜中に」を、「さ夜ふけて暁月に」として更に深夜へと時間を進めている。

反歌第二首は、「ほととぎす聞けども飽かず」が先の反歌第一首の「ほととぎす聞けばなつかし」と対照されていて、一度聞いて心ひかれるその声は、何度聞いても聞き飽きることがないという。それはとりもなおさず長歌の前段と後段の対照に相当する。つまり、反歌第二首は、初声のその後鳴き続けるほととぎすを詠む。反歌第一首の「なつかし」から反歌第二首の「なつけな」へという展開は、二首が連続しつつ細かく変化させられていることをよく示す。下句の「網取りに取りてなつけな離れず鳴くがね」は、先述のように、発想、語句ともにb歌の「網ささば—離れずか鳴かむ」を踏まえる。

反歌第三首は、反歌第二首の「なつけ」ることを前提として「飼ひ通」すことを仮想し、「今年経て来《き》向《む》かふ夏」まで時節を進める。b歌と語彙的な対応は薄いが一連の対応から考えて、b歌の「花は過ぐとも」という仮想を押し進めたものであろう。

橘の林を植ゑむほととぎす常に冬まで住み渡るがね　（巻十・一九五八「鳥を詠む」夏雑歌）

の「冬まで」をさらに越える大幅な進行である。「来向《きむ》かふ夏はまづ鳴きなむを」の「麻豆《まづ》鳴く」は、「春されば先《まづ》鳴く鳥のうぐひすの」（巻十・一九三五）とあるように、新しい季節の到来とともに一番に鳴くということだから、ここで表現は長歌前段の「春過ぎて　夏来向かへば━鳴くほととぎす」に戻ったことになる。反歌第三首は、それまでの長歌反歌を承けて時を大きく進め、伊藤『釈注』が「回帰」と釈くように、一巡して初めに戻ることによって一連全体を収束させる。

このように当該長反歌四首は、それぞれがb歌を、あたかも句題詩の句題のごとく分割して踏まえる。長歌と反歌第一首が上二句を、反歌第二首が第三句と結句を、反歌第三首が第四句を踏まえるという具合である。家持には一首の短歌を引伸して長歌を仕立てた例がいくつかあるが(16)、これは、その引伸が長反歌全体で行われたものと見られる。もっとも、b短歌一首と文体上の緊密な対応をもつわけではないので、内容上の引伸というにとどまる。つまり、天平十六年四月五日の日付をもつb歌は、天平勝宝二年四月初旬の長反歌四首の基底にあって、全体の発想と表現を方向づけていたことになる。おそらくb歌だけではなく、ほととぎすを一つの主要な主題として展開する同日の一連全てが想起されていたのだろう。そして、それら一連が、巻十七巻頭部に置かれているということは、末四巻にあっては、そのような関係において積極的に読まれるべきことを要請する。むろん、それは、家持自身の意図するところであったはずである。

四 池主との交遊への懐古

家持が越中にあった天平勝宝二年（七五〇）四月初旬に、なぜ六年前の天平十六年（七四四）四月五日旧都平城京で詠まれた歌が想起されたのか。ここは家持の置かれた状況を視野に入れてその内的動機を探ろう。

当該歌の直前には四月三日の日付をもつ池主への贈歌が置かれる。

我が背子と　手携《てたづさ》はりて　明け来れば　出で立ち向かひ　夕されば　振り放《さ》け見つつ　思ひ延《の》べ
見和《みな》ぎし山に　八《や》つ峰《を》には　霞たなびき　谷辺《たにへ》には　椿花咲き　うら悲し　春し過ぐれば　ほととぎす　いやしき鳴きぬ　ひとりのみ　聞けばさぶしも……

（巻十九・四一七七「四月三日に越前の判官大伴宿祢池主に贈る霍公鳥の歌、感旧の意に勝《あ》へずして、懐《おもひ》を述ぶる一首」）

長歌前半のみを掲げた。冒頭「我が背子」とある、すなわち池主と朝夕に「手携《てたづさ》は」る親しさで佳景

を賞美したというのは、かつて池主への贈歌で、

かき数ふ　二上山に　神さびて　立てるつがの木　本も枝も　同じ常磐《ときは》に　はしきよし　我が背の君を　朝去らず　逢ひて言問《ことど》ひ　夕されば　手携《てたづさ》はりて　射水川　清き河内《かふち》に　出で立ちて　我が立ち見れば……

（巻十七・四〇〇六）

と詠んだように、天平十九年（七四七）に、越中掾《じょう》であった池主と交遊した時期のことを指す。「明け来れば　出で立ち向かひ　夕されば　振り放け見」て心を晴らした山は、諸注が指摘するように二上山。右の歌で、冒頭の比喩部分に二上山が用いられるのは、実景に基づいて二人の交遊にゆかりあるものを選択したからだろう。四月三日の歌は、その思い出の二上山に春の終わりとともにほととぎすが頻りに鳴くと詠む。ほととぎすもまた、家持と池主との交遊を記念するものであった。例えば、天平十九年、池主が家持の「布勢《ふせ》の水海《みづうみ》に遊覧する賦」に敬和した歌には、次のように見える。

藤波は　咲きて散りにき　卯の花は　今そ盛りと　あしひきの　山にも野にも　ほととぎす　鳴きしとよめば　うちなびく　心もしのに　そこをしも　うら恋しみと　思ふどち　馬打ち群れて　携《たづさ》はり　出で立ち見れば　射水川　湊《みなと》の渚鳥《すどり》　朝なぎに　潟にあさりし　潮満てば　つま呼び交す……

（巻十七・三九九三　池主）

ほととぎすは、藤の花から卯の花へという季節の推移、そして「盛り」という佳節の到来を告げ知らせる。その鳴き声は「うちなびく　心もしのに　そこをしも　うら恋しみと　思ふどち　馬打ち群れて　携《たづさ》はり　出で立ち見れば」というように、越中の官人達を遊覧へといざなう。また、ほととぎすの鳴き声自体、遊楽での賞玩の対象である。

我が背子が国へましなばほととぎす鳴かむ五月はさぶしけむかも　（巻十七・三九九六　内蔵縄麻呂《くらのなはまろ》）

我なしとなわび我が背子ほととぎす鳴かむ五月は玉を貫《ぬ》かさね　（巻十七・三九九七　家持）

先掲の池主の敬和歌が披露されたと思しい宴での歌である。宴は、上京する家持送別のために池主の館で催されたもの。「ほととぎす鳴かむ五月はさぶしけむかも」の「五月」は、それに和《こた》える家持の歌に「ほととぎす鳴かむ五月は玉を貫かさね」とあるように、特に端午の節句を念頭に置くと考えられる。具体的には、「ほととぎす　来鳴《きな》く五月の　あやめ草　蓬《よもぎ》かづらき　酒《さか》みづき　遊び和《な》ぐれど」（巻十八・四一一六　家持）のような「遊び」を思い描くのだろう。ほととぎすの鳴き声は、越中官人達の楽しげな遊宴を華やかに彩る。したがって、右の送別の宴の後、出立の日がいよいよ近づいた時、家持が、

我が背子は玉にもがもなほととぎす声にあへ貫《ぬ》き手に巻きて行かむ　（巻十七・四〇〇七）

と池主に贈ったのは、池主への思慕だけでなく、池主とともにほととぎすの声を愛で、五月の玉を貫いて遊ぶことの叶わない悔しさが込められていよう。

天平十九年の家持と池主の交遊は、もちろんこれのみではない。春には病臥中の家持と漢詩文を交えての歌の贈答があった。天平勝宝二年四月三日の池主への贈歌は、導入部に春の描写を入れることでそれをも喚起させつつ、最終的には二上山とほととぎすを通して、特に天平十九年夏の二人の交遊を想起させるものと捉えられる。(17) 直後の四月九日の「水烏《う》を越前の判官大伴宿祢池主に贈る歌」で、

天ざかる　鄙《ひな》にしあれば　そこここも　同じ心そ　家離《いへざか》り　年の経ぬれば　うつせみは　物思《ものも》ひ繁し　そこ故に　心なぐさに　ほととぎす　鳴く初声を　橘の　玉にあへ貫《ぬ》き　かづらきて　遊ばむはしも……

（巻十九・四一八九）

と、ほととぎすを「遊び」とからめて歌うところにも、その意識は通底していよう。天平十九年夏は、「二上山賦」をさきがけとしていわゆる萬葉五賦が、ほととぎすの歌とあざなうようにして詠まれたという点で、家持の記憶にとどめられるべき時であった。四月三日の歌の題詞に「感旧の意に勝《あ》へずして」とある「感旧」の「旧」は、そのような具体的一回的な時を指している。それに続く当該の長反歌四首の題詞に「霍公鳥を感《め》づる情に飽かずして」とあるのは、「感」の意に若干の違いはあるけれども、(18)「感旧」から「感霍公鳥」へと主題を移していく経緯を読み取ることができる。

このようにここでほととぎすが主題として立ち現れるに至るには、未だ聞かれぬ初声への期待を一つの軸としつつ、天平十九年夏の池主との交遊への懐古が大きく関与する。天平十九年の六、七月頃、池主は越前に転任したと考えられ、その後、越中或いは越前で家持が池主と宴に同席したという形跡は見受けられない。果たし得なかったことも含めて、池主との交遊を偲ぶその懐古的な姿勢は、先掲の天平十六年四月五日の作歌に通じると思われる。

五 旧都での懐古

懐古的な姿勢は、旧都を舞台にし、ほととぎすを一つの大きな主題に据える一連全体に貫かれていると見られるが、中でもd歌に最もよく現れている。いま再度掲出する。

dあをによし奈良の都は古りぬれどもとほととぎす鳴かずあらなくに　（巻十七・三九一九）

結句は諸本「不鳴安良久尓」。諸注は、この本文のまま「鳴かずあらくに」と訓む説と、「良」の下に「奈」「那」等の脱落を想定する『代匠記』（精撰本）に従って、「鳴かずあらなくに」と訓む説とにわかれる。前者であればほととぎすは鳴いていないことになり、上句と逆接で結ばれる関係がわかりにくい。後者はその矛盾を解消すべく、一字を補入してほととぎすが鳴いている歌とする。そのこととも関わってここで注意したいのは、第三句の「布里奴礼登《ふりぬれど》」の古ルである。都が古ルこと或いは古キ都となることは、現象上は荒ルこととして捉えられる。

古の人に我あれや楽浪《ささなみ》の古き京《みやこ》を見れば悲しき（巻一・三二　高市古人「近江の旧き堵《みやこ》を感傷して作る歌」）

楽浪《ささなみ》の国つ御神《みかみ》のうらさびて荒れたる京《みやこ》見れば悲しも（巻一・三三　同右）

近江京がそうであるように、かつて都が置かれた難波も、「葦垣《あしかき》の古りにし里」（巻六・九二八）となったとき、「荒野《あらの》らに里はあれども」（巻六・九二九）と詠まれた。平城京も同様で、久邇京への遷都後は、次のように歌われる。

立ち変はり古き都となりぬれば道の芝草長く生《お》ひにけり

（巻六・一〇四八　田辺福麻呂歌集「奈良の故郷を悲しびて作る歌」反歌）

なつきにし奈良の都の荒れ行けば出で立つごとに嘆きし増さる（巻六・一〇四九　同右）

荒ルは、人の賑わいが絶え、自然がもとの荒々しい相貌を取り戻すことである。しかし、文華の中心たる都であったことにおいて、古ルことは、ただ存在の移ろい失われてゆくことにとどまらない。

……明日香の　古き都は…〔中略〕…見るごとに　音のみし泣かゆ　古思へば

（巻三・三二四　山部赤人　神岳に登る歌）

古の古き堤は年深み池の渚に水草《みくさ》生《お》ひにけり

（巻三・三七八　山部赤人「故太政大臣藤原家の山池を詠む歌」）

草に覆われ時間が堆積する中に「古《いにしへ》」という価値が見出される。旧都に変わることなく鳴く鳥は、その「古《いにしへ》」を今に甦らせる。

近江の海夕波千鳥汝《な》が鳴けば心もしのに古思ほゆ

（巻三・二六六　柿本人麻呂）

そのような鳥を介した懐古は、

我が背子が古家《ふるへ》の里の明日香には千鳥鳴くなりつま待ちかねて

（巻三・二六八　長屋王「故郷歌」）

のごとく、時に相聞的情調を帯びる。中でほととぎすは早く、先掲の額田王歌、

古に恋ふらむ鳥はほととぎすけだしや鳴きし我が思へるごと

（巻二・一一二）

のように「古《いにしへ》」を恋うて飛来し鳴くと詠まれた。ほととぎすが飛ぶこの吉野は旧都ではないが、天武の雌伏した時代を飛鳥京にとっての前代のように見るのであろう。ただし、述べたようにこの「古《いにしへ》」は、あくまでも額田王の私的な懐古の中で思われた「古《いにしへ》」、端的には天武その人である。

d歌の「あをによし奈良の都は古りぬれど」の「古る」は、新京久邇宮或いは難波宮との対比においてであり、平城が旧都として宿す「古《いにしへ》」という価値を目指してほととぎすは飛来し鳴く。「もとほととぎす」が「本つ人」(巻十・一九六二)すなわち昔なじみの人になぞらえられるのであれば、ほととぎすが鳴くことには、額田王歌と同様、詠み手の往事を思慕する心が託されている(鴻巣『全釈』、橋本『全注巻十七』)と見てよい。ただし、往事への思慕は、家持が官人集団から離れ、平城京の「故宅《もとついへ》」で夜、独り偲ぶことの中に生じるように、多分に私的な性格のものと思われる。だが、ここでそれが具体的にどのような出来事を指すのか明らかではなく、ただ懐古的な情調が初夏の庭園を舞台とする小さな景にしめやかな雰囲気を与えるにとどまる。

つまり、d歌では、表面的には、e歌の旧都と橘の花の関係と同様、移ろい変わってゆく旧都と、変わることなく反復再生する自然ここではほととぎすとが対立的な関係に置かれている。その点で、結句は「鳴かずあらなくに」である方がよい。しかし、内部では、「古《いにしへ》」という価値を宿す都とそれを恋慕し今に甦らせるほととぎすというように、両者は親和的なものとして結ばれている。

ほととぎすをめぐるこのような懐古的姿勢――どちらかと言えば私的な懐古的姿勢は、前節で見た家持の池主への贈歌に通じる。ここに、天平勝宝二年四月初旬の時点で、天平十六年四月五日の歌が想起される素地、家持の内面の一つの傾向を捉えることができよう。

六　梅花歌への懐古

天平勝宝二年において懐古的姿勢は、すでに三月二十七日の日付をもつ次の一首に胚胎していた。

春の内の楽しき終へは梅の花手折り招きつつ遊ぶにあるべし　（巻十九・四一七四）

「筑紫の大宰の時の春苑梅歌に追和する一首」という題詞を掲げる歌である。立夏四月の節はすでに過ぎ、春もいよいよ尽きようとする頃おい、家持は二十年前の梅花の宴を思い、中でも冒頭の、

正月《むつき》立ち春の来らばかくしこそ梅を招《を》きつつ楽しき終《を》へめ　（巻五・八一五　大弐《だいに》紀卿《ききやう》）

に追和する。見過ごせないのは、その「梅花歌」の中にナツクとナツカシの両語が用いられていることである。

春の野に鳴くやうぐひすなつけむと我が家の園に梅が花咲く　（巻五・八三七　志氏《しじの》大道《おほみち》）

霞立つ長き春日をかざせれどいやなつかしき梅の花かも　（巻五・八四六　小野氏淡理《をのうじのたもり》）

前者では、梅花の鶯に対する行為としてナツクが用いられ、後者では、人の梅花に対する心情としてナツカシが用いられる。後者のような人の自然に対する愛着が、前者の擬人化された梅花の行為に投影されている。同じ一連の歌の中で、ナツクとナツカシの両語が用いられるのは、この「梅花歌」とほととぎすを詠む当該長反歌のみである。長歌に「初声を　聞けば奈都可之《なつかし》」、反歌第一首に「鳴くほととぎす聞けば夏借《なつかし》」、反歌第二首に「網取りに取りて奈都気奈《なつけな》」とあった。三月二七日に想起された「梅花歌」の影響はここまで及んでいると見てよい。既述のように直接にはb歌の「ほととぎす夜声なつかし」を踏まえるのだが、ナツカシからナツクへと展開する過程において「梅花歌」に学ぶところがあったと考えられる。

もっとも、「梅花歌」冒頭の歌に目を向けるきっかけとなったのは、弟書持が天平十二年（七四〇）十二月九日に詠んだ「大宰の時の梅花に追和する新しき歌六首」中の、

み冬継《ふゆつ》ぎ春は来れど梅の花君にしあらねば招《を》く人もなし　（巻十七・三九〇一　書持）

である。その一連の書持の追和歌が、家持の追和歌に少なからざる影響を与えていることは、

遊ぶ内の楽しき庭に梅柳折りかざしてば思ひなみかも　（巻十七・三九〇五　書持）

によっても知られる。「遊ぶ」「楽し」「折りかざす」いずれも「梅花歌」と共通する語だが、「遊内《あそぶうち》」の「内」は「梅花歌」には見られない。漢語「―裏」を意識した表現とすれば(19)、家持の「春裏《はるのうち》」は書持のそれをよく理解した上での応用であろう。

「招《を》く」というように梅花を擬人化して宴席の客として遇する趣向が、「梅花歌」冒頭歌の一つの眼目であった。書持追和歌はそれを忠実に襲い、家持追和歌もまたそれに倣う。家持の懐古は、確かに父旅人達の梅花の宴に向かうものだが、そこには弟書持の追和歌もまた思われている。むしろ、書持追和歌を通して「梅花歌」を思うと言ったほうがより適切かもしれない。書持追和歌が重ねられることで、懐古は大伴氏の身内を意識した私的な性格を色濃くする。なぜそのような懐古がここで生じたかということについては推測に委ねるしかないが、私的な範囲での二重の懐古がこの三月二十七日の追和歌の内的動機としてあったということは認めてよいと思われる。

梅花の宴という、辺地でなされた風流なわざへの懐古は、ほととぎすをめぐって繰り広げられた越中での池主との交遊への懐古を誘引する一つの契機となったであろう。梅花の宴は、大宰府の官人達が集うて「遊ぶ」楽しさにおいて想起されていた。越中のほととぎすをめぐっても、池主を含む官人達と遊楽し或いはそのような遊楽への期待に胸躍らせたことを懐古する。このような懐古の方向から逆に浮き彫りにされるのは、「ひとりのみ　聞けばさぶしも」（巻十九・四一七七）、「我のみに聞けばさぶしも」（巻十九・四一七八）と歌われた、このときの家持の孤独である。池主が天平十九年頃に越前に転任してからも、家持は幾つか宴をもち、種々の歌の贈答をなしているが、池主ほど熱心に歌を交わす相手はもう現れなかった。ほととぎすへの思いは掻き立てられるものの、このとき家持には、ほととぎすを賞玩する風流を共にし歌作を通してそれを理解共鳴しあえる人物はいなかったのである。

　理解者の不在というこの状況が、深部において、また天平十六年四月五日の作に重なる。題詞には「独り平城の故宅に居りて」とあり、左注にも「独り平城故郷の旧宅に居りて」[20]と記された。巻八の題詞に「大伴宿祢家持、久邇の京より奈良の宅に留まれる坂上大嬢に贈る歌」（巻八・一六三二）とあることから推測すると、坂上大嬢は平城京にとどまっていたようだから、家持の「独居」は、相聞的なひとりの意ではなく、帰属する集団から離れてあるという孤絶の意で用いられていることが確かである。[21]そのことは、f歌からも窺え、着飾った宮廷官人たちがうち揃って参加する薬狩りへの憧れは、家持のその時の孤絶した状況に発するのだろう。ただし、「月は来にけり」という結句は、

天の川水陰草《みづかげくさ》の秋風になびかふ見れば時は来にけり
（巻十・二〇一三　人麻呂歌集非略体歌「七夕」秋雑歌）

うぐひすの木伝《こづた》ふ梅のうつろへば桜の花の時かたまけぬ
（巻十・一八五四「花を詠む」春雑歌）

の、「時は来にけり」や「時かたまけぬ」と同様、新しい時節を迎える喜びを表す。独りある孤絶は、

ここで新しい時節への期待と、衆人の目睹のもと行われる華やかな宮廷行事を思うことの明るい気分の中に解消される。旧都で花鳥を愛で「古《いにしへ》」を思慕し孤絶に浸ることは、当座の感傷と言うべきものなのである。

翻って、越中における孤絶、理解者の不在は、より現実的で深刻である。鄙にあることは、一時旧都に身を寄せることとは比較にならないほどの都との大きな隔絶である。そして唯一の理解者と思われた池主の転任。越中において家持が味わったのは、外的状況においても歴然とした、いかんともなしがたい孤絶である。家持の懐古が、いきおい個人的な体験に即して自身の内部へと遡行するのもそれゆえとみなされよう。

家持が平城旧都にあったとき、ほととぎすは、旧都の宿す「古《いにしへ》」を目指して飛来し、「古《いにしへ》」を恋うて鳴いただろう。しかし、越中の地に、ほととぎすがそのように目指して飛来するべき、旧都に匹敵する場所は見出しにくい。かろうじて二上山がその神としての悠久さにおいて「古《いにしへ》」を思わせる場所であるけれども、ほととぎすはそこを本拠として隠るのであって、その「古《いにしへ》」を目指して飛んで行くわけではない。また、二上山を見て「偲ふ」者の側に絶え間ない「連鎖」が捉えられはしても、(22)既述したようにそこに越中固有の歴史と呼べるものは家持において確かな形をなしていない。

越中でもほととぎすは「古《いにしへ》」を恋うて鳴いたであろう。ただし、その「古《いにしへ》」はまだ家持の心の中にしかない。ほととぎすは、家持の内部の、池主との交遊を中心とする私的な記憶を目指して飛来し、そこにあった風雅を恋うて鳴く。

帰京後、家持は池主と再会を果たしたにもかかわらず、以前のような文雅の交流は復活しなかった。家持をして、ほととぎすを、かつての越中での池主との交遊の記憶とともに心の内に封じ込めたものは何であったか。そのような問いを残して、この稿を閉じる。

注1 『太平御覧』巻九二三所引「蜀王本紀」も大筋では同じ。一方、『説文解字』「巂」の釈義、『文選』巻四「蜀都賦」劉逵注のように、杜宇が化して子規となったという伝承もあって、こちらはいわゆる蜀魂の故事として知られる。

2 吉井巖氏『天皇の系譜と神話 二』付篇二「弓削皇子」(塙書房、昭和五十一年六月)

3 身﨑壽氏「いにしへに恋ふらむ鳥はほととぎす—額田王の弓削皇子との贈答歌—」(『萬葉』第百三十三号、平成元年九月)

4 「啼」は、『礼記』喪大記に「始めて卒《しゅっ》すれば、主人啼。し、兄弟哭し、婦人哭踊す」とあるように、人の死を悼んでのもので、「哭」より深い悲哀を表す。具体的には、慧琳音義巻十四所引『玉篇』逸文に「哭の常節無きもの也」(『大宝積経』巻七八「啼泣」)とあるように、定まった節の無いもので、嬰児のなきさけぶのに近い。なお、鳥の擬人化における「啼」については、小島憲之氏『萬葉以前—上代びとの表現—』第二章「近江朝前後の文学 その一」(岩波書店、昭和六十一年九月)を参照した。

5 芳賀紀雄氏『萬葉集における中國文學の受容』「大伴家持—ほととぎすの詠をめぐって—」(塙書房、平成十五年十月)。なお、高岡市万葉歴史館館長小野寛氏「家持「二上山賦」のよみの現在」(『論集上代文学』第二十六冊、平成十六年三月)に諸説が整理されており、それを参照した。

6　橋本達雄氏『大伴家持作品論攷』「連作二題」（塙書房、昭和六十年十一月）

7　注（6）前掲書に同じ。

8　一首にほととぎすの語を有しないが、ほととぎすを詠むことが確実な二首（巻十七・三九八四、三九八七）を含む。なお、巻十八・四〇三五は巻十・一九五五と同一歌と見て、あわせて一首と数えた。

9　注（8）に挙げた巻十七・三九八四、三九八七を含む。

10　大久保正氏『萬葉の伝統』「東歌のほととぎす―東歌研究の一側面―」（塙書房、昭和三十二年十一月）

11　勧農の鳥とする観念のあったことは、巻十・一九四二、一九四三、巻十九・四一七一からわずかに知られるが、いずれも都人の視点から詠まれたものである。

12　拙稿「家持の情―ほととぎす詠を中心として―」（『上代文学』第八十九号、平成十四年十一月）

13　橋本達雄氏『王朝の歌人2　大伴家持』第四章「越中守時代」（集英社、昭和五十九年十二月）に「望郷の鳥」とされる。

14　青木『全注　巻十九』、伊藤『釈注』は三日の作とする。

15　「喧」は、「諠」「咺」に同じ。『方言』巻一に「およそ哀泣して止まざるを咺といふ」、さらに「朝鮮洌水の間、少児泣きて止まざるを咺といふ」とあり、泣きやまない意。『説文解字』にもほぼ同様の釈義が見える。鳥については、例えば『文選』巻二七の斉・謝玄暉〈朓〉「晩に三山に登りて京邑を還望す」に「喧鳥は春洲を覆ひ　雑英は芳甸に満つ」と見え、かまびすしく鳴くことを言う。坂本信幸氏は、「あはれその鳥―高橋虫麻呂の霍公鳥詠をめぐって―」（『萬葉の風土・文学　犬養孝博士米寿記念論集』塙書房、平成七年六月）で、集中の歌本文の「喧」表記がほととぎすのナク例に偏ることについて、そのやかましく鳴く意味への意識のあったであろうことを指摘しておられる。

16　拙稿「家持長歌における短歌との交渉」（『萬葉』第二百号、平成二十年三月）

17　芳賀紀雄氏『萬葉集における中國文學の受容』「家持の桃李の歌」（塙書房、平成十五年十月）

18　「感旧」の「感」は「思」に同じ。「感霍公鳥」の「感」は、例えば『文選』巻二七楽府「長歌行」に「感ㇾ物懐ㇾ所ㇾ思（物に感じて思ふ所を懐かしむ）」とあるのと同じく、季節の風物に心を動かされる意。

19　小島憲之氏「万葉題詞のことば―「夜裏」・「留女」考―」（『上代文学』第四十四号、昭和五十五年四月）

20　ただし、この句は元暦校本にない。

21　芳賀紀雄氏『萬葉集における中國文學の受容』「遙かなるほととぎすの声―家持の越中守時代の詠作をめぐって―」（塙書房、平成十五年十月）

22　鉄野昌弘氏『大伴家持「歌日誌」論考』第一部第五章「「二上山賦」試論」（塙書房、平成十九年年一月）

＊『萬葉集』の引用にあたっては、塙書房CD―ROM版を使用した。

万葉の「藤」

——越中における「藤波」詠を中心に——

菊地義裕

一 藤の歌の特色

『万葉集』には藤を詠み込んだ歌が二十四首見られる。語彙のうえでは、「藤」六例、「藤波」十八例に二分され、枕詞として用いられた「藤波の」の語も一例見られる。

「藤」六例については、たんに「藤」とある例は三例で、「藤の花」（巻十七・三九五二）、「藤の繁《しげ》み」（巻十九・四二〇七）、「藤の末葉《うらば》」（巻十四・三五〇四）が各一例を数える。「藤」三例はいずれも藤の花をさし、「繁み」「末葉」を詠む二例の場合も、「藤」にはその花が意識されているとみられる。また、題詞に藤が示される場合も「藤の花」（巻八・一六二七、巻十九・四一九三、四一九九各題詞）とあり、藤が歌に表現されるとき、人びとに関心がもたれたのは淡い紫の色合いが印象的な花であったことがわかる。(1)

「藤波」の例が多いのもこの点にかかわり、この語は藤の「花房が風に靡くさまを浪に見立てたもの」（『時代別国語大辞典 上代編』）と解されている。「藤波の花」と表現した例も五例見られるが、「藤波」だけ

藤の花（写真提供：高岡市万葉歴史館）

で藤の花をさす例が大半を占める。なかには、女性の美しさを比喩的にとらえた、次のような例も見られる。

かくしてそ人の死ぬといふ藤波のただ一目《ひとめ》のみ見し人故に　（巻十二・三〇七五）

この歌では「藤波の」が「ただ一目のみ見し人」を修飾するかたちで用いられている。一首は、こうして恋い焦がれて人は死ぬのだ、一目だけ見た人のために の意である。「藤波の」の語は、一目見た女性の美しさを藤の花の美しさによそえて比喩としたものであろう。

また、「藤波の」の語を枕詞として用いた例では、「藤波の思ひもとほり」（巻十三・三二四八）と表現され、思いがからみつく意の「思ひもとほり」を修飾する語として用いられる。これは藤蔓《ふじつる》がからみつくさまを踏まえてのものである。この場合、「藤波」は藤そのものをさすと解され、「藤波」は藤の花の見立ての語彙に発して、藤そのものを示す歌語としても用いられたことが知られる。

　こうした枕詞の例が示すように、藤は蔓性の植物であることを特色とする。万葉の時代には、その蔓から繊維を取り出し、それをもとに藤布を織り上げ「藤衣」を調整した。その工程は、「のだふじの蔓を槌で砕き、皮を除き、灰汁《あく》で煮て流水で晒し、乾かした後、手でほぐし縒りをかけて糸にし織って」作る（小学館『新編日本古典文学全集』四一三頭注）というものであり、「麻衣」とともに庶民の衣料とされ、織り目の粗いことを特色とした。目の粗い布を意味する「荒たへ」の語が枕詞として「藤」にかかるのもこの点に基因してのことである。(2)

『万葉集』には「藤衣」を詠み込んだ歌が二首あり、次のようにうたわれる。


須磨の海人の塩焼き衣《きぬ》の藤衣《ふぢころも》間遠《まとほ》にしあればいまだ着馴《な》れず　（巻三・四一三）

大君《おほきみ》の塩焼く海人《あま》の藤衣なれはすれどもいやめづらしも　（巻十二・二九七一）

　一首目は巻三の「譬喩歌」の一首で、大網公人主《おほあみのきみひとぬし》の宴席での歌。二首目は巻十二の「寄物陳思」の一首である。どちらも恋情を内容とする歌で、製塩に従事する「海人」の衣として「藤衣」を提示し、上三句「藤衣」までを序詞として、一首目では「間遠に」が、二首目では「なれ」が起こされている。「間遠に」は間《あいだ》があいている意であり、一首目は、藤衣の目の粗いさまと女性のもとに通い始めたものの間があきがちであるさまとを掛け合わせて、「いまだ着馴れず」と、いまだ馴染まないことがうたわれる。また、二首目の「なれ」は親しみなれるの意であり、ごわごわの藤衣を着なれたことと恋人になれ親しんだこととを掛け合わせ、なれはしたけれども「いやめづらしも」と、いっそう心ひかれることを詠んだものである。

これらの歌からは、藤が身近な植物として馴染み深いものであったことが知られる。『古事記』中巻の応神天皇の条には、藤にかかわって、イヅシヲトメをめぐる秋山の下氷壮夫《したひおとこ》・春山の霞壮夫《かすみおとこ》兄弟二神の話が伝わる。それによると、兄の下氷壮夫はヲトメに求婚したものの果すことができず、弟に誘いかけて、ヲトメを手に入れられるかどうかで賭けをすることになり、そのことを弟が母親に話すと、母は藤蔓で一晩のうちに衣《きぬ》・袴《はかま》・襪《したぐつ》・沓《くつ》を織り縫い、また弓矢を作って、霞壮夫の身につけさせヲトメのもとに行かせたと伝える。すると、衣服も弓矢も藤の花と化し、その弓矢を霞壮夫がヲトメの厠にかけておくと、それを不思議に思ったヲトメが持ち帰るとき、壮夫もそのあとについて家のなかに入り、結婚することができたという。

これは春山の神が藤の花に化身する伝承である。春を迎えて咲く藤は、季節の神が宿る神聖な植物として信仰的な要素をも持ち合わせていたことがわかる。『住吉大社神代記』には、そうした藤に対する信仰を伝える、次のような伝承も見られる(3)。

大藤を切りて海に浮け、盟《うけひ》して宣り賜はく、「斯《こ》の藤の流れ着かむ処に、将《まさ》に我を鎮祀《いはひまつ》れ。」と宣《の》

りたまふ時に、此の浜浦に流れ着けり。故《かれ》、藤江と号《なづ》く。

これは、『万葉集』にもうたわれた、明石海峡に面した「藤江の浦」の地名起源説話である。ここでは、住吉の神が藤を切って流し、流れ着いたところに「我を鎮祀れ」といい、その藤の流れ着いたところが「藤江」だと伝えられる。藤が流れ着いたところに神がまつられるのは、藤そのものに神が宿ると信じられたからである。

もっとも、こうした藤の信仰的な要素は、『万葉集』の歌には顕著には見られない。うたわれるのは、季節を彩る植物としての花の景である。季節分類が施された巻八・十を例に整理すると、次のようになる。

①藤波の咲く春の野に延《は》ふ葛《くず》の下よし恋ひば久しくもあらむ（巻十・一九〇一）
②恋しけば形見にせむと我が宿に植ゑし藤波今咲きにけり（巻八・一四七一）
③藤波の散らまく惜しみほととぎす今城《いまき》の岡を鳴きて越ゆなり（巻十・一九四四）
④春日野の藤は散りにて何をかもみ狩の人の折りてかざさむ（巻十・一九七四）
⑤ほととぎす来鳴きとよもす岡辺《をかへ》なる藤波見には君は来《こ》じとや（巻十・一九九一）

①が「春の相聞」であるほかは、いずれも夏の歌に分類され、②〜④が「夏の雑歌」、⑤が「夏の相

して詠んだ歌には、次のような例も見られる。①では「藤波」が「春の野」に咲く花としてうたわれている。同様に、藤を春の花として詠んだ歌には、次のような例も見られる。

春へ咲く藤の末葉《うらば》のうら安にさ寝《ぬ》る夜そなき児ろをし思《も》へば　（巻十四・三五〇四）

妹が家に伊久里《いくり》の杜《もり》の藤の花今来《こ》む春も常かくし見む　（巻十七・三九五二）

一首目は東歌の未勘国歌「相聞」所収の一首で、上二句で春に咲く藤の「末葉」を提示し、これを同音反復の序詞として次句の「うら」の語を起こし、恋しく思うがゆえに心安らかに寝る夜がないことを嘆いたものである。また二首目は、天平十八年（七四六）の八月七日、国守として赴任したばかりの大伴家持を迎えて営まれた宴席において、僧玄勝が披露した「古歌」である。作者は「大原高安」と伝え、「伊久里の杜の藤の花」について、やがてくる春にもまた眺めたいことがうたわれる。

次の②は、山部赤人の歌で、恋しいときに面影を偲ぶよすがにしようと植えた「藤波」について、いま咲いたことがうたわれる。また③は、「藤波」が散るようすと、ホトトギスが「今城の岡」を鳴いて越えていくようすとを関連づけて詠んだもので、小分類の「鳥を詠む」に配された一首である。夏の鳥であるホトトギスに焦点を据えて詠んだものとなっている。同様に、ホトトギスとの取り合わせで詠まれるのは⑤の一首で、この歌では、ホトトギスがやって来て鳴き立てる岡に咲く花として「藤波」がうたわれる。

このように関係歌を整理すると、藤は春から夏にかけて咲く、行合《ゆきあい》の季節の花であり、ホトトギスが鳴く時節、花が残っていることもあるが、多くは散ってしまう、そうした花であったことがわかる。④はこの点を行事とのかかわりで示す例で、「春日野の藤」の花が散ってしまって、いったい何を「み狩」の人たちは折ってかざしにするのだろうかの意である。カザシは植物の枝葉を髪にさしたもので、本来は神事に奉仕するもののしるしであった。この場合は夏の「み狩」であり、五月五日の「薬狩」をさしている。奈良の都の春日野を彩った藤の花も、陰暦五月を迎えるころには散ってしまうものだったのである。なお、この歌からは、藤の花も春日野の祭祀にかかわってカザシに用いられるものであったことが知られる。先に述べた藤の信仰的要素を伺わせる一例といえよう(4)。

奈良の都に関連しては、次の歌も注意される。

防人司《さきもりのつかさの》佑《じょう》大伴四綱《よつな》が歌二首

やすみしし我が大君の敷《し》きませる国の中《うち》には都し思ほゆ

（巻三・三二九）

藤波の花は盛りになりにけり奈良の都を思ほすや君

（三三〇）

天平初年当時、大宰府の防人司の佑（三等官）だった大伴四綱の歌である。一首目では、天皇が治める国のなかでも、とりわけ都が懐かしく思われることをうたい、二首目では、「藤波の花」がいま盛りを迎えたことをうたって、「奈良の都を思ほすや君」と問いかけている。二首のあとには、当時大宰府の長官だった大伴旅人の望郷歌が続いており、問いかけられた「君」は旅人であったと思われる。藤の花はその時節を迎えると、都を彩る花として愛《め》でられ、地方に下った官人たちにも都を思い起こさせる、みやびな花として受け止められていたのであろう。

藤は「野」の花、「岡」の花、「杜」の花としてもうたわれるが、前掲の②の赤人の歌には「我が宿に植ゑし藤波」とあり、庭の植え込みをさす「宿」の花としてもうたわれる。藤は自宅の庭に植えて育てることも行われ、その花はおのずと観賞の対象ともされたのである。また、藤を詠んだ歌で年代が判明する、あるいは推測できる歌のうち、早い例は右の赤人や四綱の歌である。それ以前にそれとわかる歌は見られない。藤の美しさが「藤波」の語でとらえられ、その美しさが歌に表現されるのは神亀・天平期以降ということになる。藤はその性格として、季節の神が寄りつく信仰的要素をもつ植物であると同時に、藤衣など日常の衣料の材にも供された実用の植物でもあった。そのあり方は、本来実を求めて「園」で栽培されていた梅に花の美しさが見いだされ、天平二年（七三〇）正月に大宰府で営まれた梅花の宴（巻五）以降、その花の美しさがさかんに歌に表現されるようになることとも通じるものがある。生活を彩る信仰から美へ、あるいは実用から美へという展開は、日本の美意識の基本的な構図でもある。生活を彩るさまざまな花にみやびな目が向けられることによって、それらの植物にも美が見いだされ、奈良朝に至って多くの植物があらたに歌の素材として取り上げられ、定着したのである。藤もまたそのひとつであった。

二　越中の藤波

藤を詠んだ二十四首のうち、作者がわかる例について作者と歌数を整理すると、大伴家持八首、久米広縄二首、大伴池主・田辺福麻呂《さきまろ》・内蔵《くらの》縄麻呂・久米継麻呂・大原高安・山部赤人・大伴四綱各一首となる。また、詠まれた場所で見ると、巻十七以降に収められる越中関係歌に集中し、古歌として披露された高安の歌も含めると、全体で十四首にのぼる。それらはいずれも作者が判明し、右に整理した作者のなかで越中に属さないのは赤人と四綱のみである。万葉の藤はさながら越中で開花した趣を呈している。(5)

巻十七以降の越中関係歌で最初に藤が詠まれたのは、天平十九年（七四七）四月二十四日の、家持の「布勢の水海《みづうみ》に遊覧する賦《ふ》一首」（巻十七・三九九一、三九九二）に追和して詠まれた、二十六日の日付をもつ、越中の掾《じょう》大伴池主の「敬《つつし》みて、布勢の水海に遊覧する賦に和《こた》ふる一首」である。

藤波は　咲きて散りにき　卯の花は　今そ盛りと　あしひきの　山にも野にも　ほととぎす　鳴きしとよめば　うちなびく　心もしのに　そこをしも　うら恋《ごひ》しみと　思ふどち　馬打ち群《む》れて　携《たづさ》はり　出で立ち見れば……

（巻十七・三九九三）

「藤波」は長歌の冒頭にうたわれ、「藤波は咲きて散りにき　卯の花は今そ盛りと」と、「藤波」と

「卯の花」と用いて、ホトトギスが鳴く、遊覧に適した初夏の訪れが提示される。そして、その声に、また季節の趣に心ひかれるまま気の合った者同士が馬を連ねて、国府の西北に所在した布勢の水海へと歩を進めたことがうたわれる。以下一首では、そこでの遊覧のさま、目にする景を提示して、これから先も秋の「黄葉《もみち》」の時節、春の「花の盛り」の折にお伴をして気を晴らしたいこと、またそれが絶えることがないことをうたって収められる。うたいぶりから明らかなように、一首において「藤波」は「卯の花」やホトトギスとともにうたわれはするものの、季節の変化をさし示す花としてたんに提示されるだけで、それ以上の特色は見られない。

次に「藤波」が見えるのは、天平二十年（七四八）三月に左大臣橘諸兄の使者として田辺福麻呂を迎えて営まれた、家持の官舎での宴席での歌である。家持の官舎での宴は三月二十三日、二十四日と行われ、二十五日には布勢の水海へと赴き、二十六日には掾《じょう》（三等官）の久米広縄の官舎で宴が催された。巻十八冒頭部にはその折々の歌が収められている。「藤波」が詠まれたのは二十四日の宴においてであり、その折の一連の歌の題詞には「ここに、明日《あすのひ》布勢の水海に遊覧せむと期《ちぎ》り、仍《よ》りて懐《おもひ》を述べ、各《おのもおのも》作る歌」と記される。一連の歌は福麻呂と家持の歌からなり、福麻呂が明日出かける水海への期待を込めてうたうのに対して、家持がそれに応えるかたちになっている。「藤波」の歌もそのひとつで、次のようにうたわれる。

藤波の咲き行く見ればほととぎす鳴くべき時に近付《ちかづ》きにけり　（巻十八・四〇四二）

明日《あす》の日の布勢の浦廻《うらみ》の藤波にけだし来鳴かず散らしてむかも　一に頭に云はく、「ほととぎす」（四〇四三）

一首目が福麻呂の歌、二首目が家持の歌である。これらの歌でも「藤波」にはホトトギスが取り合わせてうたわれる。福麻呂の歌がホトトギスの初声への期待を込めて、「藤波」が咲くようすを見るとホトトギスの時節が近づいてきたことが思われることをうたったのに対して、家持の歌には、「布勢の浦廻の藤波」はホトトギスはやって来ないで、むなしく散ってしまうであろうことがうたわれる。三月下旬ではまだホトトギスが鳴かないことを知る家持にとっては、福麻呂の思いが期待はずれに終わることは明らかなところであり、あらかじめの気遣いとしてこのようにうたったものであろう。

この歌は家持が越中で藤をうたった最初のものである。赴任以前の歌を見ると、家持は天平十二年（七四〇）六月に次の歌で藤を詠んでいる。

我が宿の時じき藤のめづらしく今も見てしか妹が笑《ゑ》まひを　（巻八・一六二七）

題詞には「大伴宿禰家持、時じき藤の花と萩の黄葉《もみ》てると二つの物を攀《よ》ぢて、坂上大嬢に贈る歌二首」とあり、この歌では季節外れの「時じき藤」が、次の一首では紅葉した「萩の下葉」（一六二八）が詠まれている。ともに坂上大嬢に贈った歌である。この歌では上二句を序詞として「めづらしく」を起こし、大嬢の心ひかれる笑顔を見たいことがうたわれる。すでにこうした歌がうたわれており、家持にとって藤は縁遠い素材ではなかったことがわかる。ただし、福麻呂の歌に応じてうたわれた一首では、「藤波」が布勢の水海を彩る景物としてとらえられている。後の歌でも、家持は「藤波」を水海に位置づけてうたうところであり、その端緒がここに見えるという意味で注意される。もっとも、ここでも関心はホトトギスにあり、「藤波」はそのための契機としての位置しか与えられていない(6)。

実際、翌二十五日に水海に出かけたときの歌(巻十八・四〇四四～四〇五一)でも、季節の景物としてうたわれるのはホトトギス(四〇五〇・四〇五一)である。また、歌中には水海の要地ともいうべき「垂姫《たるひめ》の崎」(四〇四六)、「垂姫の浦」(四〇四七・四〇四八)、「乎布《をふ》の浦」(四〇四九)、「多祜《たこ》の崎」(四〇五一)がうたわれるが、そのいずれにおいても「藤波」はうたわれていない。この点からも、家持の、先の「布勢の浦廻の藤波」の表現は、福麻呂の提示した「藤波」をたんに受けてのものと考えられる。

三　家持と藤波

越中関係歌において次に「藤波」がうたわれるのは、天平二十年(七四八)からは二年後の天平勝宝二年(七五〇)四月の作においてである。題詞に「六日に、布勢の水海に遊覧して作る歌一首」と記される、天平十九年(七四七)に次ぐ、再度の遊覧作歌である。すでに池主は越前国の掾として転出し、池主の追和の歌は見られない。長反歌二首からなる全体は次のようにうたわれる。

思ふどち　ますらをのこの　木《こ》の暗《くれ》　繁《しげ》き思ひを　見明《みあき》らめ　心遣《や》らむと　布勢の海に　小舟《をぶね》つら並《な》め　ま櫂《かい》掛け　い漕ぎ巡れば　乎《を》布《ふ》の浦に　霞たなびき　垂姫に　藤波咲きて　浜清く　白波騒《さわ》き　しくしくに　恋は増《ま》されど　今日のみに　飽《あ》き足《だ》らめやも　かくしこそ　いや年のはに　春花の　繁き盛りに　秋の葉の　もみたむ時に　あり通《がよ》ひ　見つつしのはめ　この布勢の海を

(巻十九・四一八七)

藤波の花の盛りにかくしこそ浦漕ぎ廻《み》つつ年にしのはめ

(四一八八)

長歌ではまず、気の合った「ますらを」たちが憂いを見て晴らし、心を慰めようとして布勢の水海に出かけることがうたわれる。「木の暗繁き思ひを　見明らめ心遣らむ」とすること、それが景勝の地、布勢の水海に出かける動機・目的である。次に「い漕ぎ巡れば」と、船を連ねて水海を漕ぎ巡ること、またそこで目にする景が「乎布の浦に霞たなびき　垂姫に藤波咲きて　浜清く白波騒き」とうたわれる。そして、その景に接して「しくしくに恋は増されど[7]」と、しきりに思いはまさるけれども「今日」だけでは満足できないことを述べ、年ごとに「春花の繁き盛り」に、「秋の葉のもみたむ時」に出かけて来て賞美したいことがうたわれる。また、これを受けた反歌では、「藤波の花の盛り」に毎年同様に漕ぎ巡ってこの風光を賞美したいことがうたわれる。

全体でうたわれているのは、春の景を拠り所としての水海賛美である。その景として長歌で取り上げられるのは、「乎布の浦」の「霞」、「垂姫」の「藤波」、「浜」の「白波」であり、反歌でも「藤波の花の盛り」がうたわれる。とりわけ「藤波」が注目されていることがわかるが、長反歌で唯一うたわれる花が「藤波」であることを踏まえると、長歌の「春花の繁き盛りに」の表現も、いままさに咲く「藤波」を拠り所としてのものと理解される。

この作品は全編が「藤波」の彩りに覆われている。少なくとも「藤波」を押し立てた作であることはまちがいない。しかも、この作ではホトトギスがうたわれていない。これまでの越中での「藤波」詠には、いずれにもホトトギスが詠まれ、天平十九年の池主の歌ではホトトギスの鳴くさまに時節の訪れを感じ、水海へと出かけたことがうたわれる。また、天平二十年の福麻呂と家持の歌では、翌日の遊覧を前にホトトギスが鳴くかどうかが話題とされ、双方が取り合わせてうたわれる。しかもこの場合、景物の比重のうえで「藤波」は従の位置にある。遊覧の歌は明らかにこれらとは趣を異にする。

もっとも、この作品でホトトギスがうたわれないのは、四月六日というその時節ゆえだとする理解も浮かぶ。実際、天平二十年三月二十四日の、福麻呂に応えた家持の歌では「けだし来鳴かず散らしてむかも」(四〇四三)と、ホトトギスが鳴かないであろうことが推測されてもいる。

では四月初旬に家持がホトトギスへの関心をもたなかったのかというと、そうとはいえない。家持のホトトギス詠の展開については、芳賀紀雄氏によって詳細に論じられているが[8]、赴任以後のこの時期、三月末から四月初めの歌をみると、天平十九年三月二十九日の作に「立夏四月、既に累日《るいじつ》を経ぬるに、由《なほ》し未《いま》だ霍公鳥《ほととぎす》の喧《な》くを聞かず。因《よ》りて作る恨みの歌二首」(巻十七・三九八三・三九八四)があり、翌三十日の「二上山《ふたがみやま》の賦」でも、その第二反歌には、

玉櫛笥《たまくしげ》二上山に鳴く鳥の声の恋《こひ》しき時は来にけり　（巻十七・三九八七）

とあり、ホトトギスの時節の訪れたことがうたわれる。また、天平二十年三月下旬の福麻呂を迎えての一連の歌がホトトギスに強い関心を示したものであることは先に見たとおりであり、同年四月一日の「掾久米朝臣広縄が館《むろつみ》に宴する歌四首」（巻十八・四〇六六～四〇六九）には、翌二日が立夏節（四〇六八注記）にあたることに基因して、いずれにもホトトギスがうたわれる。

さらに、当該の遊覧の歌が詠まれた天平勝宝二年には、三月二十日に「未《いま》だ時に及《いた》らねども、興に依り予《あらかじ》め作る」と注された「霍公鳥と時の花とを詠む歌一首」（巻十九・四一六六～四一六八）が、二十三日には、「二十四日は立夏四月の節に応《あた》る。これに因りて二十三日の暮《ゆふへ》に、忽《たちま》ちに霍公鳥の暁《あかとき》に喧かむ声を思ひて作る歌二首」（四一七一、四一七二）が、また二十七日には「霍公鳥を詠む二首」（四一七五、四一七六）が詠まれている。

また、四月を迎えても、六日の水海行きを前に、

A．四月三日に、越前の判官《じょう》大伴宿禰池主に贈る霍公鳥の歌、感旧の意《こころ》に勝《あ》へずして懐《おもひ》を述ぶる一首　（四一七七～四一七九）

B．霍公鳥を感《め》づる情《こころ》に飽《あ》かずして、懐を述べて作る歌一首　（四一八〇～四一八三）

が詠まれ、継続的にホトトギスへの関心が示されている。

このように、赴任後の作歌動向、また旺盛な作歌意欲が示される天平勝宝二年の、遊覧作歌直前の作品を整理すると、三月から四月にかけての時期には、どの年にもホトトギスに対して強い関心が抱かれ

ていることがわかる。しかも、六日の遊覧以後の作品を見ると、

C．水鳥《う》を越前の判官大伴宿禰池主に贈る歌一首　(四一八九〜四一九一)

D．霍公鳥と藤の花とを詠む一首　(四一九二、四一九三)

E．更に霍公鳥の哢《な》くこと晩《おそ》きを恨《うら》むる歌三首　(四一九四〜四一九六)

が順に続く。これらは遊覧からは三日後の四月九日に作られたものである。Cの題詞には取り立てて「霍公鳥」の語は示されないが、歌中には「ほととぎす鳴く初声を　橘の玉に合へ貫き　かづらきて遊ばむはしも」(四一八九)と、五月五日の端午節に作られる「五月の玉」にかかわってホトトギスがうたわれる。六日以後にもホトトギスへの関心が抱かれていたことは明らかであり、「霍公鳥と藤の花とを詠む一首」と題されたDでは、ホトトギスと「藤の花」が素材とされ、双方の取り合わせそのものが主題とされる。

このようにホトトギスへの関心をたどってみると、六日の遊覧の歌にホトトギスがうたわれないのは、きわめて特異なこととして受け止められる。九日にDの歌がうたわれていることを踏まえると、六日の作歌にホトトギスがうたわれない理由をたんに時節の問題として扱うことはできないであろう。この作品では、これまでの越中での「藤波」詠とは異なり、「藤波」が前面に押し立てられているのであり、その点を評価すると、この歌は、家持が水海を彩る景として「藤波」を自覚的にとらえた最初の作品ということができよう。それは家持自身のなかで「藤波」がホトトギスとは一線を画して、より純化されたかたちで、言い換えると、ホトトギスと等価な春の景物としてとらえられたことを意味してい

る。九日の作として「霍公鳥と藤の花とを詠む一首」と題された歌が伝わるのは、その点で偶然のことではないと思われる。Dは新たな歌材として自覚された藤の花を、より積極的にうたおうとした作品ということになる。Dは次のようにうたわれる。

桃の花　紅色《くれなゐいろ》に　にほひたる　面輪《おもわ》のうちに　青柳《あをやぎ》の　細き眉根《まよね》を　笑《ゑ》み曲《ま》がり　朝影《あさかげ》見つつ
娘子《をとめ》らが　手に取り持てる　まそ鏡　二上山に　木《こ》の暗《くれ》の　繁き谷辺《たにへ》を　呼びとよめ　朝飛び渡り
夕月夜《ゆふづくよ》　かそけき野辺に　はろはろに　鳴くほととぎす　立ち潜《く》くと　羽触《はぶ》れに散らす　藤波の
花なつかしみ　引き攀《よ》ぢて　袖に扱《こき》入れつ　染《し》まば染《し》むとも　（巻十九・四一九二）
ほととぎす鳴く羽触れにも散りにけり盛り過ぐらし藤波の花　一に云ふ、「散りぬべみ袖に扱《こ》き入《い》れつ藤波の花」　（四一九三）

冒頭以下「まそ鏡」までは、次の「二上山」を起こす序詞である。紅顔柳眉の麗しいヲトメがほほえみながら朝の姿を手にもつ鏡に映すさまが描出され、鏡の蓋と同音の縁で「二上山」がうたい起こされる。長歌は全体二十七句であり、そのうちの半数にも及ぶ十一句を費やしての序の表現は、家持がそれなりに意を用いてのものと考えられる。また、続く「二上山」以下では、二上山の木々が繁茂した「谷辺」を朝鳴き渡り、夕月の光をかすかに受けた「野辺」にはるかに鳴くホトトギスが提示される。そして、ホトトギスが飛びくぐり、その羽が触れて散る花として「藤波」が示され、その花房に心ひか

二上山（写真提供：高岡市万葉歴史館）

れるままそれを引き寄せ、袖にしごき入れることがうたわれる。結びの「染まば染むとも」はその花で袖が染まるならば染まってもよいの意であり、藤の花の美しさを前提にそれに染まることが意図されている。また反歌では、長歌の末部を受けて、ホトトギスの「羽触れ」だけでたやすく散ってしまう花房が提示され、「盛り過ぐらし藤波の花」と、盛りが過ぎてしまうことへの愛惜がうたわれる。なお、「一云」の場合も、散ることを惜しんで袖にしごき入れたことをうたったものであり、意図するところは同様に受け止められる。

この作品は全編が実に細やかな表現に彩られている。序における美しい幻想的なヲトメの描出、鳴き渡るホトトギスにかかわっての「朝」と「夕」、「谷辺」と「野辺」それぞれの対比、またそれにともなっての景の明暗のコントラスト、夕方月の光をかすかに受けた野にホトトギスが遠く鳴くという優美な景の描出[9]、ホトトギスが藤の花房のなかを飛びくぐるさま、またそのとき羽が触れて花房から花びらが美しく散るようす、藤蔓を引き寄せて連なる花房を「扱《こき》入る」という所作の描出、いずれも印象的な景の描出となっている。

語彙に注目しても、「かそけき」「立ち潜く」「羽触れ」は家持の作品にのみ見られる言葉であり、「羽触れ」はこの作品でのみ用いられ、「かそけき」はほかに一首（巻十九・四二九一）に用いられるが、初例はこの作品である。また「立ち潜く」は三首（他は巻八・一四九五、巻十七・三九一一）に用いられ、いずれもホトトギスを対象とする。また、「扱入る」を用いた歌はほかに三首見られるが、一首（巻八・一六四四、三野連石守）を除くと、他は家持の歌である。優れた景の描出もこうした意を尽くそうとしての語彙の使用と深くかかわるものであろう。(10)

しかも注意されるのは、ここにうたわれたホトトギスは実際にこのときに鳴いているそれではないということである。(11)巻十九においてこの作品のあとには、先にEとした「更に霍公鳥の哢くこと晩きを恨むる歌三首」（巻十九・四一九四〜四一九六）が収められ、ホトトギスの声の聞けないことが嘆かれている。また「藤波」にしても、三日前の遊覧の歌には「垂姫に藤波咲きて」（四一八七）、「藤波の花の盛りにかくしこそ」（四一八八）とうたわれるところであり、反歌に「盛り過ぐらし藤波の花」とうたわれるからといって、それが事実だとは考えがたいところである。

これによると、「霍公鳥と藤の花とを詠む」歌の景は幻想の景ということになる。家持は過ぎゆく春の藤の花と迎える初夏のホトトギスとを取り合わせて、これまでにない季節の景をみずからの歌に仮構しようとしたのだと考えられる。[12] それは優れて文芸的な営みであり、「羽触れに散らす藤波」という幻想の景を創造し得たところにこの作品の価値を見定めることができよう。

したがって、この作品では、「藤波」とホトトギスとは等価な対象として扱われ、天平二十年の福麻呂との取り交わしのときのように「藤波」は従の位置には置かれていない。むしろ主題という面では惜しまれる対象として中心的な存在でさえある。この作品について芳賀氏は「家持の代表作たる要件を失わない」といわれ、ホトトギス詠を検証する側から「家持のほととぎす詠の到達点」を示すものと評されたが、[13] この点は「藤波」詠に即してもそのままあてはまり、この作品は万葉における「藤波」詠のひとつの達成を示すものとみることができる。

六日の水海遊覧の三日後にこうした作品が詠まれたのは、前記したように遊覧の歌でホトトギスとは一線を画して「藤波」そのものが自覚的にとらえられたことに端を発してのことと考えられる。では、「藤波」が遊覧の一首でそのようにとらえられたのはなぜであろうか。あらためて、先に題詞を掲げて整理した六日前後の作品に注目すると、A・Cは池主に贈った作品になっている。とりわけAは遊覧の三日前の作である。題詞には、「池主に贈る霍公鳥の歌、感旧の意《こころ》に勝《あ》へずして懐《おもひ》を述ぶる一首」とあり、懐旧の思いを寄せて詠まれたものであることが示されている。遊覧がなされた六日という日取りについては、「京官は毎月六・十二・十八・二十四・三十日の六の倍数日が休日であった可能性が高い。地方官もこれに準じてそれらの各日に休日をとることができたのであろう」（『新編日本古典文学全集』四一九九頭注）という指摘もあり、三日前にはその計画が立てられていたものであろう。そうした折、池主への懐旧の念が抱かれたのは、水海行きを前に池主もともに出かけ、池主が追和の作をなした天平十九年四月の遊覧のことが思い起こされたからではなかろうか(14)。

このときの池主の追和の一首には、遊覧のさまが長歌の後半部に次のようにうたわれる。

……うらぐはし　布勢の水海に　海人舟《あまぶね》に　ま梶櫂《かぢかい》貫《ぬ》き　白たへの　袖振り返し　率《あども》ひて　我が漕ぎ行けば　乎布の崎　花散りまがひ　渚には　葦鴨《あしがも》騒き　さざれ波　立ちても居ても　漕ぎ巡り　見れども飽かず　秋さらば　黄葉の時に　春さらば　花の盛りに　かもかくも　君がまにまと　かくしこそ　見も明らめめ　絶ゆる日あらめや　（巻十七・三九九三）

六日の家持の遊覧の歌と比較すると、「乎布の崎」が「乎布の浦」として詠まれるほか、末部の傍線部についても、家持の歌では、

……今日のみに　飽《あ》き足《だ》らめやも　かくしこそ　いや年のはに　春花の　繁《しげ》き盛りに　秋の葉の　もみたむ時に　あり通ひ　見つつしのはめ　この布勢の海を　（巻十九・四一八七）

とうたわれる。ともに春の花、秋の紅葉の時節に再訪したいというのがその内容であり、詞句においても「見れども飽かず」（池主）―「飽き足らめやも」（家持）、「かくしこそ見も明らめめ」（池主）―「かくし

こそ……見つつしのはめ」（家持）と類似する。また反歌をも視野に収めると、池主の長歌中の「春さらば花の盛りに」の句は、家持の反歌の「藤波の花の盛りに」（四一八八）の句として見られる。一方、池主の右の長歌に添えられた反歌には、「白波の寄せ来《く》る玉藻世の間《あひだ》も継《つ》ぎて見に来《こ》む清き浜辺《はまび》を」（巻十七・三九九四）とあり、「白波」「清き浜辺」の語句が用いられるが、家持の長歌中にも水海の景を賛美して「浜清く白波騒き」と表現され、共通の語句が用いられる。こうした類似は、家持が遊覧を前に池主の歌に目を通していたことを推測させる。しかも池主の歌には「かもかくも君がまにまと」ともあり、家持とともに再び訪ねたいことがうたわれてもいる。家持が池主の歌に目を通しこの詞句に接したとすれば、ともに出かけたことが思い出され、懐旧の情がいっそう募ることになろう。Aの題詞に「感旧の意に勝へずして」とわざわざ記されたのは、このとき池主の歌を目にしたことによるのではなかろうか。

池主の歌の「春さらば花の盛りに」の「花」は秋の「黄葉」に対するものであり、一首においては何の花とも特定されない。ただし、池主の歌にうたわれた花が「藤波は咲きて散りにき　卯の花は今そ盛りと」というように、「藤波」と「卯の花」であることを踏まえると、この「花」には春の花として藤の花があてはまることになる。六日の遊覧は池主とともに出かけたときとは異なり、藤の花が咲きほこる時節であった。家持は遊覧に際して、「春さらば花の盛りに　かもかくも君がまにまと」と詠じた池主の心を思いつつ、池主がうたった「花」を時節に即して「藤波」と明確にとらえ、それを歌の前面に押し出すかたちで一首をなしたのであろう。家持の反歌の「藤波の花の盛りに」の句はその点を端的に示すものであり、これに続く「かくしこそ浦漕ぎ廻つつ年にしのはめ」の感慨も、実際には国を隔てて果たせないものの池主への思いを潜ませてのものであろう。家持が「藤波」を水海の景としてうたったのは、池主の心を追懐しその表現を受け止めてのことであったと考えられる。

四　藤波の景の共有

四月六日の遊覧の歌ののち、家持は九日に「霍公鳥と藤の花とを詠む一首」をなした。強い文芸意識に根ざしての作と認められ、遊覧の歌からの展開としてそれは位置づけられる。「藤波」が次に詠まれるのは、三日後の十二日のことである。家持たちは再び布勢の水海へと出かけた。指摘されるように、休日を利用してのことであろう。このときの歌は次のように四首の歌群として伝わる。

十二日に、布勢の水海に遊覧するに、多祜《たこ》の浦に船泊《ふなど》まりし、藤の花を望み見て、各《おのもおのも》懐《おもひ》を述べて作る歌四首

藤波の影なす海の底清み沈《しづ》く石をも玉とそ我《あ》が見る　(巻十九・四一九九)

守大伴宿禰家持

多祜の浦の底さへにほふ藤波をかざして行《ゆ》かむ見ぬ人のため　(四二〇〇)

次官内蔵忌寸縄麻呂《すけくらのいみきなはまろ》

いささかに思ひて来しを多胡の浦に咲ける藤見て一夜《ひとよ》経《へ》ぬべし　(四二〇一)

判官《じよう》久米朝臣広縄

藤波を仮廬《かりほ》に造り浦廻《うらみ》する人とは知らに海人《あま》とか見らむ　(四二〇二)

久米朝臣継麻呂

題詞には、「多祜の浦」に船を留め、「藤の花を望み見て」各自が思いを述べた歌であることが記されている。「多祜」は水海の南端に位置した入り江であり、あたりには美しい「藤の花」が眺められたのであろう。四首にはいずれにも藤がうたわれている。

家持の歌は古来名歌と評される一首である。周囲を彩る藤の花の美しさ、湖面はその美しさを映して照り映《は》え、その影を通して目に映る澄んだ水の底はいっそう清らかで、そこに沈む石も美しい清らかな「玉」と見える。水海の「藤波」のありよう、美しさをみごとにとらえた歌であり、名歌の評に違わない一首といえよう。六日・九日と「藤波」に固執する家持の姿を追ってきた本稿としては、家持がかかる一首をなしたところにもひとつの達成をみる。それは六日の詠で水海の「藤波」を自覚的にとらえ、九日の詠でホトトギスとの取り合わせを志向して文芸の対象として「藤波」をとらえた、その意欲の延長上になる作とみられるからである。(15)

ただし、結句の「玉とそ我が見る」の「我」の提示は、他者を意識してのものであり、この表現には、清原和義氏がいわれるように「好景を一座の人々とともに愛でる姿勢」(17)が底流する。連帯と協調とを旨とする宴の場(16)において、一首の披露を通して、「藤波」の賞景は個人の感慨を超えて普遍的なものとして享受されるのであり、この一首には景の共有と普遍化への志向を看て取ることができる。

次の内蔵縄麻呂の歌にしても「多祜の浦の底さへにほふ藤波を」の詞句は、家持の「藤波の影なす海の底清み」の表現に通じるものがあり、これを受けての作とみられる。また、下の句には「藤波をかざして行かむ見ぬ人のため」とあり、「藤波」を「見ぬ人のため」にカザシにすることが呼びかけられてもいる。カザシにするのはいうまでもなくその花が美しいからである。一首の主題はその美の賛美にある。結句で「見ぬ人のため」と第三者が持ち出されるのも、「藤波」がその人にも見せたいほどに美しいものであること、その点を強調するためであり、それによって景は客観化されることになる。一首において「藤波」の美しさは第三者の視座を通して客観視され、同時に「かざして行かむ」の呼びかけを通して、いまともに賞美している人びとにも共有されることになるのだといえよう。

続く久米広縄の歌も、結句に「一夜経ぬべし」と、一晩ここで過ごしたいほどであることを示して「多祜の浦に咲ける藤」の美しさを強調、賛美する。しかもこの歌では上の句に「いささかに思ひて来しを」の二句を据えて来る前の感慨が示されている。「いささかに」は程度のわずかなさまをいう語である。この場合、それが花の咲き具合についてなのか、滞在の時間についてなのかで意見がわかれるが、いずれにしてもこの表現は、現在とそれ以前との自身の落差を客観的に提示することによって、現在接している「藤波」の美しさを強調する結果になっている。第三者の介在は見られないが、客観的な視座が持ち込まれていることは縄麻呂の歌と同じである。この歌ではその視座と「一夜経ぬべし」という賛美の感慨とがひとつになって、藤の花の美しさが皆に共有される、普遍的なものとして示されている。

また、久米継麻呂の歌では、まず「藤波を仮廬に造り浦廻する人とは知らに」とうたわれる。「藤波を仮廬に造り」の意味が明確ではないが、「浦廻する」は浦を漕ぎ巡ることをいう。したがって、「浦廻する人」とは船で漕ぎ巡りながら藤の花を賞美する自分、あるいは自分たちをさしている。この歌では、このように、まず自身を客観的に提示したうえで、「海人とか見らむ」の句を下接させ、人は「海人」と見ることであろうかと、第三者の視線を持ち込んで自身が「海人」と対比してとらえられる。同様の表現は、集中にほかに四例（巻三・二五二、巻七・一一八七、一二〇四、巻十五・三六〇七異伝）あり、「海人とや見らむ」の表現も二例（巻七・一二三四、巻十五・三六〇七）見られる。しかもそれらはいずれも旅の歌に所出する。「海人」は土地で生活する者であり、旅人とは対局に位置する。旅人があえてそうした「海人」に自身をよそえてうたうのは、旅人がその土地に魅せられ、そこで生活を営む「海人」と同様の位置にあることを標榜したいからであろう。[18]「海人とか見らむ」の句は、その意味で旅人である歌い手が土地との一体感を志向した表現であり、それは土地ぼめの意識に根ざしてのものととらえることができる。その点で継麻呂の歌も、基本的には「藤波」に彩られた水海への賛美の一首と解される。広縄の「藤波」に心ひかれての「一夜経ぬべし」という土地への宿りの表現を受けて、継麻呂は「海人とか見らむ」の表現を通して一行と土地との一体感をうたい、「藤波」の景を賞美されるべき普遍的な景として提示し、賛美したのである。

このように、四首には「藤波」の美しさが共有される普遍的な景として詠出されている。「藤波」が共通の対象とされ、優れた「藤波」詠が展開したのは、遊覧を主導した家持の六日・九日の作歌に示された「藤波」の詠出、またそれへの強い作歌意欲を官人たちも知るところだったからであろう。[19]ただし、その点を踏まえつつも、実際に「藤波」の賞景が官人共有のものとして作歌に具現された点は高く評価すべきであろう。それは水海の「藤波」の景が家持個人の思慮の域から一歩踏み出して、普遍的な価値を負うものとして位置づけられたことを意味するからである。その点で、冒頭の家持の歌に止まらず、四首一群に越中における「藤波」詠のひとつの達成をみることができよう。

五 結び

万葉の藤について景物的特色を整理するとともに、用例の半数以上を占める、越中の関係歌に注目して藤が作歌の中心的素材に据えられる過程をたどってみた。

越中における藤の歌については、天平勝宝二年四月の家持の作歌、および家持と同僚官人によって織りなされた作歌世界に大きな展開をみることができる。なかでも四月十二日、再度水海に出かけた折に詠まれた四首の「藤波」詠にひとつの文芸的達成があろうことをみた。ここに「ひとつの」というのは、家持個人の作歌世界にかかわっては、九日の「霍公鳥と藤の花とを詠む一首」が家持の強い作歌意欲のもと、細部の表現にこだわりつつ、ホトトギスと「藤波」とを取り合わせて新たな季節の景を仮構した作品として優れた文芸性をもつと評価されるからである。家持の十二日作の「藤波の影」をみごとにとらえた一首も、九日の作をなした家持の作歌意欲の延長線上に位置づけられるものであろう。新たな景の創造という点では、双方の作品には通い合うものがある。なお、越中における「藤波」詠は、十二日の作ののちは、ホトトギスと藤とがたんに取り合わせられた、同月二十二日・二十三日の家持と広縄の贈答の歌（巻十九・四二〇七、四二〇八、同・四二〇九、四二一〇）をもって終わる。この点からも十二日の作は越中の「藤波」詠の展開の終局に位置する。

九日の家持の作にしても、十二日の四首にしても、これらは六日の家持の遊覧作歌を契機として生み出されたものと考えられる。その点でこの作品は、『万葉集』の藤の文芸史においてきわめて貴重な一首ということができる。万葉の藤は家持の作歌世界において高みに達し、布勢の水海に美しい花房を連ねたといえる。本稿では、その基点をなした作品として、越中における「藤波」詠の最初に位置づけられる、天平十九年四月の池主の遊覧追和の歌に注目した。藤といった景物に即しても、家持の越中での歌は池主の歌と深くかかわって伝えられる。

注1　万葉のフジはノダフジ。ツル性の落葉低木で、「4月～5月にかけて、紫色の蝶形花を総状花序を作つて垂れ下り、花序の長さは30～90センチメートル位になる。」（松田修『増訂万葉植物新考』社会思想社、昭和四十五年）

2　大伴池主の書簡（巻十七・三九六七序）に「俗《よ》の語《ことば》」として、自分の拙い文を相手の優れた文に続けることを意味して「藤を以て錦に続《つ》ぐ」の表現が見られる。この場合も「錦」が高級な絹織物をさすのに対して、「藤」は粗末な藤衣をさす。なお、万葉の藤については、尾崎暢殃「藤浪考」（『大伴家持論攷』

笠間書院、昭和五十年、初出昭和四十七年）、平舘英子「見られている自然—視線と想像—」（『万葉歌の主題と意匠』塙書房、平成十年、初出平成九年）などに全体的な整理が施されている。

3　『住吉大社神代記』の天平三年（七三一）成立とする伝えには問題を含む（『日本庶民生活史料集成第二十六巻　神社縁起』所収同書解題〈真弓常忠執筆〉参照）が、伝承の観点から注意される。

4　前掲の三九五二番歌の「伊久里」のモリを神の寄りいます「杜」の意とみると、これもその一例ということになる。

5　越中における藤の歌の展開に注目した先行研究に、注2尾崎前掲論文、小野寛「越中布勢水海遊覧の歌」（万葉七曜会編『論集上代文学　第十一冊』笠間書院、昭和五十六年）、政所賢二「藤波の影—大伴家持の作歌精神について—」（『九州大谷国文』第十三号、昭和五十九年七月）、清原和義「布勢水海—あじ鴨の群れと藤波の花—」（『万葉集の風土的研究』塙書房、平成八年、初出平成六年）、注2平舘前掲論文、菊池威雄「藤波の影—大伴家持の越中秀吟—」（『日本文学』第五十一巻第九号、平成十四年九月）などがある。

6　注5小野前掲論文。

7　「しくしくに恋は増されど」については、都に対する思いとも水海の眼前の景に対するそれともいわれるが、青木生子『万葉集全注　巻第十九』（有斐閣、平成九年）が指摘するように、「藤波」は都にゆかりをもつ花であり、「賞景と望郷を重ね合わせた表現」とみるべきであろう。

8　芳賀紀雄「大伴家持—ほととぎすの詠をめぐって—」（『万葉集における中国文学の受容』塙書房、平成十五年、初出昭和六十二年）

9　注8芳賀前掲論文に、「夕月夜かそけき野辺に　はろはろに鳴くほととぎす」の表現が家持の彫琢によってなったものであることが検証されている。

10　これらの語彙による精細な描写については、稲岡耕二「家持の『立ちくく』『飛びくく』の周辺―万葉集における自然の精細描写試論―」（『万葉集の作品と方法―口誦から記載へ―』岩波書店、昭和六十年、初出昭和三十八年）に詳しい。
11　天平勝宝二年のホトトギス詠に注目した論考に、田中大士「ほととぎす詠の成立―家持季節歌の性格―」（「国語国文」第五十八巻第九号、平成元年九月）がある。
12　注5清原前掲論文は「二つの素材の組み合わせ」について、家持の「気概」を指摘する。
13　注8芳賀前掲論文。
14　青木『全注』に、「感旧の意に勝へずして」について、「池主が越中掾であったころ、行を共にした遊覧の日などをさす」との指摘があり、注意される。
15　鉄野昌弘「大伴家持―憧憬の歌人―」（和歌文学講座3『万葉集Ⅱ』勉誠社、平成五年）は当該歌について六朝詩の影響を指摘する。家持の文芸的志向にかかわって注意される。
16　拙稿「殯宮挽歌の祭祀的背景」（『柿本人麻呂の時代と表現』おうふう、平成十八年、初出平成四年）参照。
17　注5清原前掲論文。
18　小学館『新編日本古典文学全集』の当該歌の頭注に、「ここは海人と見誤られたいと念じて詠んだものであろう」とあり、注意される。
19　注5小野前掲論文は、「遊覧の目的は『藤波』を観賞することにあった」とみる。
＊万葉集の引用は『新編日本古典文学全集　万葉集』による。表記を一部改めた箇所がある。

みやびの鹿とひなびの鹿

上野　誠

あはれなるもの　孝ある人の子。鹿の音。(1)

（『枕草子』）

一　はじめに

かつて、大久保正は、東歌の一首のホトトギス、すなわち「信濃なる須我の荒野にほととぎす鳴く声聞けば時過ぎにけり」（巻十四・三三五二）を問うことによって、東歌の「みやび」と「ひなび」、東歌は民謡か、それとも創作歌かという問題を学界に問いかけた〔大久保　一九八二年、初出一九五七年〕。大久保は当該一首を「京人の旅行の作が何らかの事情で紛れこんだ」と結論づけ、当時、波紋を呼んだのである。大久保がこの問いを学界に発したのは、半世紀以上も前のことである。それと同じようにといえば、まことにおこがましいことになってしまうのだが、万葉の鹿の「みやび」と「ひなび」を問いたいというのが、本稿のはかない試みなのである。東歌に一首しか登場しないホトトギスを、農との関わりで捉え、東国農民の生活実感から歌われた鄙のホトトギスと捉えるべきなのか、それとも都の宮廷社会で形成された「都雅の伝統によって捉えられた」風流のホトトギスと解すべきなのか、大久保は学界に問いかけたのであった。力は及ぶところではないが、筆者も、鹿と万葉びととの関わりを考え、「生活体験」によって得られた「経験知」が、どのようなかたちで「知識」として人びとの脳裏に「記憶」として蓄積され、その「知識」を活かして、いかに万葉歌の表現が成り立っているのかを考えてみたい、と思う。

◆二 みやびの鹿とひなびの鹿

『大和物語』に、こんな話がある。

大和の国に、男女ありけり、年月かぎりなく思ひてすみけるを、いかがしけむ、女をえてけり。なほもあらず、この家に率《ゐ》て来て、壁をへだててすゑて、わが方にはさらに寄り来ず。いと憂しと思へど、さらにいひもねたまず。秋の夜の長きに、目をさまして聞けば、鹿なむ鳴きける。ものもいはで聞きけり。壁をへだてたる男、「聞きたまふや、西こそ」といひければ、「なにごと」といらへければ、「この鹿の鳴くは聞きたうぶや」といひければ、「さ聞きはべり」といらへけり。男、「さて、それをばいかが聞きたまふ」といひければ、女ふといらへけり。

われもしかなきてぞ人に恋ひられし今こそよそに声をのみ聞け
とよみたりければ、かぎりなくめでて、この今の妻《め》をば送りて、もとのごとなむすみわたりける。
（一五八段）

長年、連れ添った妻がいたにもかかわらず、男は、こともあろうに妾を自分の家に囲い、本妻と壁を隔てて住まわせた。秋の夜長に、鹿鳴を聞いた男は、壁を隔てた妾の室から、本妻に対して「聞きたまふや、西こそ」と問いかけた。「なにごと」と聞き返した本妻に、さきほどの鹿鳴を聞いたかと男が尋ねたのである。すると、「聞いております」と答える本妻に対して、男は、さらにこう問うたのであった。「では、この鹿の声をおまえはどのように聞いたか」と。すると女は「私も『しか』＝私も鹿と同じです。かつてあなたは雄鹿のようにない（泣・鳴）て妻訪いしてくれて恋慕われたのですが、今では「よそ」の家からあなたの声を聞くばかり（捨てさられております……）」と歌を詠んだのである。当該の歌で、本妻の心中を覚り、心を打たれた男は、妾を送り返して、本妻と元の鞘に納まり、末永く暮らしたというのである。この物語で、重要なポイントとなっているのは、「鹿鳴」が「妻恋」の声であり、本妻は、その「あわれ」を解して、自らの心情を込めた歌を男に贈った、という点であろう。なぜならば、贈られた歌によって、男は自らの行為を反省し、妾と別れたからである。

対して、ほぼ同型の話が、『今昔物語集』巻第三十にも伝わる。こちらは、「住丹波国者妻読和歌語第十二」と題され、妾の言葉も書き留められていて、本妻と妾が対比的に描かれ、より具体的である。例えば、本妻は丹波の国の者であるのに対して、妾は京の女という落差のある設定がなされている。田舎の男は、田舎育ちの本妻より、京の女に目を奪われたのであった。そんなある秋、北方から聞こえてくる「哀レ気ナル」鹿鳴を聞いた男は、妾に「此ハ何《いか》ガ聞給フカ」と聞くと、妾は、こう答えたのであった。「煎物ニテモ甘《むま》シ、焼物ニテモ美《うま》キ奴ゾカシ」と。つまり、「鍋の上で焼いてもおいしいし、あぶり焼きにしてもおいしいヤツですよね（鹿というものは！）」と言ったのである。男の興は一気にさめてしまった。[2] だから「男、心ニ違ヒテ、『京ノ者ナレバ、此様《かやう》ノ事ヲバ興ズラム』トコソ思ケルニ、少シ心《こころ》月無《づきな》シ」とあいそうをつかしてしまったのである。男は、京の女であるならば、「鹿鳴」の風流を解するであろうと期待していただけに、がっかりしたのであった。そこで男は、本妻の許にゆき、同じように「此ノ鳴ツル鹿ノ音《こゑ》ハ聞給ヒツカ」と聞いたのである。すると、本妻は「ワレモシカナキテゾキミニコヒラレシイマコソヨソニノミキケ」と歌で答えたのであった。[3] 男は、本妻のこの歌を「極《いみ》ジク哀レ」に聞いて、妾を京に送り返し、本妻とよりを戻した、というのである。このあとに、次のような「評語」がついている。

思、田舎人ナレドモ、男モ女ノ心ヲ思ヒ知テ此《かく》ナム有ケル。亦《また》、女モ心バヘ可咲《をかし》カリケレバ、此ナム和歌ヲモ読ケル、トナム語リ伝ヘタルトヤ。

つまり、田舎の人であっても、男女の機微を知り、風流を解したので、このような和歌を詠んだのだ、と語り伝えられているというのである。

〈色気〉を愛でて囲った京の女が、「心ニ違ヒテ」〈喰い気〉を示し、本妻に「鹿鳴の趣」を尋ねたところ、「鹿鳴」の「あはれ」を知った歌を詠みつつ、自分の置かれているつらい立場を切々と語ったので、男は自らの行動を反省したという話である。同じ「鹿鳴」を聞いても、「妻恋」の「あはれ」を想起するか、その「味」を想起するかという違いがあり、男は京の女なら「あはれ」を解するであろうと、期待していたのである。同じ「鹿鳴」でも、これを「みやび」に聞くか、「ひなび」に聞くか、人によって聞こえ方が違うのである。同様の話が、「落花のあはれ」についても存在する。

『宇治拾遺物語』巻第一の第十三話は「田舎の児《ちご》、桜の散るを見て泣く事」という話である。この話でも、「都」と「田舎」、「みやび」と「ひなび」が、問題となっている。田舎の児が比叡に登って修行をしていた時のこと、桜の花がみごとに咲いている時に、風が激しく吹いてきた。すると児はさめざめと泣くではないか。これを見た僧の一人は、駆け寄って次のように慰めたのである。「などかうは泣かせ給ふぞ。この花の散るを惜しう覚えさせ給ふか。桜ははかなきものにて、かく程なくうつろひ候ふなり。されどもさのみぞ候ふ」と。ところが、児の答えは、こうであった。「桜の散らんはあながちにいかがせん、苦しからず」というのである。桜の花の散ることなど、どうなってもかまいません。どうすることもできませんから、苦しいことなどではありません。ただ、「我が父の作りたる麦の花の散りて実の入らざらん思ふがわびしき」といって、しゃくりあげて泣くのである。つまり、風が吹くと花期が短くなり、受粉率が下がって麦の実入りが悪くなるということなのである。この話にも、最後に「評語」がついている。「うたてしやな」すなわち「がっかりだ」と評されているのである。同じ、桜の花を見ても、これを「うつろひ」ゆくものの定めと感じ、「もののあはれ」を思うか――はたまた田舎の父の生業を思い麦の実入りを心配するか――思いは分かれるのである。(4)

ここで、一つ注意しなくてはならないことがある。鹿の「みやび」の話と、花の「みやび」「ひなび」の話が「笑話」として成り立つのは、そこに価値の逆転があるからである。「都」「鄙」「みやび」「ひなび」の価値が逆転するところに、話の意外性があるのである。「京の女」なのに「鹿鳴」を聞いても「みやび」に思わない。逆に「田舎」の女なのに、「鹿鳴」に「みやび」を解したという逆転現象。「田舎」からやって来た児が、桜の落花に「みやび」を解したと早合点し、一人相撲をとった僧。その児の言葉との落差が、物語を笑話として成り立たせているのである。

以上の話から、私が強調したいのは、次の点である。鹿や花について複数の感じ方が存在し、同時代においても、それが「みやび」「ひなび」「都」「鄙」「優」「劣」「新」「旧」の価値観と密接に結びついていることである。(5) 逆に鹿の側からいえば、同時代においても、「みやびの鹿」もいれば「ひなびの鹿」もいるということである。以上を予備的考察にして、以下万葉歌の鹿について考えてみたい、と思う。

三 さまざまな鹿の歌われ方

鹿は、万葉歌では「シカ」「カ」「ヲジカ」「サヲジカ」と歌われている。その子は「カコ」である。

ただし、一方では「シシ」とも呼称される。「シシ」は、大型獣とその肉を示す言葉なのだが、具体的には日本列島では、鹿と猪を示す。ために集中においては、「鹿猪」（巻三・四七八、巻十二・三〇〇〇）と書いて、「シシ」と訓む。ちなみに、外国なら、ライオンでもよいわけである。したがって、これを後世においては「イノシシ（猪）」「カノシシ（鹿）」と呼び分けたのである。一般に万葉歌の鹿についてよくいわれるのは、鹿は秋の「景物」となり、「萩」との取り合わせで詠まれ、恋情をかきたてる「類型的歌言葉表現」となっているという事実である。しかし、後述するように、これらの用例は巻八と巻十に著しく偏在するものである（表3参照）。これを、仮にここでは、「妻恋型」（ⅰ）と名付けておこう。と同時に見逃してはならないのは、類型からはずれる歌々も、他の巻間に少なからず存在している、という事実である。まずは、「妻恋型」からはずれる諸例から、本稿では検討を始めてみたい。

近年、『万葉集』の鹿の歌の分類を行った近藤信義は、これをモチーフ別に、「A狩猟」一〇例、「B離別」五例、「C花妻」二十例、「D芸能」一例、「E景としての鹿」二十五例、「F鹿との新たな取り合わせ」三例と分類した（近藤　二〇〇三年）。対して、筆者は、本稿の主旨に沿って次のように分類を試みる。

a　伏す鹿を歌うことに表現の主眼がある例、「伏す」ことの喩えとして鹿が歌われている例

　aの第一種　伏している鹿が歌われている例

　aの第二種　匍匐礼の形容として歌われている例

b　狩りの対象として鹿が歌われることに表現の主眼がある例

表１　モチーフ別

A	B	C	D	E	F
狩猟	離別	花妻	芸能	景としての鹿	鹿との新たな取り合わせ
③ 239	④ 570	⑥ 1047	⑯ 3884	① 84	⑩ 2131
③ 405	⑥ 953	⑧ 1541		④ 502	⑩ 2220
③ 478	⑪ 2493	⑧ 1547		⑥ 1050	⑩ 2277
⑥ 926	⑫ 3099	⑧ 1550		⑥ 1053	
⑦ 1262	⑮ 3674	⑧ 1580		⑧ 1511	
⑦ 1292		⑧ 1598		⑧ 1561	
⑧ 1576		⑧ 1599		⑧ 1602	
⑬ 3278		⑧ 1609		⑧ 1603	
⑯ 3885		⑩ 2094		⑧ 1613	
⑳ 4320		⑩ 2098		⑨ 1664	
		⑩ 2142		⑩ 2141	
		⑩ 2143		⑩ 2146	
		⑩ 2144		⑩ 2147	
		⑩ 2145		⑩ 2148	
		⑩ 2150		⑩ 2149	
		⑩ 2152		⑩ 2151	
		⑩ 2153		⑩ 2156	
		⑩ 2154		⑩ 2267	
		⑩ 2155		⑩ 2268	
		⑳ 4297		⑭ 3428	
				⑭ 3530	
				⑭ 3531	
				⑮ 3678	
				⑮ 3680	
				⑳ 4319	

近藤〔2003年〕より

表2　万葉集の鹿（64首）　各巻番号および用字例

巻	小計	歌番号および用字例
1	1	84（鹿）
3	3	239（十六・四時）、405（鹿）、478（猪鹿）
4	2	502（小壮鹿）、570（鹿）
6	5	926（十六）、953（竿壮鹿）、1047（狭男壮鹿）、1050（左男鹿）、1053（左壮鹿）
7	2	1262（鹿）、1292（次宍・宍）
8	13	1511（鹿）、1541（棹壮鹿・棹壮鹿）、1547（棹四香）、1550（鹿）、1561（鹿）、1576（小牡鹿）、1580（棹牡鹿）、1598（棹牡鹿）、1599（狭尾牡鹿）、1602（鹿）、1603（狭尾牡鹿）、1609（鹿）、1613（鹿）
9	1	1664（鹿）
10	23	2094（竿志鹿）、2098（男鹿）、2131（小壮鹿）、2141（雄鹿）、2142（左男鹿）、2143（左小牡）、2144（左小壯鹿）、2145（左壯鹿）、2146（左小壯鹿）、2147（沙小壯鹿）、2148（左小壯鹿）、2149（小壯鹿）、2150（棹壯鹿）、2151（狭小壯鹿）、2152（左小壯鹿）、2153（左小壯鹿）、2154（壯鹿）、2155（左壯鹿）、2156（鹿）、2220（左小壯鹿）、2267（左小壯鹿）、2268（左小壯）、2277（左小壯鹿）
11	1	2493（宍）
12	1	3099（鹿）
13	1	3278（十六）
14	3	3428（思之）、3530（左乎思鹿）、3531（思之）
15	3	3674（草乎思香）、3678（草乎思香）、3680（佐乎思賀）
16	2	3884（鹿）、3885（宍・佐男鹿）
20	3	4297（左乎之可）、4319（乎之可）、4320（左乎之可）

近藤〔2003年〕より

b　の第一種　鳴り物等で追い詰めるタイプの狩が歌われている例、または、それを喩えとして歌っている例

b　の第二種　待ち伏せる狩りが歌われている例、または、それを喩えとして歌っている例

c　鹿の足跡を追うところから、ゆくえを追う道や、ゆくえのわからないことを想起させる序となっている例

d　弓で射られて手負いとなった鹿の喩えを通して、心の痛みを想起させる序となっている例

e　作物を喰い荒らす害獣として鹿が歌われている例、またそれと関連して大切に育てたものを横取りする喩えとして歌われている例

f　鹿は一産一子であるので、鹿と同じひとり子のことを歌うために引き合いに歌われている例

g　初夏の角はまだ短いため、「束の間」の時間、短い時間の喩えとして歌われている例

h　現行民俗の鹿踊りのように、被りものを使った鹿の芸能を歌った例

i　秋の風景ないしは音風景として歌われている例（妻恋型）

近藤が、モチーフを中心に分類したのに対して、筆者は、目的に応じて選ばれた表現手段に着目して分類してみた。はなはだ矛盾も多いのだが、新たな分類を試みたつもりである。この分類案に基づいて、万葉歌の鹿の歌われ方を観察してゆこう。

a　伏す鹿を歌うことに表現の主眼がある例、「伏す」ことの喩えとして鹿が歌われている例

ａの第一種　伏している鹿が歌われている例

①江林《えばやし》に　伏せるシシやも　求むるに良き　白たへの　袖巻き上げて　シシ待つ我が背

（柿本人麻呂歌集歌　巻七・一二九二）**草**

②吉隠《よなばり》の　猪養《ゐかひ》の山に　伏す鹿の　妻呼ぶ声を　聞くがともしさ

（秋雑歌　大伴坂上郎女　巻八・一五六一）**萩・前の歌に萩が登場**

③夕されば　小倉の山に　伏す鹿し　今夜は鳴かず　寝ねにけらしも

（雄略天皇御製歌　巻九・一六六四）

④さ雄鹿の　朝伏す小野の　草若み　隠らひかねて　人に知らゆな

（秋相聞　鹿に寄する　巻十・二二六七）**草**

⑤さ雄鹿の　小野の草伏し　いちしろく　我が問はなくに　人の知れらく

（秋相聞　鹿に寄する　巻十・二二六八）**草**

⑥紫草《むらさき》を　草と別《わ》く別《わ》く　伏す鹿の　野は異にして　心は同じ

（寄物陳思歌　巻十二・三〇九九）**草**

⑦安達太良の　嶺に伏すシシの　ありつつも　我は至らむ　寝処《ねど》な去りそね

（東歌　陸奥国相聞往来歌　巻十四・三四二八）

⑧※後出（ｈ芸能ながら、伏す例もある）**越中国歌**

（巻十六・三八八四）

集中には、伏すシシ・鹿を歌った例がある。「伏す」という動作・状態は、獣を観察した場合、容易に認知される動作・状態である。ただし、この「伏すシシ」「伏す鹿」の用例の場合の「伏す」は、うつむけに胴体を地につけること、転じて横になることをいうことだけにとどまらない。拡大解釈をしなくてはならないのである。そこで休む、その場所に棲んでいるという意味も込められるからである。掲げた江林・猪養の山・小倉の山・小野・安達太良の嶺などは、シシの寝ぐらなのである。当該の諸例で、ともに歌われるのは、「草」である。草むらが棲みかということであろう。もちろん、歌われ方は多様で、射る者と射られる者の関係の喩えとするものや（①④⑤）、寝処を起こす序となっている例もある（⑦）。

ａの第二種　匍匐礼の形容として歌われている例

①……使はしし　御門の人も　白たへの　麻衣《あさごろも》着て　埴安の　御門の原に　あかねさす　日のことごと　シシじもの　い這ひ伏しつつ　ぬばたまの　夕に至れば　大殿を　振り放《さ》け見つつ　鶉なす　い這ひもとほり　侍へど……

（柿本人麻呂　高市皇子挽歌　巻二・一九九）

②やすみしし　我が大君　高光る　我が日の皇子の　馬並めて　み狩立たせる　若薦《わかこも》を　猟路の小野に　シシこそば　い這ひ拝め　鶉こそ　い這ひもとほれ　シシじもの　い這ひ拝み　鶉なす　い這ひもとほり　恐みと　仕へ奉りて……

（柿本人麻呂　長皇子遊猟歌　巻三・二三九）

③ひさかたの　天の原より　生れ来る　神の命《みこと》　奥山の　さかきの枝に　しらか付け　木綿《ゆふ》取り付けて　斎瓮《いはひへ》を　斎ひ掘り据ゑ　竹玉を　しじに貫き垂れ　シシじもの　膝折り伏して　たわやめの　おすひ取りかけ……

（大伴坂上郎女　祭神歌　巻三・三七九）

「伏す」というシシの基本的動作を歌ったもののうち、神や天皇に対する拝礼の姿を形容したものがある。古代においての最敬礼は、膝を折り腹這う「匍匐礼」であった。集中でこれを確認できるのは、高市皇子死後に香具山宮で行われた例と、長皇子の遊猟時の例、大伴氏の神祭りの例である。言尽くされたことではあるが、古代の狩りは、野外で行われる最も大規模な王権儀礼であったので、大君に対する匍匐礼が行われたのである。

b　狩りの対象として鹿が歌われることに表現の主眼がある例

bの第一種　鳴り物等で追い詰めるタイプの狩が歌われている例、または、それを喩えとして歌っている例（多人数でおこなわれる狩。王権儀礼の狩を含む）

①前出（aの第二種②）　柿本人麻呂　長皇子遊猟歌　（巻三・二三九）

②かけまくも　あやに恐し　我が大君　皇子の尊　もののふの　八十伴の男を　召し集へ　率ひたまひ　朝狩に　シシ踏み起こし　夕狩に　鶉雉《とり》踏み立て　大御馬の　口抑へ止め　御心を　見し明らめし　活道山《いくぢ》……（大伴家持　安積皇子挽歌　三月二十四日作歌　巻三・四七八）

③やすみしし　わご大君は　み吉野の　秋津の小野の　野の上には　跡見《とみ》据ゑ置きて　み山には　射《い》目《め》立て渡し　朝狩に　シシ踏み起こし　夕狩に　鳥踏み立て　馬並めて　み狩そ立たす　春の茂野に（山部赤人　神亀二年五月吉野離宮歌　巻六・九二六）

④石上《いそのかみ》　布留の尊は　たわやめの　惑ひに因りて　馬じもの　縄取り付け　シシじもの　弓矢囲み

て　大君の　命恐み　天離る　夷辺《ひなへ》に罷る……

（石上乙麻呂　配流歌　巻六・一〇一九）

⑤この岡に　雄鹿踏み起し　うかねらひ　かもかもすらく　君故にこそ

（秋雑歌　巨曾倍津島　右大臣橘家宴歌　巻八・一五七六）

⑥紀伊の国の　昔猟夫《さつを》の　鳴る矢もち　鹿《か》取りなびけし　坂の上にそある

（太上天皇・大宝元年大行天皇紀伊国行幸歌　巻九・一六七八）

⑦ますらをの　呼び立てしかば　さ雄鹿の　胸別け行かむ　秋野萩原

（大伴家持　秋野独憶拙懐歌　巻二十・四三二〇）**萩**

当然、シシことに鹿は、狩りの対象となっていた。しかし、筆者は万葉の狩りを考える場合、狩りといっても、二種類に別けて考える必要があると考えた。一つは、鳴り物や火などで、獣を追い込んでゆく狩りで、これはたいへん大がかりなものである。こういった多くの人員を動員し、さらには大規模な野営を伴う狩りは、その主催者の経済力と政治力を表象するものであったがために、王権儀礼となっていたのである。安積皇子挽歌において、家持がその狩りの姿を歌ったのは、狩りが一世一代の皇子の晴れ舞台であったと考えられていたからであろう（②）。早朝に、寝ている獣を起こすかのように、大人数で大地を踏みならし（②③⑤⑦）、馬を並べて鳴弦（巻一・三）や鳴矢（⑥）で、一定の場所に追いたてて、獣を射たのである。ために女性問題で追いつめられて捕縛された石上乙麻呂は、縄つきの馬と、追いつめられて弓矢で囲まれた鹿に喩えられているのである（④）。

bの第二種　待ち伏せる狩りが歌われている例、または、それを喩えとして歌っている例（ひとりないし少人数で猟師が行う狩。生業としての狩）

①春日野に　粟蒔けりせば　シシ待ちに　継ぎて行かましを　社し恨めし　（佐伯赤麻呂　贈歌　巻三・四〇五）

②あしひきの　山椿咲く　八つ峰《を》越え　シシ待つ君が　斎ひ妻かも　（古歌集歌　時に臨みて作る歌　巻七・一二六二）椿

③前出（aの第一種①）　柿本人麻呂歌集歌　（巻七・一二九二）草

④山の辺に　い行く猟夫は　多かれど　山にも野にも　さ雄鹿鳴くも　（秋雑歌　鹿鳴を詠む　巻十・二一四七）

⑤山辺には　猟夫のねらひ　恐けど　雄鹿鳴くなり　妻が目を欲り　（秋雑歌　鹿鳴を詠む　巻十・二一四九）

⑥赤駒を　厩に立て　黒駒を　厩に立てて　それを飼ひ　我が行くごとく　思ひ妻　心に乗りて　高山の　峰のたをりに　射目立てて　シシ待つごとく　床敷きて　我が待つ君を　犬な吠えそね　（巻十三・三二七八）

⑦射ゆシシを　認《つな》ぐ川辺の　にこ草の　身の若かへに　さ寝し児らはも　（巻十六・三八七四）草

⑧……シシ待つと　我が居る時に　さ雄鹿の　来立ち嘆かく　たちまちに　我は死ぬべし　大君に　我は仕へむ　我が角は　み笠のはやし　我が耳は　み墨坩《すみつほ》　我が目らは　ますみの鏡……　（乞食者詠　巻十六・三八八五）

多人数で行ういわゆる追い込み型の猟に対して、獲物の習性を知り尽くした猟師が獣みちで待ち伏せする猟もあった。その場合、獣に覚られないように、猟師が隠れる人工的遮蔽物が必要となる。それが「射目」（⑥）である。したがって、これらの狩りは主に待ち伏せ型猟ともいうべきものであり、長く待つことの喩えや序となっている例である（①②）。こういった喩えや序が成り立つのは、待ち伏せ猟には長い待ち時間が費やされるという「知識」が、広く浸透していたからであろう。

c　鹿の足跡を追うところから、ゆくえを追う道や、ゆくえのわからないことを想起させる序となっている例

①秋の野を　朝行く鹿の　跡もなく　思ひし君に　逢へる今夜か　（秋相聞　賀茂女王歌　巻八・一六一三）

②前出（bの第二種⑦）　**作者未詳**　（巻十六・三八七四）**草**

獣はいったん見逃してしまうと二度目の出逢いがあるかどうかわからず、跡を追うしかない。また、手負いの獣を追えば、止めを刺すこともできるので、猟師はそれを追うことになる。この知識を踏まえた序となっている例である。ここでいう「認《つな》ぐ」（②）は、足跡や血痕を追って、獣を探し求めることである。同様の序は、斉明紀四年（六五八）五月条の「射ゆ鹿猪を認ぐ川辺の若草の若くありきと吾が思はなくに」（『紀』歌謡一一七）にもある。鹿の場合、手負いとなると絶命しない限り水辺に逃げ込む習性があるため、ここに「川辺」とあるのは、この知識を踏まえたものである、と考えたい(6)。

d　弓で射られて手負いとなった鹿の喩えを通して、心の痛みを想起させる序となっている例

①……また帰り来ぬ　遠つ国　黄泉の界に　延ふつたの　己が向き向き　天雲の　別れし行けば　闇夜なす　思ひ迷はひ　射ゆシシの　心を痛み　葦垣の　思ひ乱れて　春鳥の　音のみ泣きつつ　あぢさはふ　夜昼知らず　かぎろひの　心燃えつつ　嘆き別れぬ

（田辺福麻呂之歌集歌　哀弟死去作歌　巻九・一八〇四）

②……いづくにか　君がまさむと　天雲の　行きのまにまに　射ゆシシの　行きも死なむと　思へども　道の知らねば　ひとり居て　君に恋ふるに　音のみし泣かゆ

（巻十三・三三四四）

これらの例は、死に至るつらい心の痛みを表現するにあたり、射られた獣を喩えとした例である。

e　作物を喰い荒らす害獣として鹿が歌われている例、またそれと関連して大切に育てたものを横取りする喩えとして歌われている例

①朝霞　鹿火屋《かひや》が下に　鳴くかはづ　声だに聞かば　我恋ひめやも

（秋相聞　蝦に寄する　巻十・二二六五）霞

②あしひきの　山田守る翁　置く蚊火《かひ》の　下焦れのみ　我が恋ひ居らく

（寄物陳思歌　巻十一・二六四九）

③朝霞　鹿火屋が下の　鳴くかはづ　偲ひつつありと　告げむ児もがも

（河村王誦歌　巻十六・三八一八）霞

④心合へば　相寝るものを　小山田の　鹿猪田守るごと　母し守らすも〈一に云ふ、「母が守らしし」〉

⑤あらき田の　鹿猪田の稲を　倉に上げて　あなひねひねし　我が恋ふらくは
（寄物陳思歌　巻十二・三〇〇〇）
（忌部首黒麻呂夢裏歌　巻十六・三八四八）

⑥妹をこそ　相見に来しか　眉引きの　横山辺ろの　シシなす思へる
（東歌　未勘国相聞往来歌　巻十四・三五三一）

これらについては、拙著においてすでに述べているので、詳細は省く〔上野　二〇〇〇年〕。稲刈りを前にした農民の大敵は、鹿と猪で、ことに山沿いの田は、これに厳重に備える必要があって、「タブセ」「タヤ」とよばれる小屋を作って見張る必要があった。そこにやって来る獣を射る場合もあったし、火を焚いて近づかないようにしむける場合もあった。この火を焚く「タヤ」「タブセ」が、万葉語の「カヒヤ」（鹿火屋）なのである（①③）。こうして、見張り番を置き、獣を射ち、また追い払ったのである。だから、収獲前に田を荒らす獣を見張る見張り番は、結婚前の娘を見張る喩えに使われることともなり、田を荒らす獣は男に喩えられたのである（④⑤⑥）。当該諸例の歌の背景には「タヤ」「タブセ」での見張り番の知識があると思われる。

f　鹿は一産一子であるので、鹿と同じひとり子のことを歌うために引き合いに歌われている例

①秋萩を　妻問ふ鹿《か》こそ　独り子に　子持てりといへ　鹿子じもの　我が独り子の　草枕　旅にし行

けば……

（天平五年遣唐使母歌　巻九・一七九〇）

萩

②……ちちの実の　父の命は　たくづのの　白ひげの上ゆ　涙垂り　嘆きのたばく　鹿子じもの　ただひとりして　朝戸出の　かなしき我が子　あらたまの　年の緒長く　相見ずは　恋しくあるべし……

（大伴家持　陳防人悲別之情歌　巻二十・四四〇八）

猪（イノシシ）と鹿（カノシシ）が、決定的に違う点は、猪は多産で、一産で五匹から八匹も生まれるのに対して、鹿は一回のお産で一匹しか生まないという点がある。ために、「鹿のようなひとり子」という表現が成り立つのである。だから、ひとり子を遠方に送り出す遣唐使、防人の母の心情を表す際に使用されるのである。この二例から考えると、鹿が「一産一子」という「知識」が詠み手にもあり、同時代の歌の聞き手、読み手にも共有されていたことがわかる。

g　初夏の角はまだ短いため、「束の間」の時間、短い時間の喩えとして歌われている例

夏野行く　小鹿の角の　束の間も　妹が心を　忘れて思へや

（柿本人麻呂　巻四・五〇二）

雄鹿の角は、早春二月末から三月にいったん古い角が抜け落ち、新しい角に生え代わる。古い角が落ちた当初の新しい角には、まだ血行があって、瘤状になっている。これが、いわゆる「袋角」である。ちなみに、漢方薬の強精剤「鹿茸」は、この「袋角」のことである。(7)「袋角」は、その後生長して枝のごとき角となり、四月から六月には血行も止まってしまう。こうなると、もう「袋角」ではなくなり、エナメル質の角となる。ために、初夏の角は短い瘤状の「袋角」なのである。したがって、まだ枝角になる前で短い。以上の理由から、短い間すなわち「束の間」を引き出す序となるのである。

h　現行民俗の鹿踊りのように、被りものを使った鹿の芸能を歌った例

弥彦《いやひこ》　神の麓に　今日らもか　鹿の伏すらむ　裘《かはごろも》着て　角つきながら　（越中国歌　巻十六・三八八四）

皮衣を着て、角をつけた被り物を着て舞う芸能が万葉時代の越中国にもあり、おそらくそれが弥彦の神に関わる芸能であったことが推察される（井口　一九九一年）（藤原　二〇〇三年）。今日のいわゆる「民俗芸能」でいえば、東日本に広く分布する「鹿踊り」「三匹獅子舞」の系統の獅子舞であったことが予想される。これらは民俗芸能研究ではいわゆる「一人立ち」の獅子舞と呼ばれるもので、鹿の被り物をして、腹に固定した太鼓や羯鼓《かっこ》を打ち鳴らしながら舞う芸能である。対して、二人立ちの獅子舞は、二人以上の人間が一匹の獅子の被り物の中に入って舞う芸能で、中には百人以上もの人間が入って舞うものすらある。皮衣に角ということであるならば、これはおそらく、一人立ちの獅子舞であり、角をつく所作が、印象的な演出になっていたことが当該歌から推察されよう。

四 「鹿鳴」「萩」「妻恋」「秋」

鹿の動作・習性、さらには人間との関わりあいのどのような点に着目して表現が成り立っているのかを見てゆくと、一口に鹿の歌といっても、多様な歌われ方が存在していることに気づかされる。

一方で、巻八と巻十には、主に「鹿鳴」を秋の「景物」として歌う諸例が著しく偏在している（表3参照）。ここでいう「景」ないし「風景」とは、歌によって描写される外部世界をいう。もちろん、それは内部の心情を描くものである。この「景」に音が含まれる場合、これを本稿では「音風景」と呼ぶことにする。『播磨国風土記』には、

日岡。坐《いま》す神は、大御津歯《おほみつは》の命の子、伊波都比古《いはつひこ》の命なり。み狩せし時に、一鹿《しか》この丘に走り登りて鳴く。その声比々といひき。故れ、日岡と号《なづ》く。（賀古の郡　日岡）

とあるように、「比々」と表記している。これは、「ヒ」の長音を表すものだから、「ヒー」ないし「ピー」との「鹿鳴」の「聞きなし」が行われていたのであろう。『古今和歌集』の紀叔人歌では、

秋の野に妻なき鹿の年を経てなぞわが恋のかひよとぞ鳴く（雑躰歌　巻十九・一〇三四）

とあり、「甲斐よ」に掛けて「かひよ」との「鹿鳴」の「聞きなし」が存在していたことがわかる。ちなみに、筆者の「聞きなし」をできるだけ忠実に表記してみると「ヒー」「ビーン」「ビー」と書くか、「イー」「イーン」「イィーン」と書くか、ないしは「キュイーン」と書くか迷うところである。なお、鹿の声を写す擬音語については、山口仲美（二〇〇二年）に、詳細な分析がある。

では、万葉歌の「風景」「音風景」として鹿が描かれる場合、どのような「景物」との取り合わせが多いのだろうか。そのほとんどが、「萩」である。そう断言できるほどの偏りがあり、これまたそのほとんどが、「妻恋」の情と結びついているのである。この事実は、「伏す鹿」が「草」とともに歌われるのと、好対照を成しているといえよう（aの第一種）。

i　**秋の風景ないしは音風景として歌われている例（妻恋型）**

①秋さらば　今も見るごと　妻恋ひに　鹿鳴《か》かむ山そ　高野原の上
（長皇子　佐紀宮宴歌　巻一・八四）

②大和辺に　君が立つ日の　近づけば　野に立つ鹿も　とよめてそ鳴く
（麻田陽春　大伴旅人餞宴歌　巻四・五七〇）

③さ雄鹿の　鳴くなる山を　越え行かむ　日だにや君が　はた逢はざらむ
（笠金村歌集歌　神亀五年難波行幸歌　巻六・九五三）

④……八百万　千年をかねて　定めけむ　奈良の都は　かぎろひの　春にしなれば　春日山　三笠の
野辺に　桜花　木の暗隠り　かほ鳥は　間なくしば鳴く　露霜の　秋さり来れば　生駒山　飛火が

岡に　萩の枝を　しがらみ散らし　さ雄鹿は　妻呼びとよむ……

（田辺福麻呂歌集歌　奈良故郷悲歌　巻六・一〇四七）**露霜・萩**

⑤……高知らす　布当《ふたぎ》の宮は　川近み　瀬の音ぞ清き　山近み　鳥が音とよむ　秋されば　山もとどろに　さ雄鹿は　妻呼びとよめ　春されば　岡辺もしじに　巌には　花咲きをり　あなおもしろ布当の原　いと貴　大宮所　うべしこそ　我が大君は　君ながら　聞かしたまひて　さす竹の　大宮ここと　定めけらしも

（田辺福麻呂歌集歌　久邇新京讃歌　巻六・一〇五〇）

⑥……布当の宮は　百木茂り　山は木高し　落ち激つ　瀬の音も清し　うぐひすの　来鳴く春へは巌には　山下光り　錦なす　花咲きをり　さ雄鹿の　妻呼ぶ秋は　天霧らふ　しぐれを疾み　さにつらふ　黄葉散りつつ　八千年に　生れつかしつつ　天の下　知らしめさむと　百代にも　変はるましじき　大宮所

（田辺福麻呂歌集歌　久邇新京讃歌第二長歌　巻六・一〇五三）**霧・しぐれ・黄葉**

⑦名児の海を　朝漕ぎ来れば　海中《わたなか》に　鹿子そ鳴くなる　あはれその鹿子

（羈旅歌　巻七・一四一七）

⑧夕されば　小倉の山に　鳴く鹿は　今夜は鳴かず　寝ねにけらしも

（秋雑歌　岡本天皇御製歌　巻八・一五一一）

⑨我が岡に　さ雄鹿来鳴く　初萩の　花妻問ひに　来鳴くさ雄鹿

（秋雑歌　大伴旅人　巻八・一五四一）**萩**

⑩さ雄鹿の　萩に貫き置ける　露の白玉　あふさわに　誰《たれ》の人かも　手に巻かむちふ

（秋雑歌　藤原八束　巻八・一五四七）**萩・露**

⑪秋萩の　散りのまがひに　呼び立てて　鳴くなる鹿の　声の遥けさ

（秋雑歌　湯原王　鹿鳴の歌　巻八・一五五〇）萩

⑫前出（ａの第一種②）秋雑歌　大伴坂上郎女　（巻八・一五六一）萩・前の歌に萩が登場

⑬さ雄鹿の　来立ち鳴く野の　秋萩は　露霜負ひて　散りにしものを

（秋雑歌　文馬養　天平十年右大臣橘家宴歌　巻八・一五八〇）萩・露・霜

⑭さ雄鹿の　朝立つ野辺の　秋萩に　玉と見るまで　置ける白露

（秋雑歌　大伴家持　天平十五年八月歌　巻八・一五九八）萩・露

⑮さ雄鹿の　胸別けにかも　秋萩の　散り過ぎにける　盛りかも去ぬる

（秋雑歌　大伴家持　天平十五年八月歌　巻八・一五九九）萩

⑯妻恋に　鹿《か》鳴く山辺の　秋萩は　露霜寒み　盛り過ぎ行く

（秋雑歌　石川広成　巻八・一六〇〇）萩・露・霜

⑰山彦の　相とよむまで　妻恋に　鹿《か》鳴く山辺に　ひとりのみして

（秋雑歌　大伴家持　天平十五年八月鹿鳴歌　巻八・一六〇二）

⑱このころの　朝明に聞けば　あしひきの　山呼びとよめ　さ雄鹿鳴くも

（秋雑歌　大伴家持　天平十五年八月鹿鳴歌　巻八・一六〇三）

⑲宇陀の野の　秋萩しのぎ　鳴く鹿も　妻に恋ふらく　我には益さじ

（秋相聞　丹比真人歌　巻八・一六〇九）萩

⑳あしひきの　山下とよめ　鳴く鹿の　言ともしかも　我が心夫

（秋相聞　笠縫女王　巻八・一六一一）

㉑前出（aの第一種③）雄略天皇御製歌　（巻九・一六六四）

㉒三諸《みもろ》の　神奈備《かむなび》山に　立ち向かふ　三垣の山に　秋萩の　妻をまかむと　朝月夜　明けまく惜しみ
あしひきの　山彦とよめ　呼び立て鳴くも　（詠鳴鹿　巻九・一七六一）**萩**

㉓前出（f①）　天平五年遣唐使母歌　（巻九・一七九〇）**萩**

㉔さ雄鹿の　心相思ふ　秋萩の　しぐれの降るに　散らくし惜しも
（秋雑歌　人麻呂歌集歌　花を詠む　巻十・二〇九四）**萩・しぐれ**

㉕奥山に　住むといふ鹿の　夕去らず　妻問ふ萩の　散らまく惜しも
（秋雑歌　花を詠む　巻十・二〇九八）**萩**

㉖さ雄鹿の　妻問ふ時に　月を良み　雁が音聞こゆ　今し来らしも　（秋雑歌　雁を詠む　巻十・二一三一）**雁**

㉗このころの　秋の朝明に　霧隠り　妻呼ぶ鹿の　声のさやけさ　（秋雑歌　鹿鳴を詠む　巻十・二一四一）**霧**

㉘さ雄鹿の　妻ととのふと　鳴く声の　至らむ極み　なびけ萩原　（秋雑歌　鹿鳴を詠む　巻十・二一四二）**萩**

㉙君に恋ひ　うらぶれ居れば　敷の野の　秋萩凌ぎ　さ雄鹿鳴くも
（秋雑歌　鹿鳴を詠む　巻十・二一四三）**萩**

㉚雁は来ぬ　萩は散りぬと　さ雄鹿の　鳴くなる声も　うらぶれにけり
（秋雑歌　鹿鳴を詠む　巻十・二一四四）**雁・萩**

㉛秋萩の　恋も尽きねば　さ雄鹿の　声い継ぎい継ぎ　恋こそ増され
（秋雑歌　鹿鳴を詠む　巻十・二一四五）**萩**

㉜山近く　家や居るべき　さ雄鹿の　声を聞きつつ　寝ねかてぬかも
(秋雑歌　鹿鳴を詠む　巻十・二一四六)

㉝前出（bの第二種④）　秋雑歌　作者未詳　鹿鳴を詠む
(巻十・二一四七)

㉞あしひきの　山より来せば　さ雄鹿の　妻呼ぶ声を　聞かましものを
(秋雑歌　鹿鳴を詠む　巻十・二一四八)

㉟前出（bの第二種⑤）　秋雑歌　作者未詳　鹿鳴を詠む
(巻十・二一四九)

㊱秋萩の　散り行く見れば　おほほしみ　妻恋すらし　さ雄鹿鳴くも
(秋雑歌　鹿鳴を詠む　巻十・二一五〇)　**萩**

㊲山遠き　都にしあれば　さ雄鹿の　妻呼ぶ声は　乏しくもあるか
(秋雑歌　鹿鳴を詠む　巻十・二一五一)

㊳秋萩の　散り過ぎ行かば　さ雄鹿は　わび鳴きせむな　見ずはともしみ
(秋雑歌　鹿鳴を詠む　巻十・二一五二)　**萩**

㊴秋萩の　咲ける野辺には　さ雄鹿そ　露を別けつつ　妻問ひしける
(秋雑歌　鹿鳴を詠む　巻十・二一五三)　**萩・露**

㊵なぞ鹿の　わび鳴きすなる　けだしくも　秋野の萩や　繁く散るらむ
(秋雑歌　鹿鳴を詠む　巻十・二一五四)　**萩**

㊶秋萩の　咲きたる野辺の　さ雄鹿は　散らまく惜しみ　鳴き行くものを
(秋雑歌　鹿鳴を詠む　巻十・二一五五)　**萩**

㊷あしひきの　山の常陰に　鳴く鹿の　声聞かすやも　山田守らす児
（秋雑歌　鹿鳴を詠む　巻十・二一五六）

㊸さ雄鹿の　妻呼ぶ山の　岡辺なる　早稲田は刈らじ　霜は降るとも
（秋雑歌　水田を詠む　巻十・二二二〇）**早稲田・霜**

㊹前出（ａの第一種④）　秋相聞　鹿に寄する　（巻十・二二六七）**草**

㊺前出（ａの第一種⑤）　秋相聞　鹿に寄する　（巻十・二二六八）**草**

㊻さ雄鹿の　入野のすすき　初尾花　いつしか妹が　手を枕かむ
（秋相聞　花に寄する　巻十・二二七七）**尾花**

㊼高山の　峰行くししの　友を多み　袖振らず来ぬ　忘ると思ふな
（寄物陳思歌　巻十一・二四九三）

㊽前出（ａの第一種⑥）　寄物陳思歌　（巻十二・三〇九九）**草**

㊾前出（ａの第一種⑦）　東歌　陸奥国相聞往来歌　（巻十四・三四二八）

㊿前出（ｅ⑥）　東歌　未勘国相聞往来歌　（巻十四・三五三一）

51 草枕　旅を苦しみ　恋ひ居れば　可也《かや》の山辺に　さ雄鹿鳴くも
（遣新羅使歌　引津亭歌　巻十五・三六七四）

52 妹を思ひ　眠の寝らえぬに　秋の野に　さ雄鹿鳴きつ　妻思ひかねて
（遣新羅使歌　引津亭歌　巻十五・三六七八）

53 夜を長み　眠の寝らえぬに　あしひきの　山彦とよめ　さ雄鹿鳴くも

（遣新羅使歌　引津亭歌　巻十五・三六八〇）

萩・露

（大伴家持　天平勝宝五年高円野所心歌　巻二十・四二九七）

㊹をみなへし　秋萩凌ぎ　さ雄鹿の　露別け鳴かむ　高円の野そ

霧

（大伴家持　秋野独憶拙懐歌　巻二十・四三一九）

㊺高円の　秋野の上の　朝霧に　妻呼ぶ雄鹿　出で立つらむか

一般によくいわれるのは、「鹿鳴」と「妻恋」とが「秋の景物」あるいは「音風景」として結びついているということだが、これはある意味ではあたりまえのことといわねばならない。なぜならば、鹿は秋の発情期に、雄雌が交尾の相手を求めて互いを呼びあうために鳴くからである。ただし、大きな声で鳴くのは、雄鹿の方である。だから、「鹿鳴」が秋の音風景になるのであり、雄鹿が声を響かせて鳴く声は、「ひとり」であることのわびしさを、聞き手の心に響かせる音ともなり得るのである。その一例を見てみよう。

天平十一年（七三九）の秋、大伴氏の人びとは、忙しく働いていた（上野　二〇〇〇年）。家持は都で宮仕えがあり、代わって跡見や竹田の荘園すなわち「田庄《たどころ》」には、大伴坂上郎女や大伴坂上大嬢が下向して、収獲に伴う諸事万端を取り仕切っていたからである。

大伴坂上郎女、跡見の田庄にして作る歌二首

妹が目を　始見《みそめ》の崎の　秋萩は　この月ごろは　散りこすなゆめ
吉隠の　猪養の山に　伏す鹿の　妻呼ぶ声を　聞くがともしさ（ａの第一種②、ｉ―⑫）

（巻八・一五六〇・一五六一）

一首目では「初見の崎の秋萩よ、しばらくは散らないでおくれ」と歌い、二首目では「吉隠（桜井市吉隠）の猪養の山に棲む鹿の、妻を呼ぶ声が、独り寝の私には……うらやましい」と歌っている。つまり、萩の花が咲くころから数ケ月、大伴坂上郎女は、跡見の「田庄」に留まる必要があり、その時に吉隠の猪養の山の鹿の声を聞き、「ともしく」思ったのであった。つまり、羨ましいと思ったのである。言外には、鹿はまだ私よりましだ。恋しく思って鳴いてくれる人がいるのだから。私など愛する人から呼ばれることすらもないというのである。つまり、この二首においては、「萩」と「鹿鳴」と、大伴坂上郎女の「心情」とが、結びつけられて表現されている、といえるだろう。

では、なぜこのような結びつきが生まれたかといえば、「萩の開花期」と「鹿の発情期」がほぼ同時期だったからである。一方、この季節は「すすき」の穂が出る季節でもあり、それは「すすき」と同じ禾科の稲が「穂立ち」する季節でもあった。民俗学者・野本寛一は、雌鹿の擬鳴音を利用して雄鹿をおびき寄せて、それを射る「笛鹿猟」の猟期のはじまりを、どのような自然暦で知るのかという言い伝えを採集し、

①薄《すすき》の穂が三穂出ると高山の鹿はサカリがつく（静岡県磐田郡水窪町村上・川下勘三郎・明治三六（一九〇

三）年生まれ）。
②板取山が紅葉になると鹿のサカリがつく（同榛原郡中川根町徳山）。
③もみじが赤くなると鹿がさかる（同田方郡中伊豆町原保・海老名治作・明治二八（一八九五）年生まれ）。
④彼岸花が咲くと鹿がさかる（同賀茂郡松崎町池代・山本吾郎・明治四一（一九〇八）年生まれ）。
⑤猟師やお百姓が麦蒔き土用と呼んでいる、十月二〇日ころを中心にした約十日間が鹿のたき時（発情期）である（松山、一九七七）。
⑥薄の穂が三穂出ると鹿のサカリがつく（和歌山県西牟婁郡すさみ町追川・根木彦四郎・明治三八（一九〇五）年生まれ）。
⑦薄の穂が出始めると鹿のサカリがつく（宮崎県東臼杵郡五ヶ瀬町波帰・矢野勇・明治三九（一九〇六）年生まれ）。
⑧笛鹿は初尾花の時分盛りとしるべし（『猪猟古秘伝』）。

といった伝えを報告している（野本　一九九五年）。なぜ、このような言い伝えが大切であったかというと、鹿笛の擬鳴音を使った猟は、「鹿鳴」のさかんな「鹿の発情期」にしか行えないからである。かえりみて、万葉貴族・大伴氏の人びとは「萩」が開花し、「すすきの穂」が出て、稲が穂立ちする時期、自らの「田庄」に出向し、収獲と倉入れを検分する必要があったのである（上野　二〇〇〇年）。これを敷衍化すれば、万葉歌の主たる担い手である平城京の貴族たちも家族と別れ、「田庄」のある鄙に下向しなくてはならなかった季節ということができる。こういった時期に、「鹿鳴」が「田庄」で響きわたったのである。「萩」と「尾花」の開花時期については、次の歌を見れば一目瞭然であろう。

笠朝臣金村が、伊香《いか》山《ご》にして作る歌二首

草枕　旅行く人も　行き触れば　にほひぬべくも　咲ける萩かも

伊香山　野辺に咲きたる　萩見れば　君が家なる　尾花し思ほゆ

（巻八・一五三二・一五三三）

「萩」と「尾花」とが、連動するように開花するのである。では、iの歌に共通する「景」と「音」に対する反応は、どのようにして歌を支える「情感」「情操」として発生し、歌の世界に定着していったのであろうか。おそらく、これは日本の風土、ことに大和の風土から生まれたものである、と考えられる。なぜならば、「萩の開花」「稲の穂立ち」「鹿の発情」が同時期であるということを生活のなかで実感しなければ、こういった「鹿鳴」に対する「情感」が「経験知」として多くの人々に「共有」されることはない、と考えられるからである。(8)

では、「萩」と「鹿」が、秋の「景物」のいわゆる「定番」の取り合わせとして固定化するのはいつごろなのであろうか。

この問題に、早い段階で考察を加えたのは、中西進〔一九六三年〕であった。中西はまず鹿の歌を、

○作者判明歌

人麿（4五〇二・9一七六一・一七六二）三首
長皇子（1八四）　金村歌集〔或云千年作〕（6九五三）　麻田陽春（4五七〇）　大伴旅人（8一五四二）　坂上郎女（8一五六一）　丹比真人（8一六〇九）　笠縫女王（8一六一一）　賀茂女王（8一六一三）　藤原八束（8一五四七）　湯原王（8一五五〇）　文馬養（8一五八〇）　巨曾部津島（8一五七六）　石川広成（8一六〇〇）各一首
家持（8一五九八・一五九九・一六〇二・一六〇三・20四二九七・四三一九・四三二〇）七首
○作者未詳年代判明歌
大宝元年紀伊行幸の時の歌（9一六七八）　天平五年作者未詳歌（9一七九〇）　各一首
○作者未詳年代未詳歌
巻十　詠鹿鳴十六首（二一四一―二一五六）　詠花二首（二〇九四・二〇九八）　寄花一首（二二七七）
巻十二　寄物陳思一首（三〇九九）
巻十六　越中国歌一首（三八八四）

のように分類し、「鹿鳴」と「妻恋」の取り合わせができるのは、奈良朝とした。その上で、本稿が問題にしたⅰの歌々が巻八と巻十に集中する理由を、次のように説明している。

この編者の意図とは、誰のどういうものか。巻八・九は家持の編たる事ほぼ間違いなく、巻十と家持圏の作歌との類歌を通しての近さも通説になっている。そして家持には七首の詠鹿歌がある。まず家持の、一歩を譲っても奈良朝後期の、文人趣味が濃厚に編纂意図に現われているという事は、可能だろう。

中西は、家持に七首の詠鹿歌があることを勘案し、家持の編纂意図の投影から用例の偏在を説明しようとしたのである。雄略天皇御製歌（巻九・一六六四）が、鹿の歌の時系列分布からは外れた、著しく古い用例だとして、雄略天皇御製歌を「雄略の鹿物語を伝誦背景とする歌で、奈良朝になってから家持周辺にあって定着した歌であったろう」と推定したのであった。[9]これらの見解は、おおむね了解されるところであろう。ただ、本稿の立場に沿って、補足すれば、鹿と萩との取り合わせは、柿本人麻呂歌集にも見え、先行歌集にも例があったことが指摘できる（Ⅰの㉔）。また、中西は、家持の編纂意図から、用例の偏在を説明しようとしたが、その大前提として、やはり巻八と巻十が四季分類の巻であることを、まずは考慮する必要があろう。ことに巻十の秋雑歌に「鹿鳴を詠む」（二一四一〜二一五六）の十六首及び、秋相聞に「鹿に寄する」（二二六七〜二二六八）の二首が存在していることが、用例偏在の主たる理由となっているからである。つまり、巻十の編纂時において、「鹿鳴」は後代の「季題」のごときものとして確立していたのである。[10]

さらには、奈良朝において、いかなる契機のもとに、「鹿鳴」が秋の景物として確立したのであろうか。中西はこの点について、次のように鋭くも述べている。「巻十の分類は『詠鹿鳴』とあって、単に『詠鹿』とか『詠鳴鹿』とかではない。この用語は勿論詩経の語で、懐風藻にも見られ、既に十分浸透していた知識であったが、編者の一括して収める意図には、十分詩経の連想があったといい得るであろう」と。つまり、巻十の秋雑歌の「詠鹿鳴」の背後には『詩経』の

鹿鳴

呦呦《いういう》と鹿鳴き　野の苹《へい》を食む
我に嘉賓有り　瑟《しつ》を鼓き笙を吹かん
笙を吹き簧《くわう》を鼓き　筐を承げて是に將《すす》む
人の我を好《よみ》し　我に周行を示せ

（石川忠久『新釈漢文大系　第一一一巻　詩経（中）』明治書院、一九九八年）

があるというのである。確かに、中西のいうとおり、「詠鹿鳴」（鹿鳴を詠む）は『詩経』「鹿鳴」から来ている、と考えられる。『詩経』「鹿鳴」の影響は、『懐風藻』（六〇・六三）においても認められるところであり、巻十の「鹿鳴を詠む」が、『詩経』を背景としていることは否定できない。しかし、『詩経』の「鹿鳴」は、「君臣和楽」の宴盛んなることを表象するのに対して、万葉の秋の景物の鹿は、もっぱら「妻恋」を歌うものであるとする点は、まったく異なっている。ために、岡崎義恵（一九六〇年）が「中国趣味でもあるけれども、また日本固有のものとも考えられる」と両説併記したように、彼我の違いを念頭に入れて、断定を避けるべきではなかろうか。なお『懐風藻』の用例の方は、新羅からやって来た使節を迎えての宴詩であり、こちらの方は『詩経』の「鹿鳴」詩を明らかに踏まえている。

筆者は、巻十の秋雑歌の「鹿鳴を詠む」が、『詩経』の影響を受けて成立していることは否定し得ないと思うが、『詩経』の「鹿鳴」詩を知っているということと、その内容を踏まえて歌を作るということとは、別だと考えたい。つまり、「標目」の語の出典と、個々の歌の「発想」は別であったと考える方が、より実態に近いのではなかろうか。

以上の考察を踏まえて、ここで問題とすべきなのは、秋の「景物」の取り合わせの中でも著しく「萩」との取り合わせに用例が偏在しているという事実であろう（表3参照）。これは、「萩」が天平期において「ヤド」の花として愛好され、集中でも群を抜いて多く歌われていることとも関係しよう（一四〇首）（上野 二〇〇三年）。ここから、萩を鹿の「花妻」とする発想が生まれてくるのである。ここでいう「花」とは、「実」に対比される「花」である。「花」は見るだけのものであり、妻としえないものを表象しているのである（iの④⑨⑫⑯⑲㉒㉕㉘㉛㊱㊴など）。つまり、見るだけで実にならないもの、実らない恋を表象する「喩」なのである。つまり、花を妻とするしかなかった雄鹿は、雌鹿に出逢えなかった、いわばあわれな「ひとり寝」の鹿なのである。だから、鳴くしかないのであり、「鹿鳴」は「ひとり寝」のわびしさを、聞き手に想起させるのである。

さらには、次に述べる点も加味して、考察を行う必要もあるだろう。鹿は、発情期以前は、雌雄別々に暮らし、発情期に限って同棲するという習性を持っている動物なのである。したがって、発情期においては交尾の相手を探しあい、誘いあい、求めあう必要があるのである。と同時に、この時期、雄鹿同士は、激しく雌を争った末、強い鹿だけが数匹の雌鹿を独占するいわば「ハーレム」を形成するのである。冒頭に取り上げた『大和物語』と『今昔物語集』の話も、こういった鹿の習性を念頭において読む必要があるのである。ここから、鳴いている鹿は、まだ交尾相手が見つからない鹿であるとの想像がな

表3　表現手段に着目した万葉の鹿の歌の分類

分類＼巻	a 伏す	b 狩り	c ゆくえ	d 手負い	e 害獣	f 一産一子	g 束の間	h 芸能	i 風景
巻1									1
巻2	1								
巻3	2	3							
巻4							1		1
巻5									
巻6		2							4
巻7	1	2							1
巻8	1	1	1						13
巻9	1	1		1		1			3
巻10	2	2			1				23
巻11					1				1
巻12	1				1				1
巻13		1		1					
巻14	1				1				2
巻15									3
巻16	1	2	1		2			1	
巻17									
巻18									
巻19									
巻20		1				1			2
計	11	15	2	2	6	2	1	1	55

本稿に分類して引用した全歌を一覧とした。ただし、二分類にわたって重複している場合は、両方に一例ずつカウントしている。一つの目安とはなろう。

されるのであろうし、そういう鹿は花を「ツマ」とするしかない、と連想されるのである。ちなみに、この時期、雄鹿は首筋を泥まみれにし、そこに自らの尿を塗りつけて、臭気を発して雌を誘う（フェロモン効果）。だから、秋に奈良公園で雄鹿に出逢うと、アンモニア臭がすることがある。筆者の体験だと、十メートルも近寄ると、もう臭う。そして、気も荒い。動物学的には雄鹿の「鹿鳴」は、自らの肺活量を競い合い、縄張りを誇示しあう役割もあるといわれているが、万葉びとはこれを「妻恋」の声と聞いたのである。

五　おわりに

「鹿鳴」「萩」を秋の景物とする「類型的歌言葉表現」は、『万葉集』の季節分類巻八と巻十の編纂時において、すでに確立していた世界であった、ということができよう。この確立期をどこまで遡らせることができるかどうか、ということについては判断が難しいが、天平期を遡る可能性はきわめて少ないと思われる[11]。

以後、この取り合わせは、平安期の和歌研究者が検証しているように、八代集以降の王朝和歌世界に継承される〔四賀　一九四六年〕〔鶴田　一九七〇年〕。例えば、『倭名類聚鈔』巻二十「鹿鳴草」の項に「爾雅集注云萩一名」とあり、「和名波木」と見い出せるのもこういった事柄を、反映しているのであろう。

かえりみて、縷々述べたように集中にはａ～ｈまでのような鹿の歌い方も少なからず存在している。『万葉集』には、稲の「穂立ち」のころに田に現れて、作物を荒らす「ひなびの鹿」もいるのであり、その鹿を射ることを生業とする猟師も歌われているのである（ｂの第二種）。この点を勘案していえることは、その鳴き声が歌われている場合は、例外なく「妻恋」と「ひとり寝」が鹿から想起されるということであり、さらには天平歌において「萩」との取り合わせが確立した、ということである。対して、「稲穂」や「すすき」との取り合わせは、『万葉集』では皆無に等しいのである。とすれば、「萩」を妻として鳴く鹿は、「みやびの鹿」ということはできまいか。万葉時代、ことに天平期の流行を踏まえているという点において。また、それがいわゆる王朝和歌世界に引き継がれた歌の世界に連なってゆくという点において。してみると、「東歌」には「みやびの鹿」は一頭もいない、ということになる。

注1　松尾聰・永井和子校注訳『日本古典文学全集　十一　枕草子』（小学館、一九七四年）による。底本は、学習院大学蔵三条西家旧蔵本。いわゆる伝能因所持本系統に属する。

2　京の女の「鍋で煎り煮するもよし、あぶり焼きもよし」というのはまさに鹿肉の味をよく知っている人の言である。鹿肉は、猪肉や熊肉に比して臭味がなく、あぶり焼きにもよいからである。ここで想起されるのは、枕詞「ししくしろ」で、「ししくしろ」は肉の串ざしを意味する言葉である、ということである。その美味しいところから「味寝（熟睡）」すなわち「うまい」（『紀』歌謡九六）、「良身」すなわち「ヨミ」の音を起し、同音の「黄泉」に係る（巻九・一八〇九）。これは、直火のあぶり焼きのこうばしさを前提とした表現なのだろう。

3　『大和物語』一五八段では、「人に」とあるところが「君に」と変わっただけの歌である。『今昔物語集』の方が「君」と暈さずに男のことを直接的に表現している。

4　この話から、いち早く花と花見の文芸の始源に「呪農」があることを強調したのは、桜井満であった〔桜井　二〇〇〇年、初出一九六一年〕。

5　人と鹿との多様なかかわり、それは現代においても同じである。奈良市の観光の中心は、寺院拝観ともう一つは、鹿見物である。鹿が奈良のように人になついている例は世界中ほかにないので、欧米からやって来る観光客には、寺院拝観よりもむしろ人気があるくらいである。「鹿せんべい」を買い、鹿とたわむれる時間を過ごすのである。ところが一方で、鹿は、猪とともに農作物に甚大な被害をもたらす害獣でもある。これは、深刻な地域の問題になっている。観光客の心を癒す鹿と、農作物を喰う鹿。同じ鹿でも、見方や立場が異なれば、感じ方もまったく違うのである。

6　手負いの鹿が水辺に逃げ込むことは、奥三河の中山間地域の聞き書きをもとに、早くに民俗学者・早川孝太郎が報告している〔早川　一九七九年。初出一九二六年〕。また、筆者も一九八〇年代に、愛知県の北設楽郡や静岡市田代などの老猟師たちから、よく聞いた話であった。熟達した猟師ともなれば、手負いとなった鹿の逃げる道、川筋、谷筋をあらかじめ想定することができるという話を聞いたこともある。たいがいの場合、その川や淵に入ったところで止めを刺すということであった。

7　この袋角が傷ついてしまうと大量の出血をして死んでしまうこともある。含有成分の薬効とは別に、雄鹿の伸びゆく若角のイメージが、男性器を想起させ、強精剤としてのイメージ効果を高めているのであろう。ちなみに鹿茸には、強精のほか解熱・婦人病の諸症状改善に薬効があるといわれている。

8 けれども、「風土」が同じならば、必ず同じような共有される「情感」が形成され、そこから文学の伝統（＝ここでは、特定の「景物」の取り合わせ）が生まれるかというと、そうではない。それには、そう感じるための「学習」が必要だからである。

9 なお、この二つの歌について、律令祭祀以前の大王儀礼として、精霊の代表である鹿の鳴き声を大王が聞く儀礼が古く存在し、それが雄略天皇の伝承と結びついたとする見解がある〔岡田　一九九二年〕〔辰巳　一九九〇年〕。一つの解であろう。

10 なお、平安時代の「月次屏風」では八月の題とされ、『和漢朗詠集』や『堀河百首』では、鹿が秋の「季題」として定立されている。

11 もちろん、天平期以前の歌の絶対数が、そもそも少ないという考察上の制約もある。

【参考文献】
井口樹生　一九九一年　「鹿鳴譚の由来―古代・鹿の文学と芸能―」『境界芸文伝承研究』所収、三弥井書店
上野　誠　二〇〇〇年　「万葉びとと農」『万葉びとの生活空間』所収、塙書房
――　二〇〇三年　「万葉びとの庭、天平の庭―王の庭、民の庭―」梶川信行・東茂美編『天平万葉論』所収、翰林書房
大久保正　一九八二年　「東歌のほととぎす―東歌研究の一側面―」『萬葉集東歌論攷』所収、塙書房、初出一九五七年

岡崎義恵　一九六〇年　「万葉風の探究」『岡崎義恵著作集　第四巻』所収、宝文館

岡田精司　一九九二年　「古代伝承の鹿—大王祭祀復元の試み—」『古代祭祀の史的研究』所収、塙書房

尾崎暢殃　一九七五年　「秋芽子の恋」『大伴家持論攷』所収、笠間書院

梶島孝雄　二〇〇二年　『資料　日本動物史』八坂書房

岸　俊男　一九八四年　「画期としての雄略朝—稲荷山鉄剣銘付考—」岸俊男教授退官記念会編『日本政治社会史研究　上』所収、塙書房

小島憲之　一九六四年　「口頭より記載へ」『上代日本文學と中國文學　中』所収、塙書房

——　一九七三年　「桓武・平城朝の文學」『國風暗黒時代の文學　中（上）』所収、塙書房

近藤信義　二〇〇三年　『万葉遊宴』若草書房

桜井　満　二〇〇〇年　「『花散らふ』と『み雪ふる』の発想」『櫻井満著作集　第五巻　万葉びとの憧憬』所収、おうふう。初出一九六一年『萬葉』第四十号

四賀光子　一九四六年　『傳統と和歌』京都印書館

孫　久富　一九九六年　『日本上代の恋愛と中国古典』新典社

高木市之助　一九六八年　「鹿のとよみ」『雑草万葉』所収、中央公論社

辰巳和弘　一九九〇年　『高殿の古代学—豪族の居館と王権祭儀』白水社

辰巳正明　一九九三年　「万葉集と詩経」『万葉集と中国文学　第二』所収、笠間書院

鶴田光枝　一九七〇年　「和歌文学にあらわれた「鹿」—八代集を中心にして—」『国文目白』第九号所収、日本女子大学国語国文学会

寺山　宏　二〇〇二年　「しか（鹿）」『和漢古典動物考』八坂書房

中西　進　一九六三年「雄略御製の伝誦」『万葉集の比較文学的研究』桜楓社
並木宏衛　一九七三年「花妻考」『王朝文学史稿』第二号所収、國學院大学王朝文学史研究会
野本寛一　一九九五年「日本人の動物観の変遷―鹿をめぐる葛藤」『講座［文明と環境］八　動物と文明』所収、河合雅雄・埴原和郎編、朝倉書店
早川孝太郎　一九七九年『猪・鹿・狸』講談社
平林章仁　一九九二年『鹿と鳥の文化史―古代日本の儀礼と呪術―』白水社
広岡義隆　一九七二年「はるかなる鹿鳴―「音之亮左」攷―」『美夫君志』第十五号所収、美夫君志会
藤原茂樹　二〇〇三年「春は皮服を著て―北国のうた・まつり・芸能―」上野誠・大石泰夫編『万葉民俗学を学ぶ人のために』所収、世界思想社
古橋信孝　一九九八年「桓武天皇の遊猟」『平安京の都市生活と郊外』所収、吉川弘文館
堀　勝博　一九九九年「『秋芽子』考」『大阪産業大学論集　人文科学編』第九七号所収、大阪産業大学学会
松田　浩　一九九九年「鹿の古代伝承と水神と―日本武尊の鹿狩りをめぐって―」『三田國文』第三十号所収、三田國文の会
松山義雄　一九七七年『続・狩りの語部―伊那の山狭より―』法政大学出版局
山口仲美　二〇〇二年「鹿の声に思いを託す」『犬は「びよ」と鳴いていた』所収、光文社
山口　博　一九八二年「鹿鳴歌」『王朝歌壇の研究　桓武仁明光孝朝篇』桜楓社
横田健一　一九六九年『日本古代の精神―神々の発展と没落―』講談社
吉永　登　一九六六年「花つ妻なれや」『美夫君志』第九号所収、美夫君志会

吉村　誠　一九八一年「『万葉集』鹿鳴歌「今夜は鳴かずい寝にけらしも」の一解釈」『群馬県立女子大学国文学研究』創刊号所収、群馬県立女子大学文学部国語国文学研究室

〈付記1〉引用については、ことに断らない限り、『新編日本古典文学全集』小学館を用いた。ただし、私意により改めたところがある。

〈付記2〉いわゆる小倉山の鹿鳴歌（巻八・一五一一、巻九・一六六四）については、考察を加えることができなかったが、用例の趨勢を見、かつ本稿の考察の延長線上に解を求めるならば、雌を得られない鹿に対する天皇の慈愛の心を示した歌と見て大過ないものと今は考えている。

千葉の彩

鈴木武晴

◆一 実感的表記「黄葉」

万葉集の秋をもみちの歌が美しく彩っている（万葉集では秋の色付く木の葉を「もみち」という）。大津皇子の、

経《たて》もなく緯《ぬき》も定めず娘子《をとめ》らが織《お》る黄葉《もみちば》に霜《しも》な降《ふ》りそね　（巻八・一五一二）

という歌は、山の仙女たちが黄葉《もみちば》の錦を織るという神秘的で美しい幻想に彩られた絶唱である。

大坂《おほさか》を吾《わ》が越《こ》え来《く》れば二上《ふたかみ》に黄葉《もみちば》流るしぐれ降りつつ　（巻十・二一八五）
明日香川《あすかがは》黄葉《もみちば》流る葛城《かづらき》の山の木《こ》の葉は今し散《ち》るらし　（巻十・二二一〇）

前者は、風のまにまに空中を美しく舞いながら流れるもみち葉を歌い、後者は、もみち葉が水流に乗って流れゆく美を詠んでいる。後者は、古今和歌集の、

龍田川《たつたがは》もみぢ葉《ば》流る神奈備《かむなび》の三室《みむろ》の山に時雨《しぐれ》降るらし　（巻五・二八四）

の歌の形成に影響を与えたと考えられる。

巻十に収録の「山を詠む」と題する次の歌も読む者の心を彩る。

春は萌《も》え夏は緑《みどり》に紅《くれなゐ》の綵色《まだら》に見ゆる秋の山かも　（巻十・二一七七）

題詞の「山」は奈良の山であろうが、未詳。けれども、そのことによって「山」は一般化され普遍化される。歌は、春の木々の芽吹きの萌黄色から夏の訪れとともに木の葉の緑の色彩を深め、そして、木の葉の紅色がまだら模様に見える現在の秋の山を詠嘆している。これは、一首中に春、夏、秋の三季を詠みこむ独自な歌で、歌に詠みこまれていない冬の蕭条《しょうじょう》たる山の色も、春の前提として作者の脳裏には映し出されていたであろう(1)。

「紅」の色をもって、もみち・もみち葉を表わした例は、万葉集では他に「紅葉《もみち》」（巻十・二二〇一）、「赤葉《もみちば》」（巻十三・三二二三）があり「秋行けば紅《くれなゐ》にほふ」（巻十三・三二二七）の表現もある。しかし、大部分は、

「黄葉」の表記が用いられている。このことについては、漢詩文の表記「黄葉」の影響によるといわれている。が、単にそれだけではなかろう。色づいた秋の山は全体が黄色がかって見える。「紅」の木の葉はしだいに茶色化する。万葉びとの認識では、茶色も黄色の範疇《はんちゅう》に属していたと考えられる。すなわち、「黄葉」の表記は、山などのもみちの黄景の実体に即した万葉びとの実感的表記と判断できるのである。(2) それゆえ、万葉びとは漢詩文の「黄葉」の表記を受け入れることができたのである。

万葉集中、もみちを詠んだ最初の歌は、額田王の巻一・一六歌である。持統女帝、柿本人麻呂も、もみちの情趣を歌に生かしている（巻二・一五九、二〇八など）。また、もみちは、但馬皇女《たじまのひめみこ》と穂積皇子《ほづみのみこ》の悲恋を切なく染め（巻八・一五一三〜五）、橘奈良麻呂ら、思うどちの「集宴を結ぶ歌」（巻八・一五八一〜一五九一）では、友情を美しく彩っている。これらの歌は、もみちの用法を通しての研究の余地があるので、以下、順に考察してゆく。

二　千葉の彩と万葉の緑

もみちを詠んだ最初の歌である額田王の歌は次のとおり。

天皇《すめらみこと》、内大臣《うちのおほまへつきみ》藤原朝臣《ふぢはらのあそみ》に詔《みことのり》して、春山の万花《ばんくわ》の艶《にほひ》と秋山の千葉《せんえふ》の彩《いろ》とを競《きほ》ひ憐《あは》れびしめたまふ時に、額田王が歌をもちて判《ことわ》る歌

冬こもり　春さり来《く》れば　鳴《な》かずありし　鳥も来《き》鳴《な》きぬ　咲《さ》かずありし　花も咲けれど　山を茂《し》み　入《い》りても取《と》らず　草深《くさふか》み　取りても見ず　秋山《あきやま》の　木《こ》の葉を見ては　黄葉《もみち》をば　取りてぞ偲《しの》ふ　青きをば　置《お》きてぞ嘆《なげ》く　そこし恨《うら》めし　秋山吾《われ》は　（巻一・一六）

世に「春秋優劣歌」と呼ぶ歌であるが、「春山」の「万花」と「秋山」の「千葉」の趣を問題にしていることに留意する必要がある。

春山と秋山の双方の長所と短所とを挙げて判定を下した点はみごとである。判定には、犬養孝氏（『万葉の風土』）が説くように、手に取って賞美できるか否かという女性の普遍的な思いが基準となり、伊藤博氏（『萬葉集釋注』）が説くように、天智天皇の意向も考慮されていよう。すなわち、代弁する心が働いていよう。その心の働きと自己の感性がマッチした歌がこの歌なのである。

額田王の人生は秋と関わりが深く、万葉集には、当歌以外に次のような秋の名歌が収録されている。

秋の野のみ草《くさ》刈《か》り葺《ふ》き宿《やど》れりし宇治《うぢ》の宮処《みやこ》の仮廬《かりいほ》し思《おも》ほゆ　（巻一・七）

君待《ま》つと吾《あ》が恋《こ》ひ居《を》れば我《わ》が屋戸《やど》の簾《すだれ》動《うご》かし秋の風《ふ》吹く　（巻四・四八八）

ここで、一六番歌の前文の「千葉」という言葉に注視したい。なぜなら、この語は「万葉」という言葉と密接にかかわると考えられるからである。ただし、「千葉」は秋山のもみちを表わすのに対し、「万葉」は前文の「春山の万花」と照応しつつ、春山の青々と茂る木の葉の意を原義とすると考えられる。とすると、すぐさま想起される歌がある。それは、同じく巻一に収録されている「藤原の宮の御井《みゐ》の歌」と題する次のような長歌・短歌一組の歌である。

藤原の宮の御井の歌

やすみしし　我《わ》ご大君《おほきみ》　高照《たかて》らす　日《ひ》の御子《みこ》　荒栲《あらたへ》の　藤井《ふぢゐ》が原《はら》に　大御門《おほみかど》　始《はじ》めたまひて　埴安《はにやす》の　堤《つつみ》の上《うへ》に　あり立たし　見《め》したまへば　大和《やまと》の　青香具山《あをかぐやま》は　日《ひ》の経《たて》の　大《おほ》き御門《みかど》に　春山《はるやま》と　茂《し》みさび立てり　畝傍《うねび》の　この瑞山《みづやま》は　日の緯《よこ》の　大き御門《みかど》に　瑞山《みづやま》と　山さびいます　耳成《みみなし》の　青菅山《あをすがやま》は　背面《そとも》の　大《おほ》き御門《みかど》に　よろしなへ　神《かむ》さび立てり　名《な》ぐはし　吉野《よしの》の山は　影面《かげとも》の　大き御門《みかど》ゆ　雲居《くもゐ》にぞ　遠くありける　高知《たかし》るや　天《あめ》の御蔭《みかげ》　天知《あめし》るや　日《ひ》の御蔭《みかげ》の　水《みづ》こそば　とこしへにあらめ　御井《みゐ》のま清水《しみづ》　（巻一・五二）

短歌

藤原《ふぢはら》の大宮仕《おほみやつか》へ生《あ》れ付《つ》くやをとめがともは羨《とも》しきろかも　（五三）

右の歌は、作者未詳。

この歌は、藤原の宮の象徴としての御井の永遠性を予祝することを通して、藤原の宮の不変を寿《ことほ》ぐ歌である。注目すべきは、藤原の宮を守る天《あめ》の香具山・畝傍山・耳成山の草木の豊かな緑（歌中の「青」は緑をさす）を讃えていることである。就中《なかんずく》、藤原の宮の東に位置する天の香具山を第一等の山として押し立て、草木の葉の繁茂する春山と捉えていることは、きわめて重要である。本稿者は思う、万葉集の「万葉」の語は、この天の香具山の草木の寿性を反映する語ではないかと。その寿性ゆえに、「万葉」が万代（永遠）の意を持つと考えられるのである。

橘守部の『万葉集檜嬬手《ひのつまで》』以来言われているように、巻一の一番歌からこの「藤原の宮の御井の歌」の五十三番歌までと、五四から八三番歌までとは、歌の編纂方法が異なる。この事実に基づいて伊藤博氏は、一番歌から五三番歌までの前半部を持統上皇時代（六九七〜七〇二年）の古撰部、五四〜八三番歌までを元明上皇時代（七一五〜七二一年）の前半期の撰と定位し[3]、持統女帝の意思が色濃く反映されている古撰部を「持統万葉」と捉えている。妥当な見解と判断される。古撰部の最後を飾る「藤原の宮の御井の歌」のその短歌五三において、御井の霊泉に仕えるために生まれついた清浄な宮女たちを讃美することを通して藤原の宮の永遠性を讃美したのも、作者が持統女帝を意識して歌を織り成したことをうかがわせる。

かつて本稿者は、万葉集の名の付けられた時期について、「幾度にもわたって構築を重ね完成した『萬葉集』の編纂の最もはやい時期においてであると推測される」と述べたが[4]、この一〜五三番歌までの古撰部にすでに「万葉集」という名が付けられてあったと考えられる。五二番歌に見る大和の山々の草木の豊かな緑、なかんずく春山としての天の香具山のそれは、雄略天皇の一番歌の舞台である春の「丘」の緑と響き合っていると言える。それは古撰部の編者の意図するところであっただろう。その豊かな緑の寿性の響き合いを象徴して「万葉集」の名が付けられてあったと考えられるのである。

この古撰部の集のほぼ中央に位置し、持統天皇の代の最初に置かれているのが、とりもなおさず持統女帝その人の歌（二八番歌）で、しかも天の香具山を寿ぐ歌である。


春過《す》ぎて夏来《きた》るらし白栲《しろたへ》の衣《ころも》干《ほ》したり天《あめ》の香具山《かぐやま》　（巻一・二八）

表面上は白栲の衣を詠んでいるが、この白さをひき立たせているのは天の香具山の寿的緑の背景である。この二八番歌の存在も、本稿の上述の見解を保証するのである。

このような古撰部を母体として歌々が次々と生まれ、編纂・構築を重ねて二十巻となるのだが、古撰部に付けられてあった「万葉集」の名はそのまま各編纂段階の集を統一し、最終的に二十巻を統一する名となったものと考えられる。

先述したように、「万葉集」の「万葉」の語は、額田王の歌の題詞の秋山の「千葉」と、それを讃えた歌そのものを強く意識しつつ、題詞の「春山の万花」をも考慮して用いられた寿的言葉と考えられる。「秋山」に対して春山の天の香具山、もみちの「千葉」に対して、緑の木の葉の命きらめく「万葉」、数も「千」から「万」へと強調している。こうした点には持統女帝の額田王とその歌への秘かなる対抗意識が潜んでいるように思われる。してみると、万葉集という名は、持統女帝みずから付けたものと考えられる。

三　持統女帝と柿本人麻呂のもみち詠

持統女帝も、天武天皇の大后《おおきさき》鸕《う》野讃良皇女《ののさららのひめみこ》時代に、もみちの歌を詠んでいる。次の歌である。

天皇《すめらみこと》の崩《かむあが》りましし時に、大后《おほきさき》の作らす歌

やすみしし　我《わ》が大君《おほきみ》し　夕《ゆふ》されば　見《め》したまふらし　明《あ》け来《く》れば　問《と》ひたまふらし　神岳《かみをか》の　山の黄葉《もみち》を　今日《けふ》もかも　問ひたまはまし　明日《あす》もかも　見《め》したまはまし　その山を　振《ふ》り放《さ》け見つつ　夕《ゆふ》されば　あやに悲《かな》しみ　明け来れば　うらさび暮《く》らし　荒栲《あらたへ》の　衣《ころも》の袖《そで》は　乾《ふ》る時もなし
（巻二・一五九）

第四十代天武天皇が朱鳥《あかみとり》元年（六八六）の九月九日に崩御した。そのことを悲しんで詠んだ歌である。額田王が巻一・一六番歌で宮廷もみち讃歌を成したのに対して、鸕野皇女は日本文学史上最初に「黄葉《もみち》」を死者を悼む歌に、かけがえのない人との永遠の別れを悲しむ歌に用いたのである。この歌はむろん宮廷の儀礼の場で宮廷びとの前で歌われたであろう。柿本人麻呂はこの歌を聞いて心に深く刻みつけた。そのことは、当歌の「あやに悲しみ」を明日香《あすか》皇女挽歌の巻二・一九六番歌に襲用し、「うらさび暮らし」を「泣血哀慟歌《きゅうけつあいどうか》」の巻二・二一〇番歌に用いていることから知ることができる。「荒栲《あらたへ》の衣の袖は　乾る時もなし」の末尾三句の表現も、人麻呂の「石見相聞歌」の巻二・一三五番歌の末尾三

句「敷栲《しきたへ》の　衣《ころも》の袖は　通りて濡《ぬ》れぬ」に投影していると思われる。(5)

右の掲出歌を人麻呂が代作した可能性はないと断言できる。題詞には「大后の作らす歌」とあり、亡き最愛の夫天武への切なる思いを述べることなどは、まったく考えられない。

歌そのものも、女性の悲しみの心の呼吸が脈うっており、胸が切なくなる。鸕野皇女はすぐれた歌才をもつ女性であったのである。それゆえ、柿本人麻呂の歌作の才能を見抜き、人麻呂に歌をもって宮廷で活躍する場を与えたのである。上述のように人麻呂も鸕野皇女（持統女帝）の歌の影響を強く受けている。掲出歌一五九のかけがえのない人との別れの歌に美しくはかない「もみち」を用いて悲しみの抒情を深めるその方法を、石見妻と生き別れる「石見相聞歌」や妻との死別を悲しむ「泣血哀慟歌」に応用しているのである。その二つの大作を順に見てゆこう。

まず、「石見相聞歌」は、次のとおり（一三四と一三八〜九の異伝歌は略する）。

柿本朝臣人麻呂、石見国《いはみのくに》より妻に別《わか》れて上《のぼ》り来る時の歌二首幷せて短歌

石《いは》見《み》の海《うみ》　角《つの》の浦廻《うらみ》を　浦無《うらな》しと　人こそ見らめ　潟《かた》無しと一には「磯なし」といふ　人こそ見らめ　よしゑやし　浦は無くとも　よしゑやし　潟は一には「磯は」といふ無くとも　鯨魚取《いさなとり》　海辺《うみへ》を指《さ》して　和多津《にきたづ》の　荒磯《ありそ》の上《うへ》に　か青《あを》く生《お》ふる　玉藻沖《たまもおき》つ藻《も》　朝羽振《あさはふ》る　風こそ寄《よ》らめ　夕羽振《ゆふはふ》る　波《なみ》こそ来寄《きよ》れ　波《なみ》の共《むた》か寄りかく寄る　玉藻なす　寄り寝し妹《いも》を一には「はしきよし　妹が手本を」といふ　露霜《つゆしも》の　置きてし来れば　この道の八十《やそ》隈毎《くまごと》に　万《よろづ》たび　かへり見すれど　いや遠《とほ》に　里《さと》は放《さか》りぬ　いや高《たか》に　山も越《こ》え来《き》ぬ　夏草《なつくさ》の

思《おも》ひ萎《しな》えて　偲《しの》ふらむ　妹《いも》が門《かど》見む　靡《なび》けこの山　（巻二・一三一）

反歌二首

石見《いはみ》のや高角山《たかつのやま》の木の際《ま》より我《わ》が振《ふ》る袖を妹《いも》見つらむか　（一三二）

小竹《ささ》の葉《は》はみ山《やま》もさやに乱《さや》げども吾《われ》は妹思《いもおも》ふ別《わか》れ来《き》ぬれば　（一三三）

つのさはふ　石見《いはみ》の海《うみ》の　言《こと》さへく　唐《から》の崎《さき》なる　海石《いくり》にぞ　深海松《ふかみる》生《お》ふる　荒磯《ありそ》にぞ　玉藻《たまも》は生ふる　玉藻なす　靡《なび》き寝《ね》し子《こ》を　深海松《ふかみる》の　深めて思《おも》へど　さ寝《ね》し夜《よ》は　幾時《いくだ》もあらず　延《は》ふ蔦《つた》の別《わか》れし来《く》れば　肝向《きもむ》かふ　心《こころ》を痛《いた》み　思ひつつ　かへり見すれど　大船《おほぶね》の　渡《わたり》の山《やま》の　黄葉《もみちば》の　散りの乱《まが》ひに　妹《いも》が袖《そで》　さやにも見えず　妻隠《つまごも》る　屋上《やかみ》の山 一には「室上山」といふ の　雲間《くもま》より　渡《わた》らふ月《つき》の惜《を》しけども　隠《かく》らひ来《く》れば　天伝《あまづた》ふ　入日《いりひ》さしぬれ　大夫《ますらを》と　思へる吾《われ》も　敷栲《しきたへ》の　衣《ころも》の袖《そで》は　通《とほ》りて濡《ぬ》れぬ　（一三五）

反歌二首

青駒《あをこま》が足掻《あが》きを速《はや》み雲居《くもゐ》にぞ妹《いも》があたりを過《す》ぎて来《き》にける 一には「あたりは隠り来にける」といふ　（一三六）

秋山《あきやま》に落《お》つる黄葉《もみちば》しましくはな散《ち》り乱《まが》ひそ妹《いも》があたり見む 一には「散りな乱ひそ」といふ　（一三七）

第一歌群（一三一〜一三三）は、石見妻と別れきて、見納《みおさ》め山としての高角山で最後の別れを惜しみ、妻の映像を胸に刻んで、その山を都の側へと下る時に心に涌き上がる妻への一筋の思いを詠んでいる。

これに対して、第二歌群（一三五〜一三七）は、第十五、十六句の「延ふ蔦の　別れし来れば」までに第一歌群と類同する表現があるものの、「肝向かふ　心を痛み　思ひつつ　かへり見すれど　大船の　渡の山の　黄葉の　散りの乱ひに　妹が袖　さやにも見えず」の箇所は、別れを惜しんで妻が人麻呂に向かって振り続ける衣の袖がはっきりとは見えないが、かろうじて小さくかすかに見える状況をいう。[6] それは、第一歌群の一三一歌の「…万たび　かへり見すれど　いや遠に　里は放りぬ　いや高に　山も越え来ぬ」の時点と地点よりも妻に近く、行く道の最初の山である「渡の山」での描写である。よって、伊藤博氏の「求心的構図」論[7]は肯われる。第一歌群から第二歌群への求心性が、妻との別れの原点にたち帰り、残される妻の嘆きの声を浮き彫りにする次歌一四〇番歌を現出させたのである。

柿本朝臣人麻呂が妻依羅娘子《よさみのをとめ》、人麻呂と相別《あひわか》るる歌一首

な思《おも》ひと君は言へども逢《あ》はむ時何時《いつ》と知りてか吾《あ》が恋《こ》ひずあらむ　（巻二・一四〇）

題詞には妻依羅娘子の作とあるが、伊藤氏が説くように、実際は人麻呂が創作した歌と思われる。ちなみに、題詞の「人麻呂と相別るる」は、泣血哀慟歌の第一歌群と第二歌群を統括する題詞の「妻に別れて」に対応する。この歌は、第二歌群の第二反歌一三七番歌の「…な散り乱ひそ妹があたり見む」をうけて「な思ひと」と歌い起こし、第一歌群の長歌一三一の末尾五句「夏草の　思ひ萎えて　偲ふらむ　妹が門見む　靡けこの山」の短歌的部分を強く意識して、「妹が門」でのせつない別れの場面を描出し

たものと考えられる。(8)

第一歌群（一三一〜一三三）から第二歌群（一三五〜一三七）、そして一四〇番歌へという求心性は、妻を思う心の在り方と歌の聴き手（後宮の女性たちを中心とする）の要請が要因と考えられる。すなわち、体が遠ざかれば遠ざかるほど、逆に思いはまっすぐに愛しい妻に向かってゆくという心の在り方が、歌の聴き手の要請とあいまって、第二歌群の歌い継ぎ、さらには一四〇番歌の歌い継ぎをもたらし、全体を統一する求心的構図とその描写を導いたものと考えられるのである。(9)

このような石見相聞歌群の中央に位置する第二歌群の、一三五番歌で「大船の　渡の山の　黄葉の散りの乱ひに　妹が袖　さやにも見えず」と客観的に叙し、反歌一三七では秋山に散り落ちるもみじ葉に向かって、「ほんのしばらくでもいいから散り乱れないでおくれ、あの子のあたりを見ようものを」と願う。しだいに遠ざかりゆく妻と我との間に、美しく切なく、色づいた木の葉が舞い散る描写を効果的に成して、別れの切ない抒情を深めているのである。まさに映画の秋の別れのシーン（場面）のように。

鸕野皇女（持統天皇）の天武崩御挽歌一五九においても、黄葉《もみち》は再び逢うことのかなわぬ天武天皇と鸕野皇女の間を切なく美しく彩っている。人麻呂はこの用法を石見相聞歌に応用したのである。注意したいことは、一五九歌では、神岳の山を彩るもみちであり、もみちは舞い散ってはいないのに対して、人麻呂の石見相聞歌では、二人の間をもみちは切なく美しく散り乱れていることである。

人麻呂は、石見相聞歌の他に、妻の死を深く悲しむ泣血哀慟歌《きゅうけつあいどうか》にも、もみちを効果的に用いている。

柿本朝臣人麻呂、妻死にし《し》後《のち》に、泣血哀慟して作る歌二首并せて短歌

天飛《あまと》ぶや　軽《かる》の路《みち》は　吾妹子《わぎもこ》が　里《さと》にしあれば　ねもころに　見まく欲《ほ》しけど　やまず行《ゆ》かば　人《ひと》目《め》を多《おほ》み　数多《まね》く行《ゆ》かば　人知《ひとし》りぬべみ　さね葛《かづら》　後《のち》も逢《あ》はむと　大船《おほぶね》の　思《おも》ひ頼《たの》みて　玉《たま》かぎる　磐垣淵《いはかきふち》の　隠《こも》りのみ　恋《こ》ひつつあるに　渡《わた》る日《ひ》の　暮《く》れ行《ゆ》くが如《ごと》　照《て》る月《つき》の　雲隠《くもがく》る如　沖《おき》つ藻《も》の　靡《なび》きし妹《いも》は　黄葉《もみちば》の　過《す》ぎてい行《ゆ》くと　玉梓《たまづさ》の　使《つかひ》の言《い》へば　梓弓《あづさゆみ》　音《おと》に聞きて（一には「音のみ聞きて」といふ）　言はむすべ　為《せ》むすべ知らに　音《おと》のみを　聞きてあり得《え》ねば　吾《あ》が恋《こ》ふる　千重《ちへ》の一重《ひとへ》も　慰《なぐさ》もる　情《こころ》もありやと　吾妹子《わぎもこ》が　止《や》まず出《い》で見し　軽《かる》の市《いち》に　吾《わ》が立ち聞けば　玉《たま》たすき　畝傍《うねび》の山に　鳴く鳥の　声《こゑ》も聞《きこ》えず　玉桙《たまほこ》の　道行《みちゆ》く人も　一人《ひとり》だに　似《に》てし行《ゆ》かねば　すべをなみ　妹《いも》が名喚《なよ》びて　袖《そで》ぞ振《ふ》りつる（或本には「名のみを聞きてあり得ねば」といふ句あり）　（巻二・二〇七）

短歌二首

秋山《あきやま》の黄葉《もみち》を茂《しげ》み迷《まと》ひぬる妹《いも》を求《もと》めむ山道《やまぢ》知らずも（一には「路《みち》知らずして」といふ）　（二〇八）

黄葉《もみちば》の散《ち》り行《ゆ》くなへに玉梓《たまづさ》の使《つかひ》を見れば逢《あ》ひし日思《おも》ほゆ　（二〇九）

うつせみと　思ひし時《とき》に（一には「うつそみと思ひし」といふ）　取《と》り持《も》ちて　吾《わ》が二人《ふたり》見し　走出《はしりで》の　堤《つつみ》に立てる　槻《つき》の木の　こちごちの枝《え》の　春の葉の　茂《しげ》きが如《ごと》く　思《おも》へりし　妹《いも》にはあれど　頼《たの》めりし　子《こ》らにはあれど　世間《よのなか》を　背《そむ》きし得《え》ねば　かぎるひの　燃《も》ゆる荒野《あらの》に　白栲《しろたへ》の　天領巾隠《あまひれがく》り　鳥じもの　朝立《あさだ》ちいまして　入日《いりひ》なす　隠《かく》りにしかば　吾妹子《わぎもこ》が　形見《かたみ》に置《お》ける　みどり子《こ》の　乞《こ》ひ泣《な》くごとに　取《と》

り与《あた》ふる　物《もの》し無《な》ければ　男《をとこ》じもの　腋《わき》ばさみ持《も》ち　吾妹子《わぎもこ》と　二人《ふたり》吾《わ》が宿《ね》し　枕付《まくらづ》く　妻屋《つまや》の内《うち》に　昼《ひる》はも　うらさび暮《く》らし　夜《よる》はも　息《いき》づき明《あ》かし　嘆《なげ》けども　為《せ》むすべ知らに　恋《こ》ふれども　逢《あ》ふ因《よし》を無《な》み　大鳥《おほとり》の　羽《は》がひの山に　吾《あ》が恋ふる　妹《いも》はいますと　人《ひと》の言《い》へば　岩根《いはね》さくみて　なづみ来《こ》し　よけくもぞなき　うつせみと　思ひし妹《いも》が　玉《たま》かぎる　ほのかにだにも　見えなく思へば　（二一〇）

短歌二首

去年《こぞ》見てし秋の月夜《つくよ》は照らせども相見《あひ》し妹《いも》はいや年離《としさか》る　（二一一）

衾道《ふすまぢ》を引手《ひきて》の山に妹《いも》を置《お》きて山道《やまぢ》を行《ゆ》けば生《い》けりとも無《な》し　（二一二）

石見相聞歌では、もみちは第二歌群を切なくかなしく美しく彩っていたが、泣血哀慟歌では第一歌群の方を同様に彩っている。まず、長歌二〇七では、沖の藻のように私に寄り添い寝たあの子は「黄葉《もみちば》の過ぎてい行く」（もみじがはかなく散るようにはかなくこの世を過ぎていった）と厳然たる事実を客観的に玉梓《たまづき》の使が告げ知らせる。その「黄葉の」の枕詞は、この歌では歌の季節を規定する。また、用法の面からは、上の文脈の水（海）に関する枕詞「沖つ藻の」に対して、山に関する枕詞と捉えられる。事実、二〇八には「秋山の黄葉」とある。ここには、枕詞における山と水の照応が見てとれる。しかも、双方とも植物に関わる枕詞で、「沖つ藻の靡き」は水平（横）方向の動き、「黄葉の過ぎ」は垂直（縦）方向の動きに基づくという対応がある。(10)

第一歌群の短歌二首では、我と妻とをつなぐ山道を秋山の木々に色づく黄葉がなかば遮断し（二〇八）、黄葉がはかなく切なく散ってゆく折しも、他の男と女の心を結ぶ玉梓の使を見て、心は妻とのかつての逢会の日へと返ってゆく（二〇九）。この二〇九歌の「逢ひし日思ほゆ」をうけて歌い継いだのが第二歌群（二一〇〜二一二）である。(11)その冒頭部分には、第一歌群のはかなく散るもみじに対して、槻《つき》の木の枝の「春の葉」の生き生きとした命の葉の茂りを比喩として、妻への深い愛情を述べている。無常の世の定めに背《そむ》くことができずにこの世を後《あと》にした妻、その妻の形見の子を小脇に抱きかかえて、かつて妻と熱い時を過ごした妻屋のうちで嘆き、また、人が言うままに羽がいの山に妻を求めてやってきたものの、そのかいはなく、妻の姿はほのかにさえも見えない。この文脈をうけて短歌二一一は、妻屋から照る月を仰ぎ見ながら去年妻とともに仰ぎ見た場面へと思いを馳せ、自然の悠久性と妻の無常を照らし出している。また二一二歌では、長歌の終末部をうけて、引手の山（「羽がひの山」の異称）に妻を残し置いて山を下る時の、自分が生きているとは思えない心的状況を述べて、全体を歌い収めている。

この短歌二首は、第一歌群の短歌二首と密接にかかわり、二一一歌の「相見し妹はいや年離《さか》る」（この月を一緒に見た妻は、いよいよ年月とともに遠ざかってゆくの意）は、第一歌群の第二短歌の結句「逢ひし日思ほゆ」の求心的時間表現に対して、逆に遠心的に妻との時間的距離の広がってゆくことを嘆く。一方、二一二歌は第一歌群の第一短歌二〇八の「妹を求めむ山道知らずも」の求心的空間表現に対して、「妹を置きて山道を行けば生けりともなし」と、逆に遠心的に妻との空間的距離が広がってゆくのを嘆く。このように、短歌二〇八〜二〇九と二一一〜二一二の四首は、内側二〇九と二一一、外側二〇八と二一二とがそれぞれ対応する波紋型対応構成をとると考えられる。[12] 今、仮に短歌四首を抜き出し並べて、対応する語句・表現を傍線・波線・点線によって示せば、次のようになる。

秋山の黄葉《もみち》を茂《しげ》み迷ひぬる妹を求めむ山道知らずも　（巻二・二〇八）
黄葉の散り行くなへに玉梓《たまづさ》の使《つかひ》を見れば逢ひし日思ほゆ　（二〇九）
去年見てし秋の月夜は照らせども相見し妹はいや年離る　（二一一）
衾道《ふすまぢ》を引手の山に妹を置きて山道を行けば生けりとも無し　（二一二）

二〇八歌のもみちはまだ散らないもみち、対して二〇九歌のもみちは散りゆくもみち。内側二〇九歌と二一一歌は、もみちの散りゆく無常と秋の月の永遠性の対照と、「逢ひし日思ほゆ」の求心性と「相見し妹はいや年離《さか》る」の遠心性の対照。外側二〇八歌と二一二歌も、「迷《まと》ひぬる妹も求めむ山道《やまぢ》知らずも」の求心性と「引手の山に妹を置きて山道を行けば生けりとも無し」の遠心性の対照である。

四　穂積皇子と但馬皇女の悲恋のもみち

万葉集の巻二と巻八には、穂積皇子と但馬皇女の悲恋の歌が収められている。

但馬皇女《たぢまのひめみこ》、高市皇子《たけちのみこ》の宮《みや》に在《いま》す時に、穂積皇子《ほづみのみこ》を思《しの》ひて作らす歌一首

秋の田の穂向《ほむ》きの寄《よ》れる片寄《かたよ》りに君に寄りなな言痛《こちた》くありとも　（巻二・一一四）

穂積皇子に勅《みことのり》して、近江《あふみ》の志賀《しが》の山寺に遣《つか》はす時に、但馬皇女の作らす歌一首

後《おく》れ居《ゐ》て恋《こ》ひつつあらずは追《お》ひ及《し》かむ道の隈《くま》みに標結《しめゆ》へ吾が背《せ》　（一一五）

但馬皇女、高市皇子の宮に在《いま》す時に、竊《ひそ》かに穂積皇子に接《あ》ひ、事《こと》すでに形《あら》はれて作らす歌一首

人言《ひとごと》を繁《しげ》み言痛《こちた》み己《おの》が世《よ》にいまだ渡《わた》らぬ朝川《あさかは》渡る　（一一六）

穂積皇子の御歌二首

今朝《けさ》の朝明雁《あさけかり》が音《ね》聞きつ春日山《かすがやま》もみちにけらし吾《あ》が心痛《いた》し　（巻八・一五一三）

秋萩《あきはぎ》は咲《さ》くべくあるらし吾《わ》がやどの浅茅《あさぢ》が花の散《ち》りゆく見れば　（一五一四）

但馬皇女の御歌一首

言繁《ことしげ》き里《さと》に住《す》まずは今朝《けさ》鳴きし雁《かり》に副《たぐ》ひて行《ゆ》かましものを　（一五一五）

但馬皇女の薨《こう》ぜし後《のち》に、穂積皇子、冬の日に雪《ゆき》の降《ふ》るに、御墓《みはか》を遥望《えうばう》し悲傷《ひしやう》流涕《りうてい》して作らす歌一首

降《ふ》る雪はあはにな降りそ吉隠《よなばり》の猪養《ゐかひ》の岡《をか》の寒《さむ》くあらまくに　（巻二・二〇三）

右の七首は、但馬皇女の歌資料と穂積皇子の歌資料をもとにしていると思われる。詠出の時期を考慮しつつ歌を見てゆこう。

まず、巻二・一一四〜六の三首。題詞の叙述が歌物語性を増幅している。一一四歌の題詞は、その歌が但馬皇女（天武天皇の皇女。母は藤原鎌足の娘の氷上娘《ひかみのいらつめ》）が高市皇子（天武天皇の長子。この頃、太政大臣）の宮に妻の一人としている時に、若い穂積皇子（天武天皇の皇子。高市皇子より十余歳年下）を思って詠んだ歌であることを告げている。但馬皇女にとっては、初めて経験する本当の恋であっただろう。関係歌のない高市皇子の苦しい立場や心境をも想像させる。

一一四歌は、「秋の田の稲穂が実ってその向きが片方に寄っているその片寄りのように、ただひたむきにあの方に寄り添っていたい。どんなに世間の人の噂《うわさ》がうるさくあろうとも。」の意味。穂積皇子の名にちなみの稲の「穂」によそえて、押さえられない愛情を吐露した歌である。

時期的にこの一一四歌と一一五歌の間に歌われたのが、巻八の一五一三〜五の三首と考えられる。表面上は秋の季節語を詠み込む歌であるので、編者が巻八の「秋雑歌」の部に収録したものと思われる。

一一四歌の時点よりも秋は深まり、渡り鳥の雁の鳴く声が聞かれ、草木の葉が色づく時節となった。その頃に歌われたのが、一五一三〜五番歌で、穂積皇子の一五一三歌は、「今朝の明け方、雁の声を聞いた。この声にうながされるように、春日山も木の葉が色づいてきたようだ。それにつけても、私の心は人を思うて痛む。」の意味。「雁」には愛《いと》しい人の言葉を運ぶ「雁の使い」の意味をこめていよう。

「吾が心痛し」には、木の葉が美しく切なく黄や赤に染まってゆくように、しだいに高まる但馬皇女への思いが切なくにじむ。第二首一五一四は、「秋萩の花は今にも咲き出しそうだ。我が家の庭の浅茅の花（茅萱《ちがや》の花）が散ってゆくのを見ると。」の意味。「秋萩」はこの場合、木の葉の色づく頃に咲く遅咲きの秋萩をいうのであろう。現在もこのような萩を見ることができる。「秋萩は咲くべくあらし」は、前歌一五一三の下の句「春日山もみちにけらし吾が心痛し」をうけて、穂積皇子と但馬皇女の二人の今後への期待感をにじませていると思われる。一五一三〜四の二首は、この順序で静かに深く味わうべき歌と言える。

穂積皇子の二首は、但馬皇女に贈られたのであろうか。但馬は、穂積の第一首一五一三とかかわる一五一五歌を詠んでいる。その歌は、「人の噂のうるさいこんな里に住んでなんかいないで、いっそのこと、今朝鳴いた雁に寄り添って、どこか遠くへ行ってしまいたい。」の意味。初句に「言繁き」の表現を押し立てているように、但馬と穂積の二人への噂や中傷がいかにひどく、但馬がどんなにつらい思いをしたか。但馬の歌には「言痛《こちた》し」「言繁《ことしげ》し」の表現が目立つ（他に一一四、一一六歌）。「今朝鳴きし雁」は穂積の一五一三歌の「今朝の朝明雁が音聞きつ」と深くかかわる。穂積の歌と同様、「雁」には愛しい人の愛の言葉を運び来る「雁使」の意をこめていよう。そうとすると、その雁に寄り添ってどこか遠くへ行ってしまいたいという歌の思いは、世間のうわさや中傷を逃れ、穂積皇子と寄り添って、二人だけの愛の時空間を強く希求する思いと言うことができる。

但馬皇女の一五一五歌は、一一四歌の「言痛《こちた》く」と類同する「言繁《ことしげ》き」を用い、また、一一六歌の「後《おく》れ居て恋ひつつあらずは追ひしかむ……」の語法を用いて「言繁き里に住まずは……行かましものを」と詠んでいることから、巻二の一一四歌と一一五歌の間に詠まれた歌であると考えられる。仮に、この但馬の一五一五歌を巻二の一一四〜六歌の中に移してみると、起（一一四）・承（一五一五）・転（一一五）・結（一一六）の四首の物語的組歌となる。(13)

但馬と穂積の愛の深まる状況を察知した持統女帝は、高市皇子の体面を保ち、穂積皇子の立場をつくろうために、穂積皇子を一時、近江の志賀の山寺崇福寺《すうふくじ》に遣わし、閉居させ、但馬皇女から引き離す処置をとった。その時の但馬が詠んだ歌が一一五歌である。それは、「あとに一人とり残されて恋い焦がれてなんかいないで、いっそのこと追いすがってまいります。道の曲り角ごとにしるしの標《しめ》を結んで神にお祈りをして下さい、あなた。」の意。引き離せばかえって二人の恋の火は熱く燃え盛る。そして、但馬は穂積とひそかに逢い、二人は禁忌を破って密通してしまうのである。その時の但馬の歌が一一六歌である。その歌は、「世間の人の噂や中傷が激しくうるさくて仕方がないので、それに抗して私は生まれてこのかた渡ったこともない、身を切るように冷たい朝の川を渡ってまいります。」の意味。密通後も穂積皇子との愛をまっとうする強い決意を述べている。

この後、二人がどのような歩みをとったのか、空白である。けれども、穂積皇子が但馬皇女の死を悼んで詠んだ二〇三番歌からは、但馬の決意とはうらはらに、二人の愛は社会的に認められず、愛をまっとうすることはできなかったことが想われる。その二〇三番歌は、題詞に、但馬皇女が薨《こう》じた後に、穂積皇子が冬の日、折しも雪の降る時に、但馬皇女の眠る墓所を遥かに望み見て、悲傷し涙を流して作った歌とある。この「涙」が一一六歌のあとのことをすべて物語っているように思われる。歌は、「降る雪よ、多くは降らないでおくれ。皇女の眠る、吉隠《よなばり》の猪養の岡が寒いであろうから。」の意味。「吉隠の猪養の岡」は奈良県桜井市初瀬の東方の地。その岡を、但馬皇女と見て詠んだ当歌は、深くあたたかな思いやりの結晶であり、万葉集の絶唱である。

五 「集宴を結ぶ歌」のもみち

万葉集の巻八には、天平十年（七三八）十月十七日に、橘奈良麻呂《たちばなのならまろ》が集宴を催した時の歌十一首が収録されている。それは、十一首すべての歌がもみちを詠む次のような歌群である。

橘朝臣奈良麻呂《たちばなのあそみならまろ》、集宴《しゆうえん》を結《むす》ぶ歌十一首

手折《たを》らずて散《ち》りなば惜《を》しと我《あ》が思《も》ひし秋の黄葉《もみち》をかざしつるかも　（一五八一）

めづらしき人に見せむと黄葉《もみちば》を手折りぞ我《あ》が来し雨の降《ふ》らくに　（一五八二）

右の二首は、橘朝臣奈良麻呂。

黄葉《もみちば》を散《ち》らすしぐれに濡《ぬ》れて来て君《きみ》が黄葉《もみち》をかざしつるかも　（一五八三）

右の一首は、久米女王《くめのおほきみ》。

めづらしと吾《あ》が思《おも》ふ君は秋山《あきやま》の初黄葉《はつもみちば》に似《に》てこそありけれ　（一五八四）

右の一首は、長忌寸《ながのいみき》が娘《むすめ》。

奈良山《ならやま》の峯《みね》の黄葉《もみちば》取《と》れば散るしぐれの雨し間無《まな》く降るらし　（一五八五）

右の一首は、内舎人《うどねり》県犬養宿禰吉男《あがたのいぬかひのすくねよしを》。

黄葉《もみちば》を散らまく惜《を》しみ手折《たを》り来て今夜《こよひ》かざしつ何《なに》をか思《おも》はむ　（一五八六）

右の一首は、県犬養宿禰持男《もちを》。

あしひきの山《やま》の黄葉《もみちば》今夜《こよひ》もか浮《う》かび去《ゆ》くらむ山川《やまがは》の瀬《せ》に　（一五八七）

右の一首は、大伴宿禰書持《おほとものすくねふみもち》。

奈良山《ならやま》をにほはす黄葉《もみち》手折《たを》り来て今夜《こよひ》かざしつ散らば散るとも　（一五八八）

右の一首は、三手代人名《みてしろのひとな》。

露霜《つゆしも》に逢《あ》へる黄葉《もみち》を手折《てを》り来て妹《いも》とかざしつ後《のち》は散るとも　（一五八九）

右の一首は、秦許遍麻呂《はだのこへまろ》。

十月《かむなづき》しぐれに逢《あ》へる黄葉《もみちば》の吹《ふ》かば散りなむ風のまにまに　（一五九〇）

右の一首は、大伴宿禰池主《いけぬし》。

黄葉《もみちば》の過《す》ぎまく惜《を》しみ思《おも》ふどち遊《あそ》ぶ今夜《こよひ》は明《あ》けずもあらぬか　（一五九一）

右の一首は、内舎人《うどねり》大伴宿禰家持《やかもち》。

以前《さき》は、冬十月の十七日に、右大臣　橘　卿《たちばなのまへつきみ》の旧宅に集《つど》ひて宴飲《えんいん》す。

題詞の「集宴」は「交遊集宴」（巻十七・三九一四歌左注）の意。年二十歳前後の「思ふどち」（思い合う同士）

の集宴である。「集宴を結ぶ」の表現には、この集宴によって友情の絆を深く結ぶの意もこめられていよう。宴の出席者は、詠歌の順に、橘奈良麻呂、久米女王、長忌寸が娘、内舎人県犬養宿禰吉男、県犬養宿禰持男の五名が橘氏関係者で[14]、大伴宿禰書持、三手代人名、秦許遍麻呂、大伴宿禰池主、内舎人大伴宿禰家持の五名が大伴氏関係者であると推定される[15]。そして、この順に車座に座していたものと考えられる（『釋注』）。県犬養宿禰吉男と持男は兄弟と覚しく、席順から大伴氏とも親和的な関係にあったと察せられる。大伴氏関係の席順は、大伴書持と大伴池主・家持の大伴氏の三名が他氏の二名の関係者を中に据える図である。

十一首の歌群は四首と七首とから成ると考えられる。まず、宴の主人橘奈良麻呂と、主賓久米女王とその友のような親和的存在と覚しき長忌寸の娘の挨拶の四首の歌が交わされて、しばしの間を置き、その後、橘氏関係の客である県犬養氏の二人が歌い、それに大伴氏関係の五人の歌が続く。以下、具体的に見て行こう。

まず、主人橘奈良麻呂の二首。その一五八一歌は、「手折らずに散ってしまったならば惜しいと私が思っていた秋のもみち、このもみちを挿頭《かざし》にすることができました。」の意味。念願のもみじの宴の開催を喜ぶ歌である。第二首一五八二は、「お珍しい方にお見せしようと、もみち葉をこうして手折って来ました。雨が降っているのも気にせずに。」と、客をもてなすもみちの趣向を楽しげに述べている。

次いで主賓の久米女王は一五八三番歌を詠み、「もみち葉を散らすしぐれの雨に濡れながらやって来たかいあって、あなたが手折って下さった美しいもみちを挿頭にすることができました。」と、宴に招かれた喜びを述べている。奈良麻呂の一五八一歌の「秋の黄葉をかざしつるかも」に「君が黄葉をかざしつるかも」と真っすぐに応じた歌である。

これに次ぐ長忌寸の娘の一五八四歌は、「心からお慕い申しあげているあなた様は、秋山の色づき初《そ》めた初々しいもみちに、ほんとうによく似ていらっしゃいます。」と、「初黄葉」によそえて若い奈良麻呂を讃えた。「めづらしと吾が思ふ君」は、奈良麻呂の第二首一五八二の「めづらしき人」に応じた表現。下三句の「秋山の初黄葉に似てこそありけれ」は、久米女王歌の「君が黄葉」を強く意識して、奈良麻呂を讃美した個性きらめく表現である。

以上の四首は、語句・表現の面から基本的に一五八一と一五八三、一五八二と一五八四が対応する流下型対応の歌のやりとりということができる。

主人と、主賓及びその関係者の挨拶歌のあと、しばらくの間《ま》を置いて、橘氏関係の内舎人県犬養宿禰吉男が歌を詠んだ。その歌は、「奈良山の峯から取ってきたもみち葉は、しぐれの雨に濡れていて、手に取ればはらはらと散ります。山では今もしぐれの雨が絶え間なく降っているようです。」の意。前歌一五八四の「秋山」を「奈良山」と具体化させ、一五八二の「雨の降らくに」、一五八三の「黄葉を散らすしぐれ」をうけ、宅の内に居て外（奈良山の景）に思いを及ぼす歌となっている。これは、一五八一〜四の四首がいずれも、外から内への意識にそって詠まれているので、それを意識して、逆に内から外へと意識を向けたためと考えられる。つづく県犬養宿禰持男は一五八六歌を詠み、「もみち葉が散るのを惜しんで、手折って来て、今夜挿頭《かざし》にしました。今は何を思いましょうや。これほどうれしいことはありません。」と述べている。この歌は、直前の一五八五の上三句を「黄葉の散らまく」とうけるとともに、第四句まで、一五八一～四歌の語句・表現をうけて、第五句の「何をか思はむ」の心情を押し出している。前歌一五八五は宅の内に居て外に思いを及ぼす歌であるのに対し、この一五八六歌は、外から内への意識の流れにそって、「今夜かざしつ」と内を讃える歌となっている。

続く大伴書持の一五八七歌は、「あしひきの山のもみち葉は、今夜もまた、はらはらと散っては浮かんで流れていることであろう。山あいの川の瀬に。」の意。一五八五歌の下二句「しぐれの雨し間なく降るらし」に応じ、しぐれの雨によって散るもみじが「川の瀬」に浮かび流れゆく美しい光景（自然の風物が一如となる美景）に思いを馳せている。一五八五歌と同様、内に居て外に思いを及ぼす歌である。集中この歌のみの「浮かび去《ゆ》くらむ山川の瀬に」（類似の表現には、上掲巻十・二二一〇の「明日香川黄葉《もみちば》流る」がある）には、柿本人麻呂歌集所出で人麻呂の作と推定される「あしひきの山川の瀬の鳴るなへに弓月《ゆつき》が岳《たけ》に雲立ち渡る」（巻七・一〇八八）の傍線部の表現や人間の手の及ばない自然の神秘的動きに感動する自然観の影響が看取される。(16)

次の一五八八歌の作者三手代人名《みてしろのひとな》の「人名」という名は、類似の「珠名《たまな》」（巻九・一七三八）と同様、女性の名と推断される。橘氏関係者に久米女王と長忌寸の娘の二人の女性がいたように、大伴氏関係者の中にも女性がいて不思議ではない。むしろ自然である。歌は、「奈良山を美しい色に染めているもみち、そのもみちを手折って来て、今夜挿頭《かざし》にすることができました。あとは散るなら散ってもかまいません」の意味。「奈良山をにほはす黄葉」は、書持の流れゆくもみちを意識しつつ、散る寸前の極限的美しさを表わす。第三句以下は一五八六歌の第三句四句の「手折り来て今夜かざしつ」をそのまま受け、第五句の「何をか思はむ」には「散らば散るとも」と応じている。そして、一五八六歌と同様、外から内への意識の流れにそって内を讃えている。

　以上の一五八五～一五八八の四首は、語句・表現、歌の発想の面から、一五八五と一五八七、一五八六と一五八八とがそれぞれ対応する流下型対応の四首と言える。(17) このように、一五八五～八の四首が流下型対応をとるのは、先述したように、一五八一～四の四首が基本的に流下型対応をとることが、詠者の意識に作用したためと考えられる。

　つづく一五八九歌は秦許遍麻呂《はだのこへまろ》の歌。その第四句の原文「妹挿頭都」は、通説では「いもはかざしつ」と助詞「は」を訓《よ》み添えている。しかし、巻八では、原文に助詞「は」にあたる文字を書き記すのが通例である。その事実に基づけば、ここは、巻八の一六六二歌第五句の原文「妹尓相曽」を助詞「と」を訓み添えて「いもにあはむとぞ」と訓《よ》んでいるように、助詞「と」を訓み添えて、「妹《いも》とかざしつ」と訓むべきである。(18) 万葉集中には、「君と手折りかざさむ」（巻十七・三九六六）の例もある。

　「妹とかざしつ」の試訓によって、一五八九歌の意を通すと、「露に出逢って美しく染められたもみち、そのもみちを手折って来て、愛しい人と挿頭《かざし》にしました。あとは散ってもかまいません。」となる。上二句の「露霜に逢へる黄葉」は、一五八八歌の「奈良山をにほはす黄葉」をうけて、「にほはす」の要因の一つである「露霜」を取り上げ、それに染められるもみちに男女の恋情をにおわせる。下三句の「手折り来て妹とかざしつ後は散るとも」も、一五八八の下三句「手折り来て今夜かざしつ散らば散るとも」に直接応じている。一首の歌そのものも、一五八八と同じく外から内へという意識の流れにそって内を讃える歌となっている。こうしてみると、第四句の「妹」は直接的には先刻、女性であると推断した三手代人名をさすと考えられる。女性の三手代人名と男性の秦許遍麻呂はおそらく恋人どうしのような関係で、人名の歌への許遍麻呂の呼応の歌は座興めいて、他の出席者にはほほえましく思われたであろう。

続いて大伴宿禰池主が一五九〇番歌を詠んだ。それは、「十月のしぐれに出逢って美しく染められたもみち葉、そのもみち葉は、風が吹いたら散ってしまうことでしょう。風の吹くままに。」の意味で、書持の一五八七歌と同様、内に居て外に思いを及ぼした歌である。上三句は一五八九歌の上二句をうけ、下二句の「吹かば散りなむ風のまにまに」は、「浮かび去《ゆ》くらむ山川の瀬に」に応じている。(19) すなわち、一五八七のもみちが川に浮かび流れ行く美的光景に対し、もみちが風に舞い散る空中の美的光景を想い見て詠んだ歌である。

こうしてみると、大伴氏関係者の一五八七〜一五九〇歌の四首は、内側の一五八八と一五八九、外側の一五八七と一五九〇がそれぞれ対応する波紋型対応構成となっていると言える。一五八七と一五八八の二首は、先述したように、一五八五と一五八六の二首に対して、一五八七が一五八五に、そして一五八八が一五八六にそれぞれ対応する流下型対応構成となっている。一五八七と一五八八はその前の二首と、その後の二首に二重に機能しているのである。

大伴池主の歌は上述のように内に居て外に思いを及ぼす歌である。それゆえ、一座の意識を外から内へもどす必要がある。そこで続けて歌われたのが、大伴家持の一五九一歌である。それは、「もみち葉の散り過ぐのを惜しんで、互いに思い合い、気の合う者同士が遊ぶ今夜は、このまま明けずにいてくれないものでしょうか。」の意。主人と主賓関係の一五八一〜四の最初の一五八一、その他の客人の最初の一五八五と一五八六の歌の表現を特に意識しつつ、全体の歌の表現の流れをも考慮して歌い収めている。歌に「もみち葉の過ぎまく惜しみ」と「過ぐ」を用いたのは、大伴書持と池主の歌に詠まれた、もみち葉が時に身をゆだねて自然に移ろってゆくことを意識したことを物語っていよう。家持歌の光彩としての「思ふどち」、その「思ふ」は、宴冒頭の橘奈良麻呂歌一五八一の、もみちへの思いを表わす「我が思ひし」の「思ふ」を、一座の人々が相互に思い合う意に意味転換させた語と捉えることができよう。

今夜の明けてゆかないことを願うことを通して思うどちが会ってもみちの風流に遊ぶ今夜の楽しさを述べるこの歌で、宴の出席者すべての挨拶の歌が終わる。この後、思うどちの楽しい時間は深まっていったであろう。

見てきたように、二十歳前後の若い人たちが集い、風流の歌を詠み楽しく遊ぶという営みが、日本の文学と文化を築いてゆく原動力となったのである。こうした原点に立ち帰り、また現在にフィードバックして、日本の文学と文化の在り方について考えてゆく必要があると思われる。

（二〇〇八〈平成二十〉年十一月三日）

注1　鈴木武晴『テーマ別万葉集』（おうふう・二〇〇一年二月）二六二ページ脚注
2　同右、五五ページ脚注
3　伊藤博『萬葉集釋注』一（集英社・一九九五年十一月）一六九〜一七〇ページ
4　久保田淳編『日本文学史』（おうふう・一九九七年五月）三七ページ
5　注1掲出書、三七〇ページ脚注
6　同右、一二五ページ脚注
7　伊藤博『萬葉集の歌人と作品　上』第五章第四節「石見相聞歌の構造と形成」（塙書房、一九七五年四月）
8　注1掲出書、一二六ページ脚注
9　同右、一二四〜五ページ脚注
10　同右、三七一ページ脚注
11　渡辺護「泣血哀慟歌二首」（萬葉第七七号・一九七一年九月）。後に『万葉挽歌の世界』（世界思想社・一九九三年十月）に所収。
12　注1掲出書、三七三〜四ページ脚注
13　同右、一二二〜三ページ脚注
14　橘奈良麻呂の父諸兄の母（奈良麻呂の祖母）は県犬養宿禰三千代。
15　注1掲出書、二三二ページ脚注
16　同右、二三二ページ脚注
17　伊藤博『萬葉集釋注　四』（集英社・一九九六年八月）六六一ページ
18　注1掲出書、二三三ページ脚注

19　小野寛「橘奈良麻呂結集宴歌十一首」（『万葉集を学ぶ』第五集所収・有斐閣・一九七八年六月）一一三ページ

＊『万葉集』の原文の訓《よ》みに基づく漢字仮名交じりの書き下し本文は、『萬葉集釋注』を参照した。が、原文の表記をそのまま生かした箇所も多い。

萬葉後期の狩りの歌
——家持の「詠㆓白大鷹㆒歌」をめぐって——

西　一夫

一　はじめに—古代の狩り—

『萬葉集』には狩猟を詠み込んだ作品が存する。その最も早い作品は天皇が主催する狩りを詠んだ次の長反歌であろう。

　天皇、宇智《うち》の野に遊狩《みかり》する時に、中皇命《なかつすめらみこと》、間人連老《はしひとのむらじおゆ》献《たてまつ》らしむる歌

やすみしし　我《わ》が大君《おほきみ》の　朝《あした》には　取《と》り撫《な》でたまひ　夕《ゆうへ》には　い寄り立たしし　みとらしの　梓《あづさ》の
弓の　中弭《なかはず》の　音すなり　朝狩《あさがり》に　今立たすらし　夕狩《ゆふがり》に　今立たすらし　みとらしの　梓の弓の
音すなり　（巻一・三）

　反歌

たまきはる宇智の大野《おほの》に馬並《な》めて朝踏《あさふ》ますらむその草深野《くさぶかの》　（四）

この二首について内田賢徳氏は従来の解釈を「狩りの豊かならんことを期した祝福の歌[1]」と整理し、さらに祝福には二つの傾向があることを、次のように述べている。

その祝福ということの内実の説明は一様でない。大別してそこには二つの傾向がみられる。一つは、この二首に主として呪術的契機を見ようとするものである。即ち、狩りの様子や猟場を讃めることが現実の豊猟をもたらすという、いわゆる予祝の約束を歌の中に捉える。もう一つは、これらの中に、或る意志の自由を主張する立場である。呪術的な約束に拘束されない個人の自由な祝福の意志を見ようとするのである。一般に、それを抒情という概念に捉える。

呪術的な要素を認めることから狩猟の豊かであることを約束すると捉えうる立場と、より自由な個人の祝福を認めようとする立場である。そうした歌に込められたある意志がいずれも豊かな狩猟であることを求めている点は共通しているのであろう。

このような狩りの歌において、狩猟行為の一端（「鳥狩り」「御狩り」「朝狩り―夕狩り」など）が詠み込まれることはあるものの、それらは大きく二つの傾向を示している。その一つは儀礼性を帯びた狩猟の描写である。

軽皇子《かるのみこ》、安騎《あき》の野に宿《やど》らせる時に、柿本朝臣人麻呂が作る歌（短歌第四首）

日並《ひなみし》の皇子《みこ》の尊《みこと》の馬並《な》めて御狩《みか》り立たしし時は来向《きむ》かふ　（巻一・四九）

山部宿禰赤人が作る歌二首并せて短歌（第二長反歌）

やすみしし　わご大君《おほきみ》は　み吉野《よしの》の　秋津《あきづ》の小野《をの》の　野の上《うへ》には　跡見《とみ》据《す》ゑ置きて　み山には　射《い》目《め》立て渡し　朝狩《あさがり》に　鹿猪《しし》踏《ふ》み起こし　夕狩《ゆふがり》に　鳥踏み立て　馬並《うまな》めて　み狩りぞ立たす　春の茂《しげ》野《の》に　（巻六・九二六、吉野讃歌）

反歌一首

あしひきの山にも野にも御狩人《みかりびと》さつ矢《や》手挟《たばさ》み騒《さわ》きてあり見ゆ　（巻六・九二七）

前者の人麻呂の短歌は、実際の狩猟場面における作品となり、狩猟の主宰者である軽皇子の父文武天皇をも重ね合わせた表現として詠まれている。後者の山部赤人の吉野讃歌は「朝―夕」の対句を受けて狩猟の盛んであることを表現している。

もう一つは恋情を込める表現である。

A垣越《かきご》しに犬喚《よ》び越して鳥狩《とが》りする君　青山の葉茂き山辺に馬休め君　（巻七・一二八九、旋頭歌）

B春日野の藤は散りにて何をかも御狩《みか》りの人の折りてかざさむ　（巻十・一九七四、詠レ花）

C御狩《みか》りする雁羽《かりは》の小野の櫟柴《ならしば》のなれはまさらず恋こそまされ　（巻十二・三〇四八、寄物陳思）

D梓弓末のはら野に鳥狩《とが》りする君が弓弦《ゆづる》の絶えむと思へや　（巻十一・二六三八、寄物陳思）

E都武賀野《つむがの》に鈴が音《おと》聞こゆ可牟思太《かむしだ》の殿《との》のなかちし鳥狩《とが》りすらしも　（巻十四・三四三八、東歌・雑歌）

F後《おく》れ居て恋ひば苦しも朝狩《あさか》りの君が弓にもならましものを　（巻十四・三五六八、東歌・問答）

Aの旋頭歌では鳥狩りする男性に対して馬を休めるようにと誘惑するかのごとく詠みかける女性の歌であり、Cは恋情のいや増しに増すことを狩り場の「楢柴」を詠み込んで表現している。さらにFの問答では「置きて行かば妹《いも》はま愛《かな》し持ちて行く梓の弓の弓束《ゆづか》にもがも」（巻十四・三五六七、東歌）の問いに対して素直に応じようとする女性の心情が表現されている。いずれも狩猟やそれに伴う猟具などを用いて恋情を表現していると捉えられる。つまり、狩猟に関わる表現が詠まれていながらも、それらは歌の主題にはなり得ていないと理解できる。

このような『萬葉集』の狩りの歌の中で、大伴家持は狩猟で用いられる「鷹」と「鵜（鸕・水鳥）」を作品の主題として取り上げている。これらの作品は家持が越中国守として過ごした時期に集中しているのである。そうした作品の中から、主に秋から冬にかけてが猟期となる鷹狩りに関係する家持の作品を取り上げながら、越中国守時代の家持の狩りの歌を考えてみたい。

二　大伴家持の狩りの歌

放逸《はういつ》せる鷹を思ひ、夢《いめ》に見て感悦《かんえつ》して作る歌一首并せて短歌

a大君《おほきみ》の　遠《とほ》の朝廷《みかど》ぞ　み雪降る　越《こし》と名に負《お》へる　天離《あまざか》る　鄙《ひな》にしあれば　山高《やまだか》み　川とほしろし

野を広み 草こそ繁《しげ》き 鮎走《あゆはし》る 夏の盛りと 島つ鳥 鵜養《うかひ》が伴《とも》は 行《ゆ》く川の 清き瀬ごとに 篝《かがり》さし なづさひ上《のぼ》る 露霜《つゆしも》の 秋に至れば 野もさはに 鳥すだけりと ますらをの 伴誘《ともいざな》ひて 鷹《たか》はしも あまたあれども 矢形尾《やかたを》の 我《あ》が大黒《おほぐろ》に大黒といふは蒼鷹の名なり 白塗《しらぬり》の 鈴取り付けて 朝狩《あさがり》に 五《い》百《ほ》つ鳥立て 夕狩《ゆふがり》に 千鳥《ちとり》踏《ふ》み立て 追ふごとに 許すことなく 手放《たばな》ちも をちもかやすき これをおきて またはありがたし さ馴《なら》へる 鷹《たか》はなけむと 心には 思《おも》ひ誇《ほこ》りて 笑《ゑ》まひつつ 渡る間《あひだ》に 狂《たぶ》れたる 醜《しこ》つ翁《おきな》の 言《こと》だにも 我《われ》には告《つ》げず との曇《ぐも》り 雨の降る日を 鳥狩《とが》りすと 名のみを告《の》りて 三島野《みしまの》を そがひに見つつ 二上《ふたがみ》の 山飛び越えて 雲隠《くもがく》り 翔《かけ》り去《い》にきと 帰り来《き》て しはぶれ告《つ》ぐれ 招《を》くよしの そこになければ 言ふすべの たどきを知らに 心には 火さへ燃えつつ 思ひ恋《こ》ひ 息づき余《あま》り けだしくも 逢《あ》ふことありやと あしひきの をてもこのもに 鳥網《となみ》張り 守部《もりへ》を据《す》ゑて ちはやぶる 神《かみ》の社《やしろ》に 照る鏡 倭文《しつ》に取り添《そ》へ 乞《こ》ひ禱《の》みて 我《あ》が待つ時に 娘子《をとめ》らが 夢《いめ》に告《つ》ぐらく 汝《な》が恋《こ》ふる その秀《ほ》つ鷹は 松田江《まつだえ》の 浜行《ゆ》き暮らし つなし捕《と》る 氷見《ひみ》の江《え》過ぎて 多祜《たこ》の島 飛びたもとほり 葦鴨《あしがも》の すだく旧江《ふるえ》に 一昨日《をとつひ》も 昨日《きのふ》もありつ 近くあらば 今二日《いまふつか》だみ 遠《とほ》くあらば 七日《なぬか》のをちは 過ぎめやも 来《き》なむ我《わ》が背《せ》子《こ》 ねもころに な恋《こ》ひそよとぞ いまに告《つ》げつる （巻十七・四〇一一）

矢形尾《やかたを》の鷹《たか》を手に据《す》ゑ三島野《みしまの》に狩《か》らぬ日まねく月ぞ経《へ》にける （四〇一二）

二上《ふたがみ》のをてもこのもに網《あみ》さして我《あ》が待つ鷹を夢《いめ》に告《つ》げつも （四〇一三）

松反《まつがへ》りしひにてあれかもさ山田《やまだ》の翁《をぢ》がその日に求めあはずけむ （四〇一四）

心には緩《ゆる》ふことなく須加《すか》の山すかなくのみや恋《こ》ひ渡りなむ　（四〇一五）

右、射水郡《いみづのこほり》の旧江村《ふるえのむら》にして蒼鷹《おほたか》を取獲《と》る。形容美麗《かたちうるは》しくして、雉《きぎし》を鷙《と》ること群に秀《すぐ》れたり。ここに、養吏山田史君麻呂《やまだのふびときみまろ》、調試節《てうしせつ》を失《うしな》ひ、野猟候《やれふこう》を乖《そむ》く。摶風《はくふう》の翹《つばさ》は、高く翔《かけ》りて雲に匿《かく》り、腐鼠《ふそ》の餌《ゑ》も、呼び留《とど》むるに験靡《しるしな》し。ここに、羅網《らまう》を張り設《まう》けて、非常《ひじやう》を窺《うかか》ひ、神祇《じんぎ》に幣奉《ぬきまつ》りて、不虞《ふぐ》を恃《たの》む。ここに夢《いめ》の裏《うち》に娘子《をとめ》あり。喩《をし》へて曰《いは》く、「使君《しくん》、勿《まな》、苦念を作《な》して、空《むな》しく精神を費《つひ》やすこと。放逸《はういつ》せる彼《そ》の鷹は獲り得むこと、幾《いく》だもあらじ」といふ。須臾《しゆゆ》にして覚《おどろ》き寤《さ》め、懐《こころ》に悦《よろこ》びあり。因《よ》りて恨みを却《す》つる歌を作り、式《もち》て感信を旌《あらは》す。守大伴宿禰家持　九月二十六日に作る。

八日に、白き大鷹を詠む歌一首并せて短歌

bあしひきの　山坂越えて　行《ゆ》き変《か》はる　年の緒《を》長く　しなざかる　越《こし》にし住めば　大君《おほきみ》の　敷きます国は　都をも　ここも同《おや》じと　心には　思《おも》ふものから　語り放《さ》け　見放《みさ》くる人目　乏《とも》しみと　思ひし繁《しげ》し　そこ故《ゆゑ》に　心和《な》ぐやと　秋付《あきづ》けば　萩《はぎ》咲きにほふ　石瀬野《いはせの》に　馬《うま》だき行《ゆ》きて　をちこちに　鳥踏《ふ》み立て　白塗《しらぬり》の　小鈴《こすず》もゆらに　あはせ遣《や》り　振《ふ》り放《さ》け見つつ　憤《いきどほ》る　心の内を　思ひ延べ　嬉《うれ》しびながら　枕《まくら》づく　つま屋の内に　とぐら結《ゆ》ひ　据《す》ゑてぞ我《あ》が飼ふ　真白斑《ましらふ》の鷹

（巻十九・四一五四）

矢形尾《やかたを》の真白《ましろ》の鷹をやどに据《す》ゑかき撫《な》で見つつ飼はくし良しも　（四一五五）

古代の鷹狩りに関する基本文献と位置付けられるのは宮内省式部職編『放鷹』（吉川弘文館、一九三二年）まで遡る。以後、歴史研究として鷹狩りの研究が深められ、弓野正武氏「平安時代の鷹狩について」（『民衆史研究』16号、一九七八年5月）では六国史・『類聚国史』等から平安時代の天皇や貴族の鷹狩りに関する史的研究を進めている。その後、従来王権論の観点から取り上げられることの多い鷹狩りの実態を、鷹狩りあるいは放鷹の文化的な観点から考察を深めている秋吉正博氏『日本古代養鷹の研究』(2)（思文閣出版、二〇〇四年）が奈良時代後期から平安時代初期にかけての実態を究明している。

かたや文学での鷹狩りについては、『萬葉集』の家持作品（a・b）を中心に考察が進められてきた。家持の生涯と作品とを歴史的視点から位置付ける北山茂夫氏『大伴家持』（平凡社、一九七一年）や家持の長歌作品の検討から鷹を取り上げた長歌作品に言及する神堀忍氏「家持における長歌―越中守時代を中心に―」（『澤瀉博士喜寿記念 萬葉学論叢』一九六六年）、金井清一氏「大伴家持の長歌―花鳥諷詠長歌の機能とその成立契機―」（『万葉詩史の論』笠間書院、一九八四年）、橋本達雄氏「家持における長歌」（『大伴家持作品論攷』塙書房、一九八五年）、大越喜文氏「家持長歌制作の一側面―鷹と鸕と布勢水海と―」（『上代文学』66号、一九九一年4月）などがあげられよう。

また鷹狩りに関する家持作品に考察の中心を据えた上田設夫氏「放逸せる鷹の歌―家持長歌の抒情性―」（『文学』52巻2号、一九八四年2月）、佐藤隆氏「鷹歌二首」（『大伴家持作品論説』おうふう、一九九三年）、大越喜文氏「鷹の歌」（『セミナー万葉の歌人と作品第八巻』和泉書院、二〇〇二年）などの研究が重ねられており、さらに越中国守時代の作歌活動に大きな影響を与えたと言える大伴池主と鷹の長歌の関係性を推定する神堀忍氏「家持と池主」（『万葉集を学ぶ第八集』有斐閣、一九七八年）がある。
家持の鷹狩りに関する個別研究は、いずれも「放逸せる鷹を思ひ、夢に見て感悦して作る歌一首」（巻十七・四〇一一〜四〇一五）が中心に据えられており、もう一つの鷹を詠んだ長短歌「白き大鷹を詠む歌一首」（巻十九・四一五四〜四一五五）は付随的に位置付けられる傾向にある。これら鷹を主題とする家持の二つの長短歌の研究は、巻十七の長短歌を中心に深められていると言えるものの、詠歌内容は二つの作品で異なりを見せている。つまり、巻十七の長短歌では「大黒」と名付けられた鷹が逃げてしまい、夢に現れた乙女によって帰還が告げられるという具体的な出来事を背景とするのとは異なり、巻十九の長短歌では前者のような説話的な内容は認められず、鷹狩りでの活躍に思いを馳せ、鷹に対する家持の溺愛ぶりがていねいに詠まれて結びとしている。
そうした二つの鷹狩りを詠む長短歌作品のみならず、家持には狩猟に関係した詠歌が残されている。

十六年四月五日に、独《ひと》り平城《なら》の故宅《もとついへ》に居《を》りて作る歌六首（第六首）
①かきつはた衣《きぬ》に摺《す》り付けますらをの着襲《きそ》ひ狩《か》りする月は来《き》にけり
（巻十七・三九二一、天平十六年（七四四）四月）

鸕《う》を潜《かづ》くる人を見て作る歌一首
②婦負《ひめ》川の速き瀬ごとに篝《かがり》さし八十伴《やそとも》の緒《を》は鵜川《うかは》立ちけり
（巻十七・四〇二三、天平二十年（七四八）春）

鸕《う》を潜《かづ》くる歌一首 并短歌

③あらたまの　年行《ゆ》き反《がへ》り　春されば　花のみにほふ　あしひきの　山下とよみ　落ち激《たぎ》ち　流る辟《さき》田《た》の　川《かは》の瀬に　鮎子《あゆこ》さ走《ばし》る　島つ鳥　鵜養伴《うかひとも》なへ　篝《かがり》さし　なづさひ行《ゆ》けば　我妹子《わぎもこ》が　形見《かたみ》がてらと　紅《くれなゐ》の　八入《やしほ》に染めて　おこせたる　衣《ころも》の裾《すそ》も　通《とほ》りて濡《ぬ》れぬ

（巻十九・四一五六、天平勝宝二年（七五〇）三月）

紅の衣にほはし辟田川《さきたがは》絶ゆることなく我《われ》かへり見む　（四一五七）

水鳥《う》を越前判官大伴宿禰池主に贈る歌一首 并短歌

④天離《あまざか》る　鄙《ひな》にしあれば　そこここも　同《おな》じ心ぞ　家離《いへざか》り　年の経《へ》ぬれば　うつせみは　物思繁《ものもひしげ》しそこ故《ゆゑ》に　心なぐさに　ほととぎす　鳴く初声《はつこゑ》を　橘《たちばな》の　玉に合へ貫《ぬ》き　かづらきて　遊ばむはしも　ますらをを　伴《とも》なへ立てて　叔羅川《しくらがは》　なづさひ上《のぼ》り　平瀬《ひらせ》には　小網《さで》刺し渡し　速《はや》き瀬に　鵜《う》を潜《かづ》けつつ　月《つき》に日《ひ》に　然《しか》し遊ばね　愛《は》しき我《わ》が背子《せこ》

（巻十九・四一八九、天平勝宝二年四月）

叔羅川瀬を尋《たづ》ねつつ我《わ》が背子は鵜川《うかは》立たさね心なぐさに　（四一九〇）

鵜川立ち取らさむ鮎《あゆ》のしが鰭《はた》は我《われ》にかき向け思《おも》ひし思《おも》はば　（四一九一）

右、九日に使ひに付けて贈る。

七月十七日を以《もち》て、少納言に遷任《せんにん》す。仍《よ》りて悲別《ひべつ》の歌を作り、朝集使《てうじふし》久米朝臣広縄《くめのあそみひろつな》が館《むろつみ》に贈貽《おく》

る二首（第二首）

既に六載《ろくさい》の期《き》に満ち、忽《たちま》ちに遷替《せんたい》の運《とき》に値《あ》ふ。ここに旧《ふる》きを別るる悽《かな》しびは、心中に鬱結《むすぼ》れ、渧《なみた》を拭《のご》ふ袖《そで》は、何を以《もち》てか能《よ》く早《ほ》さむ。因《よ》りて悲歌二首を作り、式《もち》て莫忘《ばくばう》の志を遺《のこ》す。その詞に曰《いは》く、

⑤石瀬野《いはせの》に秋萩凌《あきはぎしの》ぎ馬並《な》めて初鳥狩《はつとが》りだにせずや別れむ　（巻十九・四二四九、天平勝宝三年（七五一）八月）

右、八月四日に贈る。

①の「着襲《きそ》ひ狩《かり》する月」とは題詞の日付からも薬狩りを指すと解され、②〜⑤のように鷹狩りや鵜飼いを取り上げた作品とは区別しなくてはならない。またこの作品のみが越中国守着任以前の作品で、その他は越中赴任後の作品という偏りを見せている点はすでに指摘した通りである。うち鵜飼いを取り上げた作品（②〜④）は春から初夏にかけての詠作であって、具体的な鵜飼いの描写が認められる。猟期と詠作時期の点では鷹狩りの⑤・aはいずれも猟期に相当しているにも関わらず、詠作内容は鷹狩りをなしえない状況であることが主たる内容としてある。具体的には、⑤では少納言として帰京するために鷹狩りを共になしえないことを惜しむ心情を表現しており、aでは鷹を逃がしてしまった事件を基にして構想され、夢告げによる鷹の帰還の知らせに喜びを示して鷹を持ち焦がれる心情に焦点化されていく。

かたやbの長短歌は題詞の日付から天平勝宝二年（七五〇）三月であり、鷹狩りの猟期と合致しない詠作時期である。この作品の詠作動機については大きく二つの観点から考察が行われている。一つはa

との関わりから③と一対に捉えて越中時代を振り返りつつ、aをまとめ直している作品と位置付ける佐藤隆氏・大越喜文氏の考察である。いま一つは作品の配列を重視して、巻十九巻頭の十二首（四一三九〜四一五〇）が詠物の発想に基づく作品群であり、続く「三日に、守大伴宿禰家持が館に宴する歌三首」（巻十九・四一五一〜四一五三）が上巳の行事を踏まえることから、詩賦の題材とされている鷹を取り上げているとする詠物詩賦との関係づけであり、橋本達雄氏先掲論文や青木生子氏『萬葉集全注巻第十九』（有斐閣、一九九七年）等がそれである。

夏の鵜飼いと秋から冬にかけての鷹狩りは、越中での野外遊楽として家持に詠作の機会をも生み出していると推察される。とはいえ、鵜飼いの作品群は猟期と詠作時期がおおよそ重なるのに対して、鷹狩りの作品⑤とaは猟期にありながらなしえない状況を詠み、bは猟期を大幅に逸脱しながらも、越中での無聊の慰めとして鷹狩りそのものを主題としているのである。このように越中での鷹狩りに関する作品は、いずれも屈折した要素を抱えながら成り立っているのには、家持の越中風土に対する両義的な捉え方が胚胎しているのではないか。つまり、越中という鄙の地にありながら新たな発見による詠作の深化と望郷の念を景物の中に取り込む姿勢には、鉄野昌弘氏が繰り返し指摘されるように[3]、詠物歌が抒情の方法として獲得されていく点を見るべきだろう。

かかる状況の中にあって、時期を逸脱しながらも鷹狩りを歌の主題として取り上げた天平勝宝二年（七五〇）三月の長短歌を、以上のような観点をも考慮しつつさらに考察を深めたい。

三　家持長歌における詠物―詠物詩賦との交渉―

家持の長歌は、その詠作時期に偏りが見られ、すでに神堀忍氏先掲論文（「家持における長歌―越中守時代を中心に―」）が越中国守時代の長歌の多作傾向を分析し、大きく三期に区分できることを示しておられる。この三期区分は次に示す通りである。

第一多作期（天平十九年（七四七）二月～五月）：a
第二多作期（天平感宝元年（七四九）五月～七月）
第三多作期（天平勝宝二年（七五〇）三月～五月）：b・③・④

この時期区分に家持の狩りの長歌を合わせるならば、第三期に集中していることが明瞭である。なお鵜飼いを詠む②は第一多作期後の作品であり、鷹狩りを詠む⑤は第三多作期後の詠作となる。越中国守時代の長歌を考える際には、この時期区分を基本に据えられており、それぞれの時期の特徴は、

第一多作期：越中守赴任による環境の変化と翌春の病気による打撃による都文化への志向が強く表れる。

第二多作期：陸奥からの黄金出土という政治的事件に触発。冒頭で人麻呂・赤人への傾倒、その後は憶良への回帰、終盤は日常的風物詠。

第三多作期：孝謙天皇即位、藤原仲麻呂重用による思い結ぼほれる家持の心情吐露。花鳥諷詠の中に自己韜晦する。

のようにまとめられる。家持の長歌作品、なかでも花鳥諷詠に関わる作品が多く詠まれるのが第三多作期にあたり、その一つに当該長歌も数えられている。橋本達雄氏が強調されるように、当該長歌はこの時期の長歌作品において重要な位置付けがなされている。

> 　詠物長歌は特に虫麻呂に顕著に見られるので、家持もよく知っていたと思うが、家持が「詠」と題して長歌を作ったのは、勝宝二年（七五〇）の25（当該長歌）が最初であった。このことは詠物的長歌10（二上山賦、三九八五〜三九八七）以下を作りながらも家持に詠物とする意識のなかったことを思わせる。しかし、こうした傾向の歌を作りつつ、ようやく「詠物」として自覚したのが25の頃であったのではないか。以後、詠物長歌は29（詠二霍公鳥并時花一歌一首、四一六六〜四一六八）・33（詠二山振花一歌一首、四一八五〜四一八六）・36（詠二霍公鳥并藤花一一首、四一九二〜四一九三）といずれも同年の作中に現われる。このほか「詠」とはないが、25と同日作の26（潜レ鸕歌一首）、また33の翌日の34（六日、遊二覧布勢水海一作歌一首、四一八七〜四一八八）も同類であろう。（橋本達雄氏「家持における長歌」）

家持の長歌、なかでも詠物詩賦との交渉を有する作品は越中国守赴任後に集中的に作成されているものの、題詞に「詠」を記す作品は当該長歌に至ってはじめて表れるという。それだけに詠物的な作歌姿勢による長歌作成の成熟を当該長歌に認め、この年の詠物長歌の多作傾向、とりわけ花鳥諷詠長歌作成の原動力になっていると見通されている。

　このように家持の長歌で題詞に「詠」を冠する作品は当該歌が初発となるものの、詠物的な要素を内包する長歌作品としては、山田孝雄氏（『萬葉五賦』一正堂書店、一九五〇年）が「萬葉五賦」と称した大伴池主との唱和を含む作品がある。この一群の「二上山賦」（巻十七・三九八五～三九八七）では、題詞に「賦」と記すのみならず歌の表現にも詩賦の影響が認められる。[4] そうした家持の詠物的態度に基づく歌作は初期の作品からすでに認められ、その後に展開される詠物歌の要素はほぼ整っていた。[5]

　かような詠物に対する態度のなかで、第三多作期の詠物長歌初発の当該歌を花鳥の取り合わせではなく鷹を主題とする作品として位置付けたのには、「萬葉五賦」と称される池主との唱和を含む作品からの展開と、この後に詠み継がれる花鳥諷詠を主題に明示する長歌とに相通じる点を持っていたからなのではあるまいか。これらはいずれも詠物的な態度を共通させながら、越中での鬱屈した心情や都への憧憬・思慕の念を揺曳させているからである。前者では越中の自然に対する讃美の姿勢を示しながらも都を意識する姿勢で一貫している。そこには越中赴任後初の上京を控えていた事実も大きな要因[6]としてある。後者では当該作品の直前に詠まれた巻十九巻頭の十二首（巻十九・四一三九～四一五〇）からなる短歌の連作にも共通する越中での新たな歌材の拡大と合わせて都への郷愁を内在させているといえる。[7] いずれもが長歌多作第一・第三期の傾向におおよそあてはまると捉えてよかろう。

　かたや詠物詩賦との表現交渉については、題詞において鷹を主題に立てている事実から、類書に存する詩賦との関係が橋本達雄氏（「家持における長歌」）・青木生子氏らによって推定されている。かような家持作品に認められる詠物的な姿勢は、その素材と詠法の両用に認められている。当該長歌の場合は、ひとまず素材面で題詞に「白き大鷹を詠む歌」と記されていることから、『藝文類聚』や『初学記』等の類書に収められる鷹を主題とする次のような詩賦が参照されよう。

晉張華「遊猟篇」、晉傅玄「鷹賦」、晉孫楚「鷹賦」（『藝文類聚』巻九十一）
隋煬帝「詠レ鷹」、隋魏彦深「鷹賦」（『初学記』巻三十）

『藝文類聚』に収められている晉張華「遊猟篇」は鷹を題に明示していないけれども内容は鷹狩りを詠んだ作品であり、鳥部「鷹」に録されている作品である。題詞は、これら六朝から隋代の詩賦題を念頭に置いて記されているとみてよいだろう。詩賦題を意識して題詞は記されていると思われるものの、詠まれている狩り場での鷹の姿は「をちこちに　鳥踏《ふ》み立て　白塗《しらぬり》の　小鈴《こすず》もゆらに　あはせ遣《や》り」「真白斑《ましらふ》の鷹」（長歌）と「矢形尾《やかたを》の真白《ましろ》の鷹」（短歌）程度にとどまり、具体的な鷹の姿は明瞭に描かれることなく、当該作品では白い羽を持つ鷹であることが強調されているにとどまる。かような鷹の描写についてはa・⑤も精緻な描写がほとんど指摘できないという点において同じであろう。つまり、鷹を詠む三つの作品に描かれた鷹の姿は、いずれも具体的な描写が認められないのである。しかも、鷹狩りを取り上げている他作品も同じような傾向にあると理解できる。

　このような『萬葉集』のあり方に対して、鷹を主題とする類書の詩賦での描写は大きく異なるようである。家持の作品では認められない鷹の具体的な描写については、例えば体の描写は、

如レ黄狖狡勇、青骹撮二飛雉一。（晉張華「遊猟篇」）

左看レ若レ側、右視レ如レ傾。動レ翮二六、機連體輕。勾爪懸芒、足如二枯荊一。嘴利吳戟、目穎星明。

（晉傅玄「鷹賦」）

擒㆓狡兎於平原㆒、截㆓鶴雁於河渚㆒。……高髻禿濱、深目蛾眉。状似㆓愁胡㆒、曲觜短頸、足若㆓双枯㆒。

……鞲㆓青骹㆒、戯㆓田疇㆒。（晉孫楚「鷹賦」）

青骹固絶㆑儔、素羽誠難㆑擬。深目表茲称、闊臆斯為㆑美。（隋煬帝「詠㆑鷹」）

觜同㆓利剣㆒、脚等㆓荊枯㆒。……眼類㆓明珠㆒、毛猶㆓霜雪㆒。（隋魏彦深「鷹賦」）

のように、足・嘴・瞳・爪・毛などを精緻に描写している。家持作品では鷹の羽の白さが詠まれている点が類似するとはいえ、隋煬帝の「詠㆑鷹」に見られる「青骹固絶㆑儔、素羽誠難㆑擬」は、「青—素（白）」の色対として鷹を描写する際の常套的な用法である。[8] また隋魏彦深「鷹賦」の「眼類㆓明珠㆒、毛猶㆓霜雪㆒」も羽の白さを眼の赤さと対比的に用いているといえる。

しかも、家持作品には見られない足・嘴・瞳・爪の描写は、いずれも猛禽類としての鷹の獰猛さを際立たせる効果があるのではないか。詩賦の描写からは鷹の美しさよりも猛禽類の強さや勇壮さを描き出そうとしていると理解できる。それだけに「雄姿邈世、逸気横生」（晉傅玄「鷹賦」）のような気高さを漂わせる雄姿をもって結びとする作品が存するのであろう。

題詞では詩賦題との類似を持ちながらも、表現の交渉としては羽の白さを際立たせようとする表現が部分的に認められる程度にとどまり、aについては「矢形尾《やかたを》の我《あ》が大黒《おほぐろ》に（大黒といふは蒼鷹の名なり）白塗《しらぬり》の鈴取り付けて」からすれば、かかる特色は羽の黒と鈴の白さの対比となり、詩賦の表現とはなお径庭がある。もとより当該作品は題詞に詠物的な特性が認められるにしても、冒頭で「しなざかる越《こし》にし住めば　大君《おほきみ》の敷きます国は　都をもここも同《おや》じと」のごとく、都を離れて鄙の地にあることを強く自覚しながら、ともに語り合うべき人の不在によって物思いを晴らし得ない状況にあることを表明している。そうした都に対する心情を晴らすために家持は越中での鷹狩りに意識を向けているのである。自らの鬱情を晴らすための鷹狩りなのであり、鷹そのものを描き出すことに作品の主題は置かれていないといえよう。

家持は花鳥諷詠長歌において、微細な表現にさまざまな工夫をおこなっている。特に家持が溺愛したともいえる「ほととぎす」に対する詠物的な表現態度は、その好例である。[9] そうした花鳥諷詠長歌と類似した傾向にありながらも、取り上げる対象によって詠物の意識に差異が生じているのであろう。

また『萬葉集』では狩猟に関わって鷹が詠まれながらも恋情を漂わせる例が存する。その一方で当該作品に恋情的な要素は鷹そのものに向けられ、男女間の相聞的な要素は認められない。かかる表現の傾向は詠物詩賦には露わでないのは対照的である。この傾向は『萬葉集』の鷹の歌あるいは狩猟に関わる作品に顕著なのか否か。平安期の鷹狩りに関係する詩歌をも見据えながら見通してみたい。

四　「鷹」を詠む詩歌―勅撰集の表現―

『萬葉集』以降の鷹狩り詠む詩歌として早い詠作は、勅撰漢詩集『凌雲集』に収められた嵯峨天皇の「春日遊猟、日暮宿二江頭亭子一」と題する作品に「逐レ兎馬蹄承二落日一、追レ禽鷹翮払二軽風一（兎《うさぎ》を逐《お》ふ馬《ば》蹄落日《ていらくじつ》を承《う》け、禽《とり》を追《お》ふ鷹翮軽風《ようかくけいふう》を払《はら》ふ)」(第三・四句)の二句がある。詩題にもあるように遊猟に出かけての詠作であり、『類聚国史』(天皇遊猟)等に見られる狩猟を契機として詠まれた作品である。兎を追う馬の蹄と鳥を追う鷹の羽を対比させており、獲物を追う猛禽類の姿を簡潔に描き出しているといえよう。

また、鷹狩りを詠んだ作品ではないものの、『経国集』(巻十一)に「五言、詠㆓禁苑鷹生㆒㆑雛一首」と題する賀陽豊年《かやのとよとし》と中科善雄《なかしなのよしを》の五言詩がある。

峻嶺増巣鳥、生㆑雛禁苑中。(峻嶺増巣《しゅんれいぞうそう》の鳥《とり》、雛《ひな》を生《う》む禁苑《きんゑん》の中)
低昂留㆓聖矚㆒、神俊狙㆓祥風㆒。(低昂聖矚《ていかうせいしよく》を留《とど》む、神俊《しんしゆん》祥風《しやうふう》を狙《うかが》ふ)
理㆑翮情方盛、廻㆑眸気不㆑窮。(翮《はね》を理《をさ》め情方《こころまさ》に盛《さか》りなり、眸《ひとみ》を廻《めぐ》らし気《き》窮《きは》まらず)
願栖㆓仙閣下㆒、将㆑助㆓魯臣忠㆒。(願《ねが》はくは仙閣《せんかく》の下《もと》に栖《す》まひ、魯臣《ろしん》が忠《ちう》を助けなむことを)
(賀陽豊年)

茲禽群鳥俊、禁苑数雛生。(茲《こ》の禽群鳥《とりぐんてう》の俊《しゆん》、禁苑数雛《きんゑんすうすう》生《あ》る)
日日雄姿美、朝朝猛気驚。(日日雄姿美《じつじつゆうしうるは》し、朝朝猛気《てうてうまうき》に驚《おどろ》く)
青骹羈㆓綵絆㆒、素質狎㆓丹庭㆒。(青骹綵絆《せいかうさいばん》に羈《ほだ》さる、素質丹庭《そしつたんてい》に狎《な》る)
願以㆓凌雲翼㆒、長輸㆓逐雀誠㆒。(願はくは凌雲《りよううん》の翼《つばさ》を以《もち》て、長《とこしへ》に逐雀《ちくじやく》の誠《まこと》を輸《いた》さむことを)
(中科善雄)

この二首については小島憲之氏[10]が指摘するように、先掲『藝文類聚』『初学記』等の「鷹」の条に引かれる詩賦の表現が下敷きにされている。先に示した晉孫楚「鷹賦」、晉傅玄「鷹賦」、隋煬帝「詠レ鷹」等の詠物詩賦の表現が随所に取り込まれているのである。中科善雄の詩には、詩賦で描かれている鷹の姿態がよく取り込まれており、猟鳥としての雄姿や猛禽類の特色が具体的な表現として指摘できる。かたや勅撰和歌集での「鷹」は、屏風や障子に描かれた題材として取り上げられている例がみられる。

円融院の御屏風に、秋の野に色々の花咲き乱れたる所に鷹据ゑたる人あり

家づとにあまたの花も折るべきにねたくも鷹を据ゑてけるかな（拾遺和歌集、雑秋一一〇一、平兼盛）

障子に雪のあした鷹狩りしたる所を詠み侍りける

とやがへる白斑の鷹の木居《こゐ》をなみ雪げの空にあはせつるかな（後拾遺和歌集、冬三九三、民部卿長家）

『拾遺和歌集』では花の側に鷹を止まらせているために秋の野に咲く美しい花々を土産となしえない屏風絵の世界に対して「ねたし」と恨み言を述べて嘆息する。後者の『後拾遺和歌集』の障子に描かれた鷹狩りを詠む作品では、鷹の止まり木（木居《こゐ》）がないために、雪げの空に飛び立つ白斑の鷹の姿という白を強調した鷹の美しさを詠んでいる。

このような絵画の世界の鷹を詠むのとは異なり、平安朝の鷹を詠む作品の傾向には恋情を主題とした例も存する。

女のもとより怨みおこせて侍りける返事に
わするとは怨みざらなむはしたかのとがへる山のしひはもみちず
(後撰和歌集、雑二七二)

関白前大臣家に人人経レ年恋といふ心を詠み侍りける
われが身はとがへる鷹となりにけり年は経れども木居《こゐ》は変はらず
(後拾遺和歌集、恋六六一)

前者は、はしたかの羽が抜けて色が変わっても、その山の椎は紅葉しないように、自分の気持ちは変わらないことを詠んでいる。後者では、飼われている鷹の止まり木(木居《こゐ》)に「恋《こひ》」を掛けて「恋情は忘れない」という固い思いを表現している。

勅撰和歌集では『後撰和歌集』の例が鷹を詠んだ最も早い例となる。平安朝の和歌表現では、恋情を込めた和歌に鷹を詠む例のみならず、鷹の雄姿を描いていると推察される屏風絵などの絵画世界を詠んだ作品においても、海彼の詠物詩賦や『凌雲集』『経国集』といった勅撰漢詩集での描写に見られるような猛禽類としての鷹の姿は露わではない。

このように詩歌の表現を概観すると、鷹の表現方法が詩と歌では異なっているると言えるのではあるまいか。屏風絵でも鷹狩りを描いた作品が存し、鷹は王権の象徴として取り上げられること[11]からも、その雄姿が和歌表現の対象とされて問題ないと思われる。にもかかわらず、獲物を狙う獰猛な鷹の姿を詠み込んでいないのは歌の表現になじまないからなのではあるまいか。和語による表現と漢語による表現では、その対象を描き出す表現力には違いが生じていたはずである。勇壮な鷹の姿を表現するには、やはり漢語での表現がより適していたのであろうか。それゆえ屏風絵にあわせた歌の表現は、鷹の勇壮な姿を描き出すことがなく、詩と歌によって表現が選び取られていたのであろう。

五 おわりに

大伴家持が鷹を主題とする長歌の題詞に詠物的な要素を込めているにも関わらず、その内実は詠物詩賦の表現とかけ離れている。旺盛な創作活動の中で、さまざまな素材を見出して詠歌の対象としながらも、以後、詠み継がれる素材とならないものが家持作品には認められる。そうした流れのなかで屏風歌などによって王朝和歌へも引き継がれている鷹は、詠物詩賦の表現との積極的な交渉を認めることは難しいように思われ、しかも恋情や思慕の情を内包する傾向にあるのは歌の独自性とも推察される。その意味で家持の「白き大鷹を詠む歌」での姿勢と類似した傾向を持つと位置づけられよう。対して平安朝の詩は詠物詩賦の影響を揺曳させているといえる。

歌と詩の表現差異が顕著に表れているように思われるのが「鷹」を取り上げる作品なのではなかろうか。そうしてみると「白き大鷹を詠む歌」は巻十九巻頭作品の詩的表現からの影響を受けて鷹を取り上げているにとどまらず、都への憧憬をも内包している作品として緊密な繋がりをなしている。

鷹を詠む家持の作品が屈折した要素を持つことは、その時々での屈折した心情が作品に発露しているからなのであって、当該の作品が題詞としては詠物長歌の一つの到達を示しながらも、歌の表現は都にいない事実への心情を吐露することに主眼があり、「鷹」を詠物的に叙述するのではなく、あくまで心情を和らげるために鄙の鷹はあるのだろう。そうした題詞と歌の軋みのようなものが見られる(12)ことも、巻十九巻頭作品の延長上にあることを裏付けているのではなかろうか。

注

1 『萬葉の知―成立と以前―』(序章「狩りの歌・巫女のことば(一　狩猟への献歌)」、塙書房、一九九二年)参照。

2 本書に収録されている「国司養鷹と「養吏」」(第二章第二節2)の基になった「越中守大伴家持の鷹狩」(筑波大学歴史・人類学系「年報日本史叢 1996」一九九六年十二月)では、家持の「放逸せる鷹を思ひ、夢に見て感悦して作る歌」(巻十七・四〇一一~四〇一五)により即した考察がおこなわれている。

3 鉄野昌弘氏「光と音―家持秀歌の方法―」、「詠物歌の方法―家持と書持―」、「「二上山賦」試論」、「「花鳥諷詠長歌」試論―「独居二幄裏一遙聞二霍公鳥喧一作歌」をめぐって―」(『大伴家持「歌日誌」論考』塙書房、二〇〇七年)等の諸論を参照。

4 芳賀紀雄氏「萬葉五賦の形成」(『萬葉集における中國文學の受容』塙書房、二〇〇三年)、注(3)引用、鉄野昌弘氏「「二上山賦」試論」参照。

5 芳賀紀雄氏「歌人の出発―家持の初期詠物歌―」(『萬葉集における中國文學の受容』)参照。

6 家持が正税帳使として上京するに際して、「萬葉五賦」を手みやげにしたであろうことについては、つとに鴻巣盛広氏が『北陸萬葉集古蹟研究』(宇都宮書店、一九三四年)に説かれ、さらに山田孝雄氏『萬葉五賦』で詳説されている。また歌巻の様相については、伊藤博氏「布勢の浦と乎布の崎―巻十八冒頭宴歌群―」(『萬葉歌林』塙書房、二〇〇三年)参照。

7 芳賀紀雄氏「家持の桃李の歌」(『萬葉集における中國文學の受容』)、注(3)引用、鉄野昌弘氏「光と音―家持秀歌の方法―」参照。

8 『初学記』では事対の例(青骸素羽)として扱われている(挙例は晉傅玄「蜀都賦」)。

9 稲岡耕二氏「家持の「立ちくく」「飛びくく」の周辺―万葉集における自然の精細描写試論―」(『万葉集の作品と方法―口誦から記載へ―』岩波書店、一九八五年)、芳賀紀雄氏「遙かなるほととぎすの声―家持の越中守時代の詠作をめぐって―」(『萬葉集における中國文學の受容』)参照。

10 『國風暗黒時代の文學 下I―弘仁・天長期の文學を中心として―』(塙書房、一九九一年)参照。

11 秋吉正博氏『日本古代養鷹の研究』参照。

12 注(3)引用、鉄野昌弘氏「光と音―家持秀歌の方法―」参照。

＊萬葉集の本文は『新編日本古典文学全集萬葉集』(小学館)を用いたが、適宜表記を改めたところがある。

冬ごもり今は春べと咲くやこの花

──『萬葉集』の「冬の梅」から考える──

新谷秀夫

一　はじめに

平成二十年四月、市内初の公立中高一貫教育校として「大阪市立咲くやこの花中学校・高等学校」が開校した。これよりも前の平成二年に大阪で開催されたEXPO'90「国際花と緑の博覧会」では、大阪市のパビリオンとして「咲くやこの花館」が建設された。さらにさかのぼって昭和五十八年から大阪市は、大阪を舞台として活躍する若い芸術家に対して「咲くやこの花賞」を贈っている…など、ほんの一部を示したが、「此花区《このはな》」までも有する大阪市ゆかりのさまざまな事象に「咲くやこの花」ということばが使われている。いまさらかもしれないが、この「咲くやこの花」ということばは、つぎの和歌に由来する。

難波津《なにはづ》に咲くやこの花冬ごもり今は春べと咲くやこの花

世に《難波津の歌》と呼ばれている和歌である。近年、この和歌を記した木簡が各地から発掘されるようになり、古代史研究の分野だけでなく、『萬葉集』や古代語などの分野の研究者をも巻き込んで、いろいろと活発な議論がなされていることは周知のことだろう。本稿は、それらの議論にかかわるものではなく、《難波津の歌》の文献上の初出となる『古今和歌集』仮名序に挿入された「古注」に語られる言説と『萬葉集』とのかかわりを指摘することを目的とする。

難波津《なにはづ》の歌は、帝《みかど》の御《おほん》初《はじ》めなり。安積山《あさかやま》の言葉は、釆女《うねめ》の戯《たはぶ》れよりよみて、この二歌《ふたうた》は、歌の父母《ちちはは》のやうにてぞ手習《てなら》ふ人の初めにもしける。

『古今和歌集』仮名序の和歌の起源を語る部分の一節である。実際はこの文脈のなかに「古注」と呼ばれている注記が挿入されているが、このように本文だけをたどると、《難波津の歌》と「安積山の言葉」のふたつが「歌の父母」のようなもので、「手習ふ人の初めにもし」たものだったことが語られている。『枕草子』(「清涼殿の丑寅の隅の」段)や『源氏物語』(若紫巻)などの文学作品や近年の出土木簡などから、ここで語られる手習いの手本であったという言説は間違いないようだ。

さて、この仮名序本文の「難波津の歌は、帝の御初めなり」に対して、挿入されている「古注」は、

大鷦鷯《おほささぎ》の帝の、難波津にて皇子《みこ》と聞えける時、春宮をたがひに譲《ゆづ》りて位に即《つ》きたまはで、三年《みとせ》にな

りにければ、王仁《わに》といふ人の訝《いぶか》り思ひて、よみて奉《たてまつ》りける歌なり。この花は梅花《うめのはな》をいふなるべし。

と語る。そして、さきの引用本文の直後、和歌の六義を語る部分において実際に《難波津の歌》そのものが引かれている。

そもそも、歌のさま、六つなり。唐《から》の詩《うた》にもかくぞあるべき。その六種《むくさ》の一つには、そへ歌。大《おほ》鷦鷯《さざぎ》の帝をそへ奉る歌。

難波津《なにはづ》に咲くやこの花冬ごもり今は春べと咲くやこの花

といへるなるべし。

ここでの「大鷦鷯の帝をそへ奉る歌」という言説から、仮名序が筆録された時代には「歌の父母のやうにてぞ手習ふ人の初めにもし」た《難波津の歌》が「大鷦鷯の帝」つまり仁徳天皇にまつわる歌として享受されていたことは間違いない。その「そへ奉」った人物が、「古注」の言説のように王仁と特定されるにいたることについては、以前「難波津の〈歌〉の生成—古今集仮名序古注をめぐる一考察—」と題する拙稿（『日本文藝研究』51—2　平11・9　以下、前稿Aとする）で卑見を呈示した。本稿は、その続稿として、「古注」末尾の「この花は梅花をいふなるべし」という言説が生じた背景に『萬葉集』がかかわったのではないかということについて卑見を呈示してみたい。

◆二　この花は梅花をいふなるべし

この《難波津の歌》をめぐる「歌論義」についての言説が『俊頼髄脳《としよりずいのう》』にみえる。

これ（《難波津の歌》を指す　稿者注）は、古き歌論義《うたろんぎ》といへるものに、互に論じたる事なれば、今はじめて申すべきにあらねど、難波津《なにはづ》といふは、なんばの宮をいひ、この花といへるは、梅の花をいふなりといへど、…

また『大鏡』（伊尹伝）にも、「難波津に咲くやこの花冬ごもり、いかに」と問われて「え知らず」と答えた藤原行成が和歌の方面に疎いことを語る逸話のなかで「歌論義」が描かれている。これらの「歌論義」をめぐる言説や、つぎに引用する院政期ごろから本格的となる『古今和歌集』注釈の言説などから、《難波津の歌》が歌学の対象であったことは間違いない。

ソヘウタ
ナニハツニサクヤコノハナフユコモリイマハヽルヘトサクヤコノハナ
此歌者、大鷦鷯《オヽサヽキ》天皇（治天下八十七年、仁徳天皇、応神天皇第四子、元年正月即位、御難波高津宮、仁徳天皇乃弟者、菟道稚郎子也、弟遂不即位死也）、於難波津宮、未即帝位、与太子相譲及三

年之時、王仁所詠也

難波津之什

大サヽキノ天皇、難波宮ニテ位ヲ太子トアラソヒ給時ノ歌、
ナニハツニサクヤコノハナフユコモリイマハハルヘトサクヤコノハナ

コレハ、新羅王仁所詠也、木花者梅花云〻、衆木の先花故号云〻、上句者オホネトイヘルモノ、ハナ、ルヘシ

歌論議云、ナニハツトハ、トキノ宮《ミヤ》ヲイヒ、コノハナトハ、ムメノハナヲイヒ、イマハハルヘトハ、カミノミヤノクラヰニツキタマヘルヲイフナリトソ

上句者、サクヤコノハナ、下句者、サクヤコノハナ

右に引用した陽明《ようめい》文庫蔵『序注』（引用は、岩波書店刊『新日本古典文学大系　古今和歌集』所収本による）は、勝命《しょうみょう》の手になる現存最古の真名《まな》序注である。この『序注』とほぼ同内容の言説が顕昭《けんしょう》の『古今集序注』（引用は、風間書房刊『日本歌学大系』所収本による）では、さらに詳細に語られる。

ナニハヅノウタハミカドノオホムハジメナリ。

古注云、オホサヽギノミカドノナニハヅニテ、ミコトキコエケルトキ、東宮ヲタガヒニユヅリテク

ラヰニツキタマハデミトセニナリニケレバ、王仁トイフ人ノイブカリオモヒテ、ヨミテタテマツリケル歌也。コノハナハムメノハナヲイフナルベシ。

至至于如難波津之什献天皇。

ナニハヅニサクヤコノハナフユゴモリイマハヽルベトサクヤコノハナ

公任卿注云、大鷦鷯天皇於難波津宮未即位、与太子相譲為三年時、王仁所詠。木花者梅花也。衆木之前先華、故号。…（中略）…

又歌論義云、コノハナトハ大根ノ花歟。而古今注相違歟。…（後略）…

それぞれの引用文中に波線を付して示したように、『古今集序注』で「公任卿注云」として引用された言説と、陽明文庫蔵『序注』の言説は一致する。ほぼ同内容で藤原俊成『古来風体抄《こらいふうていしょう》』にもみえることから、院政期には確実に《難波津の歌》を王仁の歌とする伝承が流布しており、その源流として「公任卿注」が権威をもって存在していたのではないかと前稿Aで述べた。さらに、傍線を付して示したように陽明文庫蔵『序注』と一致する「木花者梅花也。衆木之前咲華」という「公任卿注」の言説も同様な状況にあったと推察できる。前稿Aで指摘したように、王仁の歌とされるようになった背景には「日本紀講書」があったと考えられるのだが、「この花」を「木《こ》の花」と捉えて梅の花と解した背景には「日本紀講書」がかかわった可能性は少ないようである。それは、それぞれの引用文中に点線を付して示した「この花」を「おほね（大根）の花」とする言説からうかがえる。

明日《くるつひ》に、乗輿《すめらみこと》、筒城宮《つつきのみや》に詣《いた》りまして、皇后《きさき》を喚《め》したまふ。皇后、参見《まみ》えたまはず。時《とき》に天皇《すめらみこと》、
歌《みうたよみ》して曰《のたま》はく、

つぎねふ　山背女《やましろめ》の　木鍬《こくは》持《も》ち　打《う》ちし大根《おほね》　さわさわに　汝《な》が言《い》へせこそ　打渡《うちわた》す　やが
はえなす　来入《きい》り参来《まゐく》れ

とのたまふ。亦《また》歌して曰はく、

つぎねふ　山背女の　木鍬持ち　打ちし大根　根白《ねじろ》の　白腕《しろただむき》　纏《ま》かずけばこそ　知《し》らずと
も言《い》はめ

とのたまふ。時に皇后、奏《まを》さしめて言《まを》したまはく、「陛下《きみ》、八田皇女《やたのひめみこ》を納《めしい》れて妃《みめ》としたまふ。其《そ》れ、皇女《ひめみこ》に副《そ》ひて后為《きさきた》らまく欲《ほり》せず」とまをしたまひ、遂《つひ》に奉見《まみ》えたまはず。

（『日本書紀』仁徳天皇三十年十一月条）

右の引用部分にみえる二つの歌謡で、和歌に詠まれることがほとんどなかった「大根」がうたわれている。「山背女」がうたわれ、直接的には難波津とかかわらない歌謡だが、仁徳天皇をめぐる逸話のなかの歌謡であることから、おそらくなんらかの「歌論義」の場で《難波津の歌》に結びつけられることがあったと推察する。そして、それが「日本紀講書」にかかわっていたと考えることもあながち誤りではあるまい。のちに大根の花は春の季語となることから、「冬ごもり今は春べと咲く」花を大根の花と解することに問題はなかろう。《難波津の歌》が王仁に結びつけられるのと同様な背景を想定するなら

ば、むしろ「この花」が大根の花とする言説が前面にあらわれてもよいはずだが、実際はそうではない。

おそらくは、直接難波津に結びつかない歌謡でうたわれた、ほとんど和歌に詠まれることのない素材である大根よりも、より身近なものを想定するほうが《難波津の歌》を受容しやすかったという状況が影響したと推察する。そこで、「この花」を「木《こ》の花」と捉え、「梅衆木前花発、故号木花」（『奥義抄』が引く「或書」説　引用は、風間書房刊『日本歌学大系』所収本による）の言説にあるように、春の「木《こ》の花」としてまずはじめに開花すると認知されていた梅の花が結びつけられたのだ。そして、その背景に『萬葉集』の歌表現がかかわっていた可能性が考えられるのである。

『萬葉集』では一一九首に詠まれている梅だが、『古今和歌集』ではさほどうたわれない。これは、『古今和歌集』の時代にはすでに、梅よりも桜を春の花の代表として考えるようになっていたことに由来する。そのような『古今和歌集』の梅の歌は、

巻一・春歌上　十八首　　巻十一・恋歌一　　一首
巻六・冬歌　　四首　　　巻十九・雑躰歌　　二首（いずれも誹諧歌）
巻七・賀歌　　一首　　　巻二十・神あそびの歌　一首

という状況にある。そして、この二十七首のなかにつぎのような歌がある。

A　梅が枝《え》に来《き》ゐる鶯《うぐひす》　春かけて鳴けどもいまだ雪は降りつつ

（巻一・春歌上　読人《よみひと》しらず）

B　梅の花それとも見えず久方《ひさかた》の天霧《あまぎ》る雪のなべて降れれば（巻六・冬歌　伝柿本人麿）
C　花の色は雪にまじりて見えずとも香をだににほへ人の知るべく（巻六・冬歌　小野篁《おののたかむら》）
D　梅の香の降りおける雪にまがひせば誰《たれ》かことごとわきて折《を》らまし（巻六・冬歌　紀貫之《きのつらゆき》）
E　雪降れば木ごとに花ぞ咲きにけるいづれを梅とわきて折らまし（巻六・冬歌　紀友則《きのとものり》）
F　春くれば屋戸《やど》にまづ咲く梅の花君が千年《ちとせ》のかざしとぞ見る（巻七・賀歌　紀貫之）

後述する『萬葉集』の場合と同じく「雪」とともにうたわれる歌（A〜E）や、Fの「春くれば…まづ咲く梅の花」という歌いぶりなどから、梅の花が春の「木の花」としてまずはじめに咲くという認識は『古今和歌集』の時代にもあったことは間違いない。しかし、これらの歌などをもって「今は春べと咲くやこの花」は梅を指すのだと考えることはできまい。春の「木の花」は梅に限るものでなく、『古今和歌集』に多くうたわれている桜もまた「木の花」である。なぜ、一節で引用した『古今和歌集』仮名序に挿入された「古注」の言説のように、梅の花と想定されるようになったのだろうか。

さきにも述べたように、稿者は《難波津の歌》にうたわれた花が梅と想定される背景に『萬葉集』の歌表現がかかわると考えている。それは、たんに春の花としてまずはじめに咲く「木の花」という理由によるだけではない。《難波津の歌》は「今は春べと咲く」とうたうだけで、「まづ咲く」とはうたわないことを考えると、同じ「木の花」である桜を想定しても問題はない。山田孝雄氏は『櫻史』（講談社学術文庫版による　初版は昭16）のなかで、つぎに掲げる家持歌や「木花之佐久夜毗売（『古事記』）・木花之開耶姫（『日本書紀』）」という神名を根拠に、《難波津の歌》の「この花」を桜だと力説した。

桜花《さくらばな》　今盛りなり　難波の海　おしてる宮に　聞こしめすなへ　（巻二十・四三六一）

たしかに難波と桜との結びつきが確認できる用例ではあるが、この短歌が付された長歌（四三六〇）では「うちなびく　春の初めは　八千種《やちくさ》に　花咲きにほひ」とうたわれている。難波宮讃歌として場所を讃えるためにうたわれた桜であり、おそらく「八千種に花咲」くなかから桜を取り出して四三六一番歌がうたわれたのだろう。したがって、この一例のみをもって《難波津の歌》の花を桜と解することはできまい。むしろ、桜と想定するには、つぎに掲げる萬葉歌に注目すべきではなかろうか。

この花の　一《ひと》よの内《うち》に　百種《ももくさ》の　言《こと》そ隠《こも》れる　凡《おほ》ろかにすな　（藤原広嗣《ひろつぐ》　巻八・一四五六）
この花の　一よの内は　百種の　言《こと》持《も》ちかねて　折《を》らえけらずや　（娘子《おとめ》　巻八・一四五七）
我《わ》が行《ゆ》きは　七日《なぬか》は過ぎじ　竜田彦《たつたひこ》　ゆめこの花を　風にな散らし　（高橋虫麻呂歌集　巻九・一七四八）

『萬葉集』中で、身近なものを指示する「この」をともなった形で花がうたわれている用例である。いずれも桜の花に対して「この花」とうたっている点で看過できない用例だが、実際にはこれらの歌を参考に「この花」を桜と想定されることはなかった。三首いずれも原文が「此花」であることから、

《難波津の歌》の「この花」を「此の花」でなく「木《こ》の花」と解してきた《難波津の歌》享受の流れのなかではかえりみられることはなかったのだろう。

それではなぜ「木《こ》の花＝梅」と想定されるようになったのか。詳しくは後述するが、「冬ごもり今は春べと咲く」という表現にかかわると稿者は考える。前に引用したように『古今和歌集』において梅は春の花として認識されながらも、冬の歌のなかでも素材としてうたわれる。これは『萬葉集』においても同様である。

　万葉集に一一九例。梅を詠む歌は植物を詠むものとしては萩に次いで多い。古事記・日本書紀や風土記にみえず、万葉集においても年代を知りうる用例が全て平城遷都以降のものであることから、梅は八世紀頃に大陸より渡来したものと推測されている。…（中略）…梅は観賞を目的として貴族の庭園に植えられたものと考えられるが、実際、庭の梅を詠む歌が多いことは一つの特徴として指摘できよう。
　（松田聡「うめ（梅）」『万葉ことば事典』大和書房刊　平13・10　なお略称は改めた）

と概説されるように、『萬葉集』の梅は、いわゆる萬葉第三期以降の歌人たちに集中的にうたわれた素材である。おそらくその契機は、大宰府でおこなわれた宴において詠まれた「梅花の歌三十二首」（巻五・八一五〜八四六）であり、この歌群に追和した歌（巻五・八四七〜八五二、八六四、巻十七・三九〇一〜三九〇六、巻十九・四一七四）までふくめると四十六首を数え、『萬葉集』における梅の歌を考える上で重要な位置を占める。さらに、梅をうたった歌人たちについても、『萬葉集』の配列などを鑑みると、大伴旅人・大伴坂上郎女・大伴家持などの大伴氏やその周辺の人物に偏るようである。

しかし、梅を詠んだ歌のなかに、

・梅柳《うめやなぎ》　過ぐらく惜《を》しみ　佐保《さほ》の内に　遊びしことを　宮もとどろに　（巻六・九四九）

右、神亀《じんき》四年正月に、数《あまた》の王子《みこ》と諸《もろもろ》の臣子等《おみのこたち》と、春日野《かすがの》に集《つど》ひて打毬《ちやうきう》の楽《あそび》をなす。…

冬十二月十二日に、歌儛所《うたまひどころ》の諸《もろもろ》の王《みこ》・臣子等《おみのこたち》、葛井連広成《ふぢゐのむらじひろなり》の家《いへ》に集《つど》ひて宴する歌二首（より）

・我《わ》がやどの　梅咲きたりと　告げ遣《や》らば　来《こ》と言ふに似たり　散りぬともよし　（巻六・一〇一一）

・ももしきの　大宮人《おほみやひと》は　暇《いとま》あれや　梅をかざして　ここに集《つど》へる　（巻十・一八八三）

などの歌もあることから、大伴氏やその周辺に限らず「風流意気《ふうりういき》の士《をのこ》」（巻六・一〇一一前文）たちが梅を好み、それを歌に詠んだようである。

そこで、「梅花の歌三十二首」関連歌以外で梅の歌が集中的にみられる、いわゆる季節歌巻と呼ばれている巻八・巻十の歌を中心に『萬葉集』における梅の歌を概観してみたい。

三　冬木の梅は花咲きにけり

『萬葉集』にうたわれた梅については、すでに多くの論考が発表されている（末尾の参考文献を参照）。それらの学恩に浴しながら、萬葉びとたちの梅に対する意識を探る上で、まず萬葉びとたちが詠んだ梅について、季節ごとにまとめてみたのが次表である。なお、「梅花の歌三十二首」（巻五・八一五〜八四六）に対する追和歌のなかには秋七月十日の歌（巻五・八六四）や冬十二月九日の大伴書持《ふみもち》の歌（巻十七・三九〇一〜三九〇六）もあるが、追和ということを考えて「梅花の歌三十二首」と同様に春の梅を詠んだものとして分類する。

	春の梅	冬の梅	季節表現なし
巻八	1423 1426 1434 1436 1437 1438 1445 ・ 1452 （8首）	1640 1641 1642 1644 1645 1647 1648 1649 1651 1652 1653 ・ 1656 1660 1661 （14首）	
巻十	1820 1833 1834 1840 1841 1842 1853 1854 1856 1857 1858 1859 1862 1871 1873 1883 ・ 1900 1904 1906 1918 1922 （21首）	2325 2326 2327 2328 2329 2330 ・ 2335 2344 2349 （9首）	
その他	786 788 792 815 〜 846 847 〜 852 864 949 3901 〜 3906 4041 4174 4238 4282 4283 4287 4496 4497 4500 4502 （59首）	1011 4134 4277 4278 （4首）	392 398 399 400 453 4241 （6首）

数値的には圧倒的に春に詠まれた梅の歌が多く、巻五の「梅花の歌三十二首」のなかの

正月《むつき》立ち　春の来《きた》らば　かくしこそ　梅を招《を》きつつ　楽しき終《を》へめ　（紀男人《きのおひと》　巻五・八一五）

春されば　まづ咲くやどの　梅の花　ひとり見つつや　春日《はるひ》暮らさむ　（山上憶良　巻五・八一八）

春なれば　うべも咲きたる　梅の花　君を思ふと　夜眠《よい》も寝《ね》なくに　（板茂安麻呂《いたもちのやすまろ》　巻五・八三一）

などのように、萬葉びとたちは梅を春の花として捉えていたとするのが一般的な解釈だろう。

しかし、さきの三首のように明確なかたちで春の梅を詠んだ歌よりも、『萬葉集』では雪とともにうたわれたり、冬の歌とされる梅の歌が相当数みられることに、むしろ着目しなければならない。

さきの表からわかるように、作者が判明している季節歌を集めた巻八では、春の梅の歌よりも冬の方が圧倒的に多い。しかも、春の梅の歌として分類された歌のうち、

ア　我《わ》が背子《せこ》に　見せむと思《おも》ひし　梅の花　それとも見えず　雪の降れれば　（山部赤人　一四二六）

イ　霜雪《しもゆき》も　いまだ過ぎねば　思はぬに　春日《かすが》の里に　梅の花見つ　（大伴三林《みはやし》　一四三四）

ウ　含《ふふ》めりと　言ひし梅《うめ》が枝《え》　今朝《けさ》降りし　沫雪《あわゆき》にあひて　咲きぬらむかも　（大伴村上《むらかみ》　一四三六）

エ　風交《かざま》じり　雪は降るとも　実《み》にならぬ　我家《わぎへ》の梅を　花に散らすな　（大伴坂上郎女　一四四五）

のように雪とともにうたわれた歌が梅を詠んだ歌の半数を占める。さらには、冬の梅の歌についても、

冬雑歌　十九首のうち　梅を詠んだ歌　十一首　・　雪を詠んだ歌　十四首
冬相聞　九首のうち　梅を詠んだ歌　三首　・　雪を詠んだ歌　五首

というように、冬の景物の代表である雪を詠んだ歌と春の景物と考えられている梅を詠んだ歌が拮抗した状況にあり、

オ　引き攀《よ》ぢて　折《を》らば散るべみ　梅の花　袖《そで》に扱入《こき》れつ　染《し》まば染《し》むとも　（三野石守《みののいそもり》　一六四四）
カ　梅の花　折《を》りも折らずも　見つれども　今夜《こよひ》の花に　なほ及《し》かずけり　（他田広津娘子《おさたのひろきつのおとめ》　一六五二）
キ　今のごと　心を常《つね》に　思へらば　まづ咲く花の　地《つち》に落ちめやも　（県犬養娘子《あがたいぬかいの》　一六五三）
ク　酒坏《さかづき》に　梅の花浮かべ　思ふどち　飲みての後《のち》は　散りぬともよし　（大伴坂上郎女　一六五六）
ケ　梅の花　散らすあらしの　音《おと》のみに　聞きし我妹《わぎも》を　見らくし良《よ》しも　（大伴駿河麻呂《するがまろ》　一六六〇）
コ　ひさかたの　月夜《つくよ》を清《きよ》み　梅の花　心開《ひら》けて　我《あ》が思《おも》へる君　（紀女郎《きのいらつめ》　一六六一）

など、冬の歌として分類されてはいるが、歌表現だけでは明確に冬の歌と判別するのがむずかしい歌もある。おそらく巻八編者の手元には、これらの歌が冬に詠まれた歌であるとする根拠があったのだろうが、むしろ、冬に梅を詠むことを認知していた萬葉びとが多かったと考えるべきではなかろうか。

イ　霜雪《しもゆき》も　いまだ過ぎねば　思はぬに　春日《かすが》の里に　梅の花見つ　（大伴三林　一四三四）
ウ　含《ふふ》めりと　言ひし梅《うめ》が枝《え》　今朝《けさ》降りし　沫雪《あわゆき》にあひて　咲きぬらむかも　（大伴村上　一四三六）
キ　今のごと　心を常《つね》に　思へらば　まづ咲く花の　地《つち》に落ちめやも　（県犬養娘子　一六五三）

すでに掲げたこの三首のうちイ・ウは春、キは冬の梅を詠んだものである。ウは梅のつぼみが「沫雪」に出会って「咲きぬらむ」と推測しているが、春先の雪と考えられることの多い「沫雪」という素材は春だけでなく、「沫雪《あわゆき》に　降らえて咲ける　梅の花　君がり遣《や》らば　よそへてむかも」（角広弁《つののひろべ》　巻八・一六四一）や後掲するサやスの歌のように、冬に分類された歌においてもうたわれる。また、イの「霜雪もいまだ過ぎ」ていないのに「思はぬに」梅の花が咲いたという歌いぶりは、春というよりも冬の梅を詠んだと解するほうがふさわしく、冬の歌であるキで「まづ咲く花」と梅がうたわれているのに近しい。おそらくイ・ウや一六四一番歌がそれぞれ春と冬に分類されたのは、さきのオ〜コ同様に、巻八編者の手元に根拠があったからだろうが、このキと同じような歌いぶりの歌が、冬の歌として分類されている梅の歌にいささか見受けられることに注目したい。

サ　十二月《しはす》には　沫雪《あわゆき》降ると　知らねかも　梅の花咲く　含《ふふ》めらずして　（紀女郎《きのいらつめ》　一六四八）

シ　今日《けふ》降りし　雪に競《きほ》ひて　我《わ》がやどの　冬木《ふゆき》の梅は　花咲きにけり　（大伴家持　一六四九）

ス　沫雪《あわゆき》の　このころ継《つ》ぎて　かく降らば　梅の初花《はつはな》　散りか過ぎなむ　（大伴坂上郎女　一六五一）

十二月の「沫雪」のなかつぼみのままで待つことなく花咲く梅（サ）や、「雪に競ひて」花咲く梅（シ）は、まさに「梅の初花」（ス）にちがいなく、萬葉びとたちは、たんに春の花として梅を捉えていたというよりも、冬の素材としても認知していたと考えるべきなのではなかろうか。つまり、冬の終わ

りに雪にまじって花咲くことがある、まさに春を告げる花として、萬葉びとは冬に梅をうたっていたのだ。したがって、

エ　風交《かぜま》じり　雪は降るとも　実《み》にならぬ　我家《わぎへ》の梅を　花に散らすな　（大伴坂上郎女　一四四五）

セ　我《わ》が岡《をか》に　盛《さか》りに咲ける　梅の花　残れる雪を　まがへつるかも　（大伴旅人　一六四〇）

の歌いぶりについてそれぞれ寓意（エ）や漢詩の影響（セ）が指摘されてはいるが、むしろ、梅の盛りが「雪」とともにおとずれることもあったことを認知していた上での歌いぶりであることを、まず考えるべきだろう。

ところで、萬葉びとたちが梅を冬の終わりから春にかけての素材として認識していたと思しいことは、これまで掲出した巻八の歌々以上に、歌の内容によって分類が施されている作者未詳歌巻の巻十においてより明白に確認できる。

春雑歌「雪を詠む」(1)　十一首のうち　五首　　冬雑歌「雪を詠む」　九首のうち　〇首
春雑歌「花を詠む」　二十首のうち　八首　　冬雑歌「花を詠む」　五首のうち　五首
　　　　　　　　　　　　　　　　　　　　冬相聞「雪に寄する」十二首のうち　一首
春相聞「花に寄する」　九首のうち　三首　　冬相聞「花に寄する」　一首のうち　一首

と、巻十には梅を詠んだ歌がみえる。とくに、冬の歌として分類されたなかで、雑歌の「花を詠む」や

相聞の「花に寄する」はすべて梅を詠んだ歌である。これは、梅という素材のためにあえて「花を詠む・花に寄する」という標目が立てられたと考えざるをえない。

ソ　誰《た》が園《その》の　梅《うめ》の花そも　ひさかたの　清《きよ》き月夜《つくよ》に　ここだ散り来《く》る　（二三二五）
タ　梅の花　まづ咲く枝《えだ》を　手折《たを》りてば　つとと名付《なづ》けて　よそへてむかも　（二三二六）
チ　誰《た》が園《その》の　梅にかありけむ　ここだくも　咲きてあるかも　見が欲《ほ》しまでに　（二三二七）
ツ　来《き》て見べき　人もあらなくに　我家《わぎへ》なる　梅の初花《はつはな》　散りぬともよし　（二三二八）
テ　雪寒み　咲きには咲かず　梅の花　よしこのころは　かくてもあるがね　（二三二九）
ト　我《わ》がやどに　咲きたる梅を　月夜良《つくよよ》み　夕々《よひよひ》見せむ　君をこそ待て　（二三四九）

ソ〜テが冬雑歌の「花を詠む」、トが冬相聞の「花に寄する」に分類されている歌である。「雪」がうたわれるテをのぞくと、一般的に冬の素材と考えられているものがうたわれていない。これらが冬の歌として分類されたのは、巻八のように巻十編者の手元に根拠があったと考えるのが穏当であろう。しかし、「まづ咲く枝」（タ）・「梅の初花」（ツ）や「雪寒み咲きには咲かず」（テ）という歌いぶりは、さきに掲げた巻八のサ〜スに同じい。同様に、秋の素材として認識されていたと思しい「露」を基準に分類されている

ナ　妹《いも》がため　上枝《ほつえ》の梅を　手折《たを》るとは　下枝《しづえ》の露に　濡《ぬ》れにけるかも　（二三三〇「露を詠む」）

ニ　咲き出照《でて》る　梅の下枝《しづえ》に　置く露の　消《け》ぬべく妹《いも》に　恋ふるこのころ　（二三三五「露に寄する」）

の歌も、一般的に冬の素材と考えられているものがまったく詠みこまれていない。これらが冬の歌として分類されたのは編者の手元にあった根拠によるとされているが、このような歌が詠まれた背景に、萬葉びとたちが冬の素材として梅を認知していたことがあったと考えるべきではなかろうか。

ヌ　梅《うめ》の花　降り覆《おほ》ふ雪を　包《つつ》み持ち　君に見せむと　取れば消《け》につつ　（一八三三）

ネ　梅《うめ》の花　咲き散り過ぎぬ　しかすがに　白雪庭《しらゆきには》に　降りしきりつつ　（一八三四）

ノ　梅《うめ》が枝《え》に　鳴きて移《うつ》ろふ　うぐひすの　羽白《はねしろ》たへに　沫雪《あわゆき》そ降る　（一八四〇）

ハ　山高《やまだか》み　降り来《く》る雪を　梅の花　散りかも来《く》ると　思《おも》ひつるかも　〈一に云ふ、「梅の花　咲きかも散ると」〉　（一八四一）

ヒ　雪をおきて　梅にな恋《こ》ひそ　あしひきの　山片付《かたづ》きて　家居《いへゐ》せる君　（一八四二）

春雑歌の「雪を詠む」のなかで梅が詠まれた歌である。これらも編者の手元に根拠があったから春の歌として分類されていると考えられているが、ヒの「雪をおきて梅にな恋ひそ」の歌いぶりは冬の歌と解してもおかしくはない。これまで掲げた冬の梅の歌、なかでも一般的に冬の素材と考えられているものがうたわれていないソ〜ツ・トの歌々からすれば、このヒのほうが冬の梅を詠んだ歌としてふさわしいように感ずる。「咲き散り過ぎ」た梅の花に「白雪」が降りしきるとうたったり（ネ）、梅の花を「降り覆ふ雪」をうたう（ヌ）など、萬葉びとが梅をたんに春の素材としてだけ捉えていたのではなく、冬の素材としても認知していたことをうかがわせる。また、さきのネの歌に近しい「雪見れば　いまだ冬なり　しかすがに　春霞《はるかすみ》立ち　梅《うめ》は散りつつ」（一八六二）という春雑歌「花を詠む」歌群のなかで唯一雪をうたっている歌では、冬だと思わせるなかで春霞が立ちこめる、まさに早春に梅が散るさまをうたっている。

　このように、巻八および巻十の梅を詠んだ歌を少しく検討したなかで、萬葉びとたちがたんに春の花として梅を捉えていたのではなく、冬の素材としても認知していたことを確認してきた。つまり、冬の終わりに雪にまじって花咲くことがある、まさに春を告げる花として、萬葉びとは梅をうたっているのである。このような『萬葉集』の歌いぶりから確認できたことは、まさに「衆木之前咲華」（顕昭『古今集序注』引用の「公任卿注」）・「梅衆木前花発」（『奥義抄』引用の「或書」説）としての梅である。そこで、前掲した

今日《けふ》降りし　雪に競《きほ》ひて　我《わ》がやどの　冬木《ふゆき》の梅は　花咲きにけり　（大伴家持　巻八・一六四九）

という歌の「冬木の梅」という歌いぶりを通して、《難波津の歌》の「この花」が「木《こ》の花＝梅」と解

されるようになった背景を明らかにしてみたい。

四　冬ごもり今は春べと咲く

佐々木民夫氏は「春に向かう「冬《ふゆ》」」と題する論稿（同氏著『万葉集歌のことばの研究』おうふう刊　平16・2　初出は平3・12　以下、佐々木氏の説はこの論稿による）のなかで、『萬葉集』にみえる「冬」をふくむ語の検討を通して、「冬」という語に「春を迎える時期の、季節感覚・季節認識」を読み取られ、「春に向かう冬」が萬葉びとのうたう「冬」という語の意味するところであることを明らかにされた。この指摘をふまえて、稿者は「「冬木成（冬隠）春」と「うちなびく春」―所謂〈春〉を導く枕詞小考―」と題する拙稿（『高岡市万葉歴史館紀要』4　平6・3　以下、前稿Bとする）を発表したことがある。

この前稿Bで稿者は、「フユコモリ（冬木成・冬隠）」という枕詞は、たんなる枕詞という虚辞的な用法だけでなく、もっと実辞的な意味をふくみ持っていたと考えるべきだと主張し、

冬木が茂りはじめ、万物も「こもり」から解き放たれる〈春〉へと推移する時間を「冬木成（冬隠）」という語が表現としていると考えられるのである。

と結論づけた。そして、このような枕詞フユコモリのふくみ持っていた実辞的部分、つまり萬葉びとたちの「冬」という語に対する季節認識は、継承発展させた形で『古今和歌集』のなかでうたわれていることも指摘した。

雪ふれば冬ごもりせる草も木も春に知られぬ花ぞ咲きける　（巻六・冬歌　紀貫之《きのつらゆき》）
冬ごもり思ひかけぬを木の間《こま》より花と見るまで雪ぞ降りける　（巻六・冬歌　紀貫之）

この貫之の二首と《難波津の歌》の計三例が、『古今和歌集』にみえる「冬ごもり」である。二首の用例を貫之の個人的な嗜好と解することもできようが、実際には同じ巻六・冬歌におさめられた

白雪の所もわかず降りしけばいはほにも咲く花とこそ見れ　（紀秋岑《きのあきみね》）
冬ながら空より花の散りくるは雲のあなたは春にやあるらむ　（清原深養父《きよはらのふかやぶ》）
雪降れば木ごとに花ぞ咲きにけるいづれを梅とわきて折らまし　（紀友則《きのとものり》）

の歌などから、雪を花に見立てるという常套的な技法のなかでの貫之の創意として、「「春」の形容であった万葉のフユコモリを、「冬」を表現するフユゴモリに転化させた」（尾川真知子氏「冬ごもりの歌」『星稜論苑』10　平元・12）形でうたわれたと考えられる。さらに尾川氏は、別の論稿「フユコモリとフユゴモリ」（『川口朗先生退職記念文集』川口朗先生退職記念会刊　平元・5）でより詳細な検討を加えられて、「冬」に重きを置いて春の到来の「時」という瞬間を形容していたフユコモリが、「こもる」という連続した時間に重きを置いたフユゴモリへと平安時代以降に移行していたと結論づけられている。

たしかに、さきの貫之の歌にみえる「冬ごもり」は直接的に春と結びつかず、あくまでも冬の状態を

あらわしている。さらに、この貫之歌の「冬ごもり」はそれぞれ「冬ごもりす」「冬ごもる」という動詞となっていることにも注目すべきであろう。つまり、『古今和歌集』にうたわれた二首のフユゴモリは、けっして『萬葉集』の枕詞フユコモリと同質ではない。この看過できない「転化・移行」(尾川氏の指摘)によって、《難波津の歌》の「この花」が「木《こ》の花＝梅」と解されることとなったと考えられるのである。

おそらく出土木簡や『古今和歌集』に記載された次元での《難波津の歌》は、

難波津に咲くやこの花　／　［フユコモリ］今は春べと咲くやこの花

と、フユコモリが春の枕詞として機能した二句切れの歌として捉えられていたはずであろう。しかし、『古今和歌集』仮名序に挿入された「古注」に代表されるような《難波津の歌》享受の流れのなかで、さきに掲げた貫之歌にみられるようなフユゴモリへの「転化・移行」によって、

難波津に咲くやこの花フユゴモリ　／　今は春べと咲くやこの花

と、「難波津に咲くやこの花」がフユゴモリしていたと解する三句切れの歌として捉えられるようになったのである。しかし、たとえフユゴモリが動詞に解されようとも、フユゴモリしていた「この花」

が「今は春べと咲」いたというだけではすぐさま梅と結びつくことはない。「この花」が「木《こ》の花」と解されて梅に結びついたのは、おそらく「転化・移行」する前の『萬葉集』にみえる枕詞フユコモリがかかわったと稿者は考える。

　枕詞であったフユコモリが動詞フユゴモリへと「転化・移行」していく契機は、『萬葉集』にみえるフユコモリ十例のうち三例（巻七・一三三六、巻十・一八四四、巻十・一八九一）の「冬隠」という表記がかかわっていると考えられることは前稿Bで述べた。そして、のこる七例（巻一・一六、巻二・一九九［2例］、巻三・三八二、巻六・九七一、巻九・一七〇五、巻十三・三二二二）の「冬木成」という表記こそが、「この花」を「木《こ》の花＝梅」と解する契機になったのではないだろうか。

『萬葉集』における枕詞フユコモリの語義やかかり方をめぐる研究史については、前稿Bでそれまでのものを概観しておいたが、その後も曽倉岑氏や垣見修司氏の論稿が発表されている（末尾の参考文献を参照）。しかし、《難波津の歌》をめぐる「古注」の言説「この花は梅花をいふなるべし」は、『萬葉集』におけるフユコモリの語義やかかり方そのものを明らかにしたとしても解決できるものではない。ただ、澤瀉久孝氏「「冬木成」攷」（同氏著『萬葉古径三』日本書院刊　昭28・4）が「冬木成」という表記に注目して、冬に葉が落ちた木がふたたび茂って春になるという脈絡で枕詞フユコモリを解されたことは看過できない。さらに、佐々木民夫氏が『萬葉集』のなかで「春木」「夏木」「秋木」という用例がないのに比して「冬木」のみがうたわれていることに着目され、「冬木」が冬という季節の特徴のひとつとして捉えられているのではないかと指摘されたことにも注目しなければならない。

我《わ》がやどの　冬木《ふゆき》の上《うへ》に　降る雪を　梅の花かと　うち見つるかも　（巨勢宿奈麻呂《こせのすくなまろ》　巻八・一六四五）

今日《けふ》降りし　雪に競《きほ》ひて　我《わ》がやどの　冬木《ふゆき》の梅は　花咲きにけり　（大伴家持　巻八・一六四九）

枕詞フユコモリの表記「冬木成」の七例をのぞくと、「冬木」という語はこの二首のみにうたわれている。隣接したなかでうたわれてはいるが、宿奈麻呂の歌が「雪の歌」、家持歌は「雪梅の歌」と題されているように歌そのものの主眼は異なるが、いずれも梅の冬枯れたさまを「冬木」とうたっている点は共通する。冬枯れた木はけっして梅に限るものではない。しかし、『萬葉集』において「冬木」とうたわれているのが梅に限られるのは、前節で検討したように、萬葉びとたちが冬の素材としても梅を認知し、冬の終わりに雪にまじって花咲くことがある、まさに春を告げる花として梅をうたっていることと深くかかわると考えざるをえない。おそらく澤瀉氏の指摘したような冬に葉が落ちた木がふたたび茂って春になるという脈絡で捉えられる「冬木成」と、『萬葉集』においては梅に限ってうたわれた「冬木」が結びつけられた結果、《難波津の歌》の「この花」が「木《こ》の花」と解されるなかで、フユゴモリしていたが「今は春べと咲」き出した「この花」は、「木《こ》の花＝梅」と解されるようになったのではなかろうか。

ちなみに『萬葉集』における「冬木成」七例のうち花がうたわれているのは、

・冬木成　春さり来《く》れば　鳴かざりし　鳥も来《き》鳴きぬ　咲かざりし　花も咲けれど…

（額田王　巻一・一六）

・…冬木成　春さり行《ゆ》かば　飛ぶ鳥の　早く来《き》まさね　竜田道《たつたぢ》の　岡辺《をかへ》の道に　丹《に》つつじの　にほはむ時の　桜花《さくらばな》　咲きなむ時に　山たづの　迎《むか》へ参《ま》ゐ出《で》む　君が来《き》まさば

（高橋虫麻呂　巻六・九七一）

の二例のみで、額田王歌は漠然とした「花」、虫麻呂歌は「丹つつじ」と「桜花」のふたつを詠むという状況にある。つまり「冬木成」と梅が直接的に結びつく用例はない。しかし、

・冬木成　春へを恋《こ》ひて　植ゑし木の　実《み》になる時を　片待《かたま》つ我《われ》ぞ　（柿本人麻呂歌集　巻九・一七〇五）

の歌について、小学館刊『新編日本古典文学全集』本が頭注で「植ゑし木」が梅である可能性を指摘していることに着目しなければならないだろう。『萬葉集』において「実」がうたわれるのは梅に限られるわけではなく、むしろ「橘」の実がうたわれる場合が多い（巻六・一〇〇九、巻八・一四七八、一四八九、巻十八・四一一一・四一一二、巻十九・四二二六など）。そのなかで、

妹《いも》が家《いへ》に　咲きたる花の　梅の花　実にし成りなば　かもかくもせむ　（藤原八束《やつか》　巻三・三九九）

風交《かぜま》じり　雪は降るとも　実《み》にならぬ　我家《わぎへ》の梅を　花に散らすな　（大伴坂上郎女　巻八・一四四五）

のような用例があることを考えると、人麻呂歌集歌が「春へを恋ひて植ゑし」とうたった木は梅である可能性がきわめて高いと思われる。この歌の「冬木成　春へを恋ひて」という表現は《難波津の歌》に近しく、もしかすると「木《こ》の花＝梅」と解する根拠のひとつとなったかもしれないということを付言しておきたい。

『萬葉集』にみえる枕詞フユコモリが動詞フユゴモリへと「転化・移行」するなかで《難波津の歌》は、いささか本来とは異なる形で解されるようになった。その過程で、「冬木成」という春を導く枕詞と、数は少ないが「冬木の梅」が『萬葉集』でうたわれていることが作用して「冬ごもり（していたが）今は春べと咲」き出した「この花」は、「木《こ》の花＝梅」と解されるようになったのである。

五　さいごに

『古今和歌集』の時代にはじまる『萬葉集』享受の流れは、多くの研究者によってさまざまに確認されている。このような享受の流れは、現代の萬葉研究のように歌をより正確に理解しようとするよりも、みずからの歌作のためや、「歌の家」としての権威づけのために都合よく利用するほうが多かったと言っても過言ではない状況にある。そして、『萬葉集』の時代に生きた仁徳天皇にまつわる《難波津の歌》が享受される場合もまた、『萬葉集』享受と同じ状況にあったにちがいない。

前節で指摘したように、本来《難波津の歌》は二句切れで解して、難波津に咲く、この花よ。(フユコモリ)今は春らしくなったと咲く、この花よ。

と、第二句と第五句をくり返す形の歌であった。このようなくり返しを伴う歌は『萬葉集』にも多く、「謡い物の形を伝えるもの」(伊藤博氏『萬葉集釋注』五五番歌の注での発言)と考えられている。(2) そして、この次元では「この花」はけっして「木《こ》の花=梅」と意識されていなかったであろう。

それが、『古今和歌集』仮名序に挿入されている「古注」にはじまる《難波津の歌》享受のなかで、

難波津に咲く木の花は冬ごもりしていたが、今は春らしくなったと咲くよ、木の花は。

と解されるようになった。そして、『萬葉集』における梅の歌いぶりや「冬木」をめぐる表現などを、まさに都合よく利用して「木《こ》の花=梅」という解釈を生みだし、《難波津の歌》は本来とはちがう形で解されることとなったのである。

この「難波津に咲く木の花」が梅であるという解釈は、その後、「難波津《なにはづ》といふは、なんばの宮をいひ」という『俊頼髄脳』の言説(前掲)もあってか、仁徳天皇の宮であった「難波高津宮」に結びつけられて「高津の宮の梅」という新たな素材を生みだすことになったり、さまざまな文学作品の発想の基盤として利用されたりなどしている(末尾の参考文献を参照)。

最後に、冒頭に記したように「咲くやこの花」ということばを頻繁に利用してきた大阪市の花は、じ

つは桜なのだ。その代わりと言っては申し訳ないが、大阪府の花が梅である。二節で引用した山田孝雄氏『櫻史』が力説した《難波津の歌》の「この花」を桜だとする解釈は、長い享受の歴史を経て、現在の大阪市の花という形であらわれていることを付言しておきたい。

《難波津の歌》享受の先蹤となる『古今和歌集』仮名序に挿入された「古注」において、「この花は梅花をいふなるべし」という言説が生じた背景に、『萬葉集』における梅のうたわれ方や「冬木」という表現がかかわったことについて卑見を呈示した。はなはだ煩雑な上に、性急な結論であるが、ご教示・ご叱正をお願いする次第である。

注1　現存諸本のうち紀州本のみが一八三一番歌の前に「雪を詠む」という標目を記す。現行テキストの多くは「雪を詠む」の標目を記さず、一八三一番歌から一八四二番歌の十一首を直前の標目「鳥を詠む」にふくめている。しかし、この十一首はいずれも雪を詠んでおり、鳥をうたっている歌が二首（一八三七、一八四〇）にすぎないことから、紀州本の「雪を詠む」という標目が本来あったと本稿は考えておく。

2　澤瀉久孝氏『萬葉古徑三』（日本書院刊　昭28・4）所収の「朝踏ますらむその草深野」と題する論稿が、『萬葉集』における用例を掲出している。

【参考文献】（本文中に引用しなかったものを掲出する）

Ⅰ 『萬葉集』の梅（とくに冬の梅）に関するもの

・渡辺護氏「梅の花雪にしをれて」（同氏著『万葉集の題材と表現』大学教育出版刊 平17・11 初出は昭55・7）
・重留妙子氏「万葉集における梅の歌考」（『国文研究』（熊本県立大学）26 昭55・10）
・長谷川久美子氏「万葉集と古今集の梅花の歌」（『東京成徳国文』11 昭63・3）
・平舘英子氏「梅と雪―旅人―」、「梅と雪―書持―」（同氏著『萬葉歌の主題と意匠』塙書房刊 平10・2 初出は平8・7）
・駒木敏氏「「雪中梅歌」考―四季部立歌巻の形成―」（伊井春樹・高橋文二・廣川勝美編『源氏物語と古代世界』新典社刊 平9・10）
・菊地義裕氏「春の花にみる精神史―万葉の椿と梅と―」（『東洋大学短期大学紀要』29 平9・12）
・佐藤隆氏「大伴家持の雪歌―雪梅歌と天平勝宝三年宴席歌―」（同氏著『大伴家持作品研究』おうふう刊 平12・5 初出は平10・3）
・坂本糸子氏「季節歌における取り合わせ表現―「雪梅歌」をめぐって―」（『上智大学国文学論集』33 平12・1）
・市瀬雅之氏「渡来した花―万葉の「梅」―」（梅花女子大学日本文学科編『梅の文化誌』和泉書院刊 平13・3）
・拙稿「冬の「月を詠む」―家持「雪月梅花を詠む歌」覚書―」（本論集4『時の万葉集』笠間書院刊 平13・3）
・中川正美氏「万葉集から古今集へ―梅花の表現―」（藤岡忠美先生喜寿記念論文集刊行会編『古代中世和歌文学の研究』和泉書院刊 平15・2）

・田中夏陽子研究員「巻八にみられる雪歌について—一六四〇・一六四一番歌の梅花の表現—」（『高岡市万葉歴史館紀要』15　平17・3）

・小林祥次郎氏『梅と日本人』（勉誠出版刊　平20・3）

II枕詞「冬こもり」に関するもの

・曽倉岑氏「冬こもり考」（『青山語文』29　平11・3）

・垣見修司氏「「冬こもり」攷」（『皇學館論叢』34—6　平13・12）

III《難波津の歌》享受に関するもの

・大久保正氏「梅と櫻」（同氏著『萬葉の伝統』塙書房刊　昭32・11）

・安田純生氏「高津の宮の梅」（同氏著『歌枕の風景』砂子屋書房刊　平12・12　初出は平10・6）

・山崎馨氏「難波津の歌」（『史聚』33　平12・9）

・山崎馨氏「「難波津の歌」補修稿」（『史聚』34　平13・12）

＊使用テキスト（本文中に注記しなかったもの　なお、適宜引用の表記を改めたところがある）

↓　小学館刊『新編日本古典文学全集』

正月の歌

関　隆司

一　はじめに

古代の政治は、「令」と「礼」によって執り行われていた。「令」は基本法で、「礼」は儀式作法である。

その「令」に、次のような規定がある。

凡そ元日には、国司皆僚属郡司等を率ゐて、庁に向ひて朝拝せよ。訖りなば長官賀を受けよ。宴設くることは聴せ。其れ食には、当処の官物及び正倉を以て充てよ。須《もち》ゐむ所の多少は、別式に従へよ。（儀制令18）

これに従えば、正月一日に全国の国庁で次のような行事が行われていたことになる。

赴任国で新年を迎えた国司は、各郡の郡司たちを率いて、まず「庁」に向かって「朝拝」をする。その後、国守が「賀」を受ける。

「朝拝」の時間は、日の出とともにであったのだろうか。「庁」は建物を指すと考えれば、庭に並んで、建物に向かって拝礼したのだろうか。国守はどこで「賀」を受けたのだろうか。これらの儀式は、「礼」の思想に基づいて行われたはずなのだが、詳細はわからない。

そして、一連の儀式のあと、「宴設くることは聴せ」と、公費での宴が設けられたのだ。

その宴の場で披露されたと考えられる歌が、万葉集に二首残っている。どちらも大伴家持の歌である。

ひとつは、万葉集の最後を飾ることでよく知られた次の歌である。

三年正月一日、因幡国の庁にして、饗を国郡の司等に賜ふ宴の歌一首

新《あらた》しき　年の初めの　初春《はつはる》の　今日《けふ》降る雪の　いや重《し》け吉事《よごと》

右の一首、守大伴宿禰家持作る。　（巻二十・四五一六）

この歌が詠まれた天平宝字三年（七五九）の元日は、天平十二年以来十九年ぶりに立春と重なっており、まさに「年の初め」が「初春」だったのである。そして、「今日降る雪の」とその日に雪が降っていたからこそ、この歌が生まれたのだ[1]。

もう一首は、家持が越中守だった天平勝宝二年（七五〇）の歌である。

天平勝宝二年正月二日に、国庁にして饗を諸の郡司等に給ふ宴の歌一首

あしひきの　山の木末《こぬれ》の　寄生《ほよ》取りて　かざしつらくは　千年寿《ちとせほ》くとぞ

右の一首、守大伴宿禰家持作る。　（巻十八・四一三六）

題詞に「正月二日」とあるが、「国庁にして饗を諸の郡司等に給ふ」とあるのだから、日付は二日だが、内容は「元日の宴」と見て誤りないだろう。おそらく一日が雨や雪であったため、翌日に延期されたものと想像できる。宴の場に、誰かがホヨを持ってきたから、この歌が詠まれたのだろう。

冒頭に掲げた「儀制令」は復元された「養老令」だが、「大宝令」にも、語句の異同などはあるにしても、同様の条文があったと考えておく。すると、少なくとも「大宝令」公布以後、毎年正月一日には、全国の国庁で国司と郡司の宴が催されていたこととなる。それなのに、正月一日の国庁での宴に関わる歌が、万葉集に二首しか残らず、どちらも大伴家持の歌であることは、万葉集全体の問題として論じられてよい。

一方『続日本紀』によれば、家持は、天平十七年（七四五）に従五位下を授けられたあと、宮内少輔を経て越中守に転じている。家持は天平十八年（七四六）六月から天平勝宝三年（七五一）七月まで越中守であった。その間に、五回の正月を迎えていることになるわけだが、正月一日の国庁の宴の歌は一首しかない。これも問題にしてよいだろう。

家持が、越中守から少納言、兵部少輔・大輔と務めて、再び外官に転じたのが因幡守であった。因幡守としての最初の正月一日の宴が、冒頭の四五一六番歌である。その後の歌は、そもそも万葉集にないのだから、家持の越中時代を詳しく見るしかない。

◆二 越中万葉の正月の歌

家持は、越中守として迎えた五回の正月をどこで過ごしたのだろうか。
初めて迎えた天平十九年（七四七）の正月は越中で迎えたようで、万葉集巻十七に収められている。
正月前からの部分を掲げてみれば次のようになる。

相歓《あひよろこ》ぶる歌二首

（三九六〇　短歌省略）
（三九六一　短歌省略）

右、天平十八年八月をもちて、掾大伴宿禰池主大帳使に附して、京師に赴き向かふ。しかして同じ年十一月、本任に還り至りぬ。よりて詩酒の宴を設け、弾糸飲楽す。この日、白雪たちまちに降り、地に積むこと尺余なり。…後略…

たちまちに枉疾《わうしつ》に沈み、ほとほと泉路に臨む。よりて歌詞を作り、もちて悲緒《ひしょ》を申《の》ぶる一首

（三九六二　長歌省略）

（三九六三　短歌省略）

（三九六四　短歌省略）

右、天平十九年春二月二十日に、越中国の守の館に病に臥して悲傷《かなし》び、いささかにこの歌を作る。

天平十八年（七四六）の十一月から天平十九年二月二十日まで、歌がない。三九六一番歌の左注によれば、十一月に三十センチ以上の雪が降り積もったという。越中でのはじめての冬は思いもかけぬ大雪で、妻のいない慣れぬ赴任地で体調を崩したのだろうか。三九六二番歌題詞には「ほとほと泉路に臨む」とあって、相当な重症だったと想像される。

「職員令70」には、次官である「介」の職掌に「掌らむこと守に同じ。」とあるから、病気の家持に代わって、次官が賀を受けたのかもしれない。長官が欠席しても宴は開かれたのだろう。

翌年、天平二〇年（七四八）の正月も、やはり空白がある。

前年天平十九年九月二十六日の「放逸せし鷹を思ひ、夢に見て感悦して作る歌」（四〇一一～一五）に続いて、三国五百国から聞いた高市黒人の歌（四〇一六）があり、続く四〇一七～四〇二〇の左注に、

右の四首、天平二十年春正月二十九日、大伴宿禰家持。

とある。黒人の歌を聞いたのが天平十九年か二〇年なのかさえ判明しない。

天平二一年は、四月十四日に天平感宝と改元し、さらに七月二日に天平勝宝への改元が行われた年である。残念なことに、万葉集巻十八は、天平二〇年三月十六日頃の歌の次は、翌天平感宝元年五月五日まで飛んでいる。平安時代に破損したとの説が有力だが、どのような理由であれ、現存していない。

天平勝宝二年（七五〇）の正月は、巻十八に次の歌を収める。家持が越中守になって四度目の正月である。この時の歌が、既に掲げた、

天平勝宝二年正月二日に、国庁にして饗を諸の郡司等に給ふ宴の歌一首
あしひきの　山の木末《こぬれ》の　寄生《ほよ》取りて　かざしつらくは　千年寿《ちとせほ》くとそ
（巻十八・四一三六）

である。

天皇の朝賀も、雨で延期されることはあるので、そのような理由で延期されたと考えても問題はない。ただし、翌年の正月は、大雪のために、延期ではなく中止になったのかも知れない。

翌天平勝宝三年（七五一）の正月は、巻十九に次のようにある。

天平勝宝三年
新《あらた》しき　年の初めは　いや年に　雪踏み平《なら》し　常かくにもが

右の一首の歌、正月二日に、守の館に集宴す。ここに降る雪ことに多く、積みて四尺あり。すなはち主人大伴宿禰家持この歌を作る。
（巻十九・四二二九）

正月一日の歌はないのだが、二日に「守館」で宴が開かれたことがわかる。この歌の次には、

降る雪を　腰になづみて　参り来《こ》し　験《しるし》もあるか　年の初めに
右の一首、三日に、介内蔵忌寸縄麻呂の館に会集して宴楽する時に、大伴宿禰家持作る。
（巻十九・四二三〇）

とあって、「三日」には「四尺」（一メートル二十センチ）もの雪をかきわけて「介館」に集まったことがわかる。大変な大雪だったのだ。近い場所に居住していた国司たちは行き来できたのだろうが、国内の郡司らが集まるのは無理だったのではないか。元日の朝拝や宴も中止されたのではないだろうか。いろいろなことが想像されるが実態はまったくわからない。

そもそも、「令」には、

凡そ元日には、親王以下を拝すること得じ。唯し親戚及び家令以下は、禁《いさ》むる限に在らず。
（儀制令9）

と、正月一日には、天皇・皇后・皇太子以外の者を拝してはならないという規定がある。

『日本書紀』によれば、大宝令制定以前の天武八年（六七九）正月七日に、

凡そ正月の節に当りて、諸王・諸臣と百寮は、兄姉より以上の親と己が氏長を除きて、以外は拝むこと莫れ。…後略…

という詔が出されており、さらに『続日本紀』文武元年（六九七）閏十二月二十八日には、

正月に往来して拝賀の礼を行ふことを禁む。如し違犯する者有らば、浄御原朝庭の制に依りて決罰す。但し祖・兄(2)と氏上とある者とを拝むことを聴す。

とあって、正月一日の拝賀は、天武朝以降厳しい規制がかかっていたことがわかるのである。そのため、正月一日の国庁でも、天皇の代理である「守」（不在の場合は「介」か）以外を「拝」することはなかったとも想像できるのではないか。そのため家持たちは、

正月一日　「庁」で、国司・郡司の宴　（天平勝宝二年は二日。天平勝宝三年は歌無し）
正月二日　「守館」で国司の宴　（天平勝宝三年、家持主催者として歌作）
正月三日　「介館」で国司の宴　（天平勝宝三年、家持主賓として歌作）

と、一日の宴は公式行事として催し、国司たちのプライベートな宴は、翌日以降に催されたと考えることができるのかもしれない。

問題は、万葉集に家持の歌が残されていることによって、毎年の恒例行事であったとか、他国でも同様なことが行われていただろうと安易に考えてしまうことだ。もうすこし視野を広げてみよう。

三　正月一日の朝賀

そもそも「正月」とは、「一年の始まりの月」という意味である。

古代中国においては、国によって一年の始まりが一月ではないこともあったようだが、漢の武帝が一月と定めて以来固定されたのである。その後何百年間もたってから暦が日本に伝わったため、日本では、暦を使用するようになった時からずっと、一年の始まりは一月なのだ(3)。

このように、正月は一年の始まりであるために、国家にとって重要な儀式が重なっている。正月の節日は三日あり、

元日節会（正月一日）
白馬節会（正月七日）
踏歌節会（正月十六日）

の「三節会」としてよく知られているだろう。「節会」とは「節日」の日に行われる宴会のことで、「節日」の公式行事とは別物である。

その「節日」は、「令」で次のように定められている。

凡そ正月一日、七日、十六日、三月三日、五月五日、七月七日、十一月大嘗の日を、皆節日と為よ。其れ普《あまね》くし賜はむは、臨時に勅聴け。（雑令40）

このように「令」は「節日」の日を定めているだけで、細かな内容については何も記していない。式

次第は「礼」によって規定されていたのだ。ただ残念なことに、奈良時代の「礼」の内容については、ほとんどわかっていない。

大伴家持が越中を離れた天平勝宝三年（七五一）の序文を持つ『懐風藻』の、その序文には、天智帝が「五礼を定め、百度を興したまふ。」と記している。「五礼」とは、吉（祭祀）・凶（喪葬）・賓・軍・嘉（冠婚）の礼法のことで、恐らくはさまざまな礼が記されていたはずだが、内容はまったく伝わっていない。

家持が、因幡国守として万葉集最後の歌を詠んだ天平宝字三年（七五九）頃成立の『藤氏家伝』上巻「鎌足伝」には、

此より先、帝大臣に礼儀を撰述せしめ、律令を刊定せしめたまふ。天・人の性に通して、朝廷の訓を作る。大臣と時の賢人と、旧章を損益へ、略条例を為る。

とある。このまま信じるならば、藤原鎌足が天智帝の命令によって「礼儀」と「律令」を定めたということになる。残念ながら、やはりどちらの内容も伝わっていない。

『日本書紀』には、天智十年（六七一）正月六日の記事に、

冠位・法度の事を施行ひたまふ。

とあり、「法官大輔」（のちの式部卿にあたる）に、佐平余自信と沙宅紹明の二人を任命している。佐平は百済の王族、沙宅は百済の貴族であった。天智朝の「礼」は百済式だったのだろうと想像されるが、詳細はまったくわからない。

壬申の乱を経た天武朝には、いわゆる「飛鳥浄御原令」の制定がある。古代日本の儀礼に関しては、その大きな画期を大宝元年（七〇一）の「大宝令」の制定に置くことは誰もが否定しないであろう。しかし、「大宝令」は、ただ唐令を手本としていきなり作られたものではあるまい。それまでに蓄積された、日本の慣習も取り入れられたに違いない。そしてその参考にされたもっとも重要なものが、「飛鳥浄御原令」であったと想像することに問題はないであろう。

『日本書紀』天武十年（六八一）に次の記事を見る。

天皇・皇后、共に大極殿に居しまして、親王・諸王と諸臣を喚して、詔して曰はく、「朕、今し更律令を定め、法式を改めむと欲ふ。故、倶に是の事を修めよ。然れども、頓に是の務を就さば、公事闕ること有らむ。人を分ちて行ふべし」とのたまふ。（天武十年二月二十五日）

この「律令」は、結局天武天皇の生前には間に合わず、持統三年（六八九）に、

諸司に令一部二十二巻を班ち賜ふ。（持統三年六月二九日）

と実施されるのだが、この間にさまざまな「礼」に関する記事が見えている。たとえば、

礼儀・言語之状を詔したまふ。（天武十一年八月二十二日）

とある。このように、天武朝は、礼儀ばかりか言語についても統制が図られたのだ。その他、男も髪を結うことや、漆紗冠（漆をかけた薄布の冠）を着けること（天武十一年六月六日）といったことも定められている。

天武十四年（六八五）には、爵位・服制の制度が改定されている。おそらく、着々と「飛鳥浄御原令」

が整備され、前倒しで実施されていったのだろうと考えられる。そして天武十五年の正月を迎える。天武天皇は、この年の五月二十四日に不予となり、九月九日には崩御しているので、結果的には天武にとって最後の正月となる。

天武十五年（七月に朱鳥へ改元）（六八六）正月二日の記事は、次のようにある。

大極殿に御しまして、宴を諸王卿に賜ふ。

実は、この記事こそ「元日節会」の初見である。[4]

五月の不予を受けて、七月に「朱鳥」と改元が行われる。九月の崩御後すぐに殯宮が建てられ、モガリが始まる。大津皇子の変が起こるものの持統皇后に動揺はなく、天武のモガリは続いている。

持統元年、二年の正月一日は、皇太子（草壁皇子）が、公卿・百寮人等を率いて殯宮に「慟哭」している。ある意味「拝朝」なのかもしれない。十一月になって、二年にも及ぶモガリが終わり、陵に葬られたのであった。

明けて持統三年（六八九）。正月一日の朝賀が行われている。

天皇、万国を前殿に朝せしめたまふ。（持統三年正月一日）

とある。飛鳥浄御原令の実施はこの年の六月だが、新しい令に即して行われたのではないかと想像させる。しかし、持統はまだ即位しておらず、皇后のままであるため、天皇とまったく同じ朝儀が行われたとは考えられない。だが、実態は不明としか言いようがない。

『日本書紀』のこれ以前の記事を見てみると、孝徳朝にこそ「賀正礼」（大化二、白雉元年）、「賀正」（大化四、五年）、「元日礼」（白雉三年）とあるものの、続く斉明朝七年間と天智朝十年間を通して、わずかに一例、「賀正事」（天智十年正月二日）としかない。

壬申の乱を経て天武朝になると記録が増大する。それは、斉明・天智朝の記録が少ないこととも関わって、『日本書紀』編纂者の偏向を示すのかもしれないが、いまはそれに触れないで先に進んでおこう。天武朝に入ると「賀」や「正」の文字が消え、「拝朝」（天武四・五年）、「拝朝庭」（天武十・十二・十四年）のように「拝」が現れる。

天武十一年の記事には、

勅したまはく、「今より以後、跪礼・匍匐礼、並に止めて、更に難波朝庭の立礼を用ゐよ」とのたまふ。　（天武十一年九月二日）

とあり、孝徳朝（難波朝庭）の立礼へならうようにとされている。この記事によれば、孝徳朝以後に「跪礼」や「匍匐礼」へ変わっていたということになる。

ともかく、このような礼の整備の上に、持統三年の「朝二万国于前殿一」（原文）となるのだ。「拝」という文字がないことは、儀式の内容を示しているのかもしれない。

六月に飛鳥浄御原令が実施され、明けて持統四年正月一日に、持統天皇の即位式が行われている。翌二日に、

公卿・百寮、拝朝みすること、元会の儀の如し。

との記事を見る。「拝」が使われていることに注意したい。「元会の儀」とは、元日の儀礼のことをさ

す。この一文をそのまま受け取れば、ことさら「飛鳥浄御原令」による儀式の変化があったとは思えない。

以後、『日本書紀』は、持統十一年八月の譲位までを記すが、正月一日の記事は、叙位などを記すのみで、朝儀についてはまったく触れていない。

『日本書紀』に続く『続日本紀』は、八月一日の文武天皇即位を受けて、文武元年から始まる。

文武二年八月二六日の記事に、
朝儀の礼を定む。語は別式に具なり。

とある。

「朝儀の礼」がどのようなものを指しているのか、実は明確ではないのだが、「別式」が定められ、それに依ることになったのだ。ところが残念なことに、明けた文武三年・四年には、正月一日の記事がない。おそらく、「朝儀の礼」に則って何事もなく行われたのであろう。

そして、三月一五日の記事に、
諸王臣に詔して令の文を読み習はしめたまふ。また、律の条を撰ひ成さしむ。

と見る。「大宝令」が完成し、教習が始まったのだ。「大宝令」完成後、初の正月を迎える。文武五年（七〇一）の正月である。

大宝元年春正月乙亥の朔、天皇、大極殿に御しまして朝を受けたまふ。その儀、正門に烏形の幢《はた》を樹《た》つ。左は日像・青竜・朱雀の幡、右は月像・玄武・白虎の幡なり。蕃夷の使者、左右に陳列す。

文物の儀、是に備れり。

「大宝」は、この年の三月二一日に建元されたものであるから、右の記事は、正確には文武五年正月にあたる。それまでの正月一日の儀式とは一線を画し、「朝儀の礼」と「大宝令」に基づいて執り行われたのだ。『続日本紀』の「文物の儀、是に備れり」という一文は、その事実を指すと見て誤りない。

そして、天平宝字元年（七五七）に「大宝令」を改定した「養老令」が施行される。

「養老令」は「大宝令」に対して、細かな文字の変更などのあったことが指摘されているが、儀式の様式に関する変更は、この「養老令」の採用よりも、唐から新しい「礼」が伝わったことが重大である。それは、霊亀二年（七一六）に遣唐留学生となって唐に渡り、天平六年（七三四）に帰国した吉備真備が将来した「唐礼一百卅巻」である。

この「唐礼」は百三十巻とあるので、唐の顕慶三年（六五八）に施行された「永徽礼」と考えられている。これ以降の朝廷儀式は、「永徽礼」を取り入れたものに変化していったと想像してよい。

一方、大伴家持は天平六年ごろに無位の内舎人として朝廷に出仕したと考えられている。とすれば、家持は、吉備真備がもたらした「永徽礼」が享受され、儀式が変化していく様子を見ていたはずであり、しかも家持は、宮内少輔を経験しているのであるから、朝廷儀礼の最前線にいたと考えてよい。当然その知識は、家持が越中守・因幡守となった時に、赴任国の各儀式において発露されたと考えてもいいだろう。

唐礼そのものは、「永徽礼」のあとを受けて、開元二〇年（七三二）に施行された「大唐開元礼」一五〇巻があり、これも吉備真備が、再び遣唐副使として渡ったときに将来したと考えられている。さて、考えてみるべき点はここにある。

唐礼が将来され、それを手本として日本の朝廷儀礼が整備されていけば、当然のように和歌の出番はなくなるだろう。事実、平安前期にまとめられた『内裏儀式』『内裏式』などを見ると、和歌が詠じられた様子はまったくない。

このことは、倉林正次氏が早くに指摘されている。[5] 氏は、『続日本紀』に記された天平宝字四年正月一日の記事に見られる宴が、すでに平安朝の元日節会と大差のないものになっていたと考え、もっとも始めに儀礼の形式が整ったのが元日朝賀であったと見ている。すなわち、万葉末期においては、中央宮廷において新年歌を詠進する場はなかったと考えているのである。そして、

　これに対して、地方官庁に催される元日儀礼には、まだ諷詠作歌の基盤は残されていた。朝拝の式は唐礼スタイルの新式のものであったろうが、その後に持たれる宴会は、中央の節会におけるような儀式的整頓を経たものではなかったと思われる。格式ばった宴座様式のものだけではなく、そこには自由な穏座的宴の気分が漂っていた。

とまとめられている。つまり、万葉集の正月一日の歌が越中国と因幡国のものしか残っていないのは、中央の公式な宴では和歌の出番はなくなってしまったのに対して、地方の行事では、まだ和歌を詠む機会が残っていたためということになるだろう。

しかしながら、倉林氏の「中央の節会におけるような儀式的整頓を経たものではなかった」という考え方が妥当であるならば、国庁で多くの歌が詠まれていたはずであり、万葉集にも、もっと多くの歌が残されていたはずではないだろうか。

四　節日の歌

そもそも、正月一日の行事はどのようなものであったのか。

奈良時代の史料は残念ながら見つかっていないのだが、平安朝の行事については、『内裏儀式』『内裏式』『儀式』『延喜式』『西宮記』などを手がかりにして細かく復元されている。先学の示すところに従えば、正月一日の式次第は次のようになる。

武官整列　→　文官参入　→　皇太子就座　→　天皇出御　→　皇太子奏賀　→　宣制　→
群官奏賀　→　奏瑞　→　天皇入御　→　文官・皇太子退出

式次第として書けばこれだけなのだが、一つ一つが礼に則した儀式であるため荘厳で時間のかかる長大なものなのである。

その様子を、わかりやすく詳細に描き出している井上亘氏[(6)]による正月一日の儀式の意味は、次のようになる。

朝賀はまず、六千の文官が三千の伴緒を率いる天皇に拝謁する儀であり、天皇との遠近を標示する位階によって刻まれた文官が、点呼の声と糾弾の目に曝され、待機する三刻の間に武官の進軍を見聞し、入門してその戦陣に包囲されるさまを想うにつけ、この儀の何たるかが思われるのである。朝賀とは、官人が天皇にお目見えする優雅な儀式などではなく、三千人の武官に取り囲まれた中で、皇太子以下すべての文官が、式部省と弾正台の厳しい「検閲」を受ける儀式と想像した方がよいようである。

無論、「唐礼」を参考にして徐々に整備されていったものであるから、平安時代の資料に見える次第のどこまでが、すでに万葉時代に整備されていたかという問題は残るのだが、それでも、平安時代にもっとも盛大な儀式の場となる正月一日の朝賀という性格を考えると、その後の宴においても、ある種の格式があったことを想像させるだろう。『続日本紀』に「文物の儀、是に備れり」と記された文武五年（七〇一）の正月一日の儀式の後の宴が、倉林氏の言うような「自由な穏座的宴の気分が漂っていた」とは、私には想像できないのである。

仮に、奈良時代にはまだ自由な宴の気分が漂っていたと考えたとして、都において臣下が天皇に自由に歌を詠進したのだとしたら、越中国や因幡国においては、国守が歌を詠むのではなく、掾以下の国司か郡司たちが歌を詠むべきではないか。国庁で正月一日の宴に国守が歌を詠むというのは、都においては天皇が宴で歌を詠むことに相応してしまうのではないだろうか。無論、宴で天皇自らが歌を詠む、あるいは天皇が臣下に命じて詩賦を作らせたり歌を詠ませることは、天皇の意思で行われるのであるから問題はないだろう。それは、国庁での国守の立場も同じではないだろうか。

倉林氏が「自由な穏座的宴の気分が漂っていた」と解釈したのは、ここまで考えた上での結論なのかも知れない。しかし、国庁で催される正月一日の宴で国守が歌を詠むという「慣例」があったわけではなく、たまたま、大伴家持だったから歌が詠まれたと考えることもできるのではないだろうか。私には、正月一日の宴で国守が歌を詠むということは、前例のないことだったと思えるだ。

そこで、改めて令に規定された節日に注目したいのだが、それぞれの節日は次のように呼ぶとわかりやすい。

①正月一日　→　元日節会
②正月七日　→　白馬節会
③正月十六日　→　踏歌節会
④三月三日　→　上巳の宴・曲水宴
⑤五月五日　→　薬狩り・端午節会
⑥七月七日　→　七夕・相撲節会
⑦十一月大嘗の日　→　新嘗祭

まず、万葉集にこれらの節日に関わる歌を探してみると、偏りがあることに気づかされる。

右のうち、万葉集に多数の歌が残るのは、⑥の「七夕」である。しかし「相撲」の歌はない。

⑤は、よく知られた天武天皇と額田王の贈答歌（巻一・二〇、二一）がある。ただし、題詞には「蒲生野に遊猟する時の歌」とのみあり、左注に、『日本書紀』の天智七年五月五日の蒲生野で狩りが行われた記

事が引用されていて、狩りの後の宴の歌と推定されているのだが、万葉集に他の五月五日の歌と記されたものはない。

④と⑦は家持に関わって一例づつ記録されている。

④は、よく知られているように、越中守大伴家持が三月一日から三日に詠んだ歌（巻十九・四一三九～四一五三）がある。三日間で十五首も歌作しているわけだが、家持自身三月三日の宴に関わる歌はこの時のものしかなく、[7] 万葉集全体でもここにしかない。

⑦は、巻十九・四二七三～四二七八の一歌群しかない。この歌群自体の問題は、梶川信行氏の詳細な考察[8]に譲るが、ともかくこの歌群しか残されていないのだ。

このように、「節日」の行事に関する歌は、ほとんどないと言ってよいことがわかるだろう。そこで、改めて本稿の中心である正月の歌である①②③に戻る。

①の問題点はすでに触れてきた通りである。

②の正月七日は、後に「白馬節会」と呼ばれて有名なように、その日に白馬を見ると一年の邪気を遠ざけるとの俗信により、庭に引き出される馬を、天皇以下群臣がそろって観覧する行事が行われた。万葉集に残るのは、その行事に対する歌ではなく、行事後の宴の二首で、次のようにある。

七日に、天皇・太上天皇・皇太后、東の常宮の南大殿に在《いま》して肆宴したまふ歌一首

印南野《いなみの》の　赤ら柏《がしは》は　時はあれど　君を我《あ》が思ふ　時はさねなし　（巻二十・四三〇一）

右の一首、播磨国守安宿王奏す。古今未詳なり。

水鳥《みづとり》の　鴨の羽色の　青馬《あをうま》を　今日《けふ》見る人は　限りなしといふ

（巻二十・四四九四）

右の一首、七日の侍宴のために、右中弁大伴宿禰家持予《あらかじ》めこの歌を作る。ただし、仁王会の事に依りて、却《かへ》りて六日を以て内裏に諸王卿等を召し酒を賜ひ、肆宴し禄を給ふ。これに因りて奏せず。

一首目は天平勝宝六年（七五四）、二首目は天平宝字二年（七五八）の歌である。

『続日本紀』の天平勝宝六年一月七日の記事は、次のようにある。

天皇、東院に御しまして、五位已上を宴したまふ。勅有りて、正五位下多治比真人家主、従五位下大伴宿禰麻呂の二人を御前に召して、特に四位の当色を賜ひ、四位の列に在らしむ。即ち従四位下を授く。

この記事からは、万葉集の歌が詠まれた背景をさぐることはできない。

新全集の四三〇一番歌頭注に、藤原宮木簡に播磨国の柏の荷札が見つかっていることや、『延喜式』には播磨国の赤柏を宮中肆宴に使用するとしていることを紹介して、

播磨国守である作者にとって、現在の兵庫県姫路市にあった国府から上京するたびに印南野を通過していたことからも、このように言ったのであろう。

とあるのが、歌の鑑賞として精一杯のところと想像される。ただし、作者の安宿王が播磨守に任じられたのは天平勝宝五年四月なので、この天平勝宝六年が、播磨守としてはじめて迎える正月となる。「上京するたび」と言えるほどの回数を往復しているとは思えない。

また、安宿王は長屋王の息子であるが、母が藤原不比等の娘であったため、刑死を逃れた人物である。題詞に見える「天皇・太上天皇・皇太后」は、それぞれ孝謙天皇、聖武上皇、光明皇太后であるから、安宿王にとって天皇はいとこ、皇太后は伯母にあたることになる。すると、単純に当日の宴に使われた柏の葉を献上した播磨守が歌を詠んだというだけではないのかも知れないと想像される。播磨守が安宿王だったからこそ歌を詠むことができたと考えるべきなのではないか。歌が詠まれたのは特別な事情と考えてよいのではないだろうか。

なお、左注の「古今未詳なり」は問題が残る。この注記は、その場にいてこの歌を聞き記した大伴家持のものと想像される。家持が、古今がわからないと記したのはなぜだろうか。

たとえば新大系本の注には、「既存の歌を地名だけ換えて誦したのかも知れない」とあるが、その程度のことで「未詳」と記すのであれば、万葉集の多くの歌に同じような注がついていたはずであろう。その意味では、中西進講談社文庫本の「挨拶歌の類型による歌ゆえ、伝誦の古歌か新作か不明の意」や、伊藤博『釈注』の、「播磨地方に伝播していた民謡（恋の歌）を転用したものとも考えられなくはない」と言い、「古今未詳」とある理由を「その辺の事情を感じとっての注であるかもしれない」と説明しているのが、実は正しいのかも知れない。

安宿王の歌は、家持が「古今未詳なり」と思いながら、それを確かめられないような披露のされ方をしたのだと、今は考えておく。

それから三年後に、家持が前もって用意しながら披露できなかった歌が、二首目である。天平宝字二年の正月七日も、特殊な事情があった。

そもそも天平宝字は、天平勝宝九歳（七五七）七月の橘奈良麻呂の変による政治的動揺を受けて八月に改元されたものである。この天平勝宝九歳は、正月に橘諸兄が亡くなり、三月から四月にかけて皇太子道祖王の廃太子から大炊王の立太子と大きな事件があり、五月には藤原仲麻呂の紫微内相就任、養老律令施行などの政治的な激しい動きのなかで、七月に橘奈良麻呂の謀反が発覚するのである。その事件を受けて八月に改元が行われ、天平宝字二年正月は、まず奈良麻呂の変による動揺を抑える詔が出され、始めての問民苦使派遣なども行われている。

そのような正月七日の宴のために、家持は、

水鳥《みづとり》の　鴨の羽色の　青馬《あをうま》を　今日《けふ》見る人は　限りなしといふ　（巻二十・四四九四）

と、青馬を見た人が長寿になると前もって準備していたのだ。前年の奈良麻呂の変で、安宿王は妻子とともに佐渡に流され、大伴池主は杖下に死んだかと思われる。「限りなし」とうたう家持の思いは想像するに余りある。しかも、左注に「これに因りて奏せず」とあり、結局披露できなかったのである。

左注には、家持を「右中弁」と記している。これは、この歌より前に置かれた天平宝字元年十二月十八日の三形王宅の宴（巻二十・四四九〇）から記されている。『続日本紀』には、天平勝宝六年（七五四）四月五日の兵部少輔、十一月一日に山陰道巡察使、天平宝字元年（七五七）六月十六日の兵部大輔、そして天平宝字二年（七五八）六月十六日の因幡守と、右中弁任命の記事はない。

万葉集には、天平勝宝九歳（天平宝字元年・七五七）六月二十三日の三形王宅での宴（巻二十・四四八三）では、兵部大輔と書かれているので、それ以降、十二月十八日までのあいだに転じたものと想像される。七月二日の密告によって右大弁橘奈良麻呂を中心とした謀反計画が発覚し、四百四十三名もが獄死や配流処分となり、九日には新しい右大弁が任命されているため、家持の右中弁もこの時に任命されたものと想像される。大弁・中弁は太政官の職員で、多くの人間が奈良麻呂に関わって処罰されたと想像すれば、兵部大輔の家持を転任させたのは、太政官への牽制ということも考えられるのかも知れない。

さて、歌の左注に戻ると、「七日の侍宴のために…予めこの歌を作る。ただし、仁王会の事に依りて、却《かへ》りて六日を以て内裏に諸王卿等を召し酒を賜ひ、肆宴し禄を給ふ。これに因りて奏せず。」とある。

家持は太政官の職員であるから正月七日の宴に参加することは当然であった。以前その宴で安宿王が歌を披露したのも見ている。あらかじめその時のための歌を作ったのだ。ところが、その七日に仁王会が行われることとなったため、前日に宴だけが開かれたとある。この仁王会は、奈良麻呂の変による社会の動揺と無関係ではあるまいが、そのために七日の節日の宴だけが、前日に開かれたということなのだろう。

青馬を見るのは「陽」の日と決まっているので、六日に行わないのは理解できるのだが、宴だけを催したのはなぜか。正直、よくわからない。わからないことはまだある。家持が歌を作ったのは、当然日程変更を知る前のはずである。では、七日の仁王会は突然決まったのだろうか。

『続日本紀』を見ると、五日に奈良麻呂の変による動揺を抑えるための詔が出されている。そこに問民苦使の派遣も触れられている。七日の仁王会は、この詔と関わって行われたものと想像すれば、突然決まったと考えてよい。無論、それでも本来七日の宴が前日に開催された理由は不明だが、馬を見ていないのだから、家持の歌が披露されなかったことは納得がいく。

では、なぜ家持は他の歌を作り直して、披露しなかったのだろうか。さらに言えば、右中弁よりも天皇のそばに仕えていた少納言の時の宴で、安宿王の歌が詠まれているにも関わらず、家持が歌を詠んでいない—未奏も含めて—のは、なぜだろうか。

それはやはり、節日の宴は、倉林氏の言うところの「儀式的整頓を経た」もの、つまり唐の礼を受け入れたものになっており、基本的に歌を詠む機会はなかったのだ、としか私には考えられない。

五　おわりに

万葉集は、長い年代にわたるたくさんの歌を収めているため、それぞれの万葉歌人が生きた時代の

「律令」や「礼」は、同一のものではないと考えてよい。「正月の儀式」も変化し続けていたはずである。ところが、ついそのことを忘れてしまい、一部の歌を見て、万葉集全体の普遍的な様式と考えてしまいがちになる。

たとえば、本稿が論じてきた正月の歌にしても、万葉集全体の中から一月の歌と判明するものを日付順に並べてみると次のようになる。

正月一日	一首	（巻二十・四五一六＊）
二日	二首	（巻十八・四一三六＊、巻十九・四二三九＊）
三日	九首	（巻十九・四二三〇〜四二三三＊〜四二三七、巻二十・四四九三）
四日	三首	（巻十九・四二八二〜四二八四）
五日	一首	（巻二十・四四九五）
六日	一首	（巻六・一〇四一、巻十八・四一三七）
七日	二首	（巻二十・四三〇一、四四九四＊作詠日は不明）
十一日	五首	（巻六・一〇四二〜一〇四三＊、巻十九・四二八五〜四二八七＊）
十二日	一首	（巻十九・四二八八＊）
十三日	三十二首	（巻五・八一五〜八四六）
二十九日	四首	（巻十七・四〇一七〜四〇二〇＊）

日付不明　九首　（巻六・九四八～九四九、一〇一三～一〇一四、巻十七・三九二二～三九二六＊）

このように、歌数も少なく、巻にも偏りがあることがわかるので、本稿も、万葉集の編纂に大いに関わったと考えられる大伴家持が記録した部分を中心に考察した結果を、万葉集全体の問題へと広げてしまっているのではないかとの不安もある。しかし、右の表の家持の歌（歌番号の下に＊を付した）数も突出しているわけではない。政治的な一年の始まりである正月は、公式な行事が多いにも関わらず、それらの行事で盛んに歌が詠まれるということはなかったという本稿の考えは、大きく誤っていないと思う。

繰り返しになるが、万葉集の最後を飾る歌が詠まれた天平宝字三年（七五九）の正月一日は、十九年ぶりに「立春」と重なり、まさに「年の初め」が「初春」だったのだ。そして、因幡国庁では「今日降る雪の」と元旦当日に雪が降っていたのだ。だからこそ、あの歌が生まれたのである。

天平勝宝二年正月二日に、越中国庁で郡司等へ饗宴した時に歌を詠んだのは、その場に、誰かが運んできた「寄生《ほよ》」があり、皆でかざしたりしたからであろう。

ともに、歌を詠むことが決められていたから詠まれたわけではない。そこにたまたま居合わせたのが大伴家持だったから歌が詠まれ、万葉集に残ったのだ。最終的には、大伴家持だから歌を詠んだのか、という問題になってしまうのだが、だからこそ、家持の二首の存在をもって、各国庁で新年の挨拶歌が詠まれていたと想像することは、無理なのである。

注1　大濱眞幸「大伴家持作『三年春正月一日』の歌―『新しき年の初めの初春の今日』をめぐって―」(『吉井巖先生古稀記念論集　日本古典の眺望』桜楓社・平成三年)

2　「祖・兄」は「祖父兄」とする本文もある。どちらにしても、男親系のみ「拝」が許されたということになる。

3　伊藤東涯(一六七〇〜一七三六)がまとめた享保九年(一七二四)の序文を持つ『制度通』に詳しく論じられている。

4　菅原道真が編纂した『類聚国史』には、「元日朝賀　宴会附出」の項がある。大化二年正月の記事を初出例として、この天武十五年正月二日の記事も抜き出されている。

5　『饗宴の研究(儀礼編)』(桜楓社・昭和四十年)

6　井上亘『日本古代朝政の研究』(吉川弘文館　平成十年)の四頁から十三頁にまでにも及ぶ。要約は不可能なので、ぜひお読みいただきたい。

7　天平十九年三月三日の歌がある(巻十七・三九六九〜三九七二)が、病臥の時のもので、池主に送ったもの。上巳の宴に参加できない謝罪歌と考えれば、宴に関わるとも言える。

8　梶川信行「新嘗会肆宴の出席者たち」(『美夫君志論攷』おうふう・平成十三年)、「新嘗会肆宴歌群とその周辺―作歌環境としての平城宮」(『万葉人の表現とその環境』日本大学文理学部・平成十三年)

＊引用本文のうち、明記したもの以外に、日本思想大系『律令』(岩波書店)、『藤氏家伝　鎌足・定慧・武智麻呂伝　注釈と研究』(吉川弘文館)、新日本古典文学大系『続日本紀』一〜四(岩波書店)、小学館新日本古典全集『万葉集』一〜四、高岡市万葉歴史館編『越中万葉百科』などを使用した。

『万葉集』時代の暦

岡田芳朗

一　はじめに

『万葉集』[1]巻二十には、天平宝字元年（西暦[2]七五七）十二月十八日に三形王の宅に集った人々によって詠まれた、次の三首が収められている。

十二月十八日、大監物三形王の宅に於て宴せし歌三首

み雪降る冬は今日のみうぐひすの鳴かむ春へは明日にしあるらし

右の一首は、主人三形王。　（巻二十・四四八八）

うちなびく春を近みかぬばたまの今夜の月夜霞みたるらむ

右の一首は、大蔵大輔甘南備伊香真人。　（巻二十・四四八九）

あらたまの年行き反り春立たばまづ我がやどにうぐひすは鳴け

右の一首は、右中弁大伴宿祢家持。

（巻二十・四四九〇）

右の三首は、この年十二月十九日[3]が立春であり、その前日つまり節分に詠んだもので、いずれも「明日から暦の上の春になる」という感慨を鶯や霞という春の景物に懸けて歌にしたものである。三人には、まだ十二月中旬というのに立春になることの可笑しさを、共通して持合せていたわけであるが、ここではその感情を直接には表現しないで、ただ「客観的」なふりをして立春の到来を述べている。

家持はこれに満足しないで、五日後の十二月二十三日に大原今城真人の宅で、次の歌を詠んでいる。

二十三日、治部少輔大原今城真人の宅に於て宴せし歌一首

月数めばいまだ冬なりしかすがに霞たなびく春立ちぬとか

右の一首は、右中弁大伴宿祢家持の作りしものなり。

（巻二十・四四九二）

この日十二月二十三日は、この年十二月が大の月であったから、まだ年内に七日を残しているにも拘わらず、すでに立春を迎えていたことの戸迷いを詠んだわけである。ここでは明確に「年内立春」ということを理解しており、それは『古今和歌集』冒頭の在原元方の「年の内に春は来にけり一年をこぞとや言はむ今年とや言はん」の源流ともいえる歌である。

「年内立春」とは立春が十二月中に巡って来たことをいう。中国に起源を持つ太陰太陽暦では、立春の前後各十五日間に新年を迎えるようになっている。新年と立春の関係を天平宝字元年前後を例にして見ると、次のようになる。

天平勝宝六年（七五四）閏年（閏十月）
　立春　正月五日、十二月十七日
天平勝宝七歳（七五五）平年
　立春　十二月二十八日
天平勝宝八歳（七五六）平年
　立春　含まれず
天平勝宝九歳・天平宝字元年（七五七年）閏年（閏八月）
　立春　正月九日、十二月十九日
天平宝字二年（七五八）平年
　立春　含まれず
天平宝字三年（七五九）平年
　立春　正月一日

右のように、閏年には立春が二回、翌年は立春が含まれず、その次の平年には一回（翌年と逆になることもある）というパターンが繰り返される。長期の統計を取ると、十二月中のいわゆる「年内立春」と正月になってからの「新年立春」の数はほぼ同じである。また、この時代、十九年に一回、正月一日と立春が重なっていた。

このように、年内立春はなんら珍しいことではないが、立春から春が始まるという考えからすると、年内立春には多少違和感を与えることになる。この年、年内立春が家持などに関心を持たせたのは、前年天平勝宝八歳（七五六）には立春が含まれず、当年は正月九日に新年立春を祝っており、2回目の立春であること。さらに、すでに暦によって来年には立春が含まれないことが知られていたこと、などからであろう。

太陰太陽暦では、毎年実際の季節と暦の上の日付（暦日）とが一致しないから、正しい季節を知らせるため、暦には必ず二十四節気を記載した。二十四節気は一太陽年（三六五・二四二二日）を二十四に等分したものであるから、一種の太陽暦的な指標である。太陽暦と対照した場合、毎年ほぼ一致するところから、季節を知る目安として使用された。

万葉歌人の間では、春は正月一日からであるとともに「正しくは」立春から、夏は四月一日からであるとともに立夏から、秋は七月一日からであるとともに立秋から、冬は十月一日からであるとともに立冬から、という理解ができていたものと考えられる。

「春たつ」の語は、ただ春の到来を示すものではなく、「立春」という暦の知識を踏まえたものであり、同様に「夏たつ」も、「秋たつ」も、「冬たつ」も、立夏・立秋・立冬に由来する語と考えられる。『万葉集』には「春たつ」（巻十・一八一九）と、「秋たち」（巻十・二〇〇〇）とが収められている。これらのことから、万葉人の季節感は暦に影響されることが少なくなかったと推測できるであろう。

太陰太陽暦では、二十四節気の日付は毎年変る。これは月の朔望《さくぼう》（みちかけ）と関係がないから、今年のある節気が何月何日に当るかは、暦を見なければ分らない。暦を手にすることのできる者しか、二十四節気の正確な期日を知ることができない。あるいは、そのような立場にある者から知らされなければ知ることができない。

年内立春の歌を残した家持達は、朝廷から頒布される「頒暦」に直接、間接に関与するものであった。また、後述するように、頒暦を写して私有した者達であった。

例えば、上述の年内立春の歌の次に収められた、

初春の初子《はつね》の今日の玉箒《たまばはき》手に取るからにゆらく玉の緒　（巻二十・四四九三）

は、天平宝字二年（七五八）正月三日の初子の日の行事にちなむもので、この日家持は官人として、暦に従って出仕してこの歌を詠んでいる。また、『万葉集』大尾の歌、

新《あらた》しき年の初めの初春の今日降る雪のいやしけ吉事《よごと》　（巻二十・四五一六）

は「三年の春正月一日、因幡《いなば》の国庁に於て、饗《きやう》を国郡の司等に賜ひて宴せし歌一首」と題詞にあり、

「右の一首は、守大伴宿祢家持の作りしものなり」と左註にあるように、因幡国守として赴任した家持は、朝廷から国府に頒布された頒暦に従って年賀の宴を設け、新春の初雪を祝う歌を詠んだのである。

後述するように、奈良時代には当時の頒暦である具注暦の断簡や木簡暦が、中央や地方で発見されており、貴族や官人の間で暦が習熟されていた。律令体制を円滑に運用するために暦に習熟していることが必須であったからである。しかし、中国で発達した暦法やそれによって毎年作製された頒暦に人々が習熟するためには、長い年月を要したものと考えられる。

二　暦の伝来と普及

(一)「元嘉暦」の初伝

日本人の暦の知識についての最も古い記録は『魏志倭人伝』に対して加えられた南朝宋の裴松之《はいしょうし》の註である。それには、「其俗正歳四時を知らず、但し春耕し秋収するを記して年紀と為す」とある。

その知見は帯方郡から派遣された魏の官人からもたらされたものであろう。すでに数百年以前に、ほぼ完成の域に達した中国の太陰太陽暦にはぐくまれた官僚世界、貴族知識階級の人々の眼から見て、自然暦の水準にある倭人の暦知識は、正しい年月日も知らず、二十四節気によって四季を正確に把握することも出来ない未開人と映ったであろう。

しかし、六世紀半ばに至ると倭国はいつしか中国暦を用いる暦文化圏に組み込まれるようになっている。それを示す記事が初出するのは欽明朝である。『日本書紀』欽明天皇十四年（五五三）六月条に、内臣《うちのおみ》を百済に遣わして、良馬・同船《もろきふね》・弓・箭を賜うとともに、百済の要請した軍を百済王の必要に応じて用いることを伝えさせ、別に「医博士・易博士・暦博士《こよみのはかせ》の交替の時期が来ているので還使に付けて送るように。また、卜書・暦本《こよみのためし》・種々の薬物を送付するように」求めた。

これに応えて翌十五年二月に百済から、五経博士・僧・易博士・医博士等とともに暦博士として固徳の位を持つ王保孫が来日している。これらの人々がいつまで滞在していたのか、その後の記録が無いから不明である。また、どのような活動をしたのかについても記述がない。

ただし、暦博士については、次のようなことが推測される。暦博士は持参した暦本によって、毎年の暦を作製して朝廷に提出し、朝廷はそれを複写して、必要な範囲に頒布したであろう。しかし、書写のための用度や人員について十分な体制が整えられるまでには、かなりの年数を要したことと思われる。

当時百済は南北朝時代の南朝劉氏宋の「元嘉暦」を使用していた。「元嘉暦」は何承天の撰で、元嘉二十二年（四四五）から施行され、宋の滅亡後も引続いて斉（四七九―五〇二）、梁（五〇二―五〇九）の二王朝でも用いられ、梁の天監九年（五一〇）に祖沖之の「大明暦」に改暦された。

百済は宋が「元嘉暦」を施行して間もなく、この暦法を受容し、その後も改暦することなく、滅亡（六六〇）まで継続して使用していた。したがって、欽明朝に我国に伝えられた暦法は「元嘉暦」であったと考えられる。このことは、後述するように、持統朝に「元嘉暦」と「儀鳳暦」の併用が行なわれたことからも明らかである。

百済からの諸博士の交替来朝がその後も継続されたか否かは、史料が無いから検証することはできないが、我国で「元嘉暦」によって毎年の暦が作製されていたものと考えられる。

我国で暦法の学習が本格的に行なわれるようになったのは、百済から僧観勒が来朝してからである。『日本書紀』推古天皇十年（六〇二）条に、次の記載がある。

冬十月に、百済の僧観勒《かんろく》来けり、仍りて暦の本《ためし》及び天文地理の書、并て遁甲方術の書を貢る。是の時に、書生三四人を選びて、観勒に学び習はしむ。陽胡史の祖玉陳《たまふる》、暦法を習ふ。大友村主高聰、天文遁甲を学ぶ。山背臣日立、方術を学ぶ。皆学びて業を成しつ。

これによれば、諸術に通じた観勒から、主として渡来系の氏族の子弟が伝習したことが分かる。暦法については、子孫が学芸や外交で活躍する陽侯氏の祖玉陳が学習成業しており、以後、観勒の指導のもとで「元嘉暦」による毎年の編暦が順調に実施されたものと考えられる。

この事情を反映したのが『政事要略』巻二十五、年中行事、十一月朔日条の記事である。

儒伝云。小治田朝十二年歳次甲子正月戊申朔。始て暦日を用ゆ。

これは『儒伝』を引用して、推古天皇十二年（六〇四）正月朔に始めて暦を用いた、という記事である。ただし、正月朔日の干支は戊申ではなく戊戌である。この年は正月朔日に前年十二月に始めて制定された冠位十二階を諸臣に賜り、四月三日に皇太子厩戸皇子が作った「憲法十七条」が発表され、九月に朝廷の儀礼を改めるなど、制度の改変や制定のあった年で、当時すでに貴族の間で信奉されていた讖《しん》緯《い》説による「甲子革令」に当る年にふさわしい施策が行われている。

「元嘉暦」による暦日は久しい以前から用いられていたわけであるから『儒伝』にいう「初めて暦日を用ゆ」とは、それまで全く暦日が使用されていなかったという意味ではなく、何らかの意味で「始めて暦日を用ゆ」にふさわしい儀礼が行われたのではなかろうか。それを考えさせる記事が『儒伝』の引用文にすぐ続いてあるからである。

右官史記に云。太上天皇持統元年正月。暦を諸司に頒つ。

『日本書紀』にはこの記事はない。また「始めて」とはないが、ことさらに頒暦を記しているのには意味がありそうである。頒暦は『令』の規定によれば、十一月朔日に行われる。いわゆる「御暦奏」の儀式の一環であるが、『延喜式』「巻十六、陰陽寮」によれば「七曜暦」(二種の天体暦で、日月五星の運行を記載している)に関しては、

「其七曜御暦。正月一日承明門外に候す。」とあるから、「七曜暦」は例外的に正月朔日に奏上しているわけであるが、あるいは古い時代に正月朔日に暦奏や頒暦が行われていたことに関係があるとも考えられる。

『日本書紀』持統天皇四年(六九〇)十一月十一日条に、

勅を奉りて始めて元嘉暦と儀鳳暦とを行ふ。

という記事が見え、「元嘉暦」の名が『日本書紀』に初めて登場する。この記事を、「元嘉暦」(勿論「儀鳳暦」についても)の始行とする考えもあるが、「元嘉暦」はすでに永年使用されてきた暦法であるから、これは「儀鳳暦」との併用の開始と採るべきであろう。二暦を併用するということは、いたずらに

混乱を招くだけである。少し違った理由によるが、『日本書紀』の持統天皇譲位の日の干支が、『続日本紀』の同じ事柄を記した日の干支と喰い違うようなことが生じるわけである。

右の二暦併用ともとれる記事は、やがて採用される予定の「儀鳳暦」に習熟するために、暦計算の段階で新暦の数値を参考に用いたというように解釈すべきであると考える。ことに、日食や月食の予測には、新しい観測記録に基づく「儀鳳暦」の数値を使ったものであろう。

㈡「元嘉暦」から「儀鳳暦」・「大衍暦」へ

「元嘉暦」は一太陽年の長さを三六五・二四六七日、一朔望月の長さを二九・五三〇五八五日としている。かなり正確ではあるが、長年月使用している間に、実際の天行との誤差が累積してしまう。中国の歴代王朝はひとつには王朝の権威を示すという政治的理由からと、ひとつには暦法の誤差を修正するために頻繁と改暦を行った。

改暦によって暦法はより正確に、また精緻になったが、諸々の原因によって必ずしも進歩するとは限らずに、前暦を改称するだけであったり、不要な変更を加えたり、かえって退歩した暦法になることもあった。

このようにして、宋王朝の「元嘉暦」の後、南朝では「大明暦」が用いられ、北朝では「正光暦」、「興和暦」、「天保暦」、「天和暦」、「大象暦」、「開皇暦」、「大業暦」、「戊寅暦」を経て「麟徳暦」に至った。「麟徳暦」は我国では「儀鳳暦」と呼ばれた(5)。

「麟徳暦」は唐の李淳風の撰んだ暦法で、麟徳二年（六六五）から六十四年間用いられた。我国で「儀鳳暦」と呼ばれたのは、唐の儀鳳年間（六七六―六七八）、日本では天武天皇五年～七年、に新羅か我国に伝えられたからではあるまいか。

いずれにしても、伝来後ただちに施行されず、これまでの「元嘉暦」と併用されたのは、新暦の優れていることと十分承知し、採用を決しながら、習熟に時間を要したためであったと考えられる。というのは、両暦は頒暦製作上かなり相違があったからである。

「元嘉暦」は平朔（経朔・常朔ともいう）を用いていた。これは朔望月の長さを一定とするものである。月の朔望の長さは二十九日を越えない範囲で毎月変化する。平朔はこれの平均値を用いるので、朔や望（満月）が実際とずれることが多い。平朔を採ることにより、大の月と小の月は交互に繰返され、稀に大の月を繰り返す「連大」を生じるだけである。また、章法を用いて十九年間に七回閏月を設けると、太陽の周期と一致することになり、一章十九年間における閏月の位置も一定する。(6)

これに対し「麟徳＝儀鳳暦」では、毎月の朔望の実際の長さによる「定朔《ていさく》」を用い、章法を用いない破章法による。破章法では、閏月の位置は一定しなくなる。また、四か月大の月が続く四大や三か月小が続く三小が珍しくなく、これを避けるために進朔法が用いられた。進朔とは朔が一日の四分三過ぎた時刻（今日の午後六時以降）に起きたときは、一日先を朔日とするものである。

また、「元嘉暦」では雨水を二十四節気の気首として、ここから一太陽年の二十四分一の一節気の平均値（平気・恒気）を加えて各節気の日時を求めていたのに対し、「儀鳳暦」では気首を冬至とした。

このような変更のため、全般的な改暦まで準備期間が必要になったと思われる。

ところで、『日本書紀』は持統天皇紀を通じて「元嘉暦」による暦日を採用し、持統天皇紀の大尾を、

八月の乙丑の朔に、天皇、策を禁中に定めて、皇太子に禅天皇位《くにさ》りたまふ。

と記している。

これに続く、『続日本紀』文武天皇紀には、

八月甲子の朔、禅を受けて位に即きたまふ。

と記している。これは、同一月日を乙丑と甲子という別の干支で表しており、不整合の表記となっている。これをもって、この年（持統天皇十一年・文武天皇元年・丁酉・六九七）の七月までは「元嘉暦」、それ以降は「儀鳳暦」を施行した結果と考えることには疑問がある。

同一年の前半と後半で異なる暦法を使用した場合、暦日、月の大小、置閏、日食・月食等に相違がなければ支障はないが、それでも日の吉凶などについて相違が生じる場合があるであろうから、混乱を招きかねない。だいいち、年の途中で新しく頒暦を作製し、国内に頒布することは極めて困難である。したがって、改暦が決定されても、実際に新暦法による頒暦が実施されるのは翌年からのことになる。『続日本紀』の文武天皇紀の冒頭の四か月分の日付は、同紀編纂の段階で、「儀鳳暦」の計算法により遡って割付けたもので、その際、持統天皇十一年紀との照合が十分でなかったために、このような齟齬が生じたものであろう。したがって、「儀鳳暦」の単独施行は文武天皇二年（六九八）からと考えられる。

この年から、唐が開元十七年（日本、天平元年、七二九）に「大衍暦」を施行するまでの間、日唐両国は

同一の暦法を使用したが、両国の暦日が必ずしも常に一致していたわけではなかったことは、つとに今井湊氏の研究(7)によって明かにされている。

「大衍暦」は唐では開元十七年に僧一行が新作の観測器具によって得られた精密な数値を利用して撰んだ暦法で、施行の直前に一行が死没したために、張説・陳玄景が詔を承けて暦術七篇、略例一篇、暦議十篇を作って上表し、施行された。「大衍暦」は新しい数値や易による理論付けを計った暦法で、唐代における善暦とされたもので、上元二年(七六一)まで施行された。

「大衍暦」は唐で施行されてわずか六年後の天平七年(七三五)に、留学から帰朝した吉備(下道)真備によってもたらされたことが『続日本紀』四月二十六日条に見える。

入唐留学生従八位下下道朝臣真備、唐礼一百卅巻、太衍暦経一巻、太衍暦立成十二巻、測影鉄尺一枚、銅律管一部、鉄如方響写律管声十二条、(中略)を献る。

さらに、天平宝字元年(七五七)十一月九日の勅に、暦算生の学習すべき書籍として、「漢晋律暦志・大衍暦議・九章・六章・周髀・定天論」を挙げている。ここに「大衍暦議」が含まれているのは、「大衍暦」採用のための準備も配慮したものであろう。

六年後の天平宝字七年(七六三)八月十八日、「儀鳳暦を廃めて始めて大衍暦を用ゐる」こととなった。新暦法による頒暦は翌天平宝字八年暦からで、以後、天安二年(八五八)に「五紀暦」と併用されるまで九十四年間行用された。

「大衍暦」は吉備真備によって我国に将来されてから、実施に至るまで長い年月を要したのは、学習する者がなかったためだけではなく、将来者である吉備真備にまつわる政治的情勢も影響したものと思われる。

以上述べたように、『万葉集』の時代には「元嘉暦」「儀鳳暦」「大衍暦」の三暦法が用いられていた。これらは、いずれも高度に発達した太陰太陽暦であって、それぞれに改良点があって、天文・暦学的な意義が認められるわけである。しかも、暦法の変更にともなって頒暦の内容にも変化が現われるが、暦の利用者の側からは、その方から受ける影響の方が大きい。そのことは万葉歌人達の日々の生活を左右することにもなった。

三 現存する暦

頒暦の作製に当る者は中務省陰陽寮に属する暦博士で、『令』には「暦博士一人。暦を造り、暦生等を教る事を掌る。」と定められている。また、暦生については「暦生十人。暦を習ふ事を掌る。」としており、さらに造暦の具体的規定は「雑令」に、次の通り記されている。

凡そ、陰陽寮は年毎に予め来年の暦を造れ。十一月一日に中務に申し送れ。中務奏聞せよ。〔割注、謂く。太政官を経ず中務直奏聞也。〕内外の諸司に各一本を給へ。〔割注、謂く。管せらる寮司及郡司は、省国別に写し給へ。〕並に年の前に所在に至ら令めよ

さらに詳細は『延喜式』「陰陽寮式」に記載されているが、「雑令」の規定で注目すべき点は、一つは

頒暦の期日が十一月一日であること、その範囲は中央では省、地方では国までであって、被管の寮司や郡司には該当する省や国において別写することである。

このことは、伝存あるいは出土した暦の性格を考察する上で配慮しなければならない点で、転写の間に生じる誤脱の可能性を無視できないから、断簡から年代測定をするとき特に留意すべき事柄といえよう。

「陰陽寮式」によれば、天皇に奏進する具注御暦とこれに准ずる中宮・東宮に供進する御暦がある。これを別格として、省や国に頒布される頒暦を一等暦とすれば、省・国で書写して被管の寮司、あるいは郡司に頒布される頒暦を二等暦とし、それをさらに写した公用私用のものは三等暦と区分することができる。

もちろん二等暦以下には書写の精疎や材質の相違もあるから、暦断簡の取扱いにはこれらのことの考慮が必要である。

世人の日常生活・社会生活の規範となるのは、紙や木片などに記された暦――頒暦である。ところで、かつて『万葉集』の時代に属する暦の伝存するものとして知られていたのは、正倉院に所蔵されている「天平十八年暦」「天平二十一年暦」「天平勝宝八歳暦」の三点のみで、いずれも断簡であるが、頒暦の体裁を残すものである。

これらは「儀鳳暦」時代に属するものであったが、その後、木簡や漆紙の暦断簡が発掘され、「元嘉暦」や「大衍暦」時代の暦資料を見ることができるようになった。

以下、使行年代の順に従って、「元嘉暦」、「儀鳳暦」、「大衍暦」の三暦法による現存暦の、材質・様式・内容について見ることとする。

㈠　「元嘉暦」時代の暦

平成十四年（二〇〇二）に奈良県明日香村石神遺跡で円形の板に暦が記載されたものが発掘された。それが持統天皇三年（六八九）のものと推定されたため、始めて「元嘉暦」行用時代の頒暦が出現したことになった。

この板製の暦はタテ一〇・八センチ、ヨコ一〇センチ、厚さ一・四センチで、中央部に円形の穴が空いている。原形はタテ一五〜一六センチ、横三〇センチ前後の横長の板であったと考えられるが、慣例として木簡暦または暦木簡と呼んでいる。それが何らかの目的で円形に加工されたと考えられる。

この暦の表面には図のように七行、裏面にも七行分の文字が判読されているが、両面ともさらに三〜四行の記載があったものと思われる。この暦の発掘調査に当った、奈良文化財研究所の発表によれば、釈文は次の通りである。

表裏ともに暦日の部分が失われており、判読できるのは日の干支以下、暦註の部分に及んでおり、暦註の下部は欠失している。表面二行目に「上玄（弦）」、三行目に「三月節」の記載から、持統天皇三年三月の暦であること、裏面は「望」と「往亡」などの記事から、同年四月の暦であることが分った。

この暦と正倉院の暦と比較してみると、次のような相違がある。

（表面）

南北溝ＳＤ四〇九五

□□（庚カ）申丸（執）　□□□□

□辛酉破　上玄□（岡カ）虚厭□

□壬戌皮（破）　三月節急盈九□

□癸亥色（危）　□（重カ）馬牛出椋□

□□（甲カ）子成　絶紀帰忌□

□□（乙カ）丑枚（収）　天間日□□

□□（開）　□（血カ）忌□□

石神遺跡出土　具注暦
（奈良文化財研究所提供）

（裏面）

⌈　　⌉

⌊□〔申カ〕平　天間日血忌□

⌊丁酉定　天李乃井□

⌊戊戌丸〔執〕　望天倉小□

□己亥皮〔破〕　往亡天倉重

⌊庚子危　人出宅大小□□

⌊□□〔丑成カ〕　□□□〔帰カ〕⌈

(108)・(100)・14　065

(1) 暦日に配された干支の下に納音五行（木火土金水）がない。正倉院の暦では二十四節気・月の玄（弦）望などを中段に記載するが、この暦には中段に相当するものがなく、いずれも下段に記されている。

(2) 正倉院の暦では、下段は一般に（大）歳と小歳の位置から書き始めるが、この暦にはそれが無い。

(3) この暦には正倉院の暦にも見られる「帰忌」「往亡」などの暦註もあるが、「絶紀」「天李」など他に見られない暦註が記載されている。

右の(1)と(2)は「元嘉暦」と「儀鳳暦」との間の相違なのか、木簡暦という性格によるものなのか断定することができない。(3)の暦註については検討を加える必要がある。[8]

（干支・十二直）干支、十二直ともに正倉院の暦と類似しており、大きな差違は無いようである。十二直の節月との対応[9]は、表面の二行は二月節に、三行目以後は三月節に合っている。裏面は総て四月節に合っている。

（上玄）上弦・下弦を「上玄」「下玄」と略記するのは、正倉院の暦にその例が見える。

（罡）は中国漢時代に見える「罡」と思われる。罡は凶日のようで、罡と記された日には他の暦註は記されないが、この暦はそうではない。

（虚）二十八宿の「虚」宿と思われる。日本では空海によって「宿曜経」が将来されて以後、暦の最上部に二十七宿が書き加えられるようになるが、この木簡暦の「虚」は漢の暦に見える二十八宿の虚と考えられる。その配当法については未詳である。

(厭)「厭」は正倉院の暦にもある暦註だが、「厭」の下に墨付があるので「厭対」の可能性も考えてみる必要がある。「厭」の二月節は酉の日で合うが、「厭対」は卯の日であるから合わない。

(三月節)正倉院の暦では中段に二行に分けて「某月節」または「某月中」として、その次に名稱を書いている。例えば「雨水二月節」(天平十八年暦)のようである。この暦では名称を略している。

(急・盈)未詳(10)。

(九)恐らく「九坎」のことと思われる。「九坎」は正倉院の暦にも記載されている。三月節は卯の日に配当されるから合っている。

(重)「重」は表面の四行目(癸亥)と裏面五行目(己亥)とに見える。表面は穴と重なって明瞭ではない。ただし、重日の配当は不断に十二支の巳の日と亥の日なので、表面も裏面も合っている。表面のものは「乗」ではないかとの説がある(8)。

(馬牛・出・椋)重を乗として「乗馬牛」とした場合は、そのような吉事註は暦面のもっと下に書かれるもので、少し不安が残る。「出・椋」も未詳である。

(絶絶)正倉院の「天平勝宝八歳暦」の暦例に、類似のものとして、凶会日の「絶陰」と「絶陽」とがあり、「絶陰」は三月節の甲子・乙丑・丙寅・丁卯とに配当されているから、その可能性がある。

(帰忌)「帰忌《きこ》」は後世まで用いられた暦註で、三月節は子の日に配当されている。

(天間日)「天間日《てんけんにち》」は正倉院の暦には掲載されていないが「宣明暦」時代には用いられ、三月節は乙丑と乙未、四月節は丙寅と丙申なので、表面・裏面両方とも合っている。

（血忌）表面七行目の「□《血カ》忌」、裏面二行目の「血忌」は後世まで用いられた「血忌《けこ》」（ちいみ）と考えて良いだろう。三月節は寅の日、四月節は申の日で、合っている。

（天李）「天李」は正倉院の暦には見られないが、中国湖北省雲夢睡虎地出土の「日書」には記載されており、四月節は酉の日に配当されている。

（乃井）未詳
（望）「望」は「上玄・下玄」（上弦・下弦）と同じく、後世まで記載された暦註である。

（天倉）「天倉」は正倉院の暦にも、それ以後の暦にも記載されない。ただ、清朝に成立した『協紀弁方書』には吉日として記載され、四月節は亥の日に配当される。裏面四行目戊戌日は合わず、五行目乙亥日は合う。

（小・大小）戊戌日の「小□」と庚子日の「大小」は関連があるのかどうか未詳。漢簡の暦には「小時」「大時」があり、「小時」は十二直の建と同日、「大時」は四月には午の日に配当される。ここではいずれも合わない。また、正倉院の暦には「大歳」「小歳」がほぼ毎日記載されているが、それとの関連も不明である。

（往亡）「往亡」「往亡日」は後世まで用いられた暦註で、四月節は節（立夏）から八日目に配当される。復原の結果合っている。

（人・出・宅）未詳

右のように、この暦には正倉院の暦をはじめ後世にまで用いられた暦註とともに、以後用いられることのないものが記載され、その中には、楚や漢などに遡る極めて古い歴史を持つものがある。

この暦が木簡暦という特殊な性格を持っている面もあって、「元嘉暦」時代の頒暦の全体像を復原するには不十分ではあるが、「儀鳳暦」時代の暦とはかなり大きな違いのあることが分る。

㈡ 「儀鳳暦」時代の暦

「儀鳳暦（麟徳暦）」にもとづく暦としては、正倉院に所蔵された「天平十八年具注暦」、「天平二十一年具注暦」、「天平勝宝八歳具注暦」の三暦が知られていて、これらは『大日本古文書』に収められ、近年にはその影印が『正倉院古文書影印集成』にも収載され、その他種々の刊行物で紹介されている。

これらはいずれも断簡であるが、この中最後のものは、暦首の暦例が残されている点で、「儀鳳暦」時代の暦の姿を知る興味ある史料である。

記載の形式は現存三暦ともほぼ同一で、いずれも墨界線は無く、「天平十八年暦」と「天平二十一年暦」は縦界線は折目により、横界線は押界によっている。「天平勝宝八歳暦」のみ爪界線を用いている。陰陽寮で作製した頒暦には墨界線が用いられたと考えられるから、これらは二等または三等級のものと推測される。

毎月の月建部分には、月名、大小の別の下に二行に割って、「天気」「天道」「月殺」「土府」を右行に、「月徳」「人道」「月破」「取土吉」を左行に配し、それぞれの方位を記し、その下に「時」と「方」

の方位を記す。

毎日の暦面は上・中・下の三段に区分されているが、上段の上部に「日遊神」の方位を示している。これは後には下段に記載されたものである。

上段には「暦日・干支・納音五行・十二直」の順で記される。中段には「二十四節気」の名称と、節月の「節・中」の別、「社」(社日)、「土王」(土用)、「没」(没日)、「上玄」(上弦とも)、「望」、「下玄」(下弦とも)が記される。その他の記事も予想されるが、三暦とも残存部が正月から四月までの範囲に限られているため、他の季節については不明である。

「儀鳳暦」の二十四節気は前後の暦法のものと相違があるので、その部分を左に示しておく。

	正光暦	麟徳・儀鳳暦	大衍暦
正月節	立春	立春	立春
中	雨水	啓蟄	雨水
二月節	驚蟄	雨水	驚蟄
中	春分	春分	春分
三月節	清明	清明	清明
中	穀雨	穀雨	穀雨

変更点は雨水と驚蟄の順序が逆になっていることと、驚蟄が啓蟄に変更されていることである。驚蟄を啓蟄と改名したのは隋の「大業暦」が最初で、「儀鳳暦」はそれに倣ったものであろう。もともとは「啓蟄」が本来の名称であったが、漢の孝帝の諱が啓であったため避諱により、音の似た「驚」字に変えた。

したがって、漢王朝やその後裔を称する王朝以外では、旧に復して良いわけである。しかし長年にわたって使用して馴れたためか、「儀鳳暦」の次の「大衍暦」では「驚蟄」が復活して、その後今日に至っている。

下段は「大歳神」の方位から始まっているが、「大歳」と「小歳」とが同位であるときを除いて「大」字を省いて、直に歳字から書き起している。また、「陽錯・陰錯・絶陰」などの「凶会日《くえにち》」には「大歳小歳」は記載されない。

その下には、「帰忌・母倉・厭・九坎」など、概念的な暦註が並び、さらに「加冠拝官・移徒・修宅」など、具体的行為に対するいわゆる吉事・凶事註が記されている。

この形式はその後の具注暦にあまり大きな変化がなく踏襲され、記載されている暦註もその多くが後々まで見られるものである。

正倉院の三暦のいずれも誤脱があり、最も丁寧な写本と思われる「天平勝宝八歳具注暦」でも、暦例の諸神の筆頭の「太歳」を「太将」と誤り、内容の随所に踊り字が見られるから、公的な頒暦でない可能性が高い。しかし、写経所関係で紙背を二次的に利用されたことからも、これらが中央で使用されたことは明らかである。

「天平十八年具注暦」には日記風の書込みがある。（原漢文）

二月八日　官多く心経を写し始む
　九日　官一切経目録一巻皇后宮請け奉る
　　　　知田邊史生
　十六日　大宮に参向し塩を賜ること已《すで》に訖《おわ》る
　二十日　掌疏所の任已に訖る
三月五日　官十二人を召す
　七日　白亀を進むる尾張王に五位を授く、又天下の六位以下初位以上に一級を加うること及び種々階有り
　十日　官十三人を召す、又宣散位八位以下无《む》位《い》以上、筆紙を備え朝

○天平十八年具注暦 正倉院文書

○以下ニ切ハ、續日本紀、三正綜覧等ニ参照スルニ、天平十八年二月及ビ三月ノモノニシテ、二者ノ間、缺行ナキニ似タリ、

（正集八）

七日己丑火閇　歳對歸忌𧧂忌
八日庚寅木閇 雨水二月節　歳對歸忌加冠拜官塞穴吉　（書入）「官多心経寫始」
九日辛卯木建 上玄　歳前小歳對厭對　（書入）「官一切経目録一巻皇后宮奉請 知田邊史生」
十日壬辰水除　歳前小歳對作竈療病解除吉
中宮 十一日癸巳水満　歳前小歳對加冠拜官移徙終宅作竈吉
十二日甲午金平　歳前小歳對拜官移徙終宅納婦作竈吉
十三日乙未金定　歳前小歳對𧧂忌

（續修十四）

十四日丙申火執　歳前小歳對祭祀葬吉
十五日丁酉火執（破カ）　歳對療病厭解除葬吉
十六日戊戌木免（危カ）　望　歳前小歳後　（書入）「大宮参向塩賜己訖」

『大日本古文書』に収載された「天平十八年具注暦」（部分）

十一日　沓《くつ》着始む、又女沓買得す　又冠着始む
参令《せし》む
十五日　天下仁王経大講会、但し金鐘寺《こんしょうじ》は、浄御原《きよみはら》天皇(天武)の御時、九丈の潅頂、十二丈の撞立て大
会す
十六日　官十人を召す、又天下に大赦す

このうち三月五日、七日、十日、十五日、十六日の記事は『続日本紀』に該当する記述があり、例えば三月五日条には藤原仲麻呂等の任官、同十日には大伴家持が民部卿に任じられたことが見える。他の四箇日の記事は写経所の公務に関するものであるが、三月十一日の書入は全く個人的な内容である。この日は「絶陰」という凶会日であるが、着初めや物品の買得を行っている。

「天平勝宝八歳具注暦」の暦例には凶会日に対し「右件凶会不可用事雖与上吉并不可用」(右件の凶会は事に用ふ可らず。上吉といへど並びに用ふ可らず)としている。したがって、この暦の持主は凶会日にあまり関心を示していないようである。

この具注暦に日記の書入れが見られることは、後に貴族の間で暦に日記を書くことが一般的になったことを考える上で参考になる。このように、公私の日記の書入れがあることは、この暦が私的に用いられたことは明らかである。

いっぽう、地方で使用された暦の例として、東京都府中市武蔵台遺跡から天平勝宝九歳(七五七)暦と推定される漆紙の暦断簡が発掘されている。この具注暦断簡は下段のみ十三日分が残っており、下段

の最上部は「歳前天恩」のように「歳」字から始まる「儀鳳暦」時代の具注暦の特色を示しており、大部分が行末の「吉」字まで含まれている。

東国の武蔵にも、具注暦が頒給されていたことを物語るものである。この具注暦断簡は国分寺関連の遺跡から出土したものであるが、中央から国司に頒給されたものか、その写しかと考えられる。

また、秋田城跡から天平宝字三年（七五九）の漆紙具注暦が発掘されている。紙継目は天平六年（七三四）の計帳歴名の記された文書の紙背を利用したものである。

天平宝字七年（七六三）の漆紙具注暦が宮城県多賀城市山王遺跡から出土している。

これらは、いずれも官衙跡または関連遺跡から出土しており、具注暦分布の状況を知る上で参考になるか、いずれも漆を入れた容器の蓋として二次的または三次的に再利用されたものである。

漆紙暦とは別に木簡の暦が使用されていたことが判明している。静岡県浜松市城山遺跡は隣接の伊場遺跡と一体として遠江国敷智郡の郡衙遺構と考えられるようになったが、ここから出土した長さ五十八センチに達する長大な木簡の表裏両面に神亀六年（七二九）の具注暦が墨書されている。表面は「儀鳳暦」の暦首の部分で、裏面は上下を逆にして正月十八日から二十日までの三日分の暦記事が記されている。

現存するのがただ一簡のみであるため、一年分の簡数や具体的な使用方法については不明であるが、郡衙において多人数が見る暦として用いられたものであろう。

木簡の月朔暦と考えられるものが藤原宮の東面大垣の外濠から出土している。これには、

「五月大一日乙酉水平　七月大一日甲申」とのみある。七月の下部以下は失われている。これは、毎月の大小と一日の干支と納音五行と十二直とを抄出した一種の「月朔暦」で、日用の便のために座右に備えたものと考えられる。月の大小と干支から、大宝四年（七〇四）暦と推測される。

類似の木簡が新潟県の発久《ほっきゅう》遺跡からも発見されており、これには各月朔日の干支のみが記されている。ただし、この「月朔暦」は「大衍暦」時代の延暦十四年（七九五）のものである。

この他、やや特殊なものとして、正倉院所蔵の伎楽面酔胡王の面裏に補修材として使用された木片に具注暦の一部が写されている。僅かな内容なので、天平八年（七三六）二月三日か、天平宝字三年（七五九）二月十六日前後の二通りの推算が可能であるが、この伎楽面が正倉院に納められた事情を考えると、後者とみるのが良いようである。

㈢「大衍暦」時代の暦

奈良時代後半から平安時代初期にわたって九十四年間使行された『大衍暦』による頒暦は伝世していなかったため、その形態や内容を知ることができなかった。

ところが、宮城県多賀城遺跡で宝亀十一年（七八〇）具注暦の小断片が発見されて以来、今日までに十二例も報告されている。

宝亀九年　（七七八）平城京右京二条三坊一坪

宝亀十一年　（七八〇）福岡県太宰府観世音寺跡

多賀城跡発掘の具注暦断簡（宮城県多賀城跡調査研究所所蔵・東北歴史博物館承認）

宝亀十一年　（七八〇）宮城県多賀城跡
延暦九年　（七九〇）奈良市西大寺南地区
延暦九年　（七九〇）茨城県鹿の子C遺跡
年未詳　同
年未詳　群馬県太田市矢部遺跡
延暦二十二年（八〇三）岩手県胆沢城跡
延暦二十三年（八〇四）同
延暦二十三年（八〇四）山形県米沢市大浦B遺跡
弘仁十二年　（八二一）宮城県多賀城跡
承和十五年　（八四八）岩手県胆沢城跡

漆紙暦の最初の発見例となったのは、多賀城跡出土の「宝亀十一年具注暦断簡」であるが、それは同時に「大衍暦」による頒暦の出現となった。その後、発掘例の増加によって、「大衍暦」時代の頒暦の特色が明らかになった。

(1)　暦面は三段に分れ、上段には暦日、干支、納音五行、十二直が記されている。

(2)　中段には二十四節気と新しく七十二候と六十卦[11]とが

加わり、沐浴、除手足甲などの身体に関する暦註が記載されている。

(3) 下段の大歳神は「大」字から始まり、「大字の無いのは凶会日」という「宣明暦」時代の具注暦と同じ傾向を示している。

(4) 「丙」を「景」と書く。

右の様な特徴は、「大衍暦」に基づく頒暦は「宣明暦」による頒暦と類似していると判断して良いと考えられる。

特徴(4)は、唐の高祖の父の諱が炳であったため、炳と音の同じ「丙」を避諱して「景」としたもので、唐代の編纂物である『隋書』にも「丙子」を「景子」、「丙寅」を「景寅」としている。

我国では胆城城跡出土「承和十五年漆紙暦」に「丙辰」とあるべきを「景辰」としており、また、平城京跡右京二条三坊一坪で出土した「宝亀九年具注暦」にも「丙子」とあるべきを「景子」としている。

また、「正倉院文書」の「奉写二部一切経料銭用帳」の内に、宝亀三年（七七二）十二月三十日の具注暦と思われる部分があって、それには「卅日丙子」とあるべきを「卅日景子」としている。

このように、「大衍暦」による初期の暦にも、また後期の暦にも「丙」の代りに「景」が用いられており、また「石山寺一切経」の『十誦律』には「維神護景雲二年歳在戊申五月十三日景申」（七六八）と記している。このことから、「大衍暦」行用の全期間に、暦のみでなく、暦の記載の影響を受けて、それ以外の分野でも広く「丙→景」の表記が用いられたものと思われる。

「大衍暦」による頒暦発見の端緒となった多賀城跡出土の「宝亀十一年具注暦断簡」には、我国古代の暦に初めて墨界線が認められた。これまで伝世、出土のいずれの暦にも墨界線が無かったから、これらは朝廷から直接頒付された一等級の頒暦では無く、それを転写した二等級乃至三等級のものと考えられていたが、ここに一等級と考えてよい史料に接することができた。

出土地が多賀城跡であるから、陸奥国府であり、鎮守府の所在地であるところから国司に頒給されたものと推定することができよう。

次に、この断簡には二十四節気の「大雪」の「大」と「雪」の雨冠とが記され、その左に七十二候大雪初候の「鶡鳥不鳴」の「鶡」字の一部が読みとれる。これを発見したのは桃裕行氏で、当初は多少深読みかとも思われたが、この後「大衍暦」時代の漆紙暦が複数発見され、七十二候掲載が認められるに従って、桃氏の判読が正しいと認められるようになった。

「大衍暦」時代に具注暦使用が一段と広まったと推測される。それは出土地が北辺の陸奥・出羽から南辺の大宰府まで中央・地方の各地に拡散していることから覗える。また、胆沢城跡から出土した「延暦二十二年・二十三年具注暦断簡」のように、延暦二十二年暦の紙背に翌二十三年暦を筆写する例が発見されていることにも明らかである。

この両面利用の暦は表裏が似たような書風で記されているところから、胆沢城の官人が筆写したものであろう。今年使用中の暦を朝廷あるいは国司が回収して、翌年の暦を書くとは考えられないからである。

このような多少省略した手順で暦が書き写されることは、それだけ地方官人の間でも暦に対する需要が高まったことを物語るものである。

◆四 むすび

「律令政治とは文書による政治である」といわれるように、行政実務には大量の文書が使用された。もっとも、その文書とは、かつて考えられていたように紙のみではなく、厖大な量の木簡も消費された。それらの文書には正確な日付の記載が義務付けられたが、そのためには暦を座右に常備する必要があった。

全国各地で漆紙暦や木簡暦が出土していることは、その事実を裏付けるものである。毎日暦を見るという、新しい生活習慣は、これまでにない新しい文学的環境を産み出したことであろう。この拙文の冒頭に示した「年内立春」の歌のような、これまでにない題材が取上げられるようになった。

ことに七十二候は気象・禽獣・草木の季節的変化を具体的に告げるものであるから、よしんばその一部分に漢土には合い、我国には適合しないものを含もうとも、風流の心、歌心を刺激しないはずはない。

『万葉集』では、二十四節気の「立春・立秋」が「春立つ・秋立つ」という歌詞になり、『古今和歌集』では七十二候の「東風解凍」(立春初候)や「涼風至」(立秋初候)が大和言葉として歌に詠まれるようになる。

さまざまな形で伝えられた古代の暦を見ると、それらの暦のもとで生き、歌を残した「万葉人」のありし日の姿が目に浮かんでくる。

注1　『万葉集』は「新日本古典文学大系」（岩波書店）本を使用。但し、使用文字は原則として当用の書体による。
2　西暦は日本の暦日の年初に該当する年を記載する。以後は「西暦」を略し、（　）内に数のみを記入する。
3　二十四節気の日付、太陽暦（グレゴリオ暦）への換算は、内田正男『日本暦日原典』（雄山閣）を使用する。
4　原漢文、以下漢文は読み下しを用いる。
5　薮内清『中国の天文暦法』（平凡社、昭和四十四年）
6　『令集解』「職員令、陰陽寮」頭の職務についての註に「又、古記云。暦数十九年を一章と為す。三年閏九月。六年閏六月。九年閏三月。十一年閏十一月。十四年閏八月。十七年閏五月。十九年閏十二月。（以下略）」とあるのは、「元嘉暦」時代の章法による章首からの閏の位置を示したものである。
7　今井湊「奈良朝前後の暦日」（『科学史研究』四〇号）一九五六年一〇月、岩波書店
8　暦註については、左記の論考がある。
新川登亀男「アジアの中の新発見の具注暦」（『しにか』二〇〇三年八月号）大修館書店。
上野利三「飛鳥石神遺跡出土・具注暦木簡について」（『地域社会研究所報』第十七号）二〇〇五年三月、松阪大学

9　十二直表

日の十二支	十月	九月	八月	七月	六月	五月	四月	三月	二月	正月	十二月	十一月
	節月											
子《ね》	閉	開	収	成	危	破	執	定	平	満	除	建
丑《うし》	開	収	成	危	破	執	定	平	満	除	建	閉
寅《とら》	収	成	危	破	執	定	平	満	除	建	閉	開
卯《う》	成	危	破	執	定	平	満	除	建	閉	開	収
辰《たつ》	危	破	執	定	平	満	除	建	閉	開	収	成
巳《み》	破	執	定	平	満	除	建	閉	開	収	成	危
午《うま》	執	定	平	満	除	建	閉	開	収	成	危	破
未《ひつじ》	定	平	満	除	建	閉	開	収	成	危	破	執
申《さる》	平	満	除	建	閉	開	収	成	危	破	執	定
酉《とり》	満	除	建	閉	開	収	成	危	破	執	定	平
戌《いぬ》	除	建	閉	開	収	成	危	破	執	定	平	満
亥《い》	建	閉	開	収	成	危	破	執	定	平	満	除

10　敦煌発見「唐　咸通五年具注暦」（八六四）正月三日条に「急」がある。同月二十八日条には「治井」がある。

11　「大衍暦」の七十二候と六十卦

二十四節気	七十二候	初候
		次候
		末候
	六十卦	始卦
		中卦
		終卦

冬至	十一月中	蚯蚓結	麋角解	水泉動	公中孚	辟復	侯屯卦内
小寒	十二月節	雁北郷	鵲始巣	野鶏始雊	侯屯卦外	大夫謙	卿睽
大寒	十二月中	雞始乳	鷙鳥厲疾	水澤腹堅	公升	辟臨	侯小過卦内
立春	正月節	東風解凍	蟄虫始振	魚上冰	侯小過卦外	大夫蒙	卿益
雨水	正月中	獺祭魚	鴻鴈来	草木萌動	公漸	辟泰	侯需卦内
驚蟄	二月節	桃始華	倉庚鳴	鷹化為鳩	侯需卦外	大夫随	卿晋
春分	二月中	玄鳥至	雷乃発声	始電	公解	辟大壮	侯予卦内
清明	三月節	桐始華	田鼠化爲鴽	虹始見	侯予卦外	大夫訟	卿虫
穀雨	三月中	萍始生	鳴鳩拂羽	戴勝降桑	公革	辟夬	侯旅卦内
立夏	四月節	螻蟈鳴	蚯蚓出	王爪生	侯旅卦外	大夫師	卿比
小満	四月中	苦菜秀	靡草生	小暑至	公小畜	辟乾	侯大有卦内
芒種	五月節	螳螂生	鵙始鳴	反舌無声	侯大有卦外	大夫家人	卿井
夏至	五月中	鹿角解	蜩始鳴	半夏生	公咸	辟姤	侯鼎卦内
小暑	六月節	温風至	蟋蟀居壁	鷹乃学習	侯鼎卦外	大夫豊	卿渙
大暑	六月中	腐草爲螢	土潤溽暑	大雨時行	公履	辟遯	侯恆卦内
立秋	七月節	涼風至	白露降	寒蟬鳴	侯恆卦外	大夫節	卿同人
處暑	七月中	鷹祭鳥	天地始粛	禾乃秀	公損	辟否	侯巽卦内
白露	八月節	鴻鴈来	玄鳥帰	羣鳥養羞	侯巽卦外	大夫萃	卿大畜
秋分	八月中	雷乃収声	蟄虫坯戸	水始涸	公賁	辟観	侯帰妹卦内
寒露	九月節	鴻鴈来賓	雀入大水爲蛤	菊有黄花	侯帰妹卦外	大夫无妄	卿明夷
霜降	九月中	豺乃祭獣	草木黄落	蟄虫咸俯	公困	辟剥	侯艮卦内

立冬	十月節	水始冰	地始凍	野谿入大水爲蜃	侯艮 卦外	大夫既済	卿噬嗑
小雪	十月中	虹藏不見	天気上騰 地気下降	閉塞成冬	公大過	辟坤	侯未済 卦内
大雪	十一月節	鶡鳥不鳴	虎始交	茘挺出	侯未済 卦外	大夫蹇	卿頤

大地裂ける夏から稔りの秋へ

——国司の雨乞いと稲種をめぐる二題——

川﨑　晃

◆はじめに

『三国志』魏志の裴松之《はいしょうし》注に魚豢《ぎょけん》『魏略《ぎりゃく》』を引用して「『魏略』に曰はく、その俗正歳《せいさい》四時（暦の知識）を知らず。但し、春耕秋収するを記して年紀と為す」とある。三世紀の日本列島では暦を用いることはなく、暦日を知らなかったという。

五世紀後半には中国の暦の知識を受容し、百済行用の元嘉暦《げんかれき》法に依拠した。その後、持統四年（六九〇）の元嘉暦・儀鳳暦《ぎほうれき》（中国で麟徳暦《りんとくれき》と称す）併用を経て、文武天皇即位にともない文武二年（六九八）より儀鳳暦の単独行用に至ったとみられる。[1] しかし、人民の生活は自然暦・農事暦が基本で、それだけにかえって自然の変化、季節の移ろいに敏感で、農事の春の種蒔き、秋の収穫が生活の重要な節目となったと推測される。

本稿では古代社会の日照りの対応策のひとつである国司の雨乞いと、稲の種籾に関する若干の問題について私見を述べてみたい。

一、大地裂ける夏

◆一　地さへ裂けて

日に寄する

六月《みなづき》の　地《つち》さへ裂《さ》けて　照る日にも　我が袖乾《ひ》めや　君に逢《あ》はずして

（巻十・一九九五）

『万葉集』巻十の「日に寄する」と題する歌である。大意は、六月の大地まで裂けるほど照りつける太陽にも、どうして私の袖は乾くことがありましょう。あなたに逢えないので、といったところ。六月は一年を通じて最も暑い酷暑の時期と考えられていたらしい。袖の涙もあっという間に乾いてしまうほどの日の強さなのだが、あなたに逢えない悲しさに袖は濡れたままで乾くことがないと歌う。後に触れるように越中国守大伴家持が雨乞いの歌を作ったのも六月一日のことであった。

雨乞いには日照りのときの降雨の祈願、雨が続いたときの止《し》雨《う》の祈願の両面があるが、いずれも農業生産の根幹に関わる問題であり、律令国家にとっては勧農政策の上からも重要視され、一定の地域、地方に特定される日照り、長雨といった気象現象に対応すべく柔軟に執り行われたと推測される。

神祇令に規定された公的祭祀でもっとも重要視された祈年祭を補完するものとして『延喜式《えんぎしき》』（十世紀

前半に成立）に臨時祭として位置づけられているのもそうした結果であろう。

天武紀の雨乞い

中央政府による祈雨祭祀は天武朝に始まる。『日本書紀』には天武五年（六七六）から連年のように雨乞い記事がみえる。

1、天武紀五年（六七六）是夏、大旱。遣使四方、以捧幣帛、祈諸神祇。亦請諸僧尼、祈于三寶。然不雨。由是、五穀不登。百姓飢之。
《是の夏に、大《おほ》きに旱《ひでり》す。使《つかひ》を四方《よも》に遣して、幣帛《みてぐら》を捧げて、諸《もろもろ》の神祇《かみがみ》に祈らしむ。亦た諸《もろもろ》の僧尼を請《ま》せて、三宝《さむぼう》に祈らしむ。然れども雨ふらず。是に由りて、五穀登《みな》らず。百姓飢《いひう》ゑす。》

2、天武紀六年（六七七）五月。是月、旱之。於京及畿内雩之。
《是の月に、旱《ひでり》す。京《みやこ》及び畿内《うちつくに》に雩《あまごひ》す。》

3、天武紀八年（六七九）六月壬申［二十三日］、雩。

4、天武紀九年（六八〇）七月戊寅［五日］、……是日、雩之。《是の日に、雩す。》

5、天武紀十年（六八一）六月乙卯［十七日］、雩之。

6、天武紀十二年（六八三）七月庚子［十五日］、雩之。

7、天武紀十二年（六八三）七月、是月始至八月、旱之。百済僧道蔵、雩之得雨。
《是の月より始めて八月《はつき》に至るまでに、旱す。百済の僧道蔵《だうざう》、雩して雨を得《え》たり。》

8、天武紀十三年（六八四）六月甲申［四日］、雩之。
9、朱鳥元年紀［天武十五年（六八六）］六月庚辰［十二日］、雩之。

天武紀の雨乞い記事の多くは「雩《あまごひ》す」とのみあり、具体的な雨乞い祭祀の様相は不明であるが、史料1、2にみるように日照りの際に中央政府が行う雨乞いは、一つには勅使を京及び畿内の諸国に派遣して、幣帛（供物）を神々に捧げて降雨を祈願するといった神祇祭祀、一つには僧尼を屈請し、読経により降雨を祈るという仏教による祈雨祈願といった方法をとったとみられる。

天武紀の「雩」

天武紀の祈雨記事の特徴は「雩」という表記が用いられている点にある。『日本書紀』においては「雩」の用字は天武紀に集中して用いられおり、他では持統二年紀に一例、『続日本紀』でもわずか四例であり、そのうち天平四年（七三二）六月己亥［二十八日］条は「雩祭《あまごひ》」と表記されている。同意の語としては「祈雨」、「請雨」があり、「祈雨」は皇極紀に二例、持統紀に三例、「請雨」は持統紀に七例がみえる。

ところで、藤原宮域に南接した藤原京右京七条一坊西北坪北半部での調査で（第六三―一二次調査）、土坑SK七〇七一から次のように書かれた木簡が出土した。[2]

①・符雩物□□［持カ］
・今卌人　阿布□　(90)×19×3 mm

②・□□□□〔右京職解カ〕　(95)×(7)×4 mm

竹本晃氏は②木簡を「右京職解」と釈読され、①木簡により右京職が雩《あまごい》祭祀に関与していた可能性を指摘されている。(3) 併出の木簡に紀年木簡はないが、「正八位上」「進正七」などと記されたものがある。右京職関係の木簡とすると、京職の「大進」(第三等官)は従六位下が相当位、「少進」(第三等官の次席)は正七位上が相当位であり、「進正七」は「少進正七位上」と記された一部と推測される。下限が不明であるが、八世紀初頭、大宝令制下の木簡とみてよかろう。

京職と祭祀との関係については竹本氏が採り上げた天平七年(七三五)の「左京職符」(『大日古』1ノ六四一、『正集』四〔正倉院古文書影印集成一・五〇頁〕)が参考になる。

職符　東市司
　奉神幣帛五色〈絁〉各一丈
　　布参端　鰒一連　堅魚
　　一連　海藻一連　塩一尻　〈折櫃一口〉
右件之物等、以利銭買、限
今日内進上職家、符到
奉行
　　大進大津連船人
　　　少属衣縫連人君

天平七年□□月九日

《(左京) 職符す東市司

神に奉る幣帛、五色〈絁《あしぎぬ》〉各一丈、

布参端、鰒《あわび》一連、堅魚《かつお》一連、海藻《め》一連、塩一尻、折櫃《おりひつ》一口

右、件の物等、利銭を以て買ひ、今日の内を限り(左京) 職家に進り上ぐ。符到らば奉行せよ。

大進(左京職の第三等官) 大津連船人

少属(第四等官の次席) 衣縫連人君

天平七年(七三五) □□月九日》

東市を所管する左京職に関わる祭祀である。どのような場合の祭祀の幣帛かは不明であるが、左京職が絁、布、鰒、堅魚、海藻、塩、折櫃などの品々の調達を東市司に命じている。①木簡の「雩物」(あまごいのもの) はこのような幣帛の品々に当たろう。京職がどのように祈雨祭祀に関わったかは明らかではないが、祈雨祭祀への関与は確実である。

今、ここで注意したいのは天武紀の編者は雨乞いを「祈雨」、「請雨」と表記せず一貫して「雩」と表記している点である。これは中国史書、古典・漢詩文に造詣のある者の表記、あるいは唐の高祖の武徳令(武徳七年、六二四) に「毎歳孟夏、雩、祀昊天上帝於圓丘云々《毎歳孟夏(四月) に雩《う》す、昊天上帝《こうてんじょうてい》(天帝) を圓丘《えんきゅう》(円丘の祭壇) に祀らしむ。》」(『通典《つてん》』巻四三・礼三吉二郊天下、『旧唐書《くとうじょ》』巻二一・礼儀志) とあることから、法的知識に通じている者の表記ではないかとも想像させる。八世紀初頭の木簡に「雩」と

いう表記がみられることは、『日本書紀』編纂者のみならず、官人の間にこのような中国の雨乞い祭祀の知識が普及していたことを意味しよう。

ところで、森博達氏は『日本書紀』の編修をα群、β群、持統紀に三類され、α群がβ群に先行して編修されたとされている。森説によると天武紀（巻二八・二九）はβ群に属し、その述作は、文武朝、それも七〇二年の大宝令頒下以後に始まるとされている。(4)「雩」木簡が八世紀初頭のものとみられることからすると、森説に齟齬することなく、右京職の官人に使用されていた同時期の文字表記が天武紀の述作に反映していることが確認されるのである。

持統紀の雨乞い

続いて持統紀の雨乞い記事をみてみたい。

10、持統二年（六八八）秋七月丁卯［十一日］、大雩。旱也。
《大《おほ》きに雩《あまごひ》す。旱《ひでり》なればなり。》

11、持統二年（六八八）七月丙子［二十日］、命百済沙門道蔵請雨。不崇朝、遍雨天下。
《百済の沙門《ほふし》道蔵を命《め》して請雨《あまひき》す。不崇珍《あしたごろにもあらざる》に、遍《あまね》く天下《あめのした》に雨ふる。》

12、持統四年（六九〇）四月戊辰［二十二日］、始祈雨於所々、旱也。
《始めて所所《ところどころ》に祈雨《あまごひ》す。旱《ひでり》なればなり。》

13、持統六年（六九二）五月辛巳［十七日］、遣大夫・謁者、祠名山岳瀆請雨。

《大夫《まへつきみ》・謁者《ものまうしひと》を遣《まだ》して、名山岳瀆《なあるやまかは》を祠りて請雨《あまごひ》す。》

14、持統六年（六九二）六月壬申［九日］、勅郡國長吏、各禱名山岳瀆。請雨。

《郡国《くにぐに》の長吏《このかみつかさ》に勅《みことのり》して、各《おのおの》名山岳瀆を禱《いの》らしむ。》

15、持統六年（六九二）六月甲戌［十一日］、遣大夫・謁者、詣四畿内、請雨。

《大夫・謁者を遣して、四畿内《よつうちつくに》に詣《いた》りて、請雨す。》

16、持統七年（六九三）夏四月丙子［十七日］、遣大夫・謁者、詣諸社祈雨。

《大夫・謁者を遣して、諸社《もろもろのやしろ》に詣《まう》でて祈雨《あまごひ》す。》

17、持統七年（六九三）七月辛丑［十四日］、遣大夫・謁者、詣諸社祈雨。

18、持統七年（六九三）七月癸卯［十六日］、遣大夫・謁者、詣諸社請雨。

19、持統九年（六九五）六月丁丑朔己卯［三日］、遣大夫・謁者、詣京師及四畿内諸社請雨。

《大夫・謁者を遣して、京師《みやこ》及び四畿内《よつうちつくに》の諸社《もろもろのやしろ》に詣《まう》でて請雨《あまごひ》す。》

20、持統十一年（六九七）五月丙申朔癸卯［八日］、遣大夫・謁者、詣諸社請雨。

21、持統十一年（六九七）六月癸卯［誤り］、遣大夫・謁者、詣諸社請雨。

史料7の天武十二年七月から八月にかけての日照りと、史料11の持統二年七月の日照りの際に、百済の僧道蔵が雨乞いをして雨を降らせた。仏典読経の功徳によるか、或いは他の呪的な方法によるか、確かなことはわからない。道蔵はその後、養老五年（七二一）に「法門の袖領《じゆりやう》、釈道の棟梁」、すなわち仏教界の指導者として賞せられ、沙門行善《ぎようぜん》と並んで優遇措置を得ている（『続日本紀』六月二十三日条）。また、史料13の「遣大夫・謁者、祠名山岳瀆、請雨」、史料14の「勅郡国長吏、各禱名山岳瀆」の文は『後漢書』順帝紀によっていることが指摘されている(5)。

『後漢書《ごかんじょ》』順帝紀、陽嘉元年（一三二）二月条

京師旱。庚申、勅㆓郡国二千石㆒、各禱㆓名山岳瀆㆒（史料14）、遣㆓大夫・謁者㆒、詣㆓崇高、首陽山㆒、并祠㆓河、洛㆒、請㆑雨（史料13）。戊辰、雩。

《京師《みやこ》に旱《ひでり》す。庚申、郡国の二千石に勅して各々名山岳瀆《がくとく》に禱《いの》らしめ、大夫と謁者《えつしゃ》を遣して崇高《すうこう》、首陽山に詣《いた》り、并せて河、洛を祠《まつ》って雨を請わしむ。戊辰、雩《う》（雨乞い）す。》

持統朝において、史料11にみる持統二年の百済の僧道蔵の雨乞い以後は、祈雨は勅使（大夫・謁者）を派遣し、幣帛を奉って降雨を祈願するという神祇の祭祀を基本として整備される。史料13以降の、雨乞い記事で注意されるのは、「遣大夫・謁者（使者）＋詣（祈願の場所）＋祈雨（請雨）」といった文章構成になっていることである。例外は史料14で直接「郡国長吏」に祈願を命令したものである。「郡国長吏」は『後漢書』順帝紀に照らせば「郡国二千石」に相当する語である。「二千石」が太守（郡守）の異称であることからすると、地方官である「国宰」（のちの国司）を潤色したものとみられ、畿外諸国は「国宰」により雨乞いが行われた可能性がある。

奈良時代の政府の行う祈雨は、持統朝に形成された神々への祭祀が基本となる。平安時代に雨乞いの神社として貴布祢《きぶね》社（山城国）と並んで重視された丹生《にう》川上（河上）社（大和国吉野郡）への祈雨奉幣も天平宝字七年（七六三）五月には確認される（『続日本紀』）。丹生川上社は、現在、東吉野村小《おむら》に鎮座する丹

生川上中社に比定されている。(6)

『延喜式』臨時祭には祈雨の祭儀を行う神社として畿内の神社八十五座があげられ、絹、薄絁《うすぎぬ》をはじめとする幣帛も定められた。

座別《ごと》に絹五尺、五色の薄絁各一尺、絲一絇《く》。綿一屯。木綿《ゆう》二両。麻五両。裹薦《つつみこも》半枚。社毎《ごと》に調布二端。〈軾《ひざつき》の料。〉夫一人。丹生川上社・貴布祢社には各黒毛の馬一疋を加え、自余の社には庸布一段を加えよ。其れ霖雨《りんう》止まざるときの祭料も亦た同じくせよ。但し、馬は白毛を用いよ。

丹生川上社・貴布祢社には祈雨の際の幣帛として黒毛の馬、止雨の際には白毛の馬が加えられたのである。

奈良時代の国司による雨乞い

筆者は別稿で(7)奈良時代の国司による雨乞いについて検討を加えた。しかし、奈良時代の国司による雨乞いに関する具体的な手がかりはなく、平安時代の国司による雨乞いの例や戸令33国守巡行条に端的に示される国司の民政支配の政治理念(8)、職員令70大国条にみる国司の職掌などから、奈良時代にも国司は勧農政策を推進する立場からその一環として雨乞いを行ったと推測した。

その後、このような推測を裏付ける貴重な発見があった。それが前述の藤原京出土の「雩」木簡である。竹本氏が指摘されるように、京職が雨乞いの祭祀に関与した可能性はきわめて高い。従って史料14の持統紀六年の記事と併せて考えると、七世紀末から八世紀初頭、藤原京の時代には、中央政府の行う祈雨祭祀の他に、京職や国宰（国司）による雨乞いが行われていた可能性はきわめて高く、奈良時代にも同様のことがいえそうである。

また、平安時代の史料であるが

大同四年（八〇九）七月辛酉［十七日］、勅。頃来亢旱為レ災、水陸焦枯。若非二禱祈一、何済二斯難一、云々。宜二国司斎戒、依レ例祈雨一、云々。

《勅すらく、「頃来亢旱《こうかん》災を為し、水陸焦枯《しょうこ》す。若し禱祈《とうき》するに非ざれば、何ぞ斯《こ》の難を済《すく》わん、云々。宜しく国司斎戒《さいかい》し、例に依りて祈雨すべし、云々」と。》（『日本紀略』）

夏を過ぎ秋七月に入っての日照りであるが（七月十七日は現行グレゴリオ暦に換算すると九月四日）、嵯峨天皇は国司に斎戒して「例に依りて」、つまり慣例に従い祈雨をするように命じている。

このようにみてくると、奈良時代の国司による雨乞いを語る直接的な史料はないが、国司によって雨乞いが行われていたことはほぼ誤りないように思われる。

以上を通覧するに、奈良時代の中央政府による雨乞いは、神祇官を通じて畿内の神社にシフトされ（『延喜式』臨時祭条では畿内八十五座）、それ以外では京職や国司による雨乞いが行われていたとみることができよう。雨乞いにみる臨時祭の本質は地域的な気象現象という理由のみならず畿内政権の固有の性格に根ざすものとみることができるのではないだろうか。

こうした観点からすると、『万葉集』巻十八に収載されている大伴家持の「雲の歌」は、奈良時代の国司による雨乞いと関わり注目される。

二　家持の雨乞い歌群

天平感宝元年（七四九）閏五月六日より以来《このかた》、小旱《せうかん》を起し、百姓の田畝《でんぽ》稍《やくや》くに凋《しぼ》む色あり。六月朔日《つきたち》に至りて、たちまちに雨雲の気《け》を見る。よりて作る雲の歌一首〈短歌一絶〉

天皇の　敷きます国の　天の下　四方《よも》の道には　馬の爪《つめ》　い尽くす極み　船《ふな》の舳《へ》の　い泊《は》つるまで
に　いにしへよ　今のをつつに　万調《よろづつき》　奉《まつ》るつかさと　作りたる　その生業《なりはひ》を　雨降らず　日の
重《かさ》なれば　植ゑし田も　蒔《ま》きし畑も　朝ごとに　しぼみ枯れ行《ゆ》く　そを見れば　心を痛み　みどり
子の　乳乞《ちこ》ふがごとく　天《あめ》つ水《みづ》　仰《あふ》ぎてそ待つ　あしひきの　山のたをりに　この見ゆる　天《あま》の白
雲　海神《わたつみ》の　沖つ宮辺《みやへ》に　立ち渡り　との曇《ぐも》りあひて　雨も賜《たま》はね　（巻十八・四一二二）

反歌一首

この見ゆる　雲ほびこりて　との曇《ぐも》り　雨も降らぬか　心足《だ》らひに　（巻十八・四一二三）

右の二首、六月一日の晩頭《ひのぐれ》に、守大伴家持作る

雨の落《ふ》るを賀《ほ》く歌一首

わが欲《ほ》りし　雨は降り来《き》ぬ　かくしあらば　言挙《ことあ》げせずとも　稔《とし》は栄《さか》えむ　（巻十八・四一二四）

右の一首、同じ月四日に、大伴宿祢家持作る

天平感宝元年（七四九）六月一日は現行のグレゴリオ暦に換算すると七月二十三日に当たる。この家持の「雲の歌」と「雨の落るを賀く歌」については別に検討したので詳細は別稿に譲り、[9]ここでは要点のみを述べる。

①四一二二番歌は出金詔書の感動とその余波を受け、国司として、公人意識のもとに立脚した格調ある作品である。

②そこでは天皇の支配領域である天下を「馬の爪《つめ》　い尽くす極み　船《ふな》の舳《へ》の　い泊《は》つるまでに」と表現しているが、これは収穫を祈願する祈年祭の祝詞「舟の艫《へ》の至り留まる極み、……馬の爪の至り留まる限り」をふまえたものである。

③天皇の支配する時空において、最上の貢物は農作物であるとしており、家持の勧農観がうかがえる。

④題詞脚注に「短歌一絶」とあり、長歌は賦になぞられたものとみることができる。

この歌群解釈の最大の問題点は、四一二四番にみえる「言挙げせずとも」をどのように理解するかにある。これについては四一二二、四一二三番の歌を祈雨のための「言挙げ歌」とする見解[10]と、「言挙げ歌」とみないで、「言挙げ」する文言（儀式）は歌とは別と考える見解[11]とに大別される。そもそも「雲の歌」の題詞には、「小旱」（日照り気味）、「雨雲の気」といった気象現象は記されるものの、家持がみずから潔斎し、祈雨祈願の儀礼を執り行ったといった気配をまったく感じさせない。私は後者の雨乞いの儀式の言挙げ歌ではないとする見解に左袒する。ことさらに「言挙げせずとも」神々は充分承知で雨を降らせてくれた、豊作は間違いないという意味に理解するのが妥当と考える。

諸論中、佐藤隆氏が「現実的な時候や気候に触発され、中国文学を意識し暦日意識をも取り込んで高い文芸意識によって制作された作品[12]」とするのに惹かれるが、私は家持は小旱という気象現象に触発されて国司として降雨を祈願するという宗教的発意をもったが、それを祈雨儀礼という宗教的営為ではなく、和歌という文学的営為を通して具現化したと考える。

国司としての勧農への観念、意識はうかがえるものの、国司による雨乞いの具体的様相を伝える史料とはなしがたいといえよう。

三 止雨の喜び

『万葉集』には右のような降雨を願う歌のほかに止雨を願う歌もある。同じく大伴家持の作である。

霖雨《ながめ》の晴れぬる日に作る歌一首

卯《う》の花を　腐《くた》す霖雨《ながめ》の　始水《はなみず》に　寄《よ》るこつみなす　寄らむ児《こ》もがも

（巻十九・四二一七）

季節は夏、天平勝宝二年（七五〇）五月の歌である。歌の大意は、卯の花を腐らす長雨のはなみず（出水の先端）に寄る木のくずのように寄ってくる娘がいないものか、といったところ。

霖雨の晴れた日、家持が詠んだ歌は恋の歌であった。一年前の「雨雲の歌」を詠んだ、国司として、公人としての意識は薄れ、稲の生育への関心はみられない。家持の想念は相聞の世界にのめり込んでいる。憶良とは異なる家持の歌世界といえよう。

二、田廬の秋

大伴坂上郎女、竹田庄にして作る歌二首

然《しか》とあらぬ　五百代《いほしろ》小田《をだ》を　刈り乱《みだ》り　田廬《たぶせ》に居《を》れば　都し思ほゆ　（巻八・一五九二）

こもりくの　泊瀬《はつせ》の山は　色付《いろづ》きぬ　しぐれの雨は　降りにけらしも　（巻八・一五九三）

右、天平十一年己卯の秋九月に作る。

大伴家持の叔母、大伴坂上郎女が天平十一年（七三九）の秋に竹田庄で作った歌である。竹田庄は佐保大伴家の所領で、中つ道を北に進み、横大路を過ぎたあたり、現橿原市東竹田町付近（古代の十市郡）に比定される。[13] 集中には竹田庄で詠まれた歌として「大伴坂上郎女、竹田の庄より女子大嬢に贈る歌二首」（巻四・七六〇、七六一）、家持と坂上郎女がこの地でかわした「大伴家持、姑坂上郎女の竹田の庄に至りて作る歌一首」（巻八・一六一九）、「大伴坂上郎女の和ふる歌一首」（巻八・一六二〇）がある。

秋は収穫の季節である。坂上郎女は佐保大伴家の家刀自として農事の指揮にあたるために、平城の地を離れ竹田庄の「田廬《たぶせ》」に住んでいる。「田廬」は「借廬《かりいほ》」（巻八・一五五六）と同義で、仮小屋、出造り小屋のこと。京を恋しく思いつつ目を転ずれば、泊瀬のあたりは美しく黄葉した秋の景色となっている。

一　『万葉集』の稲種

ところで、奈良時代には稲の品種として既に早稲・中稲・晩稲があったことが知られるが、(14)『万葉集』では稲の品種である「わせ」を「早稲」、「速稲」、「和世」などと表記している。

1、坂上大娘、秋稲縵を大伴宿祢家持に贈る歌一首

我が業《なり》なる　早稲田の穂立　作りたる　縵《かづら》そ見つつ　偲《しの》はせ我が背
吾之業有《わがなりなる》　早田之穂立《わさだのほたち》　造有《つくりたる》　縵曾見乍《かづらそみつつ》　師弩波世吾背《しのはせわがせ》

（巻八・一六二四）

題詞にある「秋稲縵」を「秋の稲縵《いなかづら》」と解するほか、「秋稲《いね》の縵《かづら》」とする伊藤博説（『万葉集釋注』四）がある。

2、大伴宿祢家持が報《こた》へ贈る歌一首

我妹子が　業と作れる　秋の田の　早稲穂の縵　見れど飽かぬかも
吾妹児之《わぎもこが》　業跡造有《なりとつくれる》　秋田《あきのたの》　早穂乃縵《わさほのかづら》　雖レ見不レ飽可聞《みれどあかぬかも》

（巻八・一六二五）

一六二六番歌の左注によると1、2の歌は「天平十一年己卯の秋九月に往来せしもの」とあるので、

前掲の坂上郎女の竹田庄での歌と同じ時期になる。

3、娘子らに　行《ゆ》きあひの早稲を　刈る時に　なりにけらしも　萩の花咲く　（巻十・二一一七）

𡢽嬬等尓《をとめらに》　行相乃速稲乎《ゆきあひのわせを》　刈時《かるときに》　成来下《なりにけらしも》　芽子花咲《はぎのはなさく》

4、さ雄鹿の　妻呼ぶ山の　岡辺なる　早稲田は刈らじ　霜は降るとも　（巻十・二二二〇）

左小壮鹿之《さをしかの》　妻喚山之《つまよぶやまの》　岳辺在《をかへなる》　早田者不レ刈《わさだはからじ》　霜者雖レ零《しもはふるとも》

3、4は「秋の雑歌」に収められる。3の「行きあひ」は季節の交代、この歌では夏から秋への交代を意味し、六月から七月にかけて、秋になって早々の早稲の刈り取りである。

5、橘を　守部の里の　門田早稲　刈る時過ぎぬ　来《こ》じとすらしも　（巻十・二二五一）

橘乎《たちばなを》　守部乃五十戸之《もりへのさとの》　門田早稲《かどたわせ》　刈時過去《かるときすぎぬ》　不レ来跡為等霜《こじとすらしも》

5は「秋の相聞」のうちの一首である。

6、にほ鳥の　葛飾早稲を　にへすとも　そのかなしきを　外に立てめやも　（巻十四・三三八六）

尓保杼里能《にほどりの》　可豆思加和世乎《かづしかわせを》　尓倍須登毛《にへすとも》　曾能可奈之伎乎《そのかなしきを》　刀尓多氏米也母《とにたてめやも》

右の歌にみえる1「早田《わさだ》」、2「早穂《わさほ》」、3「速稲《わせ》」、4「早田《わさだ》」、5「早稲《わせ》」、6「和世《わせ》」の表記はいずれも稲の品種「わせ」に関わる語である。今、平川南氏の研究に導かれつつ[15]、早稲に関わる語を木簡に求めてみると次のような例がある。

木簡例

(ア)・「∨和早稲」
・「∨一斛」　61.5×30×3.8㎜
(山形県飽海郡遊佐町上高田遺跡二号木簡［九世紀〜十世紀］)

(イ)「∨白和世種一石」　160×25×8
(福島県会津若松市高野町矢玉遺跡十三号木簡［奈良時代後半〜平安時代前半］)
「∨白和世種一石　(156)×30×7
(　右同　二号木簡［奈良時代後半〜平安時代前半］)

(ウ)「∨女和早四斗」　197×24×4
(福島県いわき市荒田目条里遺跡出土十八号木簡［九世紀中葉〜九世紀後葉］)

(エ)「和佐□一石五升∨」
「三月十日　∨」　182×21×3　(福岡市博多区板付高畑廃寺)
三月十日は播種期か。

これらはいずれも種子札であり、『万葉集』の「わせ」の表記は奈良時代の稲の種籾を反映したものとみることができる。中世和歌集と異なり『万葉集』に中稲、晩稲の種籾に関わるものが一首も見えないのは、万葉の時代には「わせ」の普及が大きな意味を持った証であろう。

二　高岡市東木津遺跡出土の種子木簡

高岡市東木津遺跡は奈良時代後半から平安時代前半にかけての遺跡である。出土した木簡の中に稲の種籾に関わるものがあり、『木簡研究』に紹介されている。その後、赤外線写真を閲覧する機会があり、気づいた点を指摘した(16)。繰り返しになるが左に掲げておく。

1、「∨□□一□□□〔石一斗カ〕」　192×13×6㎜（『木簡研究』第二一号）
2、「∨白□〔稲〕　」　108×12×6　（同右）
3、「∨□〔冨〕子四斗」　128×17×3　（『木簡研究』第二三号）

いずれも左右に切り込みのある先のとがった付札状の木簡であり、形態上は種子札に多い形である。史料1の不明部分を『木簡研究』では「一石一斗カ」と判読されている。しかし、種子札では一石が通例で、その他、一石二斗、五斗、四斗の例が知られる。一石一斗とすると種子札では初例となる。史料2の第二字目を『木簡研究』は不明としてるが、赤外線写真によると「稲」字と読める。「白稲」と釈読すると、中・晩稲の稲種である「白稲」の可能性が高い。福島県いわき市荒田目《あっため》条里遺跡出土木簡に

「白稲五斗五月」（十七号木簡）の例がある。

また、史料3の第一字目を『木簡研究』では不明としているが、残画からすると不明部分は「冨」字と思われる。「冨」と釈読すると「冨子四斗」となる。「冨子」の例としては、石川県金沢市上荒屋遺跡出土の一六号木簡に「＜富子一石二斗」の例があり、平川南氏は『清良記』（十七世紀成立、伊予宇和郡の豪族、土居清良の軍功記。第七巻が家臣の農事答申書〔農書〕）に見る品種の中稲「大とご」、晩稲「小とこ（とご）」に充てている。[18]「冨子」は「とご」もしくは「とこ」と読むのであろう。

これにより奈良時代後半から平安時代前半にかけて、越中国で実際に植えられていた稲種のうち二種「白稲」、「冨子」が確認できる。種子札は郡家関連遺跡から出土することが多いが、上荒屋遺跡の場合は併出の墨書土器「綾荘」、「東庄」などから、八～九世紀の荘家跡と推定されている。東木津遺跡の性格については確証がない。

三 「正倉院文書」に見える稲種

次に天平宝字五年（七六一）八月二十七日付「賀茂馬養啓」を掲げる。[19]

謹啓　可苅御田事

合二町之中〈南牧田一町殖稲依子／北牧田六段殖越特子〉四段荒

右、今明日間爾越特子可苅、故功銭付東人給下、依注以申上

（中略）

五年八月廿七日下賀茂馬養

《謹《つつし》んで啓す　苅るべき御田の事

合せて二町の中《うち》〈南牧田一町は稲依子を殖ゑ／北牧田六段は越特子を殖う。〉四段は荒る。

右、今明日の間に越特子を苅るべし。故《ゆえ》に功銭を東人に付けて給ひ下せ。注するに依りて以て申上《しんじよう》す。

（中略）

五年八月二十七日下賀茂馬養　》

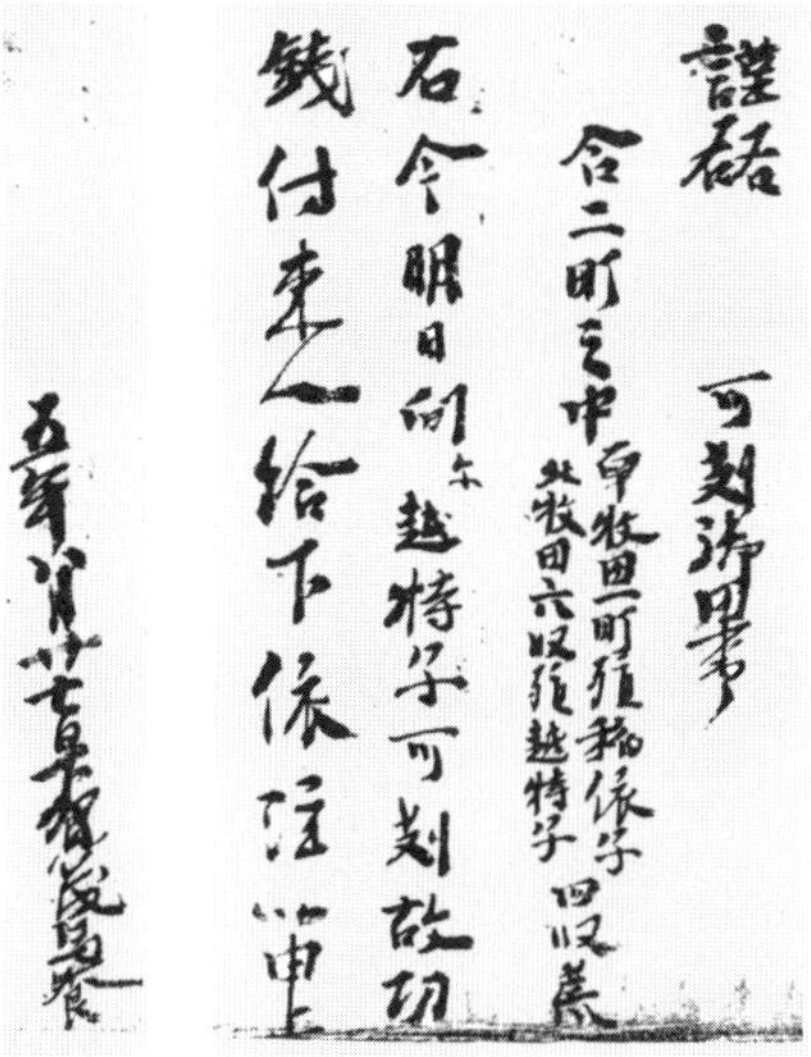
謹啓　可苅御田事
合二町之中　南牧田一町殖稲依子　北牧田六段殖越特子　四段荒
右今明日間越特子可苅　故功
銭付東人給下　依注申上
五年八月廿七日下賀茂馬養

『大日本古文書』15-124

末尾、日付の「五年」は天平宝字五年（七六一）と考えられる。『日本古代人名辞書』によると、賀茂朝臣馬養は造東大寺司の下級官人で、「正倉院文書」中に天平宝字二年から五年に領《うながし》（写経事業の管理・監督）、あるいは案主《あんず》（事務責任者）として仕事をしており、天平宝字五年には「散位正八位下」とある。右の書状は馬養が御田の稲刈りを指示したもので、誰の御田かは不明であるが、功銭（労賃）を支給して人を雇って稲刈りをしている。また、南牧田に植えた「稲依子」と北牧田に植えた「越特子」は刈り取り時期が異なるので、収穫時期を異にする二種の種籾と考えられる。北牧田に植えられた「越特子」は八月二十七日頃に刈り取る「中稲」であろう。ちなみに八月二十七日はグレゴリオ暦の十月四日に相当する。なお、日付の下の「下」字は「下奴」(『大日古』22ノ二一一)、「賤下民」(『大日古』13ノ四六二)、「下走」(『大日古』22ノ四一五)などと同類の謙称と思われる。「下」字の次に文字を書きかけ、「賀」字を書いたふしがある。

平川南氏は「越特子」の「特」を手偏「持」字とし、①「越特子」の他に②「越持子」と釈読しうる可能性を指摘され、

> 「越特子」「越持子」のいずれとも読めるが、ここでは「越持子」と解し、「えちもちこ」と訓むと、のちの平安末から鎌倉期の和歌集にみえる「たもとこ」「ちもとこ」「もちもとこ」との関連をうかがうことができるであろう。

とされている。[20]「えちもちこ」と訓む根拠は中世和歌集に見る稲の種籾にあろうか。

平川氏が「南牧田」「北牧田」の「牧」字に「枚」字の可能性を指摘されているように、釈読には揺れがある。それでは①の「越特子」と釈読する立場に立つと「越特子」はどのように訓めるのであろうか。

「越」字は『万葉集』では「こす」「こえる」「をち」「を」などと訓まれている。また、「特」字は唯一例であるが「可《か》奈《な》之《し》久《く》波《は》安《あ》礼《れ》特《ど》」(巻二十・四三九八、大伴家持)の例がある。こうした点を踏まえると「越特子」の第一案は「越」にこだわり「こしのどこ(とこ、とご、富子)」と訓む考えである。「越」の字か

ら越地方に適した種籾と考えたくなる[21]。古代の種子札「富子」の出土が現在のところ、金沢市上荒屋遺跡と高岡市東木津遺跡であることからするとその可能性もあながち否定できない。第二案は「越特子」「を（小）どこ（とこ）」もしくは「をとご」と訓む。第二案だと従来知られている種籾「小富子」の別表記の可能性がある。私はこの二つの可能性を考えているが、いずれにしても「特子」を稲種「富子」の別表記と考えるものである。いかがであろうか。

以上、夏の日照りに関わり奈良時代の国司の雨乞いについて、そして秋の収穫に関わり稲の種籾について私見を述べた。諸賢のご叱正をたまわれば幸甚である。

注1 『日本書紀』は文武天皇の受禅即位を「元嘉暦」により持統紀十一年（六九七）「八月己丑の朔」とし、『続日本紀』は「儀鳳暦」により文武元年（六九七）「八月甲子の朔」としている。朔日の相違は暦の相違によると推測される。従って、文武元年の頒暦により、同二年より「儀鳳暦」が単独実施されたと考える。文武の即位を「八月甲子の朔」とする『続日本紀』の記事は続紀編者による遡及記事であろう。なお、岡田芳朗「日本における暦」（『日本歴史』六三三号、二〇〇一年二月）、同「日本最古の暦─持統三年（六八九）木簡暦─」（『歴史研究』第五〇三号、二〇〇三年四月）を参照されたい。

2 奈良文化財研究所『飛鳥・藤原宮発掘調査出土木簡概報（二十一）』二〇〇七年十一月、木簡学会『木簡研究』第二九号、二〇〇七年。

3 竹本晃「京職と祈雨祭祀─藤原京右京七条一坊西北坪出土の木簡─」（『奈良文化財研究所紀要』二〇〇八

年）

4 森博達「日本語と中国語の交流」（岸俊男編『日本の古代14　ことばと文字』中央公論社、一九八八年）、同『日本書紀の謎を解く』（中公新書、一九九九年）

5 河村秀根『書紀集解』、なお、日本古典文学大系『日本書紀（下）』（岩波書店）五一五頁頭注36参照。

6 和田萃「古代の祭祀と政治」（『日本の古代7　まつりごとの展開』中央公論社、一九八六年）

7 川﨑晃「大伴家持の越中国赴任」（『越中の古代史（仮題）』高志書院、二〇〇九年刊行予定）

8 戸令33国遣行（国守巡行）条については亀田隆之「古代の勧農政策とその性格」（彌永貞三編『日本経済史大系1古代』一九六五年、東京大学出版会）など。

9 川﨑晃、前掲注7

10 例えば伊藤博『萬葉集全注』巻十八（有斐閣、一九九二年）、同『萬葉集釋注』九（集英社、一九九八年）、中西進『越路の風光』（『大伴家持』第四巻、角川書店、一九九五年）

11 例えば武田祐吉『増訂萬葉集全註釈』十二（角川書店、一九五七年）、久松潜一「雨降らず日の重なれば―大伴家持の歌―」（『国文学』六―一二、一九六一年九月）、窪田空穂『萬葉集評釈』第十巻（東京堂出版、一九八五年）、新日本古典文学大系『萬葉集』4（岩波書店、二〇〇三年）など。なお、小野寛氏は国守のつとめとして雨乞いの儀式を行い、歌の呪力により雨を降らせたとされる（『孤愁の人　大伴家持』新典社、一九八八年）。

12 佐藤隆「雨乞いの歌、落雨を賀く歌」（セミナー万葉の歌人と作品　第九巻『大伴家持（二）』和泉書院、二〇〇三年）

13 『延喜式』神名帳、大和国十市郡十九座のうちに竹田神社がある。

14 平川南「新発見の「種子札」と古代の稲作」(『国史学』一六九号、一九九九年一〇月、のち『古代地方木簡の研究』所収、吉川弘文館、二〇〇三年)
15 平川南、前掲書注14
16 川﨑晃「気多大神宮寺木簡と難波津歌木簡について―高岡市東木津遺跡出土木簡補論―」(『高岡市万葉歴史館紀要』第十二号)
17 いわき市教育委員会『荒田目条里遺跡』(いわき市埋蔵文化財調査報告 第七五冊、二〇〇一年)
18 平川南、前掲書注14
19 『大日古』4ノ五〇七頁、15ノ一二四～一二五頁に再掲、『続々修』十八帙三裏。なお、幸いに『大日古』15ノ一二四～一二五頁に写真版が掲載されているので、参照されたい。
20 平川南、前掲書注14、四七三頁注6。
21 例えば藤井一二氏は「こしのとくこ」と読んで、「越」地域の気候風土に適応した優良品種と推測されている(『古代日本の四季ごよみ』中公新書、一九九七年)。

＊『万葉集』は新編日本古典文学全集(小学館)及び高岡市万葉歴史館編『越中万葉百科』(笠間書院、二〇〇七年)によったが、私に改めた所がある。
＊『大日古』は『大日本古文書』の略。

編集後記

第二期の一冊目『恋の万葉集』に引き続く第十二冊目として『四季の万葉集』をお届けする。『恋の万葉集』の後記でも記したように、『古今和歌集』にはじまる勅撰和歌集におさめられた歌の大部分を季節の移り変わりを詠んだ歌と「恋」にまつわる歌が占めている。第二期は、この和歌の伝統が二種類の歌に集約できるのに着目して、まず「恋」を取り上げた。そして今回は、「四季」をテーマとし、季節の移り変わりごとに万葉びとたちが愛し歌にした素材を四季ごとに選んで、一冊にまとめてみた。

万葉びとたちが季節ごとに歌に詠んだ素材はじつに多い。その大半は、万葉の時代には季節の景物として定着しはじめていたようで、歌を季節ごとに分類した巻八・巻十の季節歌巻の編纂につながっていく。そして、季節そのものが歌の主題となった画期として、大伴家持の天平八年の「秋の歌」（巻八・一五六六・一五六九）があったことも忘れてはならない。

そこで『四季の万葉集』では、春は「うぐひす」と「桜」、夏は「ほととぎす」と「藤」、秋は「鹿」と「もみち」を、そして冬の「鷹狩」と「梅」というように、それぞれの季節に深くかかわる動植物からひとつずつ選んでテーマを設定してみた。結果的に、それぞれに取りあげられた歌の多くは、季節歌巻の二巻および大伴家持とその周辺の人たちに集中することとなった。さらに、このような季節歌が詠まれる背景としての「暦」をめぐる考察も加えた。

今回も国文学・歴史学の分野で第一線に立つ先生方のご協力を得ることができた。ご多忙にもかかわらずご執筆いただいた先生方に深謝申し上げたい。また、このたびも編集の労をお執りいただいた笠間書院の大久保康雄氏に厚く御礼申し上げる。

来年度の十三冊目は『生の万葉集』と題し、「恋」をうたいあげ、「四季」を愛した万葉びとたちが、どんな「生」を生きたか、そして、その「生」にどんな感情を披瀝したか、などについて探ってみたい。どうぞご期待ください。

平成二十一年三月

「高岡市万葉歴史館論集」編集委員会

＊　＊　＊

写真・図版掲載にあたり、宮城県多賀城跡研究所、東北歴史博物館、宮内庁正倉院事務所、独立行政法人国立文化財機構奈良文化財研究所のご協力をいただきました。記して感謝申し上げます。

執筆者紹介（五十音順）

上野《うえの》　誠《まこと》　一九六〇年福岡県生、國學院大學大学院博士課程満期退学、奈良大学文学部教授。博士（文学）。『古代日本の文芸空間』（雄山閣出版）、『大和三山の古代』（講談社）、『魂の古代学』（新潮社）ほか。

岡田芳朗《おかだよしろう》　一九三〇年東京都生、早稲田大学大学院修了、女子美術大学名誉教授、『日本の暦』（新人物往来社）、『明治改暦』（大修館書店）、「出土漆紙暦の検討」（『文化女子大学紀要　人文・社会』第3集）ほか。

奥村和美《おくむらかずみ》　一九六六年京都府生、京都大学大学院単位取得満期退学、奈良女子大学文学部准教授、博士（文学）、「家持の難波宮讃歌」上・下（『美夫君志』第75号・第76号）、「家持長歌における短歌との交渉」（『萬葉』第200号）ほか。

小野《おの》　寛《ひろし》　一九三四年京都市生、東京大学大学院修了、駒澤大学名誉教授。高岡市万葉歴史館館長。『新選万葉集抄』（笠間書院）、『大伴家持研究』（笠間書院）、『孤愁の人大伴家持』（新典社）、『万葉集歌人摘草』（若草書房）、『上代文学研究事典』（共編・おうふう）、『萬葉集全注　巻第十二』（有斐閣）ほか。

川﨑《かわさき》　晃《あきら》　一九四七年東京都生、学習院大学大学院修士課程修了、高岡市万葉歴史館学芸課長。『遺跡の語る古代史』（共著・東京堂）、「聖武天皇の出家・受戒をめぐる臆説」（『政治と宗教の古代史』所収、慶應義塾大学出版会）ほか。

菊川恵三《きくかわけいぞう》　一九五六年兵庫県生、名古屋大学大学院博士後期課程中退、和歌山大学教育学部教授、「万葉の夢、古今の夢」（『上代文学』92号）、「天智挽歌婦人作歌と夢」（『論集上代文学』27集）ほか。

菊地義裕《きくちよしひろ》　一九五七年山形県生、國學院大學大学院博士課程後期単位取得満期退学、東洋大学文学部教授、博士（文学）。『柿本人麻呂の時代と表現』（おうふう）、『万葉集を知る事典』（共著・東京堂出版）ほか。

新谷秀夫《しんたにひでお》　一九六三年大阪府生、関西学院大学大学院修了、高岡市万葉歴史館総括研究員。『万葉集一〇一の謎』（共著・新人物往来社）、「藤原仲実と『萬葉集』」（『美夫君志』60号）、「「挹乱」改訓考」（『萬葉語文研究』4集）ほか。

鈴木《すずき》武晴《たけはる》　一九五七年静岡県生、筑波大学大学院修了、都留文科大学教授。『テーマ別万葉集』（おうふう）、『日本文学史』（共著・おうふう）、「大伴家持絶唱三首」（「都留文科大学大学院紀要」第3集）ほか。

関《せき》　隆司《たかし》　一九六三年東京都生、駒澤大学大学院修了、高岡市万葉歴史館主任研究員。「大伴家持が『たび』とうたわないこと」（「論輯」22）、「藤原宇合私考（一）」（「高岡市万葉歴史館紀要」第11号）ほか。

田中夏陽子《たなかかよこ》　一九六九年東京都生、昭和女子大学大学院修了、高岡市万葉歴史館研究員。「有間皇子一四二番歌の解釈に関する一考察」（「日本文学紀要」8号）ほか。

西《にし》　一夫《かずお》　一九六六年北海道生、筑波大学大学院修了、信州大学准教授。「書儀・尺牘の受容―起筆・擱筆表現を中心に―」（『萬葉集研究』第三十集、塙書房）、「奈良朝後期漢文書簡表現攷」（「研究紀要」第七号）ほか。

高岡市万葉歴史館論集 12
四季《しき》の万葉集《まんようしゅう》

平成 21 年 3 月 31 日　初版第 1 刷発行

編　者　高岡市万葉歴史館©
装　幀　椿屋事務所
発行者　池田つや子
発行所　有限会社　**笠間書院**
〒101-0064　東京都千代田区猿楽町 2-2-3
電話 03-3295-1331(代)　振替 00110-1-56002
印　刷　壮光舎
NDC 分類：911.12
ISBN 978-4-305-00242-6

乱丁・落丁本はお取り替えいたします。
出版目録は上記住所または下記まで。
http://www.kasamashoin.co.jp

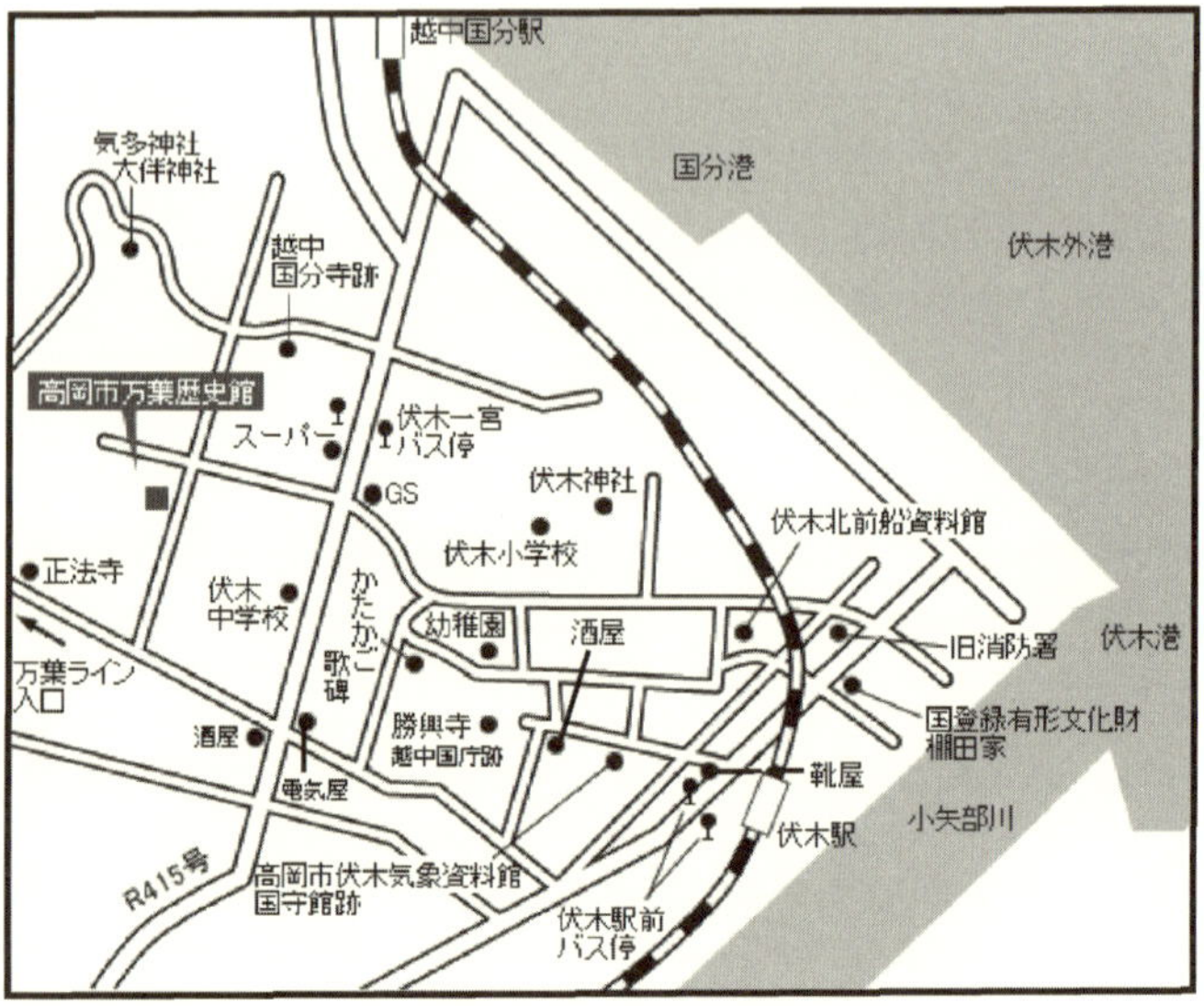

高岡市万葉歴史館

〒933−0116　富山県高岡市伏木一宮1-11-11
電話 0766-44-5511　FAX 0766-44-7335
E-mail：manreki@office.city.takaoka.toyama.jp
http://www.manreki.com

交通のご案内

■ＪＲ高岡駅より車で25分
■ＪＲ高岡駅正面口4番のりばより
バスで約25分乗車…伏木一宮下車…徒歩7分
（西まわり古府循環・東まわり古府循環・西まわり伏木循環行きなど）

◆高岡市万葉歴史館のご案内◆

高岡市万葉歴史館は、『万葉集』に関心の深い全国の方々との交流を図るための拠点施設として、1989（平元）年の高岡市市制施行百周年を記念する事業の一環として建設され、1990（平2）年10月に開館しました。

万葉の故地は全国の41都府県にわたっており、「万葉植物園」も全国に存在していました。しかしながら『万葉集』の内容に踏みこんだ本格的な施設は、それまでどこにもありませんでした。その大きな理由のひとつは、万葉集の「いのち」が「歌」であって「物」ではないため、施設内容の構成が、非常に困難だったからでしょう。

『万葉集』に残された「歌」を中心として、日本最初の展示を試みた「高岡市万葉歴史館」は、万葉集に関する本格的な施設として以下のような機能を持ちます。

【第１の機能●調査・研究・情報収集機能】『万葉集』とそれに関係をもつ分野の断簡・古写本・注釈書・単行本・雑誌・研究論文などを集めた図書室を備え、全国の『万葉集』に関心をもつ一般の人々や研究を志す人々に公開し、『万葉集』の研究における先端的研究情報センターとなっています。

【第２の機能●教育普及機能】『万葉集』に関する学習センター的性格も持っています。専門的研究を推進して学界の発展に貢献するばかりではなく、講演・学習講座・刊行物を通して、広く一般の人々の学習意欲にも十分に応えています。

【第３の機能●展示機能】当館における研究や学習の成果を基盤とし、それらを具体化して展示し、『万葉集』を楽しく学び、知識の得られる場となる常設展示室と企画展示室を持っています。

【第４の機能●観光・娯楽機能】１万㎡に及ぶ敷地は、約80%が屋外施設です。古代の官衙風の外観をもたせた平屋の建物を囲む「四季の庭」は、『万葉集』ゆかりの植物を主体にし、屋上自然庭園には、家持の「立山の賦」を刻んだ大きな歌碑が建ち、その歌にうたわれた立山連峰や、家持も見た奈呉の浦（富山湾）の眺望が楽しめます。

以上４つの大きな機能を存分に生かしながら、高岡市万葉歴史館はこれからも成長し続けようと思っています。